失落詞詞典

The Dictionary of Lost Words

A marvelous fiction
about the power of language
to elevate or repress.

PIP WILLIAMS

琵璞·威廉斯——著　聞若婷——譯

獻給媽媽和爸爸

楔子：一八八六年二月

在那一個遺失的詞彙之前，先有過另一個遺失的詞彙。它來到累牘院時裝在一只用過的信封裡，信封上的舊地址被劃掉，改填上「牛津市，向陽屋，莫瑞博士收」。

爸爸負責拆信，我負責像寶座上的女王般坐在他膝上，協助他把每個詞彙從折疊而成的搖籃裡輕柔地取出來。他會告訴我該把它放到哪一堆去，有時候他會停下來，用他的手蓋住我的手，引導我的手指上上下下、繞著字母畫圈，在我耳邊唸出它們的發音。他會講出那個詞，我跟著重複，然後他會告訴我它是什麼意思。

這次的詞寫在一小塊牛皮紙上，撕成符合莫瑞博士偏好的尺寸，因此邊緣毛毛粗粗的。爸爸頓住了，我作好準備要學新單字。但他的手沒有蓋住我的手，我轉頭催他，他的表情卻讓我一怔；雖然我們離得很近，他看起來卻很遙遠。

我轉回頭看著那個詞，試著弄懂。我沒有依賴他的手引導，自顧自地描畫每個字母。

「這是什麼詞？」我問。

「**莉莉**。」他說。

「跟媽媽的名字一樣？」

「跟媽媽的名字一樣。」

「這表示她會被收進詞典裡面嗎？」

「可以這麼說。」

「我們都會被收進詞典裡面嗎？」

「不會。」

「為什麼？」

我感覺自己隨著他呼吸的動作而上升、下降。

「要有意義的名字才會被收進詞典。」

我再看看那個詞。「媽媽的名字也有百合花的意思嗎？」我問。

爸爸點點頭。「世界上最美的花。」

他拾起那個詞，讀著底下的句子。然後他翻到背面尋找更多內容。「這不完整。」他說。但他又讀了一遍，眼神快速地前後掃動，好像能找到遺漏的文字。他把這個詞放在最小堆的紙卡上。

爸爸將椅子往後推，離分類桌遠一點。我爬下他的膝蓋，準備好捧起第一堆紙卡。這是我能幫忙做的另一項工作，我好愛看到每個詞在分類格裡找到它自己的位置。他撈起最小堆的紙卡，我試著猜測媽媽會去哪裡。「不太高也不太低。」我唱給自己聽。可是爸爸沒有把那些詞交到我掌心，而是跨了三大步走到壁爐邊，把它們一股腦丟進火裡。

總共有三張紙卡。它們脫離他的手時，各自被熱風帶得舞動起來，落在不同的位置。我看到「莉莉」還沒有落定便已經開始捲曲。

我聽到自己尖叫，同時衝向壁爐。我聽到爸爸吼我的名字。紙卡在痛苦地扭動。我伸手進去救它，雖然牛皮紙已經焦黑，寫在上頭的字也變成了影子。我幻想我可以像捧著一片褪色、凍得脆硬的橡樹葉一樣捧著它，可是當我用手指包住那個詞，它卻碎了。

我原本可能永遠停留在那一刻，但爸爸用一股讓人喘不過氣的蠻力把我拽開。他抱著我衝出累牘院，把我的手捅進雪裡。他臉色發白，所以我跟他說我不痛，可是當我攤開手掌，卻發現那個詞發黑的碎片已經黏在我熔化的皮膚上。

有些詞比其他詞來得重要——我在累牘院長大的過程中學到這一點。但我花了很長時間才明白背後的原因。

第一部 一八八七至一八九六

Batten — Distrustful

一八八七年五月

累牘院。聽起來像是一處氣勢磅礴的建築，哪怕是再輕地跨出一步，都會在大理石地板和鍍金穹頂之間造成回音。但其實它只是個小棚屋，就在牛津一棟洋房的後花園裡。

這座棚屋存放的不是鏟子和耙子，而是文字。英語中的每一個詞都寫在一張明信片大小的紙卡上。世界各地都有志工把這樣的紙卡寄過來，它們會被捆成一疊一疊，存放在沿著棚屋牆壁排列的幾百個分類格中。將這棚屋命名為累牘院的人是莫瑞博士——他一定覺得把英文貯存在花園棚屋內有失體統——不過在這裡工作的所有人都暱稱它為「阿牘」。除了我以外。我喜歡唸出「累牘院」三個字時，它們在我的嘴巴裡滑動，然後輕柔地落在我雙唇間的感覺。我花了很長時間才學會怎麼發音，等我終於學會了，別的稱呼再也無法滿足我。

有一回，爸爸幫忙我在分類格裡搜尋「累牘院」。我們找到五張紙卡，上頭列出這個詞如何使用的實例，每條引文的日期都追溯到稍微超過一百年前。每條引文可說大同小異，沒有一條提到牛津一棟洋房後花園裡的棚屋。紙卡告訴我，所謂的累牘院，指的是修道院裡用來寫字的房間。

但我明白莫瑞博士為何選了這個詞。他和他的助手們有一點像修道士，年方五歲的我很容易就把「大詞典」想像成他們的聖經。當莫瑞博士告訴我，那些詞要耗盡畢生的時間去堆疊，我不禁好奇是誰的畢生。他的頭髮已經和灰燼一樣白了，而他們才編到B開頭的詞的一半。

早在累牘院成立以前，爸爸和莫瑞博士都在蘇格蘭任教。由於他們是朋友，由於沒有母親照顧我，也由於爸爸是莫瑞博士最信任的詞典編纂師，每個人都對我待在累牘院裡的事睜一隻眼閉一隻眼。

累牘院感覺充滿魔力，就像是所有曾經存在以及所有將會存在的東西，都被收納在它的四壁之內。觸目所及的所有表面都堆著書，舊詞典、史書和古老的故事書填滿書架，有的書架作用是隔開一張張書桌，有的是隔出一個小空位來放椅子。分類格從地板一路延伸到天花板。它們塞滿紙卡，爸爸曾經說過，如果我讀完每張紙卡，我就能理解天下萬物的意義。

屋子正中央是分類桌。爸爸坐在桌子一端，桌子兩側各可以坐三個助手。桌子另一端是莫瑞博士高高的書桌，他面向著所有文字以及所有協助他定義文字的人員。

我們總是比其他詞典編纂師早到，在那小小的空檔，我可以獨享爸爸以及所有文字。我會坐在爸爸腿上，靠著分類桌，幫忙他給紙卡分類。每當我們遇到一個我不知道的詞，他會唸出底下附的引文，協助我想透它是什麼意思。要是我問出正確的問題，他會試著找到引文來源的那本書，多唸一些上下文給我聽。這感覺像在玩尋寶遊戲，有時候我會找到黃金。

「這個男孩打一出生就是個腦袋裝漿糊的飯桶。」爸爸唸出他剛從信封取出的紙卡上的引文。

「我是腦袋裝漿糊的飯桶嗎？」我問。

「有時候是。」爸爸邊說邊搔我癢。

然後我問那男孩是誰，爸爸給我看紙卡頂端標示的出處。

「〈阿拉丁與神燈〉。」他唸道。

當其他助手抵達，我溜到分類桌底下。

「妳要跟老鼠一樣安靜，不要妨礙到大家做事。」爸爸說。

要躲起來很簡單。

一天結束時，我坐在爸爸腿上，偎著溫暖的壁爐，一起讀〈阿拉丁與神燈〉。爸爸說這是個很老的故事，講的是一個中國男孩。我問還有沒有別的故事，他說還有一千個故事。這故事跟我聽過的其他故事完全不一樣，背景跟我去過的地方完全不一樣，裡頭的人跟我見過的人也完全不一樣。我環視累牘院，想像它是精靈的神燈。它的外表如此普通，裡頭卻充滿奇觀。有些東西未必表裡一致。

隔天，我幫忙爸爸整理完紙卡，便纏著他再說一個故事。我太興奮了，忘了要跟老鼠一樣安靜；我妨礙到他做事了。

「飯桶是不會被允許留在這裡的喔。」爸爸警告，我幻想自己被放逐到阿拉丁的洞穴。那天剩下來的時間，我都乖乖待在分類桌底下，結果有一件小小的珍寶主動找上我。

那是一個詞，它從桌子末端滑下來。我心想：等它落地時，我會把它救起來，然後親手交給莫瑞博士。

我望著它。彷彿有一千秒那麼久的時間裡，我一直看著它乘著隱形的氣流。我預期它會落在沒有掃過的地板上，但它沒有。它像鳥一樣滑翔，幾乎要落地了，然後又往上揚起翻轉，像是被精靈操控。我萬萬沒想到它會落在我懷裡，沒想到它能飄那麼遠。但事情就是發生了。

那個詞落在我的洋裝布褶間，像是從天而降的閃亮寶物。我不敢碰它。我只有跟爸爸一起的時候，才被允許拿起這些詞。我考慮呼喚他，但莫名的力量扼住我的舌頭。我跟這個詞一起坐在那兒許久，我好想摸它，但沒有摸。這是什麼詞？我好奇。是誰負責的？沒有人彎下腰來撿。

過了很久以後，我撈起那個詞，小心地確保沒有弄皺它銀色的翅膀，然後把它湊近我的臉。在我躲藏的陰暗處很難讀出它是什麼詞。我挪動身體，來到兩張椅子之間，那裡懸著一面閃爍的灰塵構成的簾幕。

我將那個詞舉起來對著光。白紙上的黑墨水。八個字母；第一個字母是蝴蝶的B。我按照爸爸教我的方式，用嘴巴辨識剩下的字母：柳橙的O，頑皮的N，狗的D，莫瑞的M，蘋果的A，墨水的I，然後又是狗的D。我用氣音唸出來。前半段很簡單：bond。後半段花了我比較長時間，不過後來我想起來A跟I擺在一起怎麼唸了。maid。

這個詞是「bondmaid」。底下是其他文字，字跡像打結的線一樣擠成一團。我看不出這是志工寄來的引文，還是莫瑞博士其中一個助手寫下的定義。爸爸說他在累牘院投注的大量時間，都是在整理志工寄來的詞，找出它們的意義，好讓大詞典可以收錄它們。這項工作很重要，而且它表示我能夠上學，能夠吃上熱騰騰的三餐，能夠長成文雅的淑女。他說那些詞都是為了我而存在。

「所有詞都會被定義嗎？」我曾經問。

「有些會被排除。」爸爸說。

「為什麼？」

他怔了一下。「它們不夠牢靠。」我皺眉，他解釋：「寫下那些詞的人不夠多。」

「被排除的詞會怎麼樣？」

「它們會回到分類格裡。如果關於它們的資訊不夠多，它們就會被捨棄。」

「可是如果它們沒有被收進大詞典，也許就會被忘掉了。」

他頭側向一邊望著我，好像我說了重要的事。「對，也許會。」

我知道一個詞被捨棄時會發生什麼事。我把「bondmaid」小心地摺起，放進我的背心裙口袋。

片刻之後，爸爸的臉出現在分類桌底下。「妳該走了，艾絲玫。莉茲在等妳呢。」

我從各種腿之間窺視——椅子腿、桌子腿、人腿——看到莫瑞家的年輕女僕站在敞開的門外，圍裙緊緊地繫在腰上，上半身有太多布料，下半身也有太多布料。她告訴過我，那身衣服留了空間等她長大，但從分類桌底下看去，她讓我聯想到小孩偷穿大人衣服玩。我從那些腿之間爬出去，蹦蹦跳跳地來到她面前。

「下次妳應該直接進來找我；那樣更好玩。」我對莉茲說。

「那不是我該在的地方。」她牽起我的手，帶我到白蠟樹的樹蔭下。

「哪裡是妳該在的地方？」

她皺起眉頭，然後聳聳肩。「我想是樓梯頂端的房間吧。還有廚房，但只有在我幫巴勒德太太忙的時候，其他時間絕對不可以。再來就是星期天的抹大拉的聖瑪麗教堂。」

「就這些嗎？」

「還有花園，當我負責照顧妳的時候——這樣我們才不會妨礙巴太太做事情。還有我愈來愈常去的室內市集，因為她膝蓋不舒服。」

「妳一直都在向陽屋嗎？」我問。

「不是。」她低頭看我，我納悶她的笑容跑到哪裡去了。

「那妳本來在哪裡？」

她猶豫了一下。「跟我娘還有咱家那些小蘿蔔頭在一起。」

「什麼是小蘿蔔頭？」

「就是小孩子。」

「像我一樣？」

「像妳一樣，艾西玫*。」

「他們死了嗎？」

「只有我娘。小蘿蔔頭被帶走了，我不知道帶去哪。他們年紀太小，不能伺候人。」

「什麼是『伺候』？」

「妳什麼時候才會停止問問題啊？」莉茲撐著我的腋下把我舉起來，帶著我不停轉圈，直到我們頭暈到倒在草地上。

「我該在的地方是哪裡呢？」當暈眩消退時，我問道。

* 女主角的名字為艾絲玫，但莉茲會用不標準的發音唸成艾西玫。

「我想是阿牘吧，跟妳爸爸在一起。還有花園、我房間、廚房的小凳子上。」

「那我家呢？」

「妳家當然算一個，不過妳待在這裡的時間似乎比待在那裡還多。」

「我不像妳，星期天有地方可去。」我說。

莉茲皺起眉。「怎麼會，聖巴拿巴教堂啊。」

「我們只有偶爾才會去，我們去的時候，爸爸會帶一本書。他把書擱在讚美詩前面，他都在偷偷看書，沒有認真唱歌。」我笑了，想到爸爸的嘴巴模仿會眾一開一閉，卻沒發出任何聲音。

「這不好笑，艾西玟。」莉茲手撫向心口，我知道她的十字架就在那個位置的衣服裡面。我擔心她會對爸爸產生不好的印象。

「是因為莉莉死了。」我說。

莉茲的皺眉轉為悲傷表情，這也並不是我的目的。

「但他說我應該自己決定，關於上帝和天堂的事，所以我們還是去教堂。」她的表情放鬆了，我決定回到比較輕鬆的話題。「我該在的最好地方是向陽屋，」我說，「在累牘院裡。然後是妳的房間，再來是廚房，在巴勒德太太烘焙的時候，尤其是烤斑點司康的時候。」

「妳真是個古怪的小東西，艾西玫——那叫水果司康；那些斑點是葡萄乾。」

爸爸說莉茲自己也還是個孩子，他對她說話時我就看出來了。她盡可能動也不動地站著，兩手交握以免它們不安地亂動，不管爸爸說什麼她都點頭回應，幾乎沒說一個字。我想她一定很怕他，就像我很怕莫瑞博士一樣。不過爸爸離開之後，她會斜眼看我，快速眨眨眼睛。

我們躺在草地上，整個世界在我們頭頂旋轉，這時她突然靠過來，從我耳朵後面拔出一朵花，就像魔術師。

「我有個祕密。」我告訴她。

「什麼祕密，我的小包心菜？」

「我不能在這裡告訴妳，它可能會被風吹走。」

我們躡手躡腳地穿過廚房，走向通往莉茲房間的窄樓梯。巴勒德太太在食品儲藏室裡，彎腰俯向麵粉桶，我只能看見她碩大的背影，身上披掛著層層疊疊的深藍色格紋布洋裝。要是被她瞧見我們，她會找事情要莉茲做，而我的祕密就得先擱著了。我伸出手指抵在唇上，但笑聲卻沿著我的喉嚨往上竄。莉茲看出來了，於是她用瘦巴巴的手臂一把撈起我，然後快速跑上樓梯。

這房間很冷，莉茲拿起她的床罩，鋪在光禿禿的地上當作地毯。我在想不知道莉茲房間牆壁另一邊的那個房間裡，有沒有任何莫瑞家的孩子。那裡是育兒室，我們有時候會聽見小喬威特在哭，不過不會持續很久。莫瑞太太或是其中一個較大的孩子很快就會趕過來。我把耳朵傾向牆壁，聽到寶寶醒過來的聲音，那些細微的聲響還不算是字。我想像他睜開眼睛，發現他孤單一人。他嗚咽一陣子，然後放聲大哭。這次來的是希爾妲。哭聲停止後，我認出了她那清亮的嗓音。她跟莉茲同年，都是十三歲，而她最小的兩個妹妹瑤爾曦和蘿絲芙總會跟在後面不遠處。我跟莉茲坐在地毯上時，我想像她們在牆壁另一側做著同樣的舉動。我好奇她們會玩什麼遊戲。

莉茲和我面對面盤腿而坐，膝蓋微微相觸。我舉起雙手要開始玩拍手遊戲，但莉茲看到我怪異的手指時頓了一下。我的手指皺縮起來，呈粉紅色。

「已經不會痛了。」我說。

「妳確定？」

我點點頭，我們開始拍手，不過她太輕柔地對待我的怪異手指，沒辦法發出正常的響亮聲響。

「所以說，艾西玟，妳的大祕密是什麼？」她問。

我差點忘了。我停止拍手，伸手從背心裙口袋抽出當天早晨落在我懷裡的紙卡。

「這算哪門子的祕密呀？」莉茲問，她接過紙卡，把它翻過來。

「這是一個詞，但我只看得懂這部分。」我指著「bondmaid」。「妳可以把剩下的部分唸給我聽嗎？」

她就像我先前一樣，用手指沿著那些文字劃過去。過了一會兒，她把紙卡還我。

「妳在哪裡找到它的？」她問。

「是它找到我。」我說。我發現這樣解釋還不夠，又說：「其中一個助手把它丟掉了。」

「是喔，他們把它丟掉？」

「嗯。」我說，我眼光沒有往下躲，連一點點都沒有。「有些詞沒有意義，他們就把它們丟了。」

「那妳要怎麼處理妳的祕密呢？」莉茲問。

我沒想過。我一心只想到要拿給莉茲看。我知道不能請爸爸保管它。而它也不能永遠待在我的背心裙口袋。

「妳可以替我收起來嗎？」我問。

「應該可以吧，如果妳希望我這麼做。不過我不懂這有什麼特別的。」

它特別，因為是它來找我的。這幾乎沒什麼大不了的，卻又不是完全沒有意義。它又小又脆弱，或許不代表任何重要的東西，但我需要保護它遠離壁爐的火。我不知道該怎麼向莉茲解釋這一切，而她也沒有追根究柢。她只是趴跪在地上，伸手從床底拖出一只小小的木頭行李箱。

我看著她伸出一根手指，滑過布滿刮痕的箱蓋上那一層薄薄的灰。她並不急著打開它。

「裡面是什麼東西？」我問。

「沒有東西。我帶來的所有東西都放進那個衣櫃了。」

「妳去旅行時不會用到它嗎？」

「我不會用到它的。」她說，並鬆開搭扣。

我把我的祕密放在行李箱底部，然後向後坐在我的腳跟上。它看起來好小、好孤單。我把它挪向一側，然後挪到另一側。最後，我把它重新拿起來，用雙手捧著。

莉茲撫摸我的頭髮。「妳得找到更多珍寶來陪它。」

我站起來，盡可能把紙卡高舉在行李箱上方，然後放手，看著它往下飄，左右搖擺，直到落在行李箱的一個角落裡。

「它想要待在這裡。」我說，彎下腰把它壓平。但它不肯變平。鋪在行李箱底部的紙質襯裡底下有個隆起。襯裡的邊緣已經翹起來了，所以我把它稍微往後翻開。

「它不是空的，莉茲。」我說，我看到一根針的頂部露了出來。

莉茲朝我俯下身來，看我在說什麼。

「這是個帽針。」她說，伸出手把它拾起。帽針頂端有三顆小珠子，疊成一排，每顆珠子都像萬花筒一樣絢麗繽紛。莉茲用拇指和食指捏著它旋轉。當它在轉動時，我看得出她想起來了。她把它貼在胸前，親吻我的額頭，然後小心翼翼地將帽針放在床邊桌上，放在她母親的小照片旁邊。

我們走回傑里科的過程比正常來說花了更長時間，因為我是個小不點，而爸爸在抽菸斗時喜歡放慢腳步。我好愛菸斗的味道。

我們穿越寬敞的班伯里路，開始沿著聖瑪格麗特路走，經過一對對高聳的房子，它們有漂亮的花園，行道樹為我們遮蔭。後來我帶頭走一條彎來繞去的路線，穿過一些狹窄的街道，那裡的房子都緊緊挨在一起，就像分類格裡的紙卡。當我們彎進天文臺街，爸爸在一面牆上敲敲菸斗把菸灰清乾淨，然後將菸斗收進口袋。接著他把我舉起來放到他肩上。

「妳很快就會長得太大，不能這麼做了。」他說。

「我長得太大之後，就不是小蘿蔔頭了嗎？」

「莉茲是這麼叫妳嗎？」

「這是其中一種方式。她也會叫我『包心菜』和『艾西玫』。」

「『小蘿蔔頭』我能理解，還有『艾西玫』，但她為什麼要叫妳『包心菜』？」

她叫我「包心菜」時總是會摟住我或是露出和藹的笑容，我覺得非常合理，卻解釋不出原因。

我們的房子在天文臺街中段，剛過阿得雷德街就到了。我們走到街角時，我大聲數算：「一、二、三、四，停住，我們的大門到了。」

我們有一個古老的黃銅門環，形狀像一隻手。那是莉莉在室內市集的一個小古玩攤子找到的——爸爸說當時它黯淡無光、刮痕累累，指縫間還有河底的沙子，但他把它清乾淨，在他們結婚那一天裝在門上。現在，他從口袋取出鑰匙，我彎下腰去，伸手握住莉莉的手，敲了四下門。

「沒人在家。」我說。

「他們馬上就會在家了。」他打開門，我低下頭，讓爸爸扛著我跨入門廳。

爸爸把我放下來，將他的側背包放在餐具櫃上，然後彎腰撿起地上的信。我跟著他穿過走廊進入廚房，坐在桌邊等他煮晚餐。我們有一個非全職的幫傭，每週會來三次，負責煮飯、打掃和洗衣服，不過這天不是她的工作日。

「我不再是小蘿蔔頭的時候，會去伺候人嗎？」

爸爸抖一抖平底鍋讓臘腸滾動，然後望向我坐的位置。

「不，妳不會。」

「為什麼？」

他再晃一晃臘腸。「這很難解釋。」

我等著。他深吸一口氣，眉毛之間的思考紋變得更深了。「莉茲能夠伺候人是她幸運，但換作是妳，那是不幸。」

「我不懂。」

「嗯，我想也是。」他把煮豌豆的水瀝乾，將馬鈴薯搗成泥，然後將它們連同臘腸一塊兒放在盤子上。等他終於在桌邊坐定，他說：「伺候人對不同的人有不同意義，小艾，取決於他們在社會上的位置。」

「那些不同的意義會寫在大詞典裡嗎？」他的思考紋放鬆了。「我們明天在分類格裡找一找，好嗎？」

「莉莉有辦法解釋『伺候』是什麼嗎？」我問。

「妳媽媽有辦法用各種語句向妳解釋全世界，小艾。」爸爸說，「可是少了她，我們必須依賴阿牘。」

隔天早晨，我們整理信件之前，爸爸先把我舉高，讓我去搜尋裝著S開頭的詞彙的分類格。

「好了，看看我們能找到什麼。」

爸爸指著一個分類格，它幾乎太高了，但還不至於搆不著。我抽出一疊紙卡。「service」寫在一張首頁紙卡上，底下寫著：有多種意義。我們在分類桌旁坐下，爸爸讓我拆開綁住紙卡的線。它們又再分成四小疊引文，每一小疊有自己的首頁紙卡，以及莫瑞博士較為信任的志工之一所建議的定義。

「這些是伊蒂絲整理的。」爸爸邊說邊把每一疊紙卡排列在分類桌上。

「你是說蒂塔姑姑？」

「就是她。」

「她跟你一樣，是個詞典——詞典編贊師，是嗎？」

「是詞典編纂師。不是。但她是很有學問的女士，我們很幸運，她把大詞典當成一種嗜好。每個星期蒂塔都一定會寄信給莫瑞博士，提供某個詞彙，或是下一個部分的校稿。」

每星期我們也都一定會接到蒂塔寫給我們的信。爸爸大聲唸出信的內容，它們大部分都與我有關。

「我也是她的嗜好嗎？」

「妳是她的教女，這比嗜好還要重要多了。」

雖然蒂塔的真實名字是伊蒂絲，當我還很小的時候卻怎麼唸都唸不好。於是她說，她的名字還有其他的唸法，她讓我自己挑我喜歡哪一種。在丹麥，她的名字要唸成蒂塔。我有時候會想：蒂塔比較甜美，我喜歡這種節奏感。我從來沒再叫過她伊蒂絲。

「好了，我們來看看蒂塔是怎麼定義『service』的。」爸爸說。許多定義描述的都是莉茲，但沒有任何一條解釋為什麼「service」對她和對我可能代表不同意義。我們看的最後一疊沒有首頁紙卡。

「這些是重複的內容。」爸爸說。他協助我讀它們。

「它們會有什麼下場？」我問。但爸爸還來不及回答，累牘院的門就開了，其中一個助手走進來，邊走邊打領帶，好像才剛繫上去。他打好之後，它歪七扭八的，而且他忘了把它塞進西裝背心。

米契爾先生越過我的肩膀，望著攤放在分類桌上的一疊疊紙卡。波浪狀的黑髮拂在他臉上。他把頭髮往後撥，但髮油上得不夠，沒辦法固定住髮絲。

「Service。」他說。

「莉茲在伺候人（in service）。」我說。

「確實是。」

「但爸爸說如果我去伺候人，對我來說很不幸。」

米契爾先生望向爸爸，他聳聳肩，露出微笑。

「艾絲玟，等妳長大，我想妳可以做任何妳想做的事。」米契爾先生說。

「我想當詞典編纂師。」

「唔，這是個好的開始。」他指著滿桌的紙卡說。

馬林先生和鮑爾克先生走進累牘院，討論著他們前一天就在爭辯的一個詞。然後莫瑞博士進門，黑袍飄蕩。我從一個男人望向另一個男人，揣測是否能從他們鬍鬚的長度和顏色來判斷他們的年紀。爸爸和米契爾先生的鬍鬚是最短且顏色最深的。莫瑞博士的鬍鬚有些開始變白了，長度一直延伸到西裝背心最上面的一顆釦子。馬林先生和鮑爾克先生的鬍鬚算是介於中間。既然他們都到齊了，也該是我消失的時候。我爬到分類桌底下，注意著有沒有脫隊的紙卡。我非常渴望有另一個詞會找上我。希望落空，不過當爸爸叫我跟著莉茲離開時，我的口袋倒也不是空無一物。

我把紙卡拿給莉茲看。「另一個祕密。」我說。

「我應該由著妳把祕密帶出阿牘嗎？」

「爸爸說這是重複的內容，有另一張紙卡已經寫了完全一樣的字。」

「它寫什麼？」

「它說妳應該伺候人，我應該做針線活，直到有個紳士想要娶我。」

「真的？它這麼說？」

「我想是這樣沒錯。」

「這個嘛，我可以教妳針線活。」莉茲說。

我想了一下。「不了，謝謝妳，莉茲。米契爾先生說我可以當詞典編纂師。」

接下來幾天的早晨，我幫忙爸爸整理完信件後，就會爬到分類桌底下的一端，等著詞彙落下來。可是每當有紙卡落下，總是被某個助手迅速撿走了。過了幾天，我忘記要留意紙卡，過了幾個月，我連莉茲床底下的行李箱都忘了。

一八八八年四月

「鞋子？」爸爸說。
「亮晶晶。」我回答。
「長襪？」
「往上拉緊了。」
「洋裝？」
「有一點短。」
「會太緊嗎？」
「不會，剛剛好。」
「呼。」他吁出一口氣，抹了抹額頭。然後他盯著我的頭髮看了好久。「這都是打哪兒來的呀？」他喃喃道，一邊試著用笨拙的大手把它壓平。紅色鬈髮從他指縫間彈出時，他像玩遊戲似的抓住它們，但他的手不夠用。一綹髮絲被馴服了，另一綹又脫逃。
我開始咯咯笑，他把雙手往空中一甩。

因為我的頭髮，我們會遲到。爸爸說這是時髦。我問他「時髦」是什麼意思，他說那是有些人覺得很重要、有些人覺得一點都不重要的東西，從帽子到壁紙到抵達宴會的時間等各種地方，這個詞都適用。

「我們喜歡時髦嗎？」我問。

「通常不喜歡。」他說。

「那我們最好快跑了。」我牽著他的手，拖著他小跑步。十分鐘後我們氣喘吁吁地來到向陽屋。

屋前的柵門上裝飾著各種尺寸、風格和顏色的A和B。前一個星期為了給我的字母上色，我保持安靜好幾個鐘頭，現在我很興奮地看到它們夾雜在莫瑞家的孩子畫的那些A和B之間。

「米契爾先生來了。他很時髦嗎？」我問。

「一點都不時髦。」米契爾先生走近時，爸爸伸出手。

「好個大日子。」米契爾先生對爸爸說。

「等待已久。」爸爸對米契爾先生說。

米契爾先生蹲下來，讓我們面對面。今天他的髮油上得夠多，頭髮固定得很好。「生日快樂，艾絲玫。」

「謝謝你，米契爾先生。」

「妳現在幾歲了？」

「我今天滿六歲，我知道這場宴會不是為我辦的——是為了A和B——但爸爸說我還是可以吃兩塊蛋糕。」

「這是一定要的。」他從口袋取出一個小包裹遞給我。「宴會一定要搭配禮物才行。這個送給妳，小姑娘。運氣好的話，妳在過明年的生日前就能用它們給C上色了。」

我拆開包裝，是一小盒彩色鉛筆，我對米契爾先生露出開心的笑容。他站起來的時候，我看到他的腳踝。他一腳穿黑襪子、一腳穿綠襪子。

白蠟樹底下設了一張長桌，它完全符合我的想像。桌上鋪著白桌布，桌面擺滿一盤盤的食物和滿滿一個玻璃盆的潘趣酒。樹枝上掛著五顏六色的緞帶，現場的人多到我數不清。沒人想要時髦，我心想。

莫瑞家的男孩們在桌子另一邊玩鬼抓人，女孩們則在跳繩。如果我走過去，她們會邀請我一起玩——她們總是會邀請我——但繩子握在我的手裡觸感很怪，如果我在中間跳，又從來都跟不上節奏。她們會鼓勵我，我會再試幾次，不過繩子老是卡住，誰都不會覺得好玩。我望著希爾妲和愛瑟玟轉繩子，用一首歌來計算轉了幾圈。蘿絲芙和瑤爾曦站在中間，握著彼此的手，隨著姊姊愈轉愈快也跟著愈跳愈快。蘿絲芙四歲，瑤爾曦只比我大幾個月。她們的金色髮辮像翅膀一樣上下飛舞。我在看的時候，繩子連一次都沒有卡住。我摸摸自己的頭髮，發現爸爸綁的辮子已經鬆掉了。

「在這裡等一下。」爸爸說。他繞過人群走向廚房。一分鐘後他回來了，莉茲緊跟在後。

「生日快樂，艾西玟。」她邊說邊拉起我的手。

「我們要去哪兒？」

「去拿妳的禮物。」

我跟著莉茲穿過廚房，爬上狹窄的樓梯。我們進到她的房間後，她讓我坐在床上，然後把手伸進圍裙口袋。

「閉上眼睛，我的小包心菜，把兩手伸出來。」她說。

我閉上眼睛，感覺笑容在我臉上漾開。有個東西輕飄飄地在我掌心舞動。是緞帶。我努力不讓笑容垮下來；我的床邊就有一盒緞帶，多到都快滿出來了。

「妳可以張開眼睛了。」

兩條緞帶。不像這天早晨爸爸用來給我綁頭髮的緞帶那麼閃亮光滑，而是在兩端都繡有藍鈴花，就跟我這身洋裝上到處都有的刺繡一樣的圖案。

「它們不像其他緞帶那麼滑，所以妳不會那麼容易把它們弄掉。」莉茲邊說邊開始用手指梳我的頭髮。「而且我想它們配上法國辮一定很漂亮。」

片刻之後，莉茲和我回到花園。「妳是整場舞會最美的美人，」爸爸說，「而且來得正是時候。」

莫瑞博士站在白蠟樹的樹蔭下，面前的小桌子上擺著一本大書。他用叉子輕敲玻璃杯邊緣，我們都安靜下來。

「當強生博士著手彙編**他的**詞典，他決心要檢視每一個詞，不漏掉任何一個。」莫瑞博士停頓一下，確保我們都在聽。「這個決心很快就瓦解了，因為他意識到一項調查只會導向另一項調查，一本書提及另一本書，翻掘未必能獲得發現，發現未必能獲得知識。」

我拉了拉爸爸的袖子。「強生博士是誰？」

「一本舊詞典的編輯。」他悄聲說。

「如果本來已經有一本詞典了，你們為什麼還要編新的？」

「舊的那本不夠好。」

「莫瑞博士的詞典夠好嗎？」爸爸將手指抵在唇上，轉回頭去聽莫瑞博士說話。

「如果說我比強生博士成功，那全都是因為有許多學者和專家付出善意以及很有幫助的合作，大部分是另有要務在身的男士，但他們對這項任務的興趣使他們甘於將一部分時間貢獻給編輯工作，並且毫無保留地分享知識來讓作品更加完美。」莫瑞博士開始感謝所有協助彙編《A至B》收錄的詞彙的人。名單長到我站得腿都痛了。我在草地上坐下來，開始拔草，把層層草葉剝開，露出最嫩的綠芽，然後啃著玩。直到我聽見蒂塔的名字才抬起頭，之後不久我又聽到爸爸的名字，以及在累牘院裡工作的其他人的名字。

致詞結束後，莫瑞博士接受祝賀，爸爸走到那本充滿文字的厚書前，把它拾起來。

他把我叫過去，要我背靠著白蠟樹粗糙的樹幹坐下。然後他把沉重的書放在我腿上。

「我的生日詞彙在裡頭嗎？」

「絕對在裡頭。」他翻開封面，一頁頁地翻，直到翻到第一個詞。

A。

然後他往後翻了幾頁。

Aard-vark（土豚）。

然後再翻幾頁。

我心想：我的詞，全都用皮革裝訂起來，頁面鑲著金邊。我覺得它們的重量會把我永遠釘在原地。

爸爸把《A至B》放回桌上，人群將它吞沒。我替那些詞擔心。「小心喔。」我說，但沒人聽見。

「蒂塔來了。」爸爸說。

她穿過柵門，我奔向她。

「妳錯過蛋糕了。」我說。

「我會說時間點抓得正好。」她說，並彎下腰親我的頭。「我只吃馬德拉蛋糕，這是我的原則，它讓我保持苗條。」

蒂塔姑姑的身材跟巴勒德太太一樣寬，個頭稍微矮一點。「什麼是『苗條』？」我問。

「一種不可能實現的理想，也是妳不太可能需要擔心的事。」她說。然後她補上一句：「它指的是把某個東西變小一點。」

蒂塔不是我的真正親戚，我的親姑姑住在蘇格蘭，家裡有好多小孩，因此她沒有時間寵溺我。爸爸是這麼說的。蒂塔沒有孩子，她跟她妹妹貝絲住在巴斯。她為了替莫瑞博士查詢引文以及撰寫她自己的英國歷史書籍，忙得不可開交，不過她還是有時間寄信給我，帶禮物給我。

「莫瑞博士說妳和貝絲是多慘的貢獻者。」我有點裝腔作勢地說。

「多產。」蒂塔糾正我。

「那是好事嗎？」

「它的意思是我們替莫瑞博士的詞典蒐集了很多詞彙和引文，而我相信他說這話的用意是表達讚美。」

「可是妳們蒐集的資料沒有湯瑪斯．奧斯汀先生多，他比妳們要多慘得多了。」

「是多產。的確，他很多產，我真不知道他哪來的時間。好了，我們去喝點潘趣酒吧。」蒂塔牽起我的手，我們走向長桌。

我跟著蒂塔鑽進人堆，迷失在森林般的棕色和格紋細平布長褲與印花長裙之間。

每個人都想找她說話，我玩起一個遊戲，每次被攔下來就猜一猜眼前的長褲穿在誰的身上。

「它真的應該被收錄進去嗎？」我聽見一個男人說。「這個詞令人非常不愉快，我覺得應該抑制它的使用率。」蒂塔牽住我的手用力收緊。我不認得這件長褲，所以我抬頭看看能不能認出他的臉，但我只能看到他的鬍鬚。

「先生，我們不是英語的仲裁者。我們的工作必然只是記錄，而不是批判。」

當我們終於來到白蠟樹底下的長桌前，蒂塔倒了兩杯潘趣酒，並且在小盤子上堆滿三明治。

「信不信由妳，艾絲玟，我千里迢迢來這裡可不是為了談論詞彙的。我們去找個安靜的地方坐著，然後妳可以告訴我妳和妳爸爸過得怎麼樣。」

我帶蒂塔去累牘院。她把門帶上以後，宴會的噪音沉寂下來。這是我第一次在沒有爸爸或莫瑞博士或其他人在場的情況下，進到累牘院來。我們站在一進門處，我感覺自己身負重任，必須向蒂塔介紹裝滿詞彙和引文的分類格、所有舊詞典和參考書，還有那些分冊，那是詞彙還不夠累積成完整一冊的時候，最初的印刷版本。我花了很長時間才學會發「分冊」（fascicle）的音，我想讓蒂塔聽我說這個詞。

我指著門邊小桌子上兩個托盤的其中一個。「莫瑞博士和爸爸和其他人寫的信都會放在那裡。有時候在一天結束時，我可以負責把信投進郵筒。」我說。「妳寄給莫瑞博士的信放在這個托盤裡。如果信裡有紙卡，我們會先抽出來，爸爸讓我把紙卡放進分類格。」

蒂塔在她的手提包裡翻找，抽出一只我太熟悉的小信封。即使她就在我身邊，她那整齊而熟悉的斜斜字跡還是讓我有點興奮。

「我想說可以省一張郵票。」她說，並且把信封遞給我。

沒有爸爸在旁邊吩咐，我不確定該拿它怎麼辦。

「這裡面有紙卡嗎？」我問。

「沒有紙卡，只有我對收錄一個舊詞彙的意見，那個詞讓語文學會諸公有點心煩意亂。」

「是哪個詞呀？」我問。

她怔了一下，咬住嘴唇。「恐怕它難登大雅之堂。妳父親不會感謝我教妳這個詞的。」

「妳是要請莫瑞博士不要收錄它嗎？」

「正好相反，親愛的。我要慫恿他把它收進去。」

我把信封放在莫瑞博士書桌上那疊信件頂端，然後繼續導覽行程。

「這些是裝所有紙卡的分類格。」我說，在離我最近的整面牆的分類格前上下揮舞手臂，然後又用同樣的動作展示累牘院四周其他牆壁。「爸爸說會有成千上萬的紙卡，所以我們需要成百上千的分類格。它們是特別訂做的，莫瑞博士把紙卡的尺寸設計成剛好可以放進去。」

蒂塔取出一疊紙卡，我感覺心跳加速。「爸爸不在的時候，我不應該碰這些紙卡。」我說。

「唔，我想如果我們非常小心，不會有人知道的。」蒂塔對我露出祕密的微笑，我的心跳得更快了。她快速翻過紙卡，直到翻到一張格格不入的紙卡，它比其他紙卡要大。「妳看，」她說，「這寫在一封信的背面——瞧，信紙顏色跟妳的藍鈴花一樣。」

「信裡寫什麼？」

蒂塔盡可能讀它的內容。「這只是一小部分，不過我覺得它可能是封情書。」

「怎麼會有人把情書剪開呢？」

「我只能假設收信者沒有用同樣的感情回報。」

她把紙卡放回分類格，完全看不出來曾經有人動過。

「這些是我的生日詞彙。」我說，走到最舊的分類格前，從A到Ant的所有詞都存放在那裡。蒂塔揚起一邊眉毛。「它們是我出生前爸爸在編的詞。通常我生日的時候會挑一個出來，爸爸會幫我弄懂它。」我說，蒂塔點點頭。「這是分類桌。」我繼續介紹。「爸爸就坐在這裡，鮑爾克先生坐這裡，馬林先生坐在他旁邊。Bonan matenon。」我觀察蒂塔的反應。

「妳說什麼？」

「Bonan matenon。馬林先生打招呼時都會說這句話。那是四界語。」

「世界語。」

「沒錯。沃羅先生坐在那裡，米契爾先生通常坐那裡，不過他喜歡換位置。妳知道他每次都穿不成對的襪子嗎？」

「妳怎麼會知道？」

我又咯咯笑。「因為我待的位置在底下。」我趴跪在地上，爬到分類桌底下。我向外窺探。

「這樣啊？」

我差點邀請她進來跟我坐在一起，後來又覺得不妥。「妳需要苗條一下才能進得來。」我說。

她大笑，伸手拉我出來。「我們坐在妳爸爸的椅子上吧？」

蒂塔每年都會送我兩個生日禮物：一本書和一個故事。她送的書都是大人看的書，裡頭有小孩從來不會用的有趣詞彙。我一學會識字，她就堅持要我大聲朗讀，直到碰到我不認識的字。要到那時候她才會開始說故事。

我拆開書的包裝紙。

「《物—種—起—源》。」蒂塔唸前兩個字的速度很慢，還用手指在它底下畫線。

「這本書在講什麼？」我翻開書頁尋找插圖。

「動物。」

「我喜歡動物。」我說。接著我翻到緒論，開始朗讀。「在搭乘小獵犬號的時候……」我望著蒂塔，「主角是一隻狗嗎？」

她笑了。「不，小獵犬號是一艘船。」

我繼續唸。「……他身為……」我停下來，指著下一個詞。

「博物學家。」蒂塔說，然後再慢慢唸一次。「就是研究自然界的人，包括動物和植物。」

「博物學家。」我試著唸唸看。我把書闔上。「妳現在可以說故事了吧？」

「要說什麼故事好呢？」蒂塔一副茫然的表情，但她在微笑。

「妳明明知道。」

蒂塔在椅子上換了個重心，我也把自己塞進她的大腿與肩膀構成的柔軟吊帶裡。

「妳比去年來得長了。」她說。

「但我還是塞得進去。」我向後靠，她用雙臂摟住我。

「我第一次見到莉莉時，她在煮黃瓜加水田芥湯。」

我閉上眼睛，想像媽媽攪拌一鍋湯的模樣。我試著給她穿上普通的衣服，但她拒絕拿掉她在爸爸床邊的照片裡披著的新娘頭紗。在所有照片中我最喜愛那張照片，因為爸爸看著她，而她直接看著我。那頭紗會泡進湯裡的，我心想，不禁露出笑容。

「她在接受她的阿姨費恩利小姐的指導。」蒂塔繼續說，「費恩利小姐個子很高、非常能幹，她不但是我們網球俱樂部的祕書，也是一間小型私立女子學院的校長。這個故事就是在網球俱樂部發生的。莉莉是她阿姨學校的學生，顯然黃瓜加水田芥湯是課程大綱的一個項目。」

「什麼是『課程大綱』？」我問。

「那是一份清單，列出妳在學校學習的科目。」

「我在聖巴拿巴女子學校也有課程大綱嗎？」

「妳才剛開始上學，妳的課程大綱上就只有閱讀和寫作而已。妳長大一點以後他們會增加科目的。」

「他們會增加什麼呢？」

「希望是不像黃瓜加水田芥湯那麼居家的東西。我可以繼續了嗎？」

「嗯，請繼續。」

「費恩利小姐堅持要莉莉煮網球俱樂部午餐時要喝的湯。那湯難喝死了；每個人都這麼認為，有些人甚至說出口。恐怕莉莉是聽見了，因為她躲回俱樂部裡，刻意忙著去擦根本就不需要擦的桌子。」

「可憐的莉莉。」我說。

「這個嘛，等妳把故事聽完，妳可能就不會這麼想了。要不是因為那鍋難喝的湯，妳或許根本不會出生。」

我知道接下來會是什麼，屏氣凝神地聽。

「不知怎麼的，妳爸爸設法把碗裡的湯全喝下肚。我驚呆了，可是接下來我看到他把碗拿進廚房，請莉莉再給他第二碗。」

「第二碗他也喝掉了嗎？」

「喝掉了。他一邊喝湯，一邊不停問莉莉問題，在短短十五分鐘內，她的臉就從害羞而彆扭的女孩轉變為充滿自信的年輕女人。」

「他問她什麼問題？」

「這我不能告訴妳，不過等他喝完湯，他們兩人已像是認識一輩子那麼久。」

「妳知道他們會結婚嗎？」

「唔，我記得當時心想，幸好哈利知道怎麼煮蛋，因為莉莉絕對不想在廚房花太多時間。所以，對，我應該確實知道他們會結婚。」

「後來我就出生了，然後她死了。」

「嗯。」

「可是我們在談到她時，她會活過來。」

「千萬別忘了這一點，艾絲玫。話語是我們復活的工具。」

一個新詞彙。我抬頭看。

「那指的是你把某個東西找回來。」蒂塔說。

「但莉莉永遠不會真的回來。」

「對，她不會。」

我頓了一下，試著回想故事其餘的部分。「所以，妳告訴爸爸妳會當我最喜歡的姑姑。」

「沒錯。」

「妳說妳永遠都會站在我這一邊，即使我惹麻煩。」

「我有這麼說嗎？」我轉頭看她的臉，她微笑。「這完全是莉莉會希望我說的話，而我每個字都是真心的。」

「劇終。」我說。

一八九一年四月

有天早晨吃早餐時，爸爸說：「C開頭的詞絕對會造成驚恐，因為有無數的可信案例一直進來。」（The C words would certainly cause consternation considering countless certifiable cases kept coming.）我只花了不到一分鐘就找出破綻。

「『一直』（kept），」我說，「『一直』是K開頭的詞，不是C開頭。」

他的嘴裡還塞滿麥片粥；我的反應就是這麼快。

「我以為把『可信』（certifiable）加進去可能會混淆妳。」他說。

「可是它絕對是C開頭的啊；它來自『確實』（certain）這個詞。」

「『確實』是如此。好了，告訴我妳最喜歡哪句引文。」爸爸把一頁詞典校樣推過早餐桌。

慶祝《A至B》出版的野餐已經是三年前的事了，而他們還在處理C開頭的詞的校樣。這一頁已經排版完成，但有些句子被劃掉，頁緣空白處是爸爸亂七八糟的修改文字。寫到空間不夠用時，他就在邊緣釘一張紙卡，把內容寫在上頭。

「我喜歡新的這句。」我說，指著那張紙卡。

「它寫了什麼？」

「差人偕荳蔻女子往，令其親言，汝當得其實。」（To certefye this thinge, sende for the damoysell; and then shal ye know, by her owne mouthe.）

「妳為什麼喜歡這個句子？」

「唸起來很好玩，好像寫的人不懂得拼字，有些字是他自己捏造的。」

「那只是古字。」爸爸說，他取回校樣，讀著他寫的內容。「妳要知道，文字是會隨時間改變的。它們的拼法，它們的唸法；有時候連它們的意思都會變。它們有自己的歷史。」爸爸手指沿著那個句子底下滑過去。「如果把一些E拿掉，這句子幾乎就像現代的句子了。」

「什麼是『荳蔻女子』（damoysell）？」

「就是年輕女人。」

「我是荳蔻女子嗎？」

他看著我，極輕微的蹙眉令他眉毛抽搐。

「我下一次生日就十歲了。」我興沖沖地說。

「妳說十歲嗎?嗯，那沒有疑問了。妳很快就會成為荳蔻女子。」

「文字會繼續一直變化嗎?」

他準備送入口中的湯匙停在半空。「當意義被寫下來，我想它有可能就固定了。」

「所以你跟莫瑞博士想讓那些詞代表什麼意義都可以，而我們都必須永遠按照你們的定義使用文字?」

「當然不是。我們的工作在於找出共識。我們翻遍許多書來看某個詞是怎麼用的，然後我們想出符合所有用法的定義。其實這是一種相當科學的做法。」

「那是什麼意思?」

「『共識』嗎?嗯，它的意思是每個人都贊同。」

「你們有問過每個人嗎?」

「沒有，妳這鬼靈精。但我很懷疑有哪本書我們沒有參考過。」

「那些書又是誰寫的?」我問。

「各式各樣的人。好了，別再問問題了，快吃早餐;妳上學要遲到了。」

午休鈴響了，我看到莉茲站在學校大門外她的固定位置，看起來有點侷促。我想要奔向她，但我沒有。

「妳不能讓她們看見妳哭。」她牽住我的手說。

「我沒有哭。」

「妳有，而且我知道原因。我看到她們嘲笑妳了。」

我聳聳肩，感覺眼中湧出更多淚水。我低下頭，看著兩腳交替往前跨步的樣子。

「是為了什麼事啊？」她問。

我舉起怪模怪樣的手指。她握住我的手，親吻我的手指，然後嘴巴貼著我的掌心製造出「噗」聲。我忍不住笑出來。

「妳知道嗎，她們中有一半的人爸爸的手指都怪怪的。」

我抬頭看她。

「是真的喔。他們在鑄字廠工作的人都把傷痕當作徽章一樣炫耀，讓整個傑里科的人都知道他們從事什麼職業。他們的小蘿蔔頭嘲笑妳真的太頑皮了。」

「可是我跟別人不一樣。」

「每個人都不一樣啊。」她說。但她不懂。

「我就像『alphabetary』這個詞一樣。」我說。

「從來沒聽過。」

「它是我的生日詞彙之一，但爸爸說它已經被歸為廢語了。對任何人都沒有用處。」

莉茲笑了。「妳在班上也這麼說話嗎？」

我又聳聳肩。

「她們來自不同類型的家庭，艾西玫。她們不習慣像妳和妳爸爸這樣常常提到文字、書和歷史。有些人哪，如果可以把其他人往下拽一點，心理會比較平衡。等妳大一點事情就會不同了，我保證。」

我們默默地繼續往前走。我們愈接近累牘院，我的心情愈是好轉。

我在廚房裡跟莉茲和巴勒德太太一起吃過三明治後，我就穿過花園過去累牘院。正在吃午餐或工作的助手們一個接一個抬起頭，看看是誰走進房子。我靜悄悄地走去坐在爸爸旁邊。他清出一小塊空間，我便從側背包拿出練習簿，練習在學校學的手寫字母。寫完之後，我便溜下椅子，鑽到分類桌下。

桌底沒有紙卡，所以我把助手們的鞋子給仔細審視了一回。每雙鞋子都恰好適合它的主人，各有各的習性。沃羅先生的鞋子鞣成漂亮的顏色，它們靜止不動，呈內八；米契爾先生則正好相反：他的鞋子磨損得看起來很舒適，腳趾朝外，鞋跟片刻不停歇地上下跳動。他兩隻鞋各露出不同顏色的襪子。馬林先生的鞋子很愛冒險，從來就不在我預期的位置；鮑爾克先生的鞋子向後收到椅子底下；斯威特曼先生的鞋總是依循某種模式輕點，我猜想他腦中肯定有某種旋律。我從桌子底下偷看時，他通常都面帶微笑。爸爸的鞋子是我的最愛，我總是最後才看它們。在這一天，它們其中一隻擱在另一隻上，兩隻的鞋底都露出來。我停下來，戳了一下剛剛開始會滲水進去的小洞。鞋子晃了晃，像是在趕蒼蠅。我又戳一次，它定住了。它在等待。我扭扭手指，一點點而已。於是鞋子往旁邊一倒，失去生命，突然間蒼老無比。從它裡頭掙脫的腳開始撫摸我的手臂。它的動作好笨拙，我的腮幫子幾乎沒有足夠的空間容納想要衝口而出的笑聲。我捏了一下他的大拇趾，爬到光線勉強足以用來閱讀的位置。

累牘院的門上傳來簡促的三響，把我們嚇了一跳。爸爸的腳找到他的鞋。

我從桌子底下看著爸爸打開門，門口有個矮小的男人，他有一道濃密的金色小鬍子，頭上幾乎沒有任何頭髮。「敝姓柯瑞恩，」我聽到男人說，爸爸把他迎進屋，「我有事先預約。」他的衣服對他來說太大了，我好奇他是否期望自己還會長大而填滿空隙。他是新的助手。

有些助手只來幾個月，但有時候他們會天長地久地待下來，就像是斯威特曼先生。他是前一年來的，圍坐在分類桌旁的一眾男性中，只有他沒有留鬍子。這表示我能看見他的微笑，而他剛好是個笑口常開的人。爸爸向分類桌周圍的人介紹柯瑞恩先生時，柯瑞恩先生完全沒有露出微笑。

「而這個小搗蛋是艾絲玫。」爸爸邊說邊拉我站起來。

我伸出手，但柯瑞恩先生沒有握我的手。

「她在那底下幹什麼？」他問。

「我猜就是做些小孩子在桌底下會做的事吧。」斯威特曼先生說，他和我相視而笑。

爸爸朝我彎下腰。「艾絲玫，去跟莫瑞博士說新的助手已經到了。」

我跑過花園進入廚房，巴勒德太太陪我一起走進飯廳。

莫瑞博士坐在大桌子一端，莫瑞太太坐在另一頭。他們兩人之間的空位足以容納他們的十一個孩子，不過莉茲說有三個孩子已經離家了。剩下的孩子分散坐在桌子兩側，最大的孩子靠莫瑞博士這一頭，最小的孩子坐在靠近母親的高椅子上。我默默地等他們唸完禱詞，然後瑤爾曦和蘿絲芙揮揮手，我也揮手回應，我要傳達的訊息突然間變得沒那麼重要了。

「我們的新助手？」莫瑞博士看我鬼鬼祟祟地站在那裡，眼睛越過眼鏡上緣對著我問道。

我點頭，他站起來。莫瑞家的其他人開始用餐。

回到累牘院，爸爸正在向柯瑞恩先生解釋什麼事，後者聽到我們進門便轉過身來。

「莫瑞博士，很榮幸加入你的團隊。」他說，伸出手並微微鞠躬。

莫瑞博士清了清喉嚨，聽起來有點像敷衍的悶哼。他跟柯瑞恩先生握手。「這不是每個人都做得來的，」他說，「需要有某種程度的……勤奮。柯瑞恩先生，你是個勤奮的人嗎？」

「當然是，先生。」他說。

莫瑞博士點點頭，回到住宅去把午餐吃完。

爸爸繼續他的導覽行程。每當他告訴柯瑞恩先生關於整理紙卡的方式，柯瑞恩先生都會點點頭說：「頗為直觀。」

「這些紙卡是世界各地的志工寄來的。」我說，爸爸正在示範給他看分類格的次序如何安排。

柯瑞恩先生低頭看我。他微皺著眉頭，不過沒有回應。我稍稍往後退了一點。斯威特曼先生一手按在我肩頭。「我曾經經手過一張從澳大利亞寄來的紙卡，」他說，「那裡差不多是世界上離英格蘭最遠的地方了。」

莫瑞博士吃完午餐回來，向柯瑞恩先生傳達他的指示時，我沒有坐在那裡聽。

「他會在這裡待一陣子或永遠不走？」我小聲問爸爸。

「他會待到他走為止，」他說，「所以大概是永遠不走吧。」

我爬到分類桌底下，幾分鐘後，一雙陌生的鞋子加入我所熟悉的那些鞋子之間。

柯瑞恩先生的鞋很舊，跟爸爸的一樣，不過它們已經有一陣子沒上鞋油了。我看著它們試圖安頓下來。他把右腿蹺在左腿上頭，又把左腿蹺在右腿上頭。最後，他用兩隻腳踝勾住椅子前腳，看起來好像他的鞋子想躲起來不讓我看見。

就在莉茲要帶我回學校之前，一整疊紙卡掉在柯瑞恩先生的椅子旁。我聽到爸爸說有些C開頭的紙卡捆包變得「因有太多可能性而笨重」。他發出那種每當他自以為幽默時會發出的細微聲響。

柯瑞恩先生並沒有笑。「這沒綁好。」他說，彎下腰盡可能撈起最多的紙卡。他包住紙卡後手指握成拳頭，我看到紙卡們擠壓變形。我小聲驚呼，這使他頭頂撞上桌子底側。

「柯瑞恩先生，你沒事吧？」馬林先生問。

「這女孩應該已經大到不該待在桌子下了。」

「她只待一下子，等等她就要回學校了。」斯威特曼先生說。

等我的呼吸歸於平順，累牘院也恢復平常的挪腳和低語聲，我在分類桌底下的陰暗處搜尋。有兩張紙卡仍躺在沃羅先生整潔的鞋子旁，好像它們知道自己很安全，不會遭到粗心大意的踐踏。我撿起它們，突然想起莉茲床底下的行李箱。我實在不忍心把它們還給柯瑞恩先生。

我看到莉茲在門口徘徊時，便從爸爸椅子旁鑽出來。

「時間已經到了？」他說，但我感覺他一直在看時鐘。

我把練習簿放進側背包，到花園裡找莉茲。

「回學校之前，我可不可以放個東西到行李箱裡？」

我已經很久很久沒有往行李箱裡放任何東西了，但莉茲只隔了一下子就會意過來。「我經常在想妳有沒有找到別的東西可以放進去呢。」

那些紙卡並不是唯一跑到行李箱裡的文字。

爸爸衣櫃裡的地板上有兩個木盒。我是在我們玩捉迷藏時發現它們的。我把自己往衣櫃最深處塞時，其中一個木盒的尖角戳痛我的背。我打開它。

在爸爸的大衣和莉莉有霉味的洋裝之間，光線太暗了，我看不清木盒裡裝著什麼，但我的手摸到感覺像信封邊緣的東西。然後樓梯傳來重重的腳步聲，爸爸模仿《傑克與魔豆》裡的巨人，唱著：「嘻、嗨、呵、嚕。」我蓋上盒蓋，挪到衣櫃中央。光線湧入，我跳進他的懷裡。

當天晚上，我應該在睡覺的時候，我沒有睡。爸爸還在樓下校稿，所以我溜下床，躡手躡腳地穿過樓梯平臺，進入他的臥室。「芝麻開門。」我悄聲說，一邊拉開衣櫃門。

我伸手進去把兩個木盒都取出來。我帶著它們坐在爸爸的窗戶底下，灰濛濛的夜晚微光仍足夠讓我看到東西。這兩個木盒幾乎一模一樣——淺色的木頭，角落處鑲著黃銅——但其中一個盒子擦得光亮，另一個則暗無光澤。我把光亮的盒子拉近，撫摸彷彿塗了一層蜂蜜的木頭。裡頭有上百個信封，有的厚有的薄，按照寄信的日期順序緊緊塞在一起。他的純白色信封和她的藍色信封相貼。這些信大部分都是交錯排列的，不過有時候會有連續兩或三個白色信封，好像爸爸對什麼事滔滔不絕，而莉莉已經失去興趣。如果我從第一封信讀到最後一封，就能了解他們相知相戀的整個故事，但我知道這個故事有個悲傷的結局。我沒有打開任何一封信就把蓋子蓋上了。

另一個盒子也裝滿信件，但沒有一封是莉莉寫的。它們來自不同人，各用細繩捆成小包。最大的一包是蒂塔寫的信。我從繩子底下抽出最近的一封信，打開來讀。信中大部分在講大詞典的事；她提到C開頭的詞好像永遠編不完，牛津大學出版委員會一直要求莫瑞博士加快工作速度，因為大詞典花太多錢了。不過最後一小段與我有關。

愛妲・莫瑞跟我說詹姆斯讓孩子們給紙卡分類。她向我描繪生動的畫面，說他們都圍在餐桌邊直到深夜，幾乎被堆積如山的紙張給淹沒。她甚至大膽地說，她猜想這或許正是他生這麼多孩子的動機。感謝上天她這麼明理又好脾氣，我真心認為要不是如此，大詞典可能根本做不起來。

你一定要跟艾絲玫說，她在阿牘裡要躲得好好的，否則莫瑞博士下一個可能就會要她幫忙。我敢說她夠聰明，事實上，我猜想她也許求之不得。

伊蒂絲筆

我把兩個盒子都放回衣櫃，然後踮著腳尖穿過樓梯平臺。那封信仍握在我手裡。

隔天，莉茲看著我打開行李箱。我從口袋掏出蒂塔的信，放在鋪滿底部的紙卡上面。

「妳蒐集了很多祕密啊。」她說，一手摸向她衣服底下的十字架。

「這跟我有關。」我說。

「是被丟掉的還是漏掉的？」她很堅持要遵守原則。

我想了想。「被忘掉的。」我說。

我一次又一次地回到衣櫃裡，拿蒂塔的信來讀——她總是會提到我；有些是回答爸爸提出的疑問。感覺好像我是個詞，而這些信就是紙卡，有助於定義我這個人。我心想：如果我把信全都看過一遍，也許我會變得比較合理。

可是我始終沒辦法去讀光亮盒子裡的信。我喜歡看它們，用手滑過側面，感覺一封封信擦過我的手指。我的媽媽和爸爸一起待在那個盒子裡，有時候在我快要進入睡眠狀態時，我好像能聽見他們含糊不清的說話聲。有一天晚上我溜進爸爸的房間，像狩獵中的貓一樣爬進衣櫃。我想要出其不意地逮住他們。可是當我掀開光亮木盒的蓋子時，他們沉默不語。可怕的孤寂感尾隨我回到床上，讓我失眠。

隔天早晨，我累到沒辦法上學。爸爸帶我去向陽屋，我帶著空白紙卡和彩色鉛筆在分類桌下消磨了一個上午。我用不同的顏色在十張紙卡上寫下我的名字。

晚上我打開光亮木盒時，我把每張紙卡都夾進白色和藍色信封之間。現在我們三個人都在一起了，我什麼也不會錯過。

莉茲床底下的行李箱開始感覺得出所有信件和文字的重量了。

「沒有貝殼或石頭，沒有漂亮的小東西。」有一天下午我打開行李箱時，莉茲這麼說。

「艾西玫，妳為什麼要蒐集這麼多紙？」

「我蒐集的不是紙，莉茲；是紙上的詞。」

「可是**這些**詞為什麼特別重要？」她問。

我也說不上來。這更像是一種感覺而不是想法。有些詞就像從鳥巢裡掉下來的雛鳥。另外一些詞，我則感覺像發現一條線索：我知道它很重要，卻不確定為什麼。蒂塔的信也是一樣，有如一塊塊拼圖，有朝一日或許能拼在一起，解釋爸爸不知道該怎麼說，而莉莉或許知道該怎麼說的事。

我不知道如何說明這些亂七八糟的想法，所以我問：「莉茲，妳為什麼要做針線活？」

她沉默了許久。她摺著洗好的衣物，然後換下床上的被單。

我不再等她回答，繼續讀一封蒂塔寫給爸爸的信。你有沒有考慮過等艾絲玟大到不能讀聖巴拿巴女子學校後，要拿她怎麼辦？她問。我幻想我的頭從教室的煙囪裡蹦出來，手臂從兩側窗戶往外伸。

「我猜我是喜歡讓手有事情忙吧。」莉茲說。我一時間忘了我剛才問她什麼。「而且這能證明我存在。」她補充。

「妳在說傻話，妳當然存在。」

她停止鋪床，非常嚴肅地看著我，我不禁放下蒂塔的信。

「我打掃，我幫忙煮飯，我生火。我做的一切都會被吃掉或弄髒或燒掉——到最後根本沒有東西能證明我曾經在這裡。」她停頓一下，跪在我旁邊，輕輕撫摸我裙襬上的刺繡。它掩飾了我被荊棘扯破裙子時她替我修補的痕跡。

「我的針線活一直都會在。」她說，「我看到這個的時候，感覺就……嗯，我不知道確切的詞。好像我一直都會在這裡。」

「永久。」我說。「那其他時候呢？」

「我感覺像馬上就要被風吹散的蒲公英。」

一八九三年八月

每逢夏季，總有一段時間累牘院會變得安靜。「人生不是只有文字而已。」有一次我問到大家都跑到哪兒去的時候，爸爸這麼回答我，但我想他不是真心的。我們有時候會去蘇格蘭探望我姑姑，不過我們總是比其他所有助手早回到向陽屋。我喜歡在分類桌底下等待每雙鞋子返回。當莫瑞博士進來的時候，他總是會問爸爸是不是忘了帶我回家，而爸爸也總是會假裝他真的忘了。接著莫瑞博士就會看向分類桌底下，對我眨眨眼睛。

這年夏天要結束時，我滿十一歲了，米契爾先生的腳沒再出現，莫瑞博士走進累牘院，幾乎什麼話也沒說。我等著看到穿綠襪子的腳踝交叉跨在淺藍色襪子的腳踝上，但米契爾先生平常坐的位置空了一塊。其他的腳似乎都有氣無力，雖然斯威特曼先生的鞋子上下點地，卻不符合任何曲調。

「米契爾先生什麼時候會回來？」我問爸爸。他過了很久才回答。

「他摔下來了，小艾，在爬山的時候。他不會回來了。」

我想著他不成對的襪子和他送我的彩色鉛筆。我把那些鉛筆用到短得沒辦法握在手裡，那已經是好幾年前的事了。我在分類桌底下的世界感覺沒那麼舒適了。新的一年來臨，分類桌似乎縮水了。有一天下午我爬進桌子底下，後來爬出來時撞到頭。

「看妳的洋裝變成什麼樣子了。」莉茲來帶我去喝下午茶時說。我的裙子上沾了髒汙和灰塵，簡直像某種花紋。她盡可能把我的裙子拍乾淨。「在阿牘裡到處爬來爬去很沒有淑女的樣子，艾西玟。我真不知道妳爸爸為什麼由著妳。」

「因為我不是淑女。」我說。

「妳也不是貓。」

我回到累牘院後，繞著屋內走了一圈。我用怪模怪樣的手指滑過書架和書本和累積在那裡的小團灰塵。我不介意當一隻貓，我心想。

我從斯威特曼先生附近經過時，他對我眨眨眼睛。

馬林先生說：「Kiel vi fartas（妳好嗎），艾絲玟？」

我說：「我很好，謝謝你，馬林先生。」

他看著我，揚起眉毛。「妳要怎麼用世界語說這句話？」

我得想一想。「Mi fartas bone, dankon.」

他微笑點頭。「Bona.（很好）」

柯瑞恩先生深吸一口氣，讓所有人知道我是個干擾源。

我考慮溜到分類桌底下，但我沒有。這是個成熟的決定，我感覺不快，好像是別人替我作了這個決定。我在兩個書架間找到一個空間，有點彆扭地窩進去，擾動蜘蛛網、灰塵和兩張遺落的紙卡。

它們藏在我右側的書架底下。我把它們先後拾起來。C開頭的詞，是最近才弄掉的。我把它們收起來，然後望向分類桌。柯瑞恩先生坐得離我最近，他的椅子旁邊有另一個詞。我很懷疑他到底在不在乎。

「她手腳不乾淨。」我聽到柯瑞恩先生對莫瑞博士說。莫瑞博士頭轉向我，我全身掠過一股寒意。我覺得我可能會變成石頭。他回到他的高桌子前，拿起一份校樣。然後他走向爸爸。

莫瑞博士試著營造出他們在討論詞彙的模樣，但兩人眼睛都沒看著校樣。莫瑞博士走開之後，爸爸沿著長長的分類桌望過來，看著書架之間的空隙。他對到我的視線，朝著累牘院的門比了個手勢。

我們在白蠟樹底下站定後，爸爸伸出手。我只是盯著它瞧。他喊了一聲我的名字，他從來沒這麼大聲喊過我。然後他要我把口袋裡的東西掏出來。

這個詞無足輕重，也不有趣，但我喜歡隨附的引文。當我把它放在他手裡時，爸爸看起來好像不知道那是什麼東西，好像不知道該怎麼處置它。我看到他的嘴唇默唸出那個詞以及包含那個詞的句子。

COUNT（認為）

「我認為你是個傻子。」

——丁尼生，一八五九年

好久好久，他一句話都沒說。我們站在寒風中，好像我們在玩扮演雕像的遊戲，誰也不想先動一下。接著他把紙卡放進長褲口袋，然後半推著我走向廚房。

「莉茲，下午的時間可以讓艾絲玫待在妳房間嗎？」爸爸問，一邊把門在身後帶上，以免爐灶的熱氣散掉。

莉茲放下她正在削皮的馬鈴薯，在圍裙上擦擦手。「當然可以，尼克爾先生。艾絲玫永遠都受到歡迎。」

「別讓她太開心，莉茲。她應該要坐在那裡好好反省自己的行為。我希望妳不要陪她。」

「知道了，尼克爾先生。」莉茲說，不過她和爸爸似乎都不敢看對方的眼睛。

我一個人在樓上，背靠著莉茲的床坐著，我把手伸進洋裝袖子，取出另外那個詞：counted。寫下這個詞的人筆跡很好看，我相信是位女士，不只是因為這句引文出自拜倫的作品。這些文字有各種弧線與長長的線條。

我探到莉茲的床底，把行李箱拖出來。我總是預期它更重一些，但它毫無阻礙地滑過地板。箱子的底部鋪滿紙卡，像是秋天落葉鋪成的地毯，其中間雜著蒂塔的一封封信。

柯瑞恩先生如此馬虎，有麻煩的人卻是我，還真是不公平。我確信這些詞都是重複的內容——許多志工都會寄來的普通詞彙。我把兩隻手都伸進行李箱，感覺紙卡在我指間滑動。我保存了它們全部，就像爸爸認為他藉由把其他詞彙收進大詞典來保存它們。我的詞來自邊邊角角，也來自分類桌中央的廢紙簍。

我心想：我的行李箱就像是大詞典，只不過它收錄的全是遺失或遭到忽略的詞。我心生一念。我想要向莉茲討一枝鉛筆，但知道她不會違背爸爸的吩咐。我環視她的房間，好奇她會把鉛筆收在哪裡。

莉茲的房間少了她，感覺有點陌生——好像它或許並不屬於她。我從地上爬起來，走到衣櫃前。看到她那件最上面的釦子和其他釦子不成套的舊冬季大衣，讓我感到鬆了口氣。她有三件背心裙、兩件洋裝；她最好的、留到週日上教堂穿的洋裝，曾經綠得像三葉草，現在褪得像夏天的草一樣淡。我用手拂過它，看到莉茲把洋裝改大而露出的縫分呈現一條條的三葉草綠。我拉開她的抽屜，只看到內衣、一套備用的被單、兩條披巾以及一個小木盒。我知道盒子裡裝著什麼。不久前的一天，巴勒德太太決定是時候讓我知道月經是什麼了，所以莉茲給我看她存放在木盒裡的布塊以及腰帶。我希望永遠不必再看到它們，所以我沒打開盒子，只是把衣櫃門關上。

沒有放遊戲的箱子。沒有放書本的架子。她床邊的小桌子上有一塊刺繡，還有裝在簡樸木框裡她母親的照片。我仔細審視它：一個穿戴著普通帽子、普通衣服的平凡年輕女子，手裡拿著一束樸素的花。莉茲長得跟她很像。相框後面放著我在行李箱裡找到的帽針。

我跪下來往床底張望。一頭是莉茲冬天穿的靴子；另一頭是她的夜壺和針線盒。我的行李箱就住在正中央，灰塵間的一塊淨地標記出它所放的位置。剩下再沒別的東西了。當然，沒有鉛筆。

我看著行李箱，它仍敞開放在地上，最新的那個詞正面朝上壓在其他詞上頭。然後我看著莉茲床邊桌上的帽針，想起它是多麼銳利。

失落詞詞典。我花了整個下午才在行李箱蓋子內側刻出這行字。這項工作讓我用力到手都痛了。完成之後，莉茲的帽針彎曲變形地躺在地板上，上頭的珠珠就跟我發現它的那天一樣鮮豔。

這時我突然有種異樣的感覺，一種強烈的不安。我試著把帽針扳直，但它不肯恢復成完美狀態。它的末端已經鈍到我無法想像它刺穿毛料，哪怕是最廉價的帽子。我在室內搜尋，卻找不到任何可以把它修好的工具。我把帽針擱在莉茲床邊桌旁的地板上，希望她認為它是掉下來時折彎了。

接下來一年，我大部分時間都跟累牘院保持距離。莉茲去聖巴拿巴女子學校接我，給我吃午餐，再送我回學校。下午放學後，我就自己看書和練習寫字。我會待的地方有白蠟樹蔭下、廚房桌子邊和莉茲的房間，看當時天氣如何。他們慶祝第二冊詞典出版時，我裝病沒有出席；第二冊收錄的是C開頭的所有詞彙，包括「count」和「counted」。

我十二歲生日當天，爸爸到聖巴拿巴女子學校接我。我們通過向陽屋的柵門後，他仍握著我的手，我和他一起走向累牘院。

屋裡只有莫瑞博士一個人。我們進屋時，坐在書桌前的他抬起頭，然後他從高臺上走下來迎接我。

「生日快樂，小姑娘。」他說。然後他越過眼鏡上緣看著我，臉上沒有笑容。「應該是十二歲對吧。」

我點點頭；他繼續盯著我。

我的呼吸變得不穩定。我長得太大了，沒辦法躲到分類桌底下去，沒辦法逃離他在想的任何事。所以我乾脆直視他的雙眼。

「妳爸爸跟我說妳是個好學生。」

我什麼也沒說，他轉身朝他書桌後頭的兩冊大詞典比畫了一下。

「只要妳覺得需要，妳就拿這兩冊詞典來查資料。如果妳不取用它們，我們的苦心全都失去意義了。」他說。「如果妳需要C開頭之後的詞的知識，那麼等到分冊出版以後，妳也可以隨意翻閱。連分冊都還沒收錄到的詞嘛——」他再次打量我，「——妳得請妳爸爸在分類格裡找。妳有任何疑問嗎？」

「什麼是『取用』（avail）？」我問。

莫瑞博士微笑，瞥了爸爸一眼。

「幸好這是A開頭的字，我們來查一查如何？」他走到書桌後的書架前，取下《A至B》。

蒂塔給我的十二歲生日賀卡寄達時，裡頭附了一張紙卡。蒂塔說它是個「冗餘」的詞。

「『冗餘』是什麼意思？」我問爸爸，他正把帽子戴上。

「不必要的，」他說，「沒有人想要或需要的。」

我看著紙卡。是個B開頭的詞：brown。平淡而無聊，我心想。沒有遭到遺落或忽視或忘記，只是個冗餘的詞。爸爸一定告訴蒂塔我偷拿了一個詞的事。我把她的詞放進口袋。

我在學校裡一直想著這件事。我用手指把玩紙卡邊緣，想像它是個更有趣的字眼。我考慮把它丟了，但又下不了手。冗餘，蒂塔說。也許我可以把這項特性加進莉茲堅持要遵守的規則清單裡。

下午我抵達向陽屋後，我直接上樓去莉茲的房間。她不在，不過她不會介意我在那裡等。我從床底拖出行李箱打開。

我剛從口袋掏出紙卡時，她來了。

「這是蒂塔寄的，」我趕緊說，以免她的眉頭愈皺愈深，「因為我生日的關係。」

莉茲的眉頭開始舒展，但這時她突然看到什麼，整張臉都僵住了。我循著她的視線看過去，看到行李箱蓋內側刮出的潦草字母。我想起自己當時有多麼憤怒、盲目和自私。我轉回頭看莉茲，她的臉頰滑下一滴淚。

感覺有個氫氣球在我胸腔裡擴張，擠壓我需要用來呼吸和說話的所有空間。對不起，對不起，對不起，我心想，但一個字都沒說出口。她走向床邊桌，拿起帽針。

「為什麼？」她問。

還是沒說話。說什麼感覺都不對。

「那到底是什麼句子？」她的嗓音在憤怒和失望之間搖擺不定。我希望她傾向憤怒。嚴詞斥責惡劣行為。風暴之後歸於寧靜。

「**失落詞詞典**。」我喃喃道，眼睛一直盯著地板上一個木材裡的樹瘤痕跡。

「說是失竊詞詞典更貼切吧。」

我猛然抬起頭。莉茲看著帽針的眼神，彷彿她可能在其中看出什麼先前未發現的東西。她的下嘴唇在顫抖，像個孩子。我們對到眼神時，她的表情垮下來。那跟我被逮到那天爸爸的表情一模一樣，好像她對我有了新的認知，而她並不喜歡。這麼說她不是憤怒了。是失望。

「它們只是詞而已，艾絲玫。」莉茲伸手拉我從地上站起來。她要我跟她並肩坐在床上，我身體僵硬地坐著。

「關於我媽媽的東西，我就只有那張照片而已。」她說，「她沒有笑容，我想即使在我們這些孩子出生之前，她的人生就被壓得喘不過氣。可是後來妳找到這根帽針。」她轉動它，上頭的珠珠化作模糊的色彩。「我對她的事能確定的部分並不多，不過想像她很快樂，知道她的生活中有美麗的東西，對我很有幫助。」

我想到我家到處都有的莉莉的照片，想到爸爸的衣櫃裡還掛著的衣服，想到那些藍色信封。我想到每年生日蒂塔都會講給我聽的故事。我媽媽像是有一千張紙卡的詞，而莉茲的媽媽則像只有兩張紙卡的詞，幾乎不算數，幾乎不夠資格。而我對待其中一張紙卡的方式好像它是冗餘的。

行李箱仍然敞著，我看著刻在蓋子上的文字，然後我看向帽針，即使它的底部彎曲，在莉茲粗糙的手映襯下仍顯得十分精緻。我們都需要證據證明我們是誰。

「我會把它修好。」我說，我伸出手，心想可以僅憑意志力把它扳直。莉茲讓我拿去，看著我嘗試。

「夠好了。」我終於放棄時她說，「也許尖端可以用磨刀石磨一磨。」

我胸腔裡的氣球爆掉了，洶湧的情緒溢出。淚水、鼻涕和斷斷續續的道歉：「對不起，真的很對不起。」

「我知道，我的小包心菜。」莉茲摟著我，直到我不再囁嚅，她撫摸我的頭髮、搖晃我的身體，就像我小時候那樣，雖然我幾乎已長得比她還要高了。結束之後，她把帽針放回原本的位置，也就是她母親的照片前方。我跪在堅硬的地板上，準備把行李箱蓋起來。我的手指擦過粗糙而凌亂的字母。但它們是永久的。失落詞詞典。

柯瑞恩先生提早離開。他看到我坐在白蠟樹下，既沒有說任何話，也沒有對我笑一下。我看著他大步走向他的自行車，把側背包轉到背後，然後一腿跨越座墊。他沒有注意到有一捆紙卡在他背後掉到地上。我沒有喊他。

那是十張釘在一起的紙卡。我把它們夾在我正在看的書裡，返回白蠟樹底下。

首頁紙卡上寫著「distrustful」，是柯瑞恩先生潦草的筆跡。他給它的定義是：對自己或他人懷有或帶有不信任；缺乏信心；懷疑，有疑慮，不相信（incredulous）。我不知道「incredulous」是什麼意思，翻著其他紙卡想要掌握概念。每看到一句引文，我的不安就更增加一點。可疑的懦夫，奮戰到最後一口氣吧，引述自莎士比亞。

但我救了它們，讓它們免受晚風和晨露的蹂躪。我從柯瑞恩先生的疏忽中救了它們。不可信的人是他。

我從紙卡中特別拿起一張來。這張紙卡上的引文沒有作者名、書名或日期，它會被丟掉。我把它摺起來放進鞋子裡。

剩下的紙卡回到我的書裡，當牛津的鐘聲敲了五下，我便去累牘院找爸爸。

他一個人在分類桌邊，面前擺著一份校樣，周圍攤放著許多紙卡和書本。他彎下腰湊近稿件，渾然不覺我在這裡。

我用手指摸索口袋裡的書本紙頁，把「distrustful」那一捆紙卡取出來。我走到分類桌邊，把它們加進柯瑞恩先生座位前雜亂無章的東西裡。

「她在幹什麼？」柯瑞恩先生站在累牘院門口，因為他背對午後的天光，我看不清他的面貌，但他微微駝背的身形和尖細的嗓音絕對不會被錯認。

爸爸驚愕地抬起頭，然後看到我手底下的紙卡。

柯瑞恩先生大跨步走過來，伸出手的態勢像是準備把我的手用力撥開，不過他似乎因為我的手變形傷殘而有點畏縮。「這樣真的不行。」他轉向爸爸說。

「是我發現它們的。」我對柯瑞恩先生說，但他不肯看我。「我在你停自行車的籬笆附近發現它們，它們是從你的側背包裡掉出來的。」我看著爸爸。「我正要把它們放回去。」

「恕我直言，哈利，她不應該在這裡。」

「我正要把它們放回去。」我說，但感覺好像誰也聽不到或看不見我；他們兩人都沒有回應。他們兩人都沒有看我。

爸爸深吸一口氣，吁出來的同時幾乎令人難以覺察地搖搖頭。

「讓我來處理吧。」他對柯瑞恩先生說。

「好的。」柯瑞恩先生說，然後他拿起從他側背包掉出來的那一捆紙卡。

他走了以後，爸爸摘下眼鏡，揉著他的鼻樑。

「爸爸？」

他把眼鏡戴回去，看著我。接著他把椅子從分類桌邊往後拉，然後拍拍膝蓋要我坐上去。

「妳幾乎已經長得太大了呢。」他說，努力擠出笑容。

「真的是他弄掉的；我親眼看到了。」

「我相信妳，小艾。」

「那你為什麼都不說？」

他嘆口氣。「太複雜了，很難解釋。」

「有什麼詞可以形容嗎？」我問。

「詞？」

「形容你為什麼沒替我說話的詞，我可以查來看。」

於是他露出微笑。「我腦中第一個想到的是『圓滑』。『妥協』、『息事寧人』。」

「我喜歡『息事寧人』（mollify）。」

我們一起在分類格裡搜尋。

MOLLIFY（緩和）

「藉由這些恩惠來緩和他最憤怒的迫害者的怒火。」

——休謨，《大不列顛史》，一七五四年

我思考了一下。「你是在試著讓他不那麼生氣。」我說。

「對。」

一八九五年九月

我以為我尿床了，但我掀開被子，發現我的睡衣和床單都被染成紅色。我放聲尖叫。我的手因為沾了血而黏黏的。我原本就感覺背和肚子隱隱作痛，這下子這種疼痛突然令我驚駭莫名。

爸爸衝進我房間，驚慌地往四周看，然後他一臉憂慮地走到我床邊。當他看到我染血的睡衣時，他鬆了口氣。接著變得侷促不安。

他坐在床沿，床墊陷下去。他拉起被子把我蓋好，摸了摸我的臉頰。於是我知道這是什麼了，我突然間不曉得如何自處。我把被子拉高一點，迴避他的目光。

「對不起。」我說。

「別說傻話。」

我們不自在地靜坐一會兒，我知道他極度希望莉莉在這裡。

「莉茲有沒有……」爸爸開口。

我點頭。

「妳有妳需要的東西嗎？」

我再次點頭。

「我能不能……？」

我搖頭。

爸爸親吻我的臉頰然後站起來。「今天早餐吃法式吐司吧！」他說，關上門的方式好像我是個病人或是睡著的嬰兒。但我已經十三歲了。

我等到聽見他踩在樓梯上的腳步聲，才放開被子，坐到床沿。我感覺身體滲出更多血。我床邊桌的抽屜裡有個莉茲特別做給我的月事盒，裡頭裝著腰帶以及她用小塊的布縫成的布墊。我撩起睡衣，把布墊夾在腿中間。

爸爸在廚房製造出乒乒乓乓的聲音，讓我知道附近很安全。我把盒子夾在腋下，穿越樓梯平臺進到浴室，同時更用力地夾緊防止我滴血的那塊布墊。

不用上學，爸爸說。今天我就跟莉茲待在一起吧。我感激到熱淚盈眶。

我們離開家，開始踏上往向陽屋的熟悉路途。爸爸表現得像什麼事都沒有，跟我說他正在編的一個詞，並要我猜猜看它是什麼意思。我幾乎無法思考，就這麼一次，我也不在乎它是什麼意思。街道感覺好長，我們經過的每個人看我的眼神都好像他們知道。我走路的模樣好像全身上下沒有一件衣物合身。

我的大腿之間感覺濕濕的，然後有一滴液體滑下，像是眼淚滑下臉頰。等我們走到班伯里路的時候，血正沿著我的雙腿內側不停流淌。我感覺它滲入我的長襪。我停住腳步，把雙腿緊緊併攏，一手按在流血的部位。

我嗚咽地說：「爸爸？」

他走在我前面兩三步。他轉回身看我，沿著我的身體往下看，然後四處張望，好像旁邊或許會有更內行的人出手相救。他牽起我的手，我們用最快的速度走到向陽屋。

「噢，親愛的。」巴勒德太太邊說邊把我迎進廚房。她朝爸爸點點頭，免除他接下來的責任。他吻我的額頭，然後便大步穿過花園進到累牘院。莉茲走進廚房時憐憫地看了我一眼，便直接去爐灶邊燒熱水。

上樓以後，莉茲脫掉我的衣服，用海綿幫我擦澡。那一盆溫水被我的恥辱染成粉紅色。她再次示範怎麼把腰帶固定在腰上，怎麼把布墊固定在腰帶裡。

「妳墊得不夠厚，也綁得不夠緊。」她給我套上她的睡衣，要我躺到床上。

「一定要這麼痛嗎？」我問。

「我想是吧，」莉茲說，「不過我不知道為什麼。」

我發出呻吟，莉茲看著我的表情既和善又有點不耐煩。「過一段時間應該就沒那麼痛了。第一次通常都是最糟的。」

「應該？」

「有些人運氣沒那麼好，不過有些茶能讓人舒服一點。」她說，「我會問巴勒德太太她有沒有著草。」

「它會持續多久？」我問。

莉茲正在把我的衣服也泡進水盆。我想像它們全都會被染成紅色，從現在起那就是我的制服了。

「一星期——也許短一點，也許長一點。」她說。

「一星期？我得在床上躺一星期嗎？」

「不，不是的，只要一天。只有第一天量最大，或許那也是妳會覺得那麼痛的原因。在那之後它會慢下來，最後就停了，但妳大概一星期都需要使用布墊。」

莉茲告訴過我我每個月都會流血，而現在她又告訴我我每個月要流一星期的血，而且每個月都要在床上躺一天。

「我從不知道妳有躺在床上過，莉茲。」我說。

她笑了。「除非我快死了，我才會在床上躺一整天。」

「可是妳怎麼防止它沿著腿流下來？」

「有一些方法，艾西玫。但不應該說給小女孩聽。」

「可是我想知道。」我說。

她看著我，手就泡在水裡；她並不覺得皮膚碰到我的血很噁心。

「如果妳要伺候人，妳或許需要知道，但妳不用。妳是個小淑女，沒人會介意妳每個月花一天時間躺在床上。」說完之後，她端起水盆下樓去了。

我閉上眼睛，像塊木板似的直挺挺地躺著。時間過得好慢，不過我最後一定還是睡著了，因為我做夢了。

爸爸和我抵達累牘院，我的長襪裡滿滿都是血。我認識過的所有助手和詞典編纂師都圍坐在分類桌邊，甚至包括米契爾先生，他那不成對的襪子在椅子下隱約可見。沒人抬頭看。我轉頭看爸爸，但他已經走開了。我看回分類桌，他就坐在他的老位置。他像其他人一樣，頭垂下來看著文字。我試著朝他走過去，卻辦不到。我試著離開，也辦不到。我大叫，沒人聽到。

「該回家了，艾西玫；妳睡了一整天。」莉茲站在床尾，我的衣服掛在她手臂上。「這些都暖烘烘的，一直放在爐灶前烤呢。來吧，我幫忙妳穿衣服。」

她再次幫忙我穿上腰帶和布墊。她從我頭上脫掉睡衣，換上一層層溫暖的衣物。然後她跪在地板上幫我穿上長襪，套上鞋子，綁好鞋帶。

接下來的一個星期，我製造的待洗衣物比前三個月加起來還要多，爸爸還得多付一些錢給非全職幫傭把它們都洗乾淨。我獲准不必上學，每天都去待在莉茲房間。我並沒有被限制臥床，但我不敢離廚房太遠。累牘院超出我的活動範圍。雖然沒人這麼說，但我怕我的身體又會背叛我。

「這是做什麼用的？」我在第五天問莉茲。巴勒德太太要我負責攪拌一鍋棕色的醬汁，她自己要跟莫瑞太太討論下星期的菜色。莉茲坐在廚房桌邊縫補一疊莫瑞家的衣物。我已幾乎不再流血了。

「什麼東西是做什麼用的？」她問。

「流血。為什麼會這樣？」

她看著我，面帶猶豫。「跟生小孩有關。」她說。

「怎麼說？」

她聳聳肩，沒有抬頭。「我不知道詳細狀況，艾西玫，反正就是有關。」

她怎麼能不知道？這麼可怕的事每個月都要來一次，而當事人怎麼能不知道原因？

「巴勒德太太也會流血嗎？」

「已經不會了。」

「它什麼時候不再來？」我問。

「當妳老到生不出小孩的時候。」

「巴勒德太太有生過小孩嗎？」我從沒聽她提起小孩，不過也許他們都已經長大成人了。

「巴勒德太太沒結婚，艾西玫。她沒生過小孩。」

「她當然有結婚。」我說。

莉茲透過廚房窗戶往外看，確保巴勒德太太還沒有要回來，然後她湊向我。「她自稱『太太』是因為這樣比較讓人尊敬。很多未婚的老小姐都會這麼做，尤其是如果她們地位很高，要使喚別人。」

我太困惑了，沒再繼續問下去。

爸爸表情帶著歉意，說它來得比他預期中早。它稱作「月經」（catamenia），而流出經血的過程稱為「經期」（menstruation）。他伸手拿糖罐，很認真地在他的麥片粥上撒了一大堆糖，雖然它本來已經夠甜了。

這些是新的詞彙，卻讓爸爸渾身不自在。我活到現在第一次對自己的疑問沒有把握。我們罕見地沉默著，「月經」和「經期」毫無意義地懸在空中。

我遠離累牘院兩個星期。終於回去時，我選了人最少的時段。當時已近傍晚，莫瑞博士去出版社找哈特先生，大部分助手已經回家了。

只有爸爸和斯威特曼先生坐在長桌邊，他們在準備F開頭的詞的條目，這表示他們必須檢查其他所有助手的工作，來確保它們符合莫瑞先生非常明確的偏好。爸爸和斯威特曼先生比任何人都了解大詞典的縮寫。

「進來吧，艾絲玟。」我從累牘院門邊窺探時，斯威特曼先生說。「壞心眼的大野狼已經回家了。」

M開頭的字住在從分類桌這裡看不見的分類格裡，我要的詞都塞在同一個分類格裡。它們已經被歸類在擬好草稿的定義之下了。蒂塔花了那麼多時間就是在擬這些草稿，我好奇能否在任何一張首頁紙卡上認出她的筆跡。

形容這種流血的詞彙有好多。「menstrue」跟「catamenia」意思一樣，指的都是「不乾淨的血」。可是哪有血是乾淨的？血總是會留下汙漬。

「menstruate」這個詞上釘了四張寫有不同引文的紙卡，首頁紙卡給它下了兩個定義：「排出月經」以及「（用經血）弄髒東西」。爸爸提到第一種定義，但沒提到第二種。

「menstruosity」是「經歷經期的狀態」。而「menstruous」曾經意指「極度骯髒或受到汙染」。

「menstruous」跟「monstrous」（恐怖的）很相似。這個詞最能貼切地解釋我現在的感受。

莉茲稱它為「詛咒」。她從沒聽過「menstruation」這個詞，我唸出來時她笑了。「大概是醫生用的詞吧，」她說，「他們有自己的語言，我們其他人根本聽不懂。」

我從架上取下收錄所有C開頭的詞的那一冊，尋找「詛咒」（curse）。

某人不好的命運。

詞典並沒有提到流血的事，但我了解她為什麼這麼說。我讓頁面快速掠過我的拇指。光是這一冊就有一千三百頁，跟《A至B》差不多，而我記得爸爸說C開頭的詞永遠收不完。我環視累牘院，試著揣測分類格裡、書裡、莫瑞博士和他的助手的腦袋瓜裡，到底存放了多少個詞。沒有一個詞能夠完整地解釋我身上發生什麼事。一個詞都沒有。

「她應該待在這裡嗎？」柯瑞恩先生的聲音切穿我的思緒。

我匆匆闔起詞典並轉過身。我看著爸爸，他看著柯瑞恩先生。

「我以為你已經下班了。」爸爸說，語氣比實際上來得友善。

「這裡實在不是小孩子該待的地方。」

我已經不是小孩子了；每個人都這麼告訴我。

「她沒有惹麻煩。」斯威特曼先生說。

「她在亂動書稿。」

我感覺心臟跳得好用力，我無法阻止自己開口說話。「莫瑞博士說我隨時都可以取用大詞典。」爸爸快速投給我警告的眼神，我立刻就後悔了。但柯瑞恩先生既沒有回應，也沒有看我一眼。

「柯瑞恩，你要加入我們嗎？」斯威特曼先生問，「我們三個人一起做，應該可以在晚餐前弄好。」

「我只是回來拿我的大衣。」他說。然後他朝他們兩人點點頭，就離開累牘院。

我把C開頭的巨冊放回架上，跟爸爸說我去廚房等他。

「妳大可以留在這裡。」他說。

但我已經不確定了。接下來兩三個月，我待在廚房的時間比待在累牘院要長。

爸爸讀了蒂塔的信，完全沒跟我分享任何內容。他讀完之後把信摺好，放回信封，然後將它塞進長褲口袋，而不是留在小桌子上；有時候蒂塔寄的其他信會在那裡一擱就是好幾天。

「她最近會來看我們嗎？」我問。

「她沒說耶。」爸爸邊說邊拿起報紙。

「她有提到我嗎？」

他讓報紙垂下來，好看著我的臉。「她問妳覺得上學愉不愉快。」他說。

我聳聳肩。「很無聊。不過他們讓我寫完功課可以幫忙教比較小的孩子，這我喜歡。」

他深吸一口氣，我以為他準備告訴我什麼事。結果沒有。他只是多看了我一下，然後說該睡覺了。

幾天後，爸爸吻我並道晚安，然後回到樓下去校稿，我踮著腳尖穿過走廊進到他房間。我爬進衣櫃，取出比較破舊的木盒，拿出蒂塔的信。

一八九六年十一月十五日

親愛的哈利：

你上一封信讓我百感交集。我一直在努力寫出一封莉莉會贊同的回信（我的結論是那是你最想要的，所以我會試著不讓你，或是她，或是艾絲玫失望。提醒你喔，是試著。我不敢保證什麼）。

柯瑞恩先生仍繼續指控我們的艾絲玫偷竊，這是個很嚴重的字眼，哈利，它讓人想像艾絲玫把一個布包扛在背上，鬼鬼祟祟地到處轉，把燭臺和茶壺往布包裡塞。然而，就我能蒐集到的資訊，她的口袋裡只有別人隨意放置的紙卡而已。關於你的教養方式不符合傳統這一點，唔，我想這是事實，不過這話在柯瑞恩先生嘴裡是種指摘，我想表達的卻是讚美。傳統一向對任何女人都沒有好處。所以你就別再自責了，哈利。

好，來說說艾絲玫的教育一事吧。她當然應該繼續升學，但當她大到不適合再讀聖巴拿巴女子學校後要去哪兒呢？我向一個老朋友費歐娜・麥奇儂打聽過了，她是一間相對親民（我的意思是平價）的寄宿學校的校長，那間學校在蘇格蘭，靠近梅爾羅斯鎮。我已經很多年沒跟費歐娜聯絡了，但她以前是個優秀的學生，我敢說她把她自己當年早熟的需求列入考量，來經營管理考德希爾斯女子學院。由於你妹妹就住在距離該校不到五十哩處，跟英格蘭南部昂貴許多的學校相比，這似乎是個絕佳的替代方案。

短期來說艾絲玫大概不會喜歡這個主意，不過她已經十四歲了，可以出去探險了。

最後，儘管我不想鼓勵她作出任性的行為，不過我要附上一個艾絲玫可能會喜歡的詞。伊莉莎白・格里菲斯在小說裡用了「literately」這個詞。儘管並沒有這個詞的其他範例，在我看來，它是「literate」（能讀寫的）這個詞的優雅延伸。莫瑞博士同意我該為大詞典寫一項條目，但他也同時告訴我它不太可能獲得收錄。看來我們的女作者沒能證明自己是個「literata」——這個可憎的詞是柯立芝發明的，意思是「女文學家」。這個詞也只有一個範例，但它確定會被收錄。我這麼說也許像是酸葡萄心理，但我實在不覺得它會廣為流行。世界上的女文學家勢必人數夠多夠普遍，有資格被納入「literati」（文人〔複數〕）之中。

有若干志工（就我所能判斷，她們全都是女性）寄來同一句「literately」的引文。總共有六封信，由於它們對大詞典來說都毫無用處，我覺得沒什麼理由不能把其中一封送給艾絲玫。我很期待知道你們兩個怎麼使用這個美麗的詞——我們通力合作，或許能讓它保有生命力。

伊蒂絲筆

這是聖誕節前最後一次集會，而聖誕節後我不會再回去把這一學年念完了。聖巴拿巴女子學校的校長陶德太太想對我說些祝福的話，所以我坐在禮堂前方的椅子上，面向參加集會的所有女孩。她們都是傑里科本地的孩子，牛津大學出版社和沃佛科特造紙廠的女兒。她們的兄弟讀的是聖巴拿巴男子學校，長大以後會去造紙廠或印刷廠工作。我班上的女孩有半數會在一年內從事書籍裝訂的工作。我一直都覺得自己格格不入。典禮先是宣布例行的那些事項。我僵硬地坐著，低頭看著我的手，拚命希望時間能過得快一點。我幾乎沒聽見陶德太太說了什麼，不過當女孩們開始鼓掌，我抬起頭。我將獲得歷史獎和英文獎。陶德太太點點頭要我走過去，我過去之後，她跟全校說我要離開了，要去讀考德希爾斯女子學院。

「在遙遠的蘇格蘭。」她轉頭看著我說。女孩們再次鼓掌，不過這次沒那麼熱烈。我心想：她們沒辦法想像離開這裡，就像我也沒辦法想像一樣。不過蒂塔說去那裡能為我作好準備。「準備做什麼？」我問。「做任何妳夢想的事。」她回答。

聖誕節後那一週潮濕而令人鬱悶。「這倒是能幫妳適應蘇格蘭邊區。」有一天巴勒德太太說，我忍不住哭起來。她停止揉麵，走到我身邊，我本來坐在廚房桌子邊剝豆莢。「噢，親愛的。」她說，用雙手捧住我的臉，把麵粉抹上我的臉頰。我停止抽噎後，她把攪拌盆放在我面前，分別加入量好的奶油、麵粉、糖和葡萄乾。她從食品儲藏室最頂端的架上取下肉桂罐，把它放在我旁邊：「記得喔，只要捏一小撮就好。」

巴勒德太太常說，石頭餅乾不在乎你的手是熱是冷、是靈巧是笨拙。每當我沒辦法跟莉茲黏在一起，或是我心情低落時，她總會用石頭餅乾來分散我的注意力。這成了我的拿手點心。巴勒德太太繼續揉她的麵，我開始把奶油弄碎、跟麵粉拌在一起。一如以往，我的右手感覺像戴著手套。我必須看著我怪模怪樣的手指做事，才能真正感覺到碎屑開始成形。

巴勒德太太繼續聊天。「蘇格蘭很漂亮。」她年輕時去過那裡，跟一個朋友一起散步。我無法想像她年輕的樣子，也無法想像她不在向陽屋的廚房裡。「再說妳又不是要永遠待在那裡。」她說。

那天，累牘院的所有人都出來向我道別。我們站在花園裡，在清晨的寒風中顫抖：爸爸、巴勒德太太、莫瑞博士以及一些助手。但不包括柯瑞恩先生。莫瑞家最小的孩子也在場，瑤爾曦和蘿絲芙分別站在她們的母親兩側，各自牽著一個更小的孩子，眼睛盯著自己的鞋子。

即使爸爸呼喚莉茲過來，她仍站在廚房門口。她從來就不喜歡跟編大詞典的男人們站在一起。當我笑她時，她說：「我不知道怎麼跟他們說話。」

我們站在那兒的時間，剛好夠讓莫瑞博士說些我將學到很多東西，以及在考德希爾斯湖附近的山丘健行有益健康的場面話。他送給我一本素描簿以及一套繪圖鉛筆，跟我說他很期待收到我的信，希望我能畫下新學校周圍的鄉間風情。我把它們收進爸爸那天早晨給我的嶄新側背包裡。

巴勒德太太給了我一盒餅乾，才剛出爐沒多久，還是熱的。「讓妳在路上吃。」她說，然後她緊緊擁抱我，我以為自己會窒息。

有一陣子誰都沒說話。我相信大部分助手都在納悶為何要這麼小題大做。我能看到他們不斷改變重心，想要保持溫暖。他們想要回到文字裡，回到相對暖和的累牘院。有一部分的我想跟他們一同回去，另一部分的我想要開始冒險。

我看向莉茲站的位置。即使隔著一段距離，我仍看出她眼睛腫腫的，鼻子紅紅的。她試著微笑，但這是太勉強的欺騙，她忍不住別開視線。她的肩膀顫抖著。

蒂塔說過，這會讓我作好準備。這會把我變成一個學者。「等妳離開考德希爾斯的時候，」爸爸補充說明，「妳可以就讀薩默維爾學院。那是所有女子學院中離家最近的一所，只跟出版社隔著一條馬路。」

爸爸輕輕推我一下。我應該要回應莫瑞博士，感謝他送我素描簿和鉛筆，但我一心只有透過盒子傳到我手上的餅乾的溫度。我想著這趟旅程。它將耗去整個白天以及半個夜晚，等我抵達目的地，餅乾將不剩下任何溫熱。

第二部　一八九七至一九〇一

Distrustfully — Kyx

一八九七年八月

跟兩季前相比，向陽屋的花園看起來變小了。樹上長滿樹葉，天空是房屋和樹籬之間的一塊藍色。我可以聽到手推車的咔啦聲，以及馬匹在班伯里路上拉著軌道車的躂躂聲。

我在白蠟樹底下站了良久。我已經回家好幾個星期了，但直到現在我才明白我想念的是什麼。牛津像一塊毛毯裹住我，幾個月以來，我第一次開始順暢地呼吸。

我從考德希爾斯返抵家門的那一刻起，最盼望的莫過於進入累牘院。可是每當我朝它走去，都會感到胃裡掀起波濤。我不屬於那裡，我是個討厭鬼。不管蒂塔說了多少冒險啊、機會什麼的，那才是我被送去那麼遠的地方的原因。所以我在爸爸面前假裝我已經長大了，不再想窩在累牘院裡玩了。事實上，我幾乎抗拒不了它的魅力。

現在，再一週我就要回到考德希爾斯了，而累牘院空無一人。柯瑞恩先生早就不在了——他犯了太多錯而被辭退。爸爸告訴我這件事的時候，幾乎無法直視我的眼睛。爸爸和莫瑞博士去出版社找哈特先生，其他助手則去河邊吃午餐。我好奇累牘院會不會被上了鎖。以前它從不上鎖，但事情有可能改變。考德希爾斯什麼東西都鎖起來，不讓我們進去，或是不讓我們出去。我跨出一步，再一步。我試推門把，它發出熟悉的鉸鍊嘎吱聲打開了。

我站在門口往裡瞧。分類桌上亂七八糟地散落著書本、紙卡和校樣。我能看到爸爸的外套掛在椅背上，莫瑞先生的學位帽放在他的高桌子後方的架子上。分類格看起來都滿了，但我知道總是能找到空間塞進新的引文。累牘院跟原本一模一樣，但我的腸胃不肯安定下來。我覺得自己變了。我沒有進去。

我轉身準備離開時，注意到進門處有一疊尚未開封的信。是蒂塔的筆跡。很大的信封，她專門用來聯絡大詞典事宜的那種。我想都沒想就抓起它，然後離開。

廚房裡，爐灶上燉著蘋果，但巴勒德太太不見人影。我把蒂塔的信封舉在蘋果造成的蒸氣上方，直到蠟封軟化。然後我兩階併作一階地爬上樓梯進入莉茲的房間。

信封裡有四頁校樣，包含「hurly-burly」（喧鬧）到「hurry-scurry」（慌亂）等詞彙。蒂塔在每一頁的邊緣都釘上了額外補充的引文。第一頁釘的是「鬧嚷嚷的紅髮蘇格蘭教授」，我好奇莫瑞博士是否會讓它過關。我開始讀她在校樣上作的修改，試著理解它們如何改善條目。這時候我開始流淚。我一直很想見蒂塔，需要見她，跟她說話。她說過復活節時會來接我出校，慶祝十五歲生日，但她並沒有來。是蒂塔說服爸爸送我去考德希爾斯的，是蒂塔讓我自己也想要去。

我抹掉淚水。

莉茲走進房間，把我嚇了一跳。她看著散落在地上的稿件。

「艾絲玫，妳在做什麼？」

「沒做什麼。」我說。

「噢，艾西玫，我或許不識字，但我很清楚這些紙該在什麼地方，而它們並不該在這個房間。」她說。

看我不吭聲，她坐到我對面的地上。她比以前增加了一些體重，看起來坐得很不舒服。

「這些跟妳平常拿來的文字長得不一樣。」她拿起一頁說。

「這是校樣，」我說，「文字變成大詞典後看起來就會是這樣。」

「這麼說妳進過阿牘了？」

我聳聳肩，開始收拾蒂塔的稿子。「我做不到，我只是往裡面看了看。」

「妳不能再從阿牘拿走文字了，艾西玫，妳明明知道的。」

我讓目光停留在蒂塔熟悉的筆跡上，看著釘在最後一頁校樣上的紙卡。「我不想回學校，莉茲。」

「妳有機會去上學是很幸運的事。」她說。

「如果妳上過學，就會知道學校是多麼殘酷的地方。」

「我猜對妳這樣自由的孩子來說，學校必定會讓妳有這樣的感覺，艾西玟。」莉茲安撫我。「可是這裡沒有人能教妳，而妳太聰明了，不該停止學習。這只是一小段時間的事而已，在那之後，妳想做什麼都可以。妳可以當老師，或是像妳姑姑湯普森小姐一樣寫歷史書，或是像希爾姐・莫瑞一樣幫忙編大詞典。妳知道她開始在阿牘工作了嗎？」

我不知道。自從去了考德希爾斯，我就感覺離我曾經夢想的事物愈來愈遠。莉茲試著對到我的視線，我別開目光。她從床底下拿出針線盒，然後走向門口。

「妳該把午餐吃掉，」她說，「妳也該把那些紙放回阿牘。」她把門輕輕帶上。

我拆下蒂塔釘在校樣上的紙卡。那是對「hurry」這個詞額外補充的定義：這個定義更偏向於騷擾而不是匆忙，底下只有一條引文來支持它。我大聲唸出來，覺得很喜歡。我彎向床底，把行李箱拉向自己，皮革握把的觸感以及行李箱的重量讓我安心。我離家的這段時間，莉茲一定都把行李箱藏得好好的。我在想要是有人在這裡發現它，不知道她會怎麼樣。

這個念頭讓我遲疑，讓我考慮把「hurry」釘回稿件上。但拿走它感覺像一種清算。我打開行李箱，吸入文字的氣息。我把「hurry」放在最上面，然後蓋上蓋子。

在那一刻，我對蒂塔的怒意稍微消退了，我心生一念。我要寫信給她。

我把校樣放回信封，再把蠟封重新黏好。我離開向陽屋走回家時，順道把蒂塔的信封丟進柵門上的信箱。

一八九七年八月二十八日

我親愛的艾絲玫：

我在檢視昨天收到的郵件時，一如既往欣喜地看到妳熟悉的筆跡。除了妳的信之外，還有一、兩封累牘院寄來的信：一封是莫瑞博士寄的，另一封則是斯威特曼先生寄的。字母「I」造成一些困擾——那麼多前綴，何時才會停止？！我很感激能先把工作擺在一邊，讀一讀妳回牛津過暑假的情形。

但妳幾乎什麼也沒告訴我，只說天氣很悶。妳在蘇格蘭待了六個月，似乎已經適應了那個濕濕冷冷、無邊無際的地方。我很好奇妳是否懷念「朝著風雲詭譎的天空延伸的山丘以及深不可測的湖水」？

妳還記得這個句子嗎？這是妳剛去考德希爾斯兩、三週後寫的信裡的句子。我讀了以後，聯想到妳爸爸對那地方的熱愛。他說那種荒涼而孤獨的感覺能讓他恢復精力。我不敢苟同，我不像你們流著山丘和湖泊的血液。

但有沒有可能，我誤解了妳對風景的描述？有沒有可能妳是用美麗的詞藻掩飾了真正的想法？因為妳提出的要求令我頗為訝異。

就各種資訊來看，妳在考德希爾斯都發展得很好。妳有好幾個科目都在班上名列前茅，根據麥奇儂小姐所言，妳「好問不倦」。我父親始終認為，這是學者和自由主義者最重要的特質。

妳的來信無一例外地描述出二十世紀年輕女性所受到的理想教育。我的老天，二十世紀！這好像是我第一次寫下這幾個字。這會是妳的世紀，艾絲玟，它會跟我的世紀不一樣。妳會需要知道更多。

妳認為我能夠傳授妳所有妳需要學習的知識，讓我受寵若驚；事實上，讓妳跟我們住在一起的想法太有吸引力了，我跟貝絲討論了好幾個鐘頭。傾我們兩人之力，我們可以適切地教導妳歷史、文學和政治。我們可以讓妳在原有的法文和德文基礎上更上一層樓，但自然科學以及數學超出我們的能力。再說做這件事需要時間，而我們的時間實在不夠用。

妳提醒我：我答應過要永遠和妳站在同一邊，但事關妳的教育，我想我只能食言了。我認為拒絕妳的要求，等於是跟再大一點的艾絲玫站在同一邊。我希望有朝一日妳會認同我這個說法。

我寫了信給巴勒德太太，請她烤一爐薑餅給妳，我想它們在妳回學校的漫長旅途中能保持完好，並且在新學期的第一週提供妳豐富的滋養。

等妳回到學校、一切都安頓好了，請馬上寫信給我。妳的生活點滴總是讓我讀得很愉快。

一如既往地獻上我的愛，

蒂塔

我坐在床沿，瞥向我裝學校用品的行李箱。直到這一刻之前，我都很篤定它將陪著我前往蒂塔和貝絲位於巴斯的家。我再讀了一遍蒂塔的信。一如既往地獻上我的愛。我把信揉成一團，丟在地上，用腳去踩去磨。

爸爸和我默默地吃晚餐。我想蒂塔根本沒有費力氣跟他討論。

「明天要早起喔，小艾。」他邊說邊把空盤拿去廚房。

我道了晚安，爬上樓梯。

爸爸的房間幾乎伸手不見五指，但我拉開窗簾後，漫長白日的最後一縷天光灑了進來。我轉向衣櫃。「芝麻開門。」我悄聲說，我好懷念以前的時光。我把手伸進莉莉的洋裝之間，取出光亮的那個木盒。它散發最近剛刷上去的蜂蠟氣味。我打開盒蓋，用我怪模怪樣的手指撥過一封封信，好像它們是豎琴琴弦。我想要莉莉開口說話，給我能說服爸爸把我留在身邊的話語。但她沉默不語。

我停止撥動。最後面的幾個信封走音了，它們不是藍色或白色的，而是考德希爾斯用的未染過色的棕色廉價信封。我取出最後一封，拿到窗邊去讀我自己寫的文字。

每個字我都記得。我怎麼忘得了？同樣的話我寫了一遍又一遍。它們不是我選擇的字句，那些字句都被撕掉了。妳父親只會擔心的，麥奇儂小姐說。然後她命令我寫些適當的內容。重寫，她說，一邊撕掉新寫好的頁面。寫工整一點，否則他會覺得妳沒有進步，沒有在努力。她們是一群開朗的女孩……一趟美妙的遠足……也許我會成為教師……我的歷史考試得了A。我的成績是信裡唯一的實話。重寫，她說。不要駝背。其他女孩都去睡覺了，我坐在那個寒冷的房間裡，直到時鐘敲響午夜的鐘聲。妳被寵壞了，尼克爾小姐。妳父親很清楚這一點，就像其他人一樣。抱怨輕微的不舒適只會證明這項事實。然後她把我努力寫出來的最後三封信一字排開，要我選出筆跡最漂亮的一封。不是最後一封，它幾乎難以辨識。我怪模怪樣的手指彎曲著，好像仍然握著筆。活動手指的痛楚幾乎超出我的承受範圍。那一封，麥奇儂小姐。對，親愛的，我也這麼認為。現在去睡吧。

於是它就出現在這裡了，被視若珍寶，像莉莉的信一樣被珍藏著。向一個被迫同時擔任母親和父親的男人，用虛假的言詞提供虛假的安慰。也許我確實是個累贅。

我離家的每一週都會寄回一封信，我把它們都從木盒裡取出來，抽出信封裡的信紙。任何一封信裡都不包含一丁點的我。爸爸怎麼能相信這些文字呢？我把信封放回木盒時，它們已空無一字——所代表的意義卻更甚以往。

我睡得很不安穩。對蒂塔和考德希爾斯——甚至還有爸爸——的怨恨以及不解在黑暗中蓄積能量。最後我放棄嘗試讓它們安靜。

爸爸在打呼，當我在半夜甦醒，這種預期中的低鳴總是讓我安心。它現在就讓我安心；這表示他不會醒過來。我下床穿衣，從床邊桌上拿起蠟燭和火柴，把它們塞進口袋。然後我溜出房間，下樓梯，進入外頭的夜色。

天空很清澈，月亮幾乎已是滿月。夜的黑在物體的邊緣造成奇妙的視覺效果。我抵達向陽屋時，莫瑞家的房子黑漆漆地靜立著，我覺得我能聽見沉睡中的全家人集體的呼吸聲。

我推開柵門。房屋向天空伸展，彷彿突然警覺起來，但沒有任何窗戶亮起微弱的燈光。我側身從空隙溜過，讓柵門保持微開，然後我特地揀樹底下最陰暗的地方走，繞著花園外圍來到累牘院門前。

在月光下，它看起來就和任何棚屋沒什麼不同，我對自己以為它不止如此而有些惱怒。我走近一點，能看出它的脆弱；簷槽裡有一層鐵鏽，窗框上油漆剝落——木材爛掉的地方塞著一團紙來擋風。

那扇門一如以往地開啟，我站在門口等待眼睛適應光線。透過骯髒窗戶照進來的月光在房間四處投射出長長的影子。我在看見文字之前先聞到它們，回憶層層疊疊地翻湧；我以前曾把這地方看作精靈的神燈內部。

我從口袋取出蒂塔的信。它仍皺成一團，我在分類桌上找了個空位，盡可能把信攤平。我點亮蠟燭，感覺叛逆帶來的小小興奮。微風在與燭焰對抗，把它推得忽而往左忽而往右，不過沒有強到能把它吹滅。我在分類桌上清出一塊空間，往桌上滴了些蠟來固定蠟燭。我確認它黏得很牢。

我要的詞已經出版了，但我知道到哪裡去找原始的紙卡。我用手指沿著一排分類格滑過去，直到找到「A至Ant」。我的生日詞彙。爸爸告訴我，如果大詞典是一個人，「A至Ant」就是它最初嘗試走路時邁出的步伐。

我從分類格抽出一小疊紙卡，將它們與釘在上面的首頁紙卡分開。

abandon（遺棄）

最早的使用範例已經有超過六百年的歷史了，例句的用字讓整句話詰屈聱牙。我一張張地讀紙卡，引文愈來愈簡單，等我幾乎讀到最底下時，我找到一張我喜歡的。這句引文的年紀不比我大多少，是由一位布萊登小姐所寫。

我發現自己孤單地被遺棄在這個世界。

我把紙卡釘在蒂塔的信上，再讀一次。孤單地被遺棄在這個世界。「孤單」（alone）獨占一整個分類格，好幾小捆紙卡疊在一起。我拿出最上面一捆，解開細繩。紙卡被分成不同的意思，各有一張首頁紙卡寫著定義。我知道假如我從架上取下《A至B》，我會看到這些首頁紙卡上的定義被列成好幾欄，每一欄底下寫著引文。

我選定的定義是爸爸寫的。我讀著他緊密的筆跡：自己一個人，無人陪伴，獨處。我短暫地想到，不知道他有沒有跟莉莉討論過各種孤單的方式。莉莉絕對不會送我去住校。

我把那張首頁紙卡跟寫有引文的紙卡們分開——畢竟它已經功成身退了——並且把引文放回分類格裡。然後我回到分類桌邊，將爸爸寫的定義釘在蒂塔的信上。

這時傳來一個聲響，寂靜中的長音。是柵門：它的鉸鍊沒有上油。

我在累牘院裡四處張望，看有沒有可以躲的地方。我感覺驚慌讓我心跳有如奔騰的馬蹄。我不能讓這些詞被奪走，它們解釋了我這個人。我把手伸到裙子裡，將信連同釘在上面的紙卡塞進內褲的腰帶。接著我從桌上拿起蠟燭。

門開了，月光湧入。

「艾絲玫？」

是爸爸。我同時湧現安心和憤怒。

「艾絲玫，把蠟燭放下。」

它歪了一下，蠟滴在散放在分類桌上的校樣上，把它們黏在一起。我用他的眼光去看，用他的腦袋去想像，好奇我是否真的做得出來。

「我絕對不會——」

「把蠟燭給我，艾絲玫。」

「但你不懂，我只是……」

他吹熄蠟燭，跌坐在椅子上。我看著一縷細煙搖搖晃晃地往上飄。

我把口袋翻出來，什麼也沒有，一個字也沒有。我以為他會要求檢查我的襪子、我的袖子，我看著他，好像我沒什麼好隱瞞的。他只是嘆口氣，便轉身離開累牘院。我跟上去。他小聲要我把門輕輕關上，我照做了。

晨曦剛開始為花園染上色彩。房屋仍是暗的，只有廚房上方最高的窗戶裡出現一盞搖曳的燈光。如果莉茲往外看，她會看到我。我幾乎能感覺到從她床底拖出行李箱時的重量。

但莉茲和行李箱就像蘇格蘭一樣遠。在我離開之前無法看到她們，就是我的懲罰。

一八九八年四月

爸爸在復活節假期來考德希爾斯看我。他收到他妹妹，也就是我的親姑姑的信，她很擔心我。我一直都這麼封閉嗎？她印象中的我不是這樣，而是有問不完的問題。她很抱歉沒有早一點來看我——要跑一趟很不容易——但她注意到我的兩手手背上都有瘀青。打曲棍球弄的，當時我說。鬼話，她在寫給爸爸的信中這麼說。

這些都是我們坐火車回牛津的路上爸爸告訴我的。我們吃著巧克力，我告訴他我從來沒有打過曲棍球。我越過他的肩膀，在車廂暗色的窗戶上看到我的倒影。我看起來老了一點，我心想。

爸爸把我的雙手握在手裡，用拇指繞著我的指關節畫圈。我正常的那隻手上的瘀青已經褪成病懨懨的黃色，幾乎看不出來了，但我右手手背上有一條紅腫的凸起。燒傷皺縮的皮膚總要花更長時間才能痊癒。他親吻我的雙手，把它們貼在他濕漉漉的臉頰上。爸爸會把我留在身邊嗎？我不敢問。他會說：妳媽媽會知道究竟該怎麼做；然後他會寫信給蒂塔。

我把手抽回來，然後躺在車廂座位上。我不在乎我已經跟大人一樣高了。我感覺跟孩子一樣小，而且我好累。我把膝蓋曲起來用手抱住。爸爸將大衣披在我身上。菸斗的菸草氣味，有股模糊的甜味。我閉上眼睛吸氣。我都不知道我這麼想念它。我把大衣拉近一些，將臉埋進有點粗糙的毛料。在甜味底下潛藏著酸味，是舊紙張的氣味。我夢到我在分類桌底下。當我醒來時，我們已經到牛津了。

隔天爸爸沒有叫我起床，我終於下樓的時候，已經接近傍晚了。我考慮在溫暖的客廳打發晚餐前的空檔，不過我一打開門，就看到了蒂塔。她和爸爸分別坐在壁爐的兩側，他們一看到我，對話就戛然而止。爸爸往菸斗補充菸草，蒂塔則來到我站的位置。她毫不遲疑地用粗壯的手臂摟住我，試著把我瘦長的身軀卡進她矮胖的輪廓裡。好像她仍然能容納我似的。我渾身僵硬，她鬆開手。

「我向牛津女子高中詢問過入學的事了。」蒂塔說。

我想要尖叫、痛哭、向她抱怨，但我什麼也沒做。我看著爸爸。

「我們當初就應該送妳去那裡才對。」他悲傷地說。

我回到床上，等聽到蒂塔離開的聲音，才再下樓。

在那之後，蒂塔每個星期都寫信給我。我讓她的信原封不動地擱在前門邊的餐具櫃上，累積到三、四封時，爸爸會把它們收走。過了一陣子，蒂塔把給我的信附在給爸爸的信裡。他會把它們攤開來放在餐具櫃上，彷彿懇求有人來閱讀。我會瞥一眼字跡，不由自主地看進幾行字，然後把信紙抓在拳頭裡揉成團，再丟進垃圾桶或火堆裡。

牛津女子高中就位在班伯里路，爸爸和我都沒有提起它離累牘院有多近。有少數幾個讀過聖巴拿巴女子學校的同學現在在那裡，她們對我表示歡迎，但我跌跌撞撞地把剩下的學期念完。校長把爸爸找去她的辦公室，通知他我的考試都不及格。我坐在關上的房門外一張椅子裡，聽到她說：「我不建議她繼續讀下去。」

「我們該拿妳怎麼辦好？」我們走回傑里科時爸爸說。

我聳聳肩。我只想睡覺。

我們到家時，有一封蒂塔寄給爸爸的信。他拆開來讀。我看到他的臉頰漲紅、下巴繃緊，然後他就進到客廳並關上門。我站在門廳，等待壞消息。他出來時，一手拿著蒂塔寫給我的信。他用另一手撫摸我的手臂，直到我們的手交握。「不知道妳有沒有原諒我的一天。」他說。他把信紙放在餐具櫃上。「我想妳應該看這封信。」然後他就到廚房去，在熱水壺裡加水。

我拿起那封信。

一八九八年七月二十八日

我親愛的艾絲玫：

哈利來信說妳仍然沒有恢復正常。當然，他是拐著彎說的，但他形容妳時，在同一個段落中說妳「疏遠」、「心不在焉」、「疲憊」。最令我不安的是，他說妳逃避去阿牘，整天都關在房間裡。

我原本期盼妳離開考德希爾斯、回家跟妳爸爸一起生活後，情況就會有所改變，可現在已經三個月過去了。由於夏天已經來到，我希望妳的情緒能有顯著的好轉。

艾絲玫，妳有好好吃飯嗎？我上回見到妳時，妳好瘦。我請巴勒德太太盡量用零食慣壞妳，聊感安慰地幻想妳坐在她的廚房的小凳子上，等她幫妳烤蛋糕，後來哈利才跟我說，妳幾乎大門不出二門不邁。在我心裡妳年紀比實際小，穿著一件有圓點的黃色圍裙，它緊緊繫在妳胸前。有一次我去牛津時，妳就是這副打扮。當時妳是九歲還是十歲？我不記得了。

艾絲玫，在考德希爾斯發生了一些事，對不對？問題是，妳的信從來沒說什麼。不過我現在想想，妳的信太完美了。我現在拿起來讀，看得出它們可能是任何人寫的；然而它們確實以妳獨特的筆跡寫成。

前幾天我重讀一封信，妳說妳走去崔蒙提的羅馬碉堡，以華茲華斯的風格寫了一首浪漫詩，並且在數學考試表現出色。我好奇妳是否喜歡這趟健行，是否滿意妳的詩作。妳信中缺乏的文字是線索，但我沒有察覺。

我應該更加注意妳的信件中缺少什麼，艾絲玫。我應該去看妳的。要不是貝絲生了場病，我會去看妳的。貝絲病好了之後，校長又勸我不要去。她說在學期中去探視會擾亂妳。我聽了她的話。

哈利想讓妳更早回家（說實話，哈利從來就不希望妳離家），親愛的艾絲玫，是我提出他的顧慮毫無根據，我說對一個習慣在家附近的教區學校上課、午餐都回累牘院吃的孩子來說，要多花點時間才能適應寄宿學校。我要他多觀察一年，說事情也許會好轉。

哈利在復活節把妳接回家後，寄給我一封他這輩子措辭最直接的信。他說無論我有什麼意見，妳是不會回去那所學校了。妳還記得我隔天就去了牛津吧？當我看到妳的時候，我完全不會想反駁他的決定。

妳和我，我們幾乎沒有交談。我原本希望時間能治療一切，但妳似乎需要更多。妳在我的心裡，親愛的女孩，即使我被趕出妳的心。我希望這不是永久的驅逐令。

我附上一份剪報，我想妳或許會認為這是重要的消息。我不想擅自推測，卻發現很難避免。請原諒我的盲目。

帶著最深切的愛，

蒂塔

我把信紙包著小小的剪報摺起來，放進我的口袋。很長時間以來，我去莉茲房間時，又有東西可以放進行李箱了。

「小艾，妳拿什麼來了？」莉茲問，她進入房間後，從頭上脫下弄髒的圍裙。

我看著從報紙上剪下來的小小文章。那只是一句話，就跟一句引文差不多。考德希爾斯女子學院一名教師在坦承使得一名學生住院後遭到解聘。「只是文字而已，莉茲。」我說。

「對妳來說沒有什麼『只是文字』，艾西玫，尤其是它們被收進行李箱。那上頭說什麼？」

「它們說我不孤單。」

一八九八年九月

白天我在廚房幫巴勒德太太的忙，只有接近傍晚時才敢靠近累牘院，那時候幾乎所有人都下班了。我會像莉茲以前那樣在門口猶豫不前，看著希爾妲在分類格前來回走動。她會把紙卡歸檔或移除；她會寫信和校稿。而莫瑞博士始終像隻睿智的貓頭鷹一樣坐在他的高桌子前。有時候他會邀我進屋，有時候不會。

「不是因為他不同意，」斯威特曼先生曾經悄聲說，「而是因為他太專注了。當他在鑽研某個條目時，就算他的鬍鬚著火，他也不會注意到。」

有一天下午我走向分類桌旁的爸爸。「我可以當你的助手嗎？」我問。

他正在校稿，他把某個地方用線劃掉，然後在旁邊寫下註解。接著他抬起頭。

「可是妳是巴勒德太太的助手啊。」

「我不想當廚子；我想當編輯。」

對爸爸和對我而言，這句話都出乎意料。

「唔，不是編輯啦，或許是助手，像希爾妲那樣……」

「巴勒德太太並沒有要訓練妳成為廚子，只是教妳做菜。等妳結婚時，這項技能會發揮用處。」爸爸說。

「可是我沒有要結婚。」

「這個嘛，不是馬上啦。」

「如果我結婚，我就不能當助手了。」我說。

「妳為什麼這樣想？」

「因為我得照顧小孩，整天都在煮飯。」

爸爸啞口無言。他望向斯威特曼先生尋求支援。

「既然妳不打算結婚，為什麼不直接把成為編輯當成目標？」斯威特曼先生問。

「我是女生。」我說，他的揶揄讓我惱火。

「這很重要嗎？」

我漲紅臉，沒有回答。斯威特曼先生歪著頭、揚起眉毛，好像在說：「怎麼樣呢？」

「說得有理，弗瑞德。」爸爸說，然後他看著我，判斷我剛才所言有多認真。「我正需要一個助手，小艾。」他說，「我相信斯威特曼先生三不五時也需要人幫忙。」

斯威特曼先生點頭表示贊同。

他們說到做到，我開始期待每天下午待在累牘院的時光。通常他們要我針對祝賀莫瑞博士最新分冊出版的來信，作出禮貌的答覆。當我的背開始痛，或是手瘦了需要休息，我就會回到書本和手稿的懷抱。累牘院裡有滿書架的舊詞典和書籍，不過助手們需要向學者或大學圖書館借來各種文本，好詳查一些詞彙的出處。天氣好的時候，這完全不算是苦差事。完善的大學圖書館大部分都位於市中心附近。我會騎自行車沿著帕克斯路走，直到抵達寬街，然後我會下車，在往來布萊克威爾書店以及舊艾許莫林博物館之間的人群間穿梭。這是牛津市我最喜歡的區域，在這裡，一般市民和學術界人士少見地融洽。在這兩類人心中，自己都比觀光客優越，那些觀光客一心想瞧一眼三一學院的花園，或是想進去謝爾登劇院開開眼界。我是一般市民還是學術界人士？我有時候納悶。我無法貼切地符合任一方的定義。

「今天早上的天氣很適合騎自行車。」莫瑞博士有一天說。他要從向陽屋的柵門往內走，而我正準備出去。「妳要去哪裡？」

「去大學那裡，先生。我負責還書。」

「書？」

「助手們用完之後，我負責把它們物歸原位。」我說。

「這樣啊？」他說，然後發出一個我不解其意的聲響。他繼續往裡走，我開始緊張不安。

隔天早晨，莫瑞博士把我叫過去。

「艾絲玫，我希望妳跟我一起去一趟博德利圖書館。」

我望向爸爸。他微笑點頭。莫瑞博士套上他的黑袍，敦促我走出累牘院。

我們並排騎在班伯里路上，然後莫瑞博士選了跟我平常一樣的走法，彎進帕克斯路。

「這條路線讓人心曠神怡，」他說，「樹比較多。」

他的長袍被風撐得鼓起來，一把白色長鬍鬚越過一側肩膀向後飛揚。我完全不知道我們為什麼要去博德利圖書館，而我也驚訝到不敢問。我們彎到寬街後，莫瑞博士跨下自行車。他朝著謝爾登劇院走，一般市民、學術界人士和觀光客似乎都退後讓路。他進入中庭時，我幻想周圍守衛的一尊尊帝王石像都微微頷首，向大駕光臨的主編致意。我像門徒一樣跟在後頭，直到我們在博德利圖書館的入口處停下腳步。

「艾絲玫，正常來說，妳不可能成為這裡的讀者，因為妳既不是學者也不是學生。但我打算說服尼可森先生，如果允許妳來這裡替我們查證引文，大詞典會更快完成。」

「莫瑞博士，我們不能直接把書借回去就好嗎？」

他轉過頭，越過眼鏡上緣看著我。「就連女王陛下都沒有權力從博德利圖書館把書借出去。好了，我們進去吧。」

尼可森先生沒有立即被說服。我坐在長椅上看著來來往往的學生，聽到莫瑞博士的音量變大了。

「不，她不是學生，這應該很明顯吧。」他說。

尼可森先生瞥了我一眼，然後壓低嗓門對莫瑞博士又提出一番論證。

主編的回應又是聲如洪鐘。「尼可森先生，不論是她的性別或她的年齡，都不能證明她資格不足。只要她受僱從事學術工作——而我向你擔保她確實是——她就有理由成為一名讀者。」

莫瑞博士叫我過去。尼可森先生遞給我一張卡片。

「唸這上面的字。」尼可森先生明顯不情願地說。

我看著卡片，然後看向周圍那些穿著短袍的年輕男人，以及穿著長袍的年長男人。

我發不出聲音。

「麻煩大聲一點。」

有個女人走過去：是個穿短袍的學生。她放慢腳步，微笑點頭。我挺直腰桿，直視尼可森先生的眼睛唸誦。

「我在此保證，不會以任何方式帶走、畫記、塗汙或損傷屬於本圖書館或受它保管之任何書籍、文件或其他物品；我不會把任何火焰或火炬帶進本圖書館或在其中生火，也不會在本圖書館內吸菸；我承諾遵守本圖書館之所有規定。」

幾天後，等著被歸還給學者以及大學圖書館的那疊書頂端，出現一張字條。

幫我一個忙，去博德利圖書館查詢「flounder」這句引文的日期。它出自湯瑪斯・胡德的一首詩，發表在《文學紀念品》這本書裡：

「或是你在鰈魚（flounder）聚集的那裡，幾十噚深的鹹水底。」

——湯瑪斯・胡德，〈致湯姆・伍德蓋特的數節詩〉，一八一一年我的情緒確實顯著好轉了。隨著任務和雜事逐漸增加，我下午愈來愈早到累牘院報到。到了一八九九年夏季的尾聲，我已是許多大學圖書館的常客，也經常拜訪一些樂於提供藏書供大詞典計畫參考的學者。後來，莫瑞博士開始要我送短信到瓦爾頓街的牛津大學出版社。

「如果妳現在就出發，妳可以趕上哈特先生和布萊德利先生都在的時機。」莫瑞博士邊說邊匆忙地寫著字條。「我走的時候，留他們兩人繼續爭論『forgo』這個詞。當然，哈特是對的；關於為什麼我們沒有加上『e』的理由。但布萊德利需要被說服。這個應該有幫助，不過布萊德利不會感謝我的。」他把字條交給我，看到我一臉困惑，又補上一句：「這個詞的前綴是『for-』，就像『forget』，而不是『foregone』。妳懂了嗎？」

我點點頭，不過我不確定我有一絲一毫的理解。

「妳當然懂，這很直觀（straightforward）。」然後他越過眼鏡上緣看著我，嘴角彎起露出罕見的微笑。「對了，這個詞的『forward』可沒有『e』。布萊德利負責的部分進度緩慢，豈不是意料中事？」

將近十年前，出版委員會聘請布萊德利先生擔任第二位編輯，不過莫瑞博士習慣提醒他自己的身分。爸爸有一次說，他用這種方式提醒別人誰才是列車駕駛，最好別去回應這類評論。我微笑，莫瑞博士轉回他的書桌。我走出累牘院後，看了一下字條的內容。

> 通俗用法不該凌駕於詞源學的邏輯之上。「forego」太荒謬了。我很遺憾大詞典把它列為另一種拼法，並樂見《哈特規則》遏止使用這種拼法。
>
> 詹・莫

我知道《哈特規則》；爸爸手邊總會備著這本書。「艾絲玫，我們未必總是可以達成共識，」他有一次告訴我，「但保持一致性是可能的，而哈特這本制定規則的小書，在某個詞應該怎麼拼、或是需不需要加連字號引起爭端時，可以作為最終的裁決依據。」

在我小時候，爸爸為了某些事要去找哈特先生談話時，偶爾會帶我一起去出版社。哈特先生被大家稱為「大總管」，大詞典的印刷作業的每個環節都由他負責。我第一次穿過石造入口進入那個四合院時，對它的廣大感到敬畏不已。方院中央有個大水池，周圍全是樹木和花園。四面的石造建築都有兩到三層樓高，當時我問爸爸為什麼出版社需要比累牘院大那麼多。「艾絲玫，他們印的不光是大詞典而已，他們還印聖經，以及各種各樣的書。」我把他的話理解為全世界每本書都來自那個地方。它的宏偉突然顯得完全合理，我想像大總管的地位跟上帝有一點像。

我在壯觀的石拱門底下跨下自行車。方院裡擠滿顯然屬於這個地方的人。穿著白圍裙的男孩們推著裝滿一令一令紙張的手推車，有些上頭已經印了字，裁切成比較小的尺寸，有些是白紙且大如桌布。穿著有墨漬的圍裙的男人三五成群在抽菸。還有些男人沒穿圍裙，他們眼睛盯著書本或校樣而不是前方的路，其中一人撞到我的手臂，喃喃道歉，卻始終沒抬頭看一眼。他們兩人一組地談話、朝著零星的紙頁比手畫腳，紙上的內容顯然有瑕疵。我好奇：他們穿過這個方形空間時，解決了多少個語言問題？這時我注意到兩個比我年紀稍大的女人。她們穿過方院的態度像是每天都這麼做，我意識到她們一定是在出版社工作。不過隨著我們拉近距離，我能看出她們的談話方式跟男人不同：她們向對方傾身，其中一人舉起手遮著嘴，另一人聽完後輕聲笑起來。她們手裡沒有讓她們分心的東西，沒有問題要解決。她們的一天已經結束了，她們很開心要回家了。我經過時，她們點點頭。

方院一側停放著上百輛自行車。我把我的自行車停在稍微遠一點的地方，這樣離開時比較容易找到它。

我敲了哈特先生辦公室的門，他沒有回應，所以我沿著走廊走過去。爸爸說大總管從不在晚餐前離開這棟建築，而且在離開前必定會向排字工人道別，順便察看一下印刷機。

排字間離哈特先生的辦公室很近，我推開門往裡張望。哈特先生在房間另一頭，正在和布萊德利先生以及一名排字工人說話。我跟著爸爸來這裡時，印象最深刻的就是大總管濃密的八字鬍。過了這麼些年，它變白了一些，不過可一點都沒有變得稀疏。現在它就像個地標，引導我沿著一列列排字工人的工作檯走，工作檯傾斜的表面擺滿放在淺盤裡的鉛字。我覺得我可能擅闖了禁區。

我走近時，哈特先生瞥了我一眼，但沒有中斷他跟布萊德利先生的對話。對話漸漸轉變為辯論，我感覺它會一直持續到哈特先生占上風為止。他的身高比不上第二編輯，西裝品質也沒有對方好，但他表情嚴肅，而布萊德利先生一副親切的模樣。結果出爐是遲早的事。那個排字工人對到我的視線，朝我微笑，好像在替那兩個老男人道歉。他比他們兩人都高出許多，身材精瘦，鬍子剃得很乾淨。他的髮色深到幾乎是黑的，眼睛則近似深紫色。這時候我認出他了，他以前是聖巴拿巴男子學校的學生。當年其他女生都不肯在我們這一邊的院子裡跟我玩，所以我花了很多時間在看男生們在他們那邊的院子玩。我看得出他並不認得我。

「我可以請教**妳**是怎麼拼『forgo』的嗎？」他湊向我問道。

「真的假的，他們還在爭這個？」我小聲說。「我就是為了這件事來的。」

他皺起額頭，但還來不及追問，哈特先生就喊了我。

「艾絲玫，妳爸爸還好嗎？」

「先生，他很好。」

「他在這裡？」

「沒有，是莫瑞博士派我來的。」我把字條遞過去，它被我緊張的手弄得有點皺。

哈特先生讀了字條，慢吞吞地點頭表示認同。我注意到他的八字鬍捲曲的末端微微往上翹。他把字條傳給布萊德利先生。

「這應該能把結論定下來了，亨利。」他說。

布萊德利先生讀著字條，他的八字鬍末端保持靜止。他很紳士地點點頭，承認在「forgo」之爭中落敗。

「好了，蓋瑞斯，給布萊德利先生看一下『get』的字模。」哈特先生邊說邊跟編輯握手。

「是的，先生。」排字工人說。然後他轉向我：「小姐，很高興認識妳。」

但我們不算真的認識了，我心想。

他轉身走向他的工作檯，布萊德利先生跟過去。

我打算向哈特先生道別，但他已經走到另一個工作檯前，檢查一個年長男人的工作狀況。我很想跟過去，了解了解每個人都在做什麼。大部分人在對照手稿排字：每個人使用的那一疊尺寸相同的紙張都是同一種筆跡，只有一個作者。我望向布萊德利先生現在跟那個年輕排字工人站在一起的地方，那裡有三疊用細繩捆起來的紙卡，還有一捆已經拆開了，半數的詞彙已排版完成，另一半則等著排版。

「尼克爾小姐。」

我轉身看到哈特先生拉著開啟的門。我穿過一列列工作檯往回走。

接下來幾個月，莫瑞博士好幾度給我短信要我送去給大總管。我很樂意地接下任務，希望再有機會一探排字間。但每次我敲哈特先生辦公室的門，他都回應了我。

唯有莫瑞博士要求得到立即的答覆時，哈特先生才會要我留下來，而在這種時候他也不會請我坐下。我認為哈特先生這麼做是出於疏忽而不是有偏見，因為他看起來隨時都很煩躁。我心想，他也寧可待在排字間吧。

每天早晨我都屬於巴勒德太太，不過我表現得像塊朽木。「烹飪這回事可不只是把碗舔乾淨而已。」每次我烤的蛋糕凹陷下去，或是在她嚐過之後發現少放了重要材料，她都會這麼說。我為了替大詞典跑腿而縮短待在廚房的時間，對我們兩人而言都是個解脫。自從我開始偶爾替莫瑞先生送信以後，我就覺得待在累牘院裡比較自在了。我的素行不良或許尚未被遺忘，不過至少他們注意到我也能發揮用處。

「等妳帶著那本書回來，我會寫好兩個條目，沒有那本書我是辦不到的。」斯威特曼先生有一次說，「保持這種進度，我們可以在本世紀結束前完成。」

我為巴勒德太太做的雜事都完成了，我脫下圍裙，掛在食品儲藏室門上的掛勾。

「妳變得比較開心了。」莉茲說，她暫停準備蔬菜的動作。

「因為時間。」我說。

「是阿牘。」她說，臉上帶著令我困惑的小心翼翼的表情。「妳在那裡待得愈久，愈像是以前的妳。」

「這是好事，不是嗎？」

「當然，絕對是好事。」她把一堆切好的胡蘿蔔掃到盆子裡，然後開始把一些歐防風對半切開。「我只是不希望妳受到引誘。」她說。

「引誘？」

「被詞彙引誘。」

這時我才醒悟到，根本就沒有詞彙。他們交辦我各種雜務，書本、短信和口頭訊息，但沒有詞彙。沒有校樣。他們連一張紙卡都不信任我來經手。

累牘院門邊擺著一個我專用的雜務籃。每天那裡頭都裝滿要歸還到不同單位的書，還有一份待借書清單。有些引文要去博德利圖書館查證，有些信要寄，有些短信要送給哈特先生，有時也要送給大學裡的學者們。

某一天，有三封信特別擱在一邊，是寫給布萊德利先生的。累牘院經常收到這類信件，而我要負責把信拿去他位於出版社的詞典室。這個房間跟累牘院完全不同：它只是一間普通的辦公室，不比哈特先生的辦公室大多少，儘管布萊德利先生底下有三個助手一起工作。其中一個助手是他的女兒愛蓮諾，她大約二十三歲，跟希爾妲·莫瑞一樣，但她看起來已經像個大婿了。我造訪時，她招待我茶和餅乾。

在我要說的這一天，我們坐在房間後側的小桌子邊。桌上擺滿茶具，幾乎不夠我們兩人使用，但愛蓮諾不想在她的書桌前吃喝，以免把稿件弄髒。她咬了一口餅乾，碎屑落在她裙子上。她似乎渾然未覺。接著她傾向我。

「有人在傳，說出版委員會很快就會任命第三位編輯。」她的眼睛在金屬框眼鏡後頭瞪大。「似乎是我們的進度不如他們期望的快。出版更多分冊，表示出版社的金庫能收回更多資金。」

「他要坐在哪裡？」我環視擁擠的辦公室。「我無法想像莫瑞博士跟他共用累牘院。」

「這誰都無法想像。」愛蓮諾說。「謝天謝地，有另一個傳言說我們要搬去舊艾許莫林。爸爸上星期還去那裡丈量空間。」

「搬去寬街？我一直很喜歡那棟建築，可是它不是博物館嗎？」

「他們要把大部分館藏移到帕克斯路上的自然史博物館，把二樓的大空間讓給我們。他們還是可以在樓上辦講座，樓下也有他們的實驗室。」她環顧四周。「這是不小的改變，但我想我們會習慣的。」

「妳想布萊德利先生會介意和另一個編輯共用他的詞典室嗎？」

「如果能加快進度，我認為他完全不介意。而且到時候我們隔壁就是博德利圖書館。或許全英格蘭有一半的書是在出版社這裡印的沒錯，但博德利圖書館存放著英格蘭所有書的副本。多麼完美的鄰居啊。」

我啜著加了奶的茶。「愛蓮諾，妳正在編哪些詞？」

「我們開始進行『go』這個動詞了。」愛蓮諾說，「我懷疑它會耗掉我好幾個月的時間。」她把茶喝乾。「跟我來。」

我從沒近距離看過她的書桌，她桌上擺滿紙張、書本和裝著幾百張紙卡的窄盒子。

「看哪，是『go』。」她邊說邊比出一個堂皇的手勢。

我有股衝動想觸摸它們，緊接而來是羞愧的情緒。

我離開的時候，推著自行車穿越出版社繁忙的方院，從石拱門底下走到外頭的瓦爾頓街。自從回到累牘院以來，愛蓮諾的紙卡是我近距離接觸過的第一批紙卡。他們是否討論過這件事？莫瑞博士同意我回來的先決條件是不是我必須遠離詞彙？

「也許我可以幫忙整理紙卡。」當天晚上我和爸爸走回家時，我對他說。他不發一語，不過他的手在口袋裡找到錢幣，我聽到他用手指把玩錢幣時它們彼此碰撞發出的清脆聲響。

我們沉默地走了幾分鐘，我腦中的每個疑問都找到令人不愉快的答案。走到聖瑪格麗特路的中段時，他說：「等詹姆斯從倫敦回來，我會問問他。」

「你以前從來不問莫瑞博士。」我說。

我聽到他口袋裡的錢幣在動來動去。他望著人行道，什麼也沒說。

幾天後，莫瑞博士要我去找哈特先生，要我遞送「grade」和「graded」的紙卡。他把成疊的紙卡遞給我。總共有好幾捆用細繩捆起的紙卡，每張紙卡和首頁紙卡都標上數字，以免次序亂掉。我用怪模怪樣的手指握住它們，但莫瑞博士沒有放手。他越過眼鏡上緣看著我。

「艾絲玫，在它們用鉛字排版之前，這是唯一的文本。」他說，「每一張都彌足珍貴。」他鬆手，我還來不及想出該怎麼回答，他已經轉身回到書桌前。

我打開側背包，小心翼翼地把紙捆牢靠地塞到最底下。每一張都很珍貴，然而有太多種可能發生的事會讓它們遺失。我記起排字工人工作檯上成疊的文字，幻想吹來一陣風或是有個笨手笨腳的訪客；紙卡掉在地上，其中一張乘著氣流，落到除了孩子誰也不會發現的位置。

先前我被禁止碰觸它們，現在我則被賦予保護者的角色。我好想告訴某個人。要是當下有人在花園裡，我會設法把紙卡拿給他們看，說莫瑞博士把它們託付給我。我到累牘院後頭牽了自行車，騎出向陽屋的柵門，沿著班伯里路前進。當我彎到聖瑪格麗特路的時候，淚水開始汩汩流下我的雙頰。它們很熱，令人欣慰。

瓦爾頓街上的建築用不同方式迎接我，它那寬廣的入口不再令人生畏，而是表示接納——我正在辦重要的大詞典任務呢。

進到建築後，我從側背包取出一捆紙卡，解開綁住它們的蝴蝶結。「grade」這個詞的每種含義都被列在首頁紙卡上，接下來是闡述使用方法的引文。我瀏覽各種定義，發現有一項不夠格。我考慮告訴爸爸或是莫瑞博士，我的狂妄讓我自己都笑出來。這時有人撞到我，或是我撞到別人，我怪模怪樣的手指一個沒抓牢。紙卡像垃圾一樣掉在地上。我看向它們掉到哪裡了，卻只看到一雙雙匆忙的腳。我感覺血液湧上我的臉。

「別擔心，」有個男人說，並彎腰撿起掉落的紙卡。「它們標上號碼是有原因的。」

他把紙卡交給我。我伸手去接時雙手在發抖。

「天啊，妳還好嗎？」他扶住我的手肘。「妳必須坐下來，不然妳要昏倒了。」

他打開距離最近的一扇門，讓我坐在一進門的椅子上。「希望妳不會覺得這裡太吵，小姐。妳休息一下，我去給妳倒杯水，馬上回來。」

這裡是印刷室，確實非常吵。不過這種吵是層層套疊的節奏，試圖分辨不同的節奏讓我的慌亂鎮定下來。我檢查紙卡：一、二、三……我數到了三十。沒有任何一張弄丟。我用細繩把它們綁好，放回側背包裡。那個男人回來時，我正把臉埋在掌心裡，過去這一小時的洶湧情緒浮上表面，難以控制。

「來，拿去吧。」他說，蹲下來把一杯水端給我。

「謝謝你，」我說，「我也不知道我是怎麼搞的。」

他伸手拉我站起來，他的目光逗留在我怪模怪樣的手指上，我把手抽回來。

「你在這裡頭工作嗎？」我問，越過他看向他後方的印刷室。

「只有在某個機器需要修理修理的時候，」他說，「我大部分時間在排版。我是個排字工人。」

「你讓詞彙變成真的。」我說，終於看向他的臉。他的眼珠幾乎是深紫色的，他就是我第一次來訪時，跟哈特先生還有布萊德利先生站在一起的年輕排字工人。

他歪了歪頭，我想他或許不理解我的意思。不過接著他露出微笑。「我比較喜歡說我賦予文字實體——真的詞彙是說出口的詞，並且對某人有意義。真的詞彙並不是全都能通往紙張，有些詞彙我這輩子聽到過無數次，卻從來沒用鉛字排出來過。」

什麼詞彙？我想要問。它們是什麼意思？是誰會說？但我的舌頭彷彿被綁住了。

「我該走了。」我終於勉強說道，「我得把這些紙卡交給哈特先生。」

「唔，很高興可以巧遇妳，艾絲玫。」他微笑說道，「妳是艾絲玫對吧？上次沒有人正式介紹我們認識。」

我記得他的眼睛，卻不記得他的名字。我傻愣愣地站著，沒有說話。

「蓋瑞斯。」他說，再度伸出手。「很高興認識妳。」

我遲疑了一下，然後握住他的手。他的手指修長，末端很細，拇指奇怪地腫大。我的目光停留在他手上。

「我也很高興認識你。」我說。

他打開門，送我到走廊。

「妳認識路吧？」

「嗯。」

「好吧，走路小心喔。」

我轉身走向大總管的辦公室。把那一疊紙卡交出去令我如釋重負。

新的世紀開始了，雖然有種任何事都可能發生的感覺，我卻萬萬沒想到莫瑞博士會來到廚房門前。巴勒德太太看到他大步穿越草地時，她拍乾淨圍裙，整理從軟帽中掉出來的髮絲。她打開用門閂固定住的上半部的門，莫瑞博士探身進來，長鬍鬚在壁爐送出的暖流中飄蕩。

「莉茲在哪裡？」他問，瞥向我這裡，我正站在工作檯旁攪拌蛋糕要用的麵糊。

「莫瑞博士，先生，我派她去買點東西，」巴勒德太太說，「她馬上就會回來，然後艾絲玫會幫忙她在陰乾室晾洗好的衣物。艾絲玫對我們很有幫助。」

「唔，或許是吧，但我希望艾絲玫跟我來一下累牘院。」

我出於本能檢查口袋。巴勒德太太看著我，我搖搖頭，彷彿在說：**我保證我什麼也沒做**。

「去吧，艾絲玫，跟莫瑞博士去阿牘。」我脫掉圍裙，走向廚房門，腳步沉重得像涉過糖蜜。

我到了累牘院後，看到爸爸在那裡，面帶微笑。他有很多種笑容，但我最愛的是他「關在籠子裡的笑容」。它掙扎著想從抿起的嘴唇和抖動的眉毛後頭逃出來。我原本雙手握拳，現在我鬆開手指。

爸爸牽起我的手，我們三人走向累牘院後側。

「小艾，這是給妳的。」爸爸說，他放他的笑容自由。

在擺滿舊詞典的書架後頭有一張木桌，它跟我在考德希爾斯冰冷的房間裡用過的那種一模一樣。我想起掀桌的蓋子砸下來時的痛楚，手指不禁抽搐起來。我的腦中迴蕩著輕聲細語的嘲弄，那聲音說反正我的手指本來就已經廢了。我開始發抖，但爸爸按在我肩頭的手把我帶回累牘院。莫瑞博士掀起桌蓋，裡頭擺著新的鉛筆和空白紙卡，還有兩本我一看就認得的書。「這是瑤爾曦的書。」我聽到自己對莫瑞博士說，我想澄清我沒有亂拿她的東西。

「瑤爾曦已經讀過了，艾絲玫，她希望送給妳。把它們當作遲來的聖誕禮物吧——或是慶祝新世紀的禮物，這豈不更好。」

這時候我注意到桌蓋底側貼著裁下來的剩餘壁紙——淺綠色的底上有小小的黃玫瑰。莫瑞家的客廳就貼著這種壁紙。這張桌子的其他方面也跟考德希爾斯的桌子不同：

它比較大，木材磨得發亮，鉸鍊部分會反光，而且座椅沒有跟桌子連在一起。

莫瑞博士蓋上桌蓋，有點困窘地站著。「好吧，」他說，「妳就坐在這裡，妳爸爸會吩咐妳做各種有用的事。」

說完之後，他對爸爸短促地一點頭，便回到他自己的書桌前。

我摟住爸爸，這才頭一回發現我必須低頭才能和他臉頰相貼。

隔天早晨，我比平常更費心打扮。我注意到先前丟在地上的裙子有點縐了，便從衣櫃挑了一件乾淨的。我花了半小時試著把頭髮馴服，像莉茲曾經辦到的一樣編出一條緊密的辮子，但最後還是跟平常一樣挽成亂七八糟的髮髻。我往鞋子上吐口水，用床單的角落用力擦拭。然後我進到爸爸房間去照莉莉的鏡子。

「如果妳想的話，可以把它拿到妳房間。」爸爸說，嚇了我一跳。「妳媽媽不是個虛榮的女人，但她很愛那面鏡子。」

我臉紅了，我自己的倒影讓我害羞，而且很清楚地覺察到自己被檢視和比較。莉莉跟我一樣又高又瘦，我也有像她一樣的白皙皮膚和棕色眼睛。但我沒有她的亞麻色秀髮，而是頂著爸爸火紅的鬈髮。我在鏡子中看他，好奇他看到什麼。

「她會以妳為傲。」他說。

到了向陽屋，爸爸檢查早晨的郵件，而我沒有去廚房找莉茲和巴勒德太太，而是隨著他走到累牘院。他打開新裝的電燈，用木炭生火直到它們發光。溫度幾乎沒有任何變化，不過木炭製造出溫暖的錯覺。我站在分類桌旁，緊張地等候指示。

爸爸把一疊信遞給我。「從現在開始這就是妳的工作了，小艾。」他說，「像妳看我做的一樣，蒐集和整理信件。妳很幸運，莫瑞博士已不再向天下人廣徵詞彙；我們以前一次收到一麻袋的信呢。但妳仍然必須打開每一封信，看看有沒有紙卡。」他拆開一個信封。「這是一封信，所以妳要把它跟信封釘在一起，然後留給收件人看——妳應該知道每個人坐在什麼位置吧？」

我點頭。我當然知道。

我把那疊信帶到累牘院後側。我的書桌安放在兩個擺滿舊詞典的書架、以及唯一露出來的一塊牆壁所形成的凹洞裡。我把它想像成一個大型分類格，特別為我量身訂做。我從那個位置可以看到分類桌以及在高桌前的莫瑞博士，要看到我，他們則得轉身並伸長脖子。

意識到我仍然可以觀察別人、自己又不會被人觀察，真是讓我鬆了口氣，但我的存在並不是一種附屬品。我有自己的桌子，助手們也不會奉命忽視我。我會像他們一樣為文字服務。而且莫瑞博士說他每個月會付我一英鎊五先令，這幾乎只有爸爸薪水的四分之一，甚至比莉茲的工資還要少，但它夠讓我每個星期買一次花，以及訂做客廳的窗簾。而且我想要新洋裝時就不用向爸爸要錢了。

我很期待每天整理郵件的例行儀式，還有我把信分送給助手時他們可預測的反應。他們各有能代表個人特質的態度和慣用語，就像我曾經用他們的鞋襪來定義他們。

我發送的圓圈從馬林先生開始。「Dankon（謝謝），」他會說，上半身微微鞠躬。鮑爾克先生鮮少抬頭看一眼，而且總是把我叫成莫瑞小姐。希爾妲去年就離職了，她去位於薩里郡的皇家哈洛威學院擔任講師，瑤爾曦取代她的位置坐在她們父親的書桌旁。儘管我個子很高，髮色也不一樣，鮑爾克先生卻似乎無法分辨我們。爸爸只是說聲謝謝，不一定會抬頭看，要視當下他工作的複雜程度而定。

我只會在斯威特曼先生那裡逗留。他會放下鉛筆，在椅子上扭過身體。「艾絲玫，妳有什麼來自巴太太廚房的情資？」他總會問。

「她說下午茶有海綿蛋糕可以吃。」我或許會說。

「好極了。妳可以繼續忙妳的了。」

大部分的信是寄給莫瑞博士的。

「信件來了，莫瑞博士。」

「值得看嗎？」他會越過眼鏡上緣看著我說。

「我說不上來耶。」

然後他會把信接過去，按照他對寄件人的好感度重新排序。語文學會特定紳士寄的信會被往後挪，不過出版委員會的信總是墊底。

我的送信任務結束後，我會回到我的書桌前，處理任何交辦給我的小事，不過我一天大部分的時間都在整理堆積如山的紙卡，那些紙卡上寫著M開頭的特定詞彙，而我要按照引文的新舊程度將它們排好順序。

郵件中有紙卡的日子，是我最喜歡的日子。我在檢視每一張紙卡時都抱著希望，想要率先與爸爸或莫瑞博士分享新詞彙。不論是哪個字母開頭的詞，我們都必須拿來和已經蒐集到的詞交叉比對。那句引文或許呈現出稍微不同的意義，或是比我們原本蒐集到的引文都更早出版。當郵件中有紙卡時，我可以花數小時在分類格間，幾乎未察覺時間的流逝。

一九〇一年八月

我賣力工作，又一年就這麼過去了。每天都依循同樣的模式進行，不過詞彙為日子點綴不同的色彩。我要整理郵件、紙卡、回信。下午我仍然會借還書，以及在博德利圖書館確認引文。我從來不會心浮氣躁或百無聊賴。就連維多利亞女王駕崩都沒有影響我的好心情；我和所有人一樣換上黑色衣服，但自從我躲在分類桌下以來，這是我最開心的一段時光。

當冬天過渡到春天，布萊德利先生從出版社搬到設在舊艾許莫林的新詞典室，第三位編輯克雷吉先生也帶著兩個助手加入他。莫瑞博士並不贊同新的編輯，他的表達方式是鞭策自己的團隊加快產出文字的速度。他似乎是想證明沒必要找新編輯，儘管我們都知道大詞典的進度已經延遲了十年。

到了一九〇一年夏天時，鮑爾克先生總算開始稱呼我尼克爾小姐了。

「今天阿牘會很熱喔。」莉茲說，我剛把頭伸進廚房道早安。

「妳會幫我們泡些檸檬水嗎？」我問。

「我已經去過市場了。」她用頭指了指一盆鮮黃色的檸檬。

我向她送了個飛吻，然後走向累牘院，邊走邊瀏覽手中的郵件。

我養成一個習慣，會在拆信前先猜信封裡有什麼。我穿過花園時，我逐一檢視每封信作粗略的評估。有少數幾封的收件者是「編輯收」，有些薄到勢必只裝了一張紙卡。這些是給我的，我心想。有幾封信是寄給「詹姆斯．莫瑞博士」的——大部分來自一般民眾（他們的筆跡和回信地址都很陌生），有幾封來自語文學會的紳士，還有一封是出版委員會的熟悉信封。最後這一封信很可能是針對資金提出的警示信；如果它建議莫瑞博士刪減大詞典的內容來加快進度，我們可都要忍受他的惡劣情緒了。我把它挪到最底下，讓他能以陌生人的讚美來開始這一天。

每個助手都各收到一、兩封信，然後在整疊信的最底下，竟然有一封信是寄給我的。

資淺助手艾絲玫．尼克爾小姐收
向陽屋，累牘院

班伯里路，牛津市

這是我在累牘院破天荒收到的第一封信，也是頭一次有人給我冠上助手的頭銜。我興奮得全身發麻，但我認出這是蒂塔的筆跡時，感覺立刻消失無蹤。已經三年了，我還是沒辦法在想到她時不聯想到考德希爾斯，而我並不希望想起那個地方。

這天的氣溫已經開始高起來了，我書桌周圍的空氣凝滯得讓人窒息。蒂塔的信與其他幾疊信分開放；她寄來一頁的信和一張紙卡。她關心我的健康，以及我在累牘院工作的情況。她寫道她從不同管道收到正面的評價，我不禁自豪得臉紅。

那張紙卡上寫的是個常見的詞。我並不想被它打動，卻不由自主。我在分類格搜尋過後，沒有找到相等的引文。它隸屬於很厚的一捆紙卡，它們已經整理過，並初步編輯分成二十種不同的意義。我沒有把它歸入該在的地方，而是把它帶回我的書桌。

我用手描畫文字，就像我學會認字之前跟爸爸一起做的動作。蒂塔用厚厚的羊皮紙切成這張紙卡，還在邊緣畫上渦形花紋。我把它拿起來貼近我的臉，吸入熟悉的薰衣草氣味。我好奇：她是在紙卡上噴了香水，還是在裝入信封前貼近她的胸前？

我先前唯一能懲罰她的手段就是沉默，而後來我又找不到合適的字眼去打破沉默。

我好想她。

我從書桌裡拿了一張空白紙卡，把蒂塔紙卡上的內容一字不漏地抄下來。

LOVE（愛）

「愛確實讓人心傾向慈悲。」

——《幼兒之書》，一五五七

我回到分類格前，把抄本釘在字義最相近的首頁紙卡底下。蒂塔的原始紙卡則進了我的裙子口袋。這是許久以來的第一次——我感到鬆了一口氣。

我耗掉一個小時在想蒂塔，想我可能用哪些詞彙來終結靜默。當我終於又回到整理信件的工作上後，我從另一個信封抽出一張紙卡。這一張沒有任何花紋裝飾，不過倒不乏味。有些詞我從沒聽人說出口，也幾乎無法想像有人使用它，但它們卻設法在大詞典占有一席之地，因為有某個偉人曾經寫下它們。我以前每次遇到這種詞，心中都會浮現「遺風」這個字眼。

而「misbode」（謠諑）就是一個這種類型的詞。那句引文出自喬叟的《騎士的故事》。

「汝謠諑抑或冒犯了何人？」引文如是說。

它至少有五百年歷史了。我確認過紙卡上的資訊齊備，然後去尋找對應的分類格。那個洞裡有一小疊紙卡，沒有首頁紙卡。我把喬叟的引文加進去。要不了多久，M開頭的詞就需要進行定義工作了。K開頭的詞已經近乎大功告成。我回到書桌前，拿起下一個信封，把裡頭的東西取出來。等所有信件都檢查和整理完畢，我繞著桌子走，把它們交給各收件人，並換取他們需要我協助的事項。當我走向莫瑞博士的書桌時，他遞給我一疊上星期累積的信件。

「不重要的詢問信，」他說，「妳應該可以駕輕就熟地回應。」

「謝謝你，莫瑞博士。」

他點點頭，繼續改他的稿件。

接下來一小時左右，振筆疾書的沙沙聲只被男人們脫外套或扯鬆領帶的動作給打斷。陽光曝曬累牘院的鐵皮屋頂時，它彷彿發出哀鳴。斯威特曼先生打開門讓風吹進來，但是根本就沒有風。

我讀著一封信，信裡詢問為什麼「Jew」（猶太人）這個詞被分開，收錄在兩本分冊裡。把同一個詞分成兩半，跨在兩本出版品中，曾數度成為莫瑞博士和出版委員會之間爭執的焦點。當莫瑞博士告知出版委員會，下一本分冊的出版日期必須延後——因為「Jew」的各種變體需要更詳細的研究，出版委員會堅持收益的問題必須列入考量。他被告知「你有什麼就先印」。

「Jew」的問題花了六個月才解決，每個星期他都收到至少三封民眾寄來的信，要求他解釋這是怎麼回事。我草擬了一封回信，表示印刷技術規定每本分冊都要符合特定頁數，而英語沒辦法編輯到能滿足這樣的限制。有些時候某個詞不得不拆成兩部分，不過當下一冊大詞典《H至K》出版時，就會把「Jew」的各種意義整併在一起。

我讀了一遍自己寫的內容，覺得挺滿意。我抬頭望向莫瑞博士坐的位置，考慮要不要先讓他審核一遍，再封上信封並貼上郵票。

莫瑞博士要在牛津大學的基督堂學院吃午餐，因此他已經換上學位袍，坐在面向分類桌的高桌前。他的學位帽戴得穩穩的，長袍像是神鳥的巨大黑翅膀。從我位在後方角落的位置看去，他就像是管理陪審團的法官一樣。

我正在鼓足勇氣準備走向「法官席」，請他檢查我寫的信時，莫瑞博士把椅子往後一推。椅腳刮過地板的方式，換作任何人都會惹來責罵。大夥全都抬起頭，看到主編開始氣得七竅生煙。

莫瑞博士手裡拿著一封信，他左右搖頭，緩慢地否認剛才讀到的內容。累牘院變得一片死寂。莫瑞博士轉身從架上取下《A至B》。

我感覺它落在桌上的重響，像是有人一拳搥向我的胸腔。

他把詞典由中間打開，一頁一頁地翻，找到正確的一頁時深吸一口氣。他用目光掃描欄位，助手們開始不安地換姿勢。就連爸爸都很緊張，一手伸進口袋把玩硬幣。莫瑞博士掃描完整頁，回到最頂端，然後更仔細地尋找。他的手指沿著一欄往下滑，他在找某個詞。我們等著。一分鐘感覺就像一小時，不管他在找哪個詞，都沒有找到。

他抬起頭，表情像即將爆發的火山。然後他頓了一下，像是準備說什麼話。莫瑞博士一個一個地看著我們，他瞇起眼睛，銀色長鬍鬚上方的鼻孔歙張。他的目光嚴肅而穩定，像是想在我們的心裡找到真相。直到他看到我身上時，目光才閃爍了一下。他的頭微偏，眉毛揚起。他想起我躲在分類桌底下的那段歲月了，我也是。

汝謠諑了何人？我想像他在心裡問。

爸爸是第一個順著莫瑞博士的目光看向我坐的位置的人。第二個是斯威特曼先生。

所有助手都扭著脖子看我，不過新來的那些助手搞不清楚狀況。我從未像這一刻感覺這麼有存在感，令我自己都訝異的是，我反而坐得更挺了一些。我沒有忸怩不安或是垂下目光。

即使莫瑞博士原本打算指控我，他也決定還是算了。總之他再次拿起那封信重讀一遍，然後瞥向攤開的詞典；沒必要再檢查第三遍了。他把信夾在頁面之間，沒說任何話就離開累牘院。瑤爾曦緊隨他的腳步也走了。

助手們吁出憋住的氣。爸爸用手帕擦拭額頭。等他們確定莫瑞博士已經進到住宅裡，有幾個人大膽地到花園裡吹吹風。

斯威特曼先生站起來，走向莫瑞博士桌子上的那本詞典。《A至B》。他拿起那封信讀了一遍。當他望向我時，他的眼神帶著同情，不過也有一絲笑意。爸爸湊過去，瀏覽整封信，然後大聲唸出來。

先生您好：

我來信是想感謝您編出如此優秀的詞典。我訂閱了分冊，每當它們出版時就會寄給我，也收藏了目前為止出版的四冊大詞典。我把它們放在特別訂製的書架上，我希望有朝一日能見到書架被填滿，不過這樣的滿足或許只能留給我兒子去享受了。我已經六十好幾，健康狀況也不甚佳。

由於您提供了稱手的工具，我養成習慣思考特定詞彙，並了解它們的歷史。我在讀〈群島之王〉這首詩時，因故去檢閱您所編的詞典。我查詢的詞是「bondmaid」（女奴）。這個詞的定義並不模糊，但華特．史考特在此詞中間加了一個連字號，而我認為那是不必要的。該詞的男性同義詞列出充足的參考資料，但「bondmaid」卻未收錄。

我必須承認我相當困惑。在我的心中，您編的大詞典已高踞不可質疑的權威地位。我知道期望任何人類的作品完美無瑕，都是一種不公平的負擔，而我只能作出這樣的結論：您和我一樣都有缺陷，這個詞被意外地遺漏了。

先生，我在此致上善意和敬意。

以上。

我盡可能放慢速度穿過草地，經過在草皮上伸展四肢的助手，每個人手裡都拿著裝在高杯子裡的檸檬水。我剛要爬樓梯去莉茲房間，巴勒德太太從食品儲藏室出來，兩手各拿著兩個蛋。

「不打聲招呼就穿過我的廚房，不太像妳的作風啊。」她說。

「巴太太，莉茲在嗎？」

「唔，妳也早安啊，小姑娘。」她越過眼鏡上緣瞄我。

「對不起，巴太太。剛才累牘院裡發生不愉快的事，我們都出來休息一下。我本來希望莉茲在家，也許我可以……」

「妳說不愉快的事？」她繼續走向廚房的工作檯，開始用一個大碗的邊緣敲開蛋殼。她看著我等我回應。

「他們弄丟一個詞，」我說，「莫瑞博士氣炸了。」

她搖搖頭微笑。「難道他們以為他們的詞典沒收到，我們就不會繼續用那個詞了嗎？那總不會是他們弄丟的第一個詞。」

「我想莫瑞博士相信它確實是第一個。」

巴勒德太太聳聳肩，把大碗抵在腰臀處。她打蛋打到手都變成一團模糊的影子，廚房裡充斥著令人安心的低鳴。

「我去莉茲房間等她。」我說。

我正在伸手搆行李箱時，莉茲進房間來。「艾絲玫，妳在做什麼啊？」

「這底下好髒喔，莉茲。」我說，我的頭塞在她的小床下，兩手在虛無的空間中摸索。

「我可沒料到全牛津最優秀的女僕床底下會這麼髒。」

「出來啦，艾西玫，妳要把洋裝弄髒了。」

我向後爬，邊爬邊拖出行李箱。

「我還以為妳完全忘了這個行李箱。」

我想到蒂塔寄給我的剪報，它應該壓在行李箱裡其他所有文字的上面。我有很長時間都無法面對它。

行李箱覆著一層灰。「莉茲，我去寄宿學校的時候，妳是刻意把它收得好好的，還是意外巧合？」

莉茲坐在床上看著我。「我好像沒有理由對任何人提起。」

「我真的是很壞的孩子嗎？」我問。

「不，妳只是個沒有媽媽的孩子，就跟我們許多人一樣。」

「但他們不是因為我沒有媽媽才送走我。」

「他們只是送妳去上學。而且大概也是因為沒有媽媽可以照顧妳的關係，他們覺得這樣最好。」

「但並不是最好。」

「我知道，後來他們也知道了，他們帶妳回家。」莉茲把我一綹不受控的頭髮塞回髮夾裡。「妳現在怎麼會想起行李箱來了？」

「蒂塔寄了一張紙卡給我。」我拿給她看。我唸出引文時，看到她鬆了口氣。然後我心虛地看著她。「還有一個原因。」我說。

「什麼原因？」

「莫瑞博士認為大詞典漏放了一個詞。」

莉茲看著行李箱，一手摸向她的十字架。我以為她會開始慌張，但她沒有。

「慢慢打開它，」她說，「以免有什麼東西拿它當窩，會被光線嚇到。」

我整個下午都跟我的「失落詞詞典」膩在一起。莉茲進出房間不止一次，端來三明治和牛奶，並且不太情願地向爸爸傳話說我身體不舒服。當她第三次進到房間，她打開燈。

「我快累死了。」她說，重重地往床上一坐，弄亂了攤放在床上的紙卡。她用手在紙卡間穿梭，像是在玩落葉。「妳找到了嗎？」她問。

「找到什麼？」

「漏放的詞。」

我回想起莫瑞博士的表情。

「噢，有啊，」我說，「我最後終於找到了。」

我伸長手臂從莉茲的床邊桌上拿起那張紙卡。我是不可能把它交給莫瑞博士的。即使他沒有大發脾氣，我也想不出任何情境可以合理解釋這個詞為什麼在我手上。

「莉茲，妳記得它嗎？」我舉向她說道。

「我為什麼會記得？」

「這是第一張。我本來不確定，但我把行李箱裡所有東西拿出來後，它就在最底下。妳還記得嗎？它看起來好孤單。」

她想了一會兒，然後臉色一亮。「噢，我想起來了，妳找到我媽媽的帽針。」

我看著行李箱內側的刻字：失落詞詞典。我臉漲紅了。

「別想那件事了。」她說，然後朝我仍抓在手裡的詞點點頭。「莫瑞博士怎麼可能知道漏了那個詞？他有在數嗎？有那麼多詞。」

「他收到一封信，寫信的男人以為會在收錄A和B開頭的詞的那本詞典裡找到它，結果沒找到。」

「大家總不會期望每個詞都在那裡頭吧。」莉茲說。

「噢，他們確實是這麼想的。有時候莫瑞博士還得寫信告訴他們某個詞為什麼沒被收錄。爸爸告訴我，不收錄某些詞的正當理由多得很，但這次情況不同。」回想起這天早晨的戲劇化場面，我不禁有點興奮。我不合常理地心生一股成就感。因為我的關係，發生一件似乎真的很重要的事呢！

我看到莉茲面露憂慮。

「那它是什麼？」她問，「這是哪個詞？」

「bondmaid，」我很刻意且緩慢地發音，感覺它在我的喉嚨裡和嘴唇上。「那個詞是『bondmaid』。」

莉茲試唸了一下：「bondmaid。它是什麼意思？」

我看著那張紙卡。它是一張首頁紙卡，我認出爸爸的筆跡。我能看出原本它和其他引文紙卡或是校樣釘在一起的位置。要是我知道這是爸爸寫的，我還會把它私藏起來嗎？

「怎麼樣，是什麼意思呢？」

有三項定義。

「奴隸女孩，」我說，「或是受契約束縛的僕人，或是受契約束縛必須服務到死亡為止的人。」

莉茲思考了一下。「那就是我嘛，」她說，「我猜我受契約束縛，必須服務莫瑞一家到我死的那天。」

「噢，我不認為它描述的符合妳的情況，莉茲。」

「夠符合了。」她說，「別一副大受打擊的模樣，艾西玫。我很慶幸我在大詞典裡；或者應該說本來會在的，要不是因為妳。」她微笑。「不曉得大詞典裡還有什麼跟我有關的詞？」

我想著行李箱裡的詞彙。有些詞在我從紙卡上看到之前，我從來沒聽到有人說或是寫在什麼地方。大部分的詞都很普遍，不過紙卡或筆跡的某種特質讓我對它們產生親切感。有些詞寫得拙劣，引文也殘缺不全，根本沒機會被收錄在大詞典裡；有些詞就只出現在一個句子裡：有如剛學飛的雛鳥一般臨時造出來的詞，後來始終不成氣候。這些我全都愛。

「bondmaid」不是雛鳥型詞彙，而它的意義讓我困擾。莉茲說得對；它指的可以是她，也可以是古羅馬的奴隸女孩。

這時候我回想起莫瑞博士的怒氣，而我感覺我的怒氣也升上來去迎接它。我心想：這個詞有問題，它不該存在。它的意義應該晦澀難解、不可想像。它應該是個遺風，然而從古至今，它是個人人通曉的詞彙。說故事的喜悅消逝無蹤。

「我很高興它不在大詞典裡，莉茲。這是個可怕的詞。」

「也許吧，但它是個真實的詞。不管有沒有大詞典，奴隸女孩永遠都會存在。」

莉茲走到衣櫃前挑選乾淨的圍裙。「巴太太要我負責張羅晚餐，艾西玫，我得走了。如果妳想可以繼續待著。」

「莉茲，如果妳不介意，我要待在這裡。我需要寫信給蒂塔，我希望能趕上早晨的寄件時間。」

「也該是時候了。」

一九〇一年八月十六日

我親愛的艾絲玫：

我等妳的信等了好久。我把這當作我的懲罰，而且我罪有應得。儘管如此，這仍然是一段難熬的刑期，我很慶幸它結束了。

我並非過著單獨囚禁的生活，針對可以作為事實來報告的那些事，我都清楚地掌握了。詹姆斯在描述慶祝《H至K》出版的花園派對過程時，罕見地加油添醋一番，說妳像「柳樹苗」一樣抽長。妳父親抱怨說妳現在都比他高了，不過妳愈來愈像莉莉，讓他很是懷念。

我知道的資訊夠多，能滿意地知道妳讀了很多書，並且學習一兩件一般認為年輕小姐該懂得的家務技能。我滿懷感激地接收到這些細節，不過這幾年最令我渴望的是妳本身的東西，艾絲玫。妳的想法和渴求，妳逐漸發展的觀點和好奇心。

在這方面，妳的信不啻是一種慰藉。我一讀再讀，每一遍都注意到更多證據，證明妳有敏捷的心智。最近鬧得沸沸揚揚的「漏詞事件」顯然引起妳的興趣，而儘管它並非遭到刻意的排除，「bondmaid」確實跟若干應該納入第一冊、卻沒被收錄的好詞彙落得一樣的下場（譬如說，千萬不要對莫瑞博士提到「Africa」〔非洲〕：這是他的痛處）。

在我看來很明顯的是，妳待在分類桌底下時所吸收到的知識，超過坐在黑板前學習六年的學生。我們任何人若以為累牘院不適合讓孩子成長和學習，都是犯了錯誤。我們的概念被傳統（最隱微卻暴虐的獨裁者）給限制了。請原諒我們缺乏想像力。

那麼，來說說妳此次最主要的疑問。

不幸的是，大詞典沒有空間容納缺乏文獻來源的詞彙。每個詞都必須曾經寫成白紙黑字，而妳的假設是對的，它們大部分都來自男人所寫的書，不過也未必總是如此。許多引文都是由女性所寫，儘管當然這屬於少數情況。妳知道這件事或許很訝異：有些詞彙的出處僅僅是不太牢靠的技術手冊或說明書。我知道至少有一個詞是源自藥瓶上的標籤。

妳的觀察是對的，被普遍使用卻未曾書寫下來的詞彙，勢必會被排除在外。妳擔心某些類型的詞，或是某些類型的人常用的詞，在未來會失落、會消失，真的是很敏銳的觀察。然而我想不到什麼解決辦法。試想替代選項：把這些在一兩年間流行起來又消失的詞、這些我們不會世世代代琅琅上口的詞，通通都收錄進去。它們會把大詞典塞得喘不過氣。並不是所有的詞都是平等的（我在寫下這句話的時候，好像更能體會妳的憂慮了：如果某一個族群的用詞被視為比另一個族群的用詞更有保存價值……唔，妳讓我必須停下來想一想）。

我們初期雄心勃勃，想讓大詞典完整記錄所有英語詞彙的意義和歷史，現在已證明是異想天開了，不過我可以向妳保證，也有很多有文本紀錄的好詞彙，並沒能通過莫瑞博士和語文學會所設定的測驗。我這就告訴妳其中一個詞是什麼。

「forgiven-ness（被寬恕）。」

它出自艾德琳．惠特尼的小說《視覺與洞見》。在此書出版後不久，貝絲就讀了這本書。她並沒有什麼正面評價（惠特尼太太公然傳達了女性應該完全待在家裡、只能談家務事的個人觀點），但她覺得這個詞很有意思，親自寫了一張紙卡。又過了好幾年，他們要求我寫這個詞的條目，不過它始終未通過門檻列入第一版草稿。

基於我相信我不需要解釋的理由，我最近常想起這個詞。我一向不太勤於把遭到回絕的詞交還給累牘院，所以，喏——這是我的饋贈，也是我的請求。如果妳接受了，我的靈魂會感覺到被救贖、被寬恕（引用惠特尼太太的話）而充滿喜悅。

愛妳的蒂塔

第三部　一九〇二至一九〇七

Lap — Nywe

一九〇二年五月

我領到第一份薪水的兩年後，莫瑞博士要我教蘿絲芙整理紙卡、確認字義，以及任何有助於她適應新的助手工作的事項。半小時後，我很明確地發現她不需要我的指導。蘿絲芙就和她的所有手足一樣，從小時候就開始給紙卡分類了。她或許不曾躲在分類桌下，但她對累牘院熟門熟路。

「妳不需要我。」我說，蘿絲芙咧嘴一笑。她跟瑤爾曦長得好像，只是稍微瘦一點、稍微高一點、稍微白一點。她有同樣精緻的五官，同樣稍微下垂的眼角。要不是她時常微笑，那雙眼睛會使她看起來很悲傷。我讓她坐在她將和她姊姊共用的桌子前，它緊靠在莫瑞博士的書桌左側，然後我回到自己的座位。寫著L開頭的詞的紙卡一疊疊整齊地排在書桌邊緣。我坐下來的時候，不禁好奇如果要跟一個長得跟我有點像的人合作，把紙卡整理分類，會是什麼感覺。

正常來說，我會不疾不徐地整理詞彙。如果那個詞很熟悉，我會用我對它的理解來跟志工提供的例句比對。如果是不熟悉的詞，我會把它的意義刻在記憶中。這些新單字會成為我跟爸爸一同走回家的路程中的焦點話題。如果他不知道那個詞，我會解釋給他聽，我們會用愈來愈複雜的句子去把它練熟。

但「listless」（倦怠）讓我呵欠連連。它有十三張紙卡，上頭寫的意義千篇一律，我的心思很容易就飄出侷促的累牘院。我想著蒂塔說過的話，她說詞彙必須有文獻方面的歷史。唔，「listless」絕對符合資格。最早的引文出自一本在一四四〇年寫成的書，所以它勢必會被收錄，但它絕對沒有莉茲的詞「knackered」（累死了）有趣。莉茲一次都沒說過她很倦怠，但她隨時都累死了。

我把所有「listless」紙卡釘在一起，從最舊的引文排到最新的。有一張只寫完一部分：「listless」寫在左上角，底下有引文，但沒附上日期、書名或作者。它將被丟棄，但我把它放進口袋時心臟仍然狂跳。

我走進廚房時，巴勒德太太已經坐在桌邊，莉茲在做她們午餐要吃的火腿三明治。桌上已經擺好三個茶杯。

「莉茲，『knackered』是什麼意思？」

巴勒德太太哼了一聲。「艾絲玫，這問題妳問任何伺候人的人都可以。我們都能回答妳。」

莉茲倒完茶坐下來。「意思是你很累。」

「那妳為什麼不直接說妳很累？」

她想了一下。「這不只是沒睡飽的累，而是工作完的累——幹粗活的累。我天亮前就起床，讓大房子裡的每個人在醒來時都能暖和、有東西填飽肚子，然後要等他們都打呼了我才去睡覺。我有半數時間都感覺累死了，像是操勞過度的馬。絕對不是個閒人。」

我從口袋拿出紙卡，看著那個詞。「listless」跟「knackered」不一樣，前者比較懶散。我看著莉茲，明白了她為什麼從來沒有理由用這個詞。

「巴太太，妳有鉛筆嗎？」

巴勒德太太有點遲疑。「艾絲玫，妳手裡那張紙長得那個樣子，這樣不太好吧。」

我拿給她看。「妳瞧，這張不完整，只是廢紙。我要拿來再利用。」

她點點頭。「親愛的莉茲，食品儲藏室一進門有鉛筆，就在我的購物清單旁邊。妳幫艾絲玫拿來好嗎？」

我把「listless」劃掉，然後把紙卡翻了一面。背面是空白的，但我猶豫不決。我從來沒有自己寫過紙卡。我從很多年前就開始拿取詞彙——讀它們、記住它們、拯救它們。我向它們尋求解釋。可是當大詞典的詞條讓我失望時，我從未想像過我也可以為它們增添資料。

在莉茲和巴勒德太太的注視下，我寫道：

KNACKERED（累死了）

「我天亮前就起床，讓大房子裡的每個人在醒來時都能暖和、有東西填飽肚子，然後要等他們都打呼了我才去睡覺。我有半數時間都感覺累死了，像是操勞過度的馬。絕對不是個閒人。」

——莉茲・雷斯特，一九〇二年

「我不認為莫瑞博士會把這當作正式的引文。」巴勒德太太說，「但看到它被寫下來還是不錯。莉茲說得沒錯，整天都站著幹活兒真的讓人很累。」

「妳寫了什麼？」莉茲問。

我唸給她聽，她抬起手觸摸十字架。我納悶我是否惹她生氣了。

「我說的話從來沒有被寫下來過。」她終於說。然後她站起身收拾桌面。

我看著我的紙卡。它在分類格裡應該會感到很自在，我心想；我好奇莉茲對於她的名字和她的話，跟華茲華斯以及斯威夫特這樣的文豪挨在一起，會有什麼想法。我決定做一張首頁紙卡，釘在莉茲的詞彙上；這時我才想起來所有K開頭的詞都已經出版了。

我留下莉茲和巴勒德太太，讓她們繼續吃午餐，自己則兩步併作一步地爬上樓梯。莉茲床底下的行李箱已經超過半滿，我把「knackered」放在最上面。

這是第一張，我心想。它很特別，因為不是從一本書抄下來的。可是跟其他紙卡擱在一起，沒辦法特別區分出來。我拆下頭上的緞帶，把它繞著紙卡綁好。它一個人看起來很孤單，但我能想像還會有別的加入。

爸爸有一次告訴我，是莫瑞博士想出要統一規定使用這個尺寸的紙卡。起初他把裁好的紙卡寄給志工，不過不久之後，只要指示大家用六乘四吋的紙張來提供詞彙和例句就夠了。對某些志工來說，空白紙張並非隨手可得，我小的時候，爸爸會鑽到分類桌底下找我，給我看用報紙、舊的購物清單、用過的包肉紙（棕色的血跡在文字間暈染開）、甚至是從書上撕下的頁面做成的紙卡。最後這一種讓我驚愕不已，我建議莫瑞博士開除破壞書本的志工。爸爸笑了。他說最嚴重的犯行者是弗德里克·費尼沃。莫瑞博士也許偶爾是想開除他，但弗德里克·費尼沃是語文學會的幹事，編纂大詞典是他的主意。

爸爸說莫瑞博士設計的紙卡非常巧妙，簡單而有效，隨著累牘院填滿文字，貯存空間愈來愈有限，他的紙卡就變得更有價值。莫瑞博士把它們設計成剛好適合放進分類格，沒有浪費一吋空間。

每一張紙卡都有它自己的個性，在它被分類的過程中，它承載的詞彙的意義就有機會獲得理解。最起碼，它會被拿起來閱讀。有些紙卡在大夥手裡傳遞，有些成為漫長辯論甚至是爭吵的主題。有一段時間，每個詞都跟它的前一個詞以及後一個詞同等重要，不論寫著詞彙的紙是從哪裡裁下來的。如果紙卡寫得不完整，它會被貯存在分類格裡，與其他紙卡釘或綁在一起，在少數不合標準的過大彩色紙卡的對比下，這些紙卡的一致性更為顯眼。

我經常思考，如果我是一個詞，我會被寫在什麼樣的紙卡上。絕對是一張太長的紙卡，或許顏色也不對。一張不太能融入的紙卡。我擔心我或許根本無法在分類格裡找到屬於我的位置。

我決定我的紙卡要跟莫瑞博士的一樣，於是我開始蒐集各種紙張來裁切成正確大小。我最愛的紙卡是莉莉以前常用的藍色銅版紙。我從爸爸的書桌抽屜拿走幾張這樣的紙，並留給美麗的詞彙使用。剩下的紙卡有的普通、有的特別：從累牘院拿來的一疊空白紙卡，它被遺忘在滿是灰塵的角落，肯定沒有人在乎；用學校作文和代數考卷剪成的紙卡；幾張爸爸買來但從未寄出的明信片（幾乎大小剛好，但還是要修剪）；還有裁下的多餘壁紙，雖然有點厚，但有一面有漂亮的圖案。

我開始隨身攜帶紙卡，希望能捕捉到更多像「knackered」這樣的詞。

莉茲是很棒的資料來源。一週之內，我便記下七個我確定不在分類格裡的詞。我去求證時，發現其中五個已有紀錄。我把重複的詞丟了，剩下兩個詞則放進行李箱與「knackered」作伴，通通用緞帶綁在一起。

累牘院的工作成果就沒那麼豐碩了。每隔一陣子，莫瑞博士便會用特別的口音講出有趣的蘇格蘭方言，通常是壓低音量地講。他經常用「glaikit」來回應能力不足或效率低落的狀況，我哪敢請他再說一次，不過我倒是寫了張紙卡，把它定義為「白痴或笨蛋」。我查閱F和G開頭的那一冊詞典時，詫異地發現這個詞已經收錄其中。其他助手只會使用他們在優秀作品中讀過的詞。我很懷疑他們任何一個人曾花點時間聽聽巴勒德太太廚房中的語言，或是室內市集的賣家互相撂下什麼話。

我不再需要在廚房裡幫忙了，不過有時候我還是會待在那裡。在爸爸加班的日子，我寧可在廚房打下手也不想一個人回家。新窗簾和鮮花讓我們家煥然一新，不過在漫長的夏季夜晚，我更願意留下來和莉茲聊天。等天氣變冷，我又覺得回家燒炭只給一個人用太浪費了。

「莉茲，妳可以為我做一件事嗎？」我們並肩站在水槽前。

「要我做什麼都可以，艾西玟，妳應該知道的。」

「我在想妳能不能幫忙我蒐集詞彙。」我說，斜睨著觀察她的反應。她繃緊下巴。「不是從累牘院蒐集。」我趕緊補充。

「我要在哪裡找到詞彙？」她問，眼神一直盯住她正在削皮的馬鈴薯。

「妳去的任何地方。」

「小艾，這個世界跟阿牘不一樣，不會到處都有詞彙等著手指靈巧的女孩把它撿起來。」她轉身，對我露出安撫的笑容。

「這就是重點啊，莉茲。我相信周圍有很多美好的詞在到處飛，而它們從來沒被寫在紙卡上。我想記錄它們。」

「作什麼用呢？」

「因為我覺得它們跟莫瑞博士還有爸爸蒐集的詞一樣重要。」我說。

「它們單然——」她停住，糾正自己的發音，「——我是說，它們當然沒那麼重要。我們用那些詞，只是因為我們不懂更好的詞。」

「我不這麼認為耶。我覺得有時候那些正式的詞一定是沒那麼傳神，所以大家才會造新詞，或是把舊詞拿來發揮不同的用途。」

莉茲輕聲笑起來。「我在室內市集跟一些人說話，他們根本不知道正式的詞是什麼。大部分的人連字都不認識，每次有紳士停住腳步聊天，他們都會呆愣愣地站著。」

我們削完馬鈴薯皮了，莉茲開始把它們從中間切開，然後放進大鍋子。我用掛在爐灶旁的熱毛巾把手擦乾。

「再說，」莉茲繼續道，「伺候人的女人在那些喜歡用花俏語言的人周圍閒晃，這是不對的。要是被人看見我辦完事還跟人聊不該聊的，對莫瑞家的名聲很不好。」

我原本想像有一大堆的詞彙，多到要用新的行李箱才裝得下，但要是莉茲不肯幫忙，我能蒐集到的量連把緞帶撐緊都不夠。

「噢，拜託嘛，莉茲。我不能一個人沒有理由地在牛津市到處遊蕩。如果妳不替我做這件事，我乾脆放棄得了。」

她切完最後幾塊馬鈴薯，然後轉身看著我。「即使我真的待在那裡偷聽，也只有女人會歡迎我。男人哪，即使是在駁船上工作的那種類型，也會為了我這樣的人修飾講話方式。」

我心中開始浮現另一個想法。「妳覺得是不是有些詞只有女人會用，或是特別要用在女人身上？」

「應該是吧。」她說。

「妳能告訴我有哪些詞嗎？」我問。

「把鹽拿給我。」她說，掀開煮馬鈴薯的鍋蓋。

「怎麼樣呢？」

「我覺得不行。」她說。

「為什麼？」

「有些我不願意說，有些我沒辦法解釋。」

「也許我可以跟妳一起去辦事，我可以負責偷聽。我不會妨礙妳工作，也不會逼妳偷懶。我只會聽，如果聽到有趣的詞，就寫下來。」

「也許吧。」她說。

我開始在星期六早起，陪莉茲去室內市集。我在口袋裡裝滿紙卡和兩枝鉛筆，像童謠中瑪麗的小羊一樣跟著莉茲。我們會先買水果和蔬菜——首要之務是買到最新鮮的蔬果。然後去肉攤或魚攤、烘焙坊和雜貨鋪。我們會穿梭在一條條小巷中，隔著櫥窗望著在小店鋪裡展售的巧克力或帽子或木頭玩具。然後我們會走進小小的男子服飾用品店。莉茲有時候會帶著新的針線回家。我回家時多半帶著失望。那些攤商都友善又客氣，他們說的每個詞都是我耳熟能詳的。

「他們希望妳掏出鈔票，」莉茲說，「他們才不會冒險得罪妳嬌貴的耳朵。」

有時候我們經過魚攤或是一群正把滿推車蔬菜卸下來的男人，我會聽到某個字眼。可是莉茲不肯問他們那是什麼意思，也不讓我靠近他們。

「照這樣下去，我一個詞都蒐集不到，莉茲。」

她聳聳肩，繼續沿著被她走爛了的路線穿過市集。

「也許我應該重操舊業，再從累牘院救出一些詞。」如我所料，這話讓她停住腳步。

「妳不會真的……？」她說。

「我也許克制不住。」

她打量我一會兒。「咱們去看看梅寶今天在賣什麼吧。」

梅寶．歐肖納西就像磁鐵的兩端，兼具排斥力和吸引力。她擁有整個室內市集最小的攤位：兩個木箱並排放置，原本裝在木箱裡的破銅爛鐵擱在頂端展售。莉茲通常把我們帶向另一個方向，有很長一段時間，梅寶對我來說只是路過時驚鴻一瞥的人影，銳利的骨架像是要撕裂薄如紙張的皮膚，破舊的帽子幾乎遮不住東禿一塊西禿一塊的頭皮。

我們走近時，我可以明白地看出莉茲和梅寶彼此熟識。

「梅寶，妳今天吃飯了沒？」莉茲說。

「咱賣的錢不夠買個不新鮮的麵包哪。」

莉茲伸手從我們採買的東西裡拿出一個麵包捲遞給她。

「這是誰呀？」梅寶滿嘴麵包地問道。

「艾絲玫，這是梅寶。梅寶，這是艾絲玫。她爸爸在為莫瑞博士工作。」她帶著歉意看著我。「艾絲玫也在編大詞典。」

梅寶伸出手：滿是髒汙的長手指從破布般的無指手套裡伸出來。我通常不跟人握手的，我出於本能地在裙子上擦拭我怪模怪樣的手指，彷彿能去除某種令人不快的物質。我把手伸出去時，老婦人笑起來。

「妳這手再怎麼擦都沒用啦。」她說。然後她用雙手捧著我的手，像醫生一樣仔細審視。她髒兮兮的手指逐一握住我的每根手指，測試關節正不正常，並輕輕把手指拉直。她的手指筆直而靈巧，跟我彎曲而僵硬的手指是兩個極端。

「它們能用嗎？」她問。

我點點頭，她似乎很滿意地放開我。接著她朝她攤位的商品比了個手勢。「那妳可以自己動手了。」

我開始檢視她的商品。難怪她沒東西吃：她賣的全是漂流物，也就是從河裡撈出來的破損的東西。唯一的色彩來自一個茶杯和茶碟，兩者都缺了角，不過大致堪用。她把茶杯放在茶碟上，好像它們是一套，但根本不搭。我心想：有閒錢的人絕對不會用這個杯子喝茶的，不過為了展現禮貌，我拿起茶杯仔細看細緻的玫瑰圖案。

「那是瓷器喔，茶碟也是。」梅寶說，「把它們對著光線看看。」

她說得對，兩個都是上等的薄瓷。我把玫瑰花杯放回藍鈴花碟上，在其他所有沾了汙泥的棕色物品之間，這個組合有種歡樂感。我們相視而笑。

但這還不夠。梅寶再次朝她的商品點點頭，所以我又摸摸、轉轉、拾起一兩樣東西。有一根棒子，長度跟鉛筆差不多，不過是扭曲的。我以為它質地很粗糙，一摸才知道它跟大理石一樣光滑。我把它拿近來看它糾結成團的末端，看到一張古老的臉龐。老人的表情呈現出畢生練就的雕刻功力，他的長鬍子繞著扭曲的棒子延伸。我幻想它出現在爸爸的桌上，感覺胸腔裡一陣興奮緊張。

我看著梅寶。她一直在等，現在她對我露出滿是牙齦的笑容，並伸長手臂。

我從錢包拿出一枚硬幣。「很棒的作品。」

「現在沒人想讓咱的手握住他們那話兒，咱的手閒著也是閒著。」我不確定我聽懂了，看我沒有作出她預期中的反應，她看著莉茲。「她是傻瓜嗎？」她問。

「不是，梅寶，她只是聽不慣妳說的英語。」

等我們回到向陽屋，我拿出紙卡和鉛筆。莉茲不肯告訴我「那話兒」（shaft）是什麼意思，但她用點頭和搖頭來回應我的猜測。她臉上的紅潮讓我知道我猜中答案了。

我們成為梅寶小攤位的常客。我的詞彙庫增加了，我偶爾送給爸爸的小木雕讓他很開心。他的書桌上一直有個舊骰盅，那些小木雕就和他的鋼筆和鉛筆一起插在骰盅裡。

梅寶每講幾個字就要咳嗽，並清掉喉嚨裡大坨大坨的痰液。我跟莉茲去找她已經持續大半年了，從來就沒見她安靜過，不過我以為咳嗽能夠阻止她說話。結果並沒有；咳嗽只是讓人更難聽懂她在說什麼。她再度咳起來時，我把我的手帕遞給她，希望她別再往她凳子旁的石板地上吐痰。她看了看手帕，卻沒有接過去的意思。

「免啦，咱行的，小妞。」她說。然後她傾向一側，把她嘴裡累積的東西都啐到地上。我畏縮了一下，她得意洋洋。

我在仔細看她的木雕時，梅寶絮絮叨叨地說著與她相鄰的攤商們有什麼犯罪方面、財務方面、性愛方面的不可告人之事，還能在幾乎不中斷發言的情況下告訴我某個東西售價多少。

在她充滿黏液的語句中夾雜一個我好像聽過的詞——莉茲否認她知道那個詞是什麼意思，不過從她漲紅的臉可以明顯看出她在說謊。

「cunt。」我要梅寶重複一遍時她說。

「走吧，艾絲玫。」莉茲說，她異於平常地匆匆挽起我的手臂。

「cunt。」梅寶稍微提高音量。

「艾絲玫，我們該走了，我們還有好多事要辦。」

「這是什麼意思？」我問梅寶。

「意思是她是個『cunt』：一個欠操又惡劣的臭婊子。」梅寶瞥向賣花的攤位。

「梅寶，小聲點。」莉茲悄聲說，「妳明知道他們會因為妳亂講話而把妳趕出去的。」

「但這個詞確切的意思是什麼？」我又問梅寶。

她看著我，笑得露出牙齦。她超愛我要她解釋某個詞的意思。「小妞，妳有帶鉛筆和紙吧？妳會想把這個寫下來唷。」

我甩掉莉茲抓著我手臂的手。「妳先走，莉茲，我等一下會追上妳。」

「艾絲玫，要是有人聽到妳說那種話……唔，甚至在我們到家前，巴勒德太太就會知道了。」

「別擔心，莉茲，梅寶和我會小小聲地說。」我說，轉頭嚴肅地看著老婦。「對不對，梅寶？」

她點頭的模樣像在等人施捨一碗湯的流浪兒。她想要她的話被寫下來。

我從口袋拿出空白紙卡，在左上角寫下「cunt」。

「就是妳的『quim』。」梅寶說。

我望著她，希望她剛才說的話能在我腦中產生意義，就像有時候我會過一兩秒才意會過來一樣，但我被難住了。

「梅寶，這說法沒有幫助。」我拿出另一張紙卡，在左上角寫下「quim」。「幫我用『cunt』造句。」我說。

「我的『cunt』好癢。」她說，一邊撓著裙子前方。

這有幫助，但我沒寫下來。「跟胯下意思一樣嗎？」我小聲問。

「小妞，妳真的夠笨。」梅寶說，「妳有『cunt』，我有『cunt』，莉茲有『cunt』，但那邊那個老奈德，他沒有『cunt』，懂了嗎？」

我湊近一些，梅寶的臭味令我憋住氣。「是陰道嗎？」我低聲說。

「操，妳是個天才，真的是天才。」

我向後退，但慢了一步，她的笑已經把氣重重呼到我臉上。充滿菸草味和牙齦的病菌。

我寫下：女性的陰道；辱罵語。然後我劃掉「女性的」。

「梅寶，我需要一個句子，要能清楚明白地解釋它的意思。」我說。

她想了想，準備說什麼，又打住，再想。接著她看著我，那張有如繁複地景的臉上，有種孩子氣的喜悅漫開來。

「小妞，妳準備好了？」她問。我靠在她的木箱上，寫下她的話：瞧那個地方有個年輕娼妓，用漿糊灌滿她的屄（cunt）。她滿臉笑嘻嘻，說他們付錢放進去，也不能白白拔出來。

她的笑聲引發一陣劇烈的咳嗽，我快速拍了幾下她的背才讓她症狀緩和。等她喘過氣來，我在引文底下寫道：梅寶．歐肖納西，一九〇二年。

「那『quim』呢？」我問，「意思一樣嗎？」

她抬頭看我，仍然忍俊不住。「它指的是那些汁液，小妞。」她用舌頭潤了潤乾裂的嘴唇。「我的已經不甜美了，不過以前哪，」她用拇指摩擦兩根手指，「我靠我的汁填飽肚子呢。男人最喜歡那種讓女人興奮的感覺了。」

我覺得我懂了。我寫下：在進行親密行為時由陰道排出的液體。

「這也是用來罵人的話嗎？」我問。

「當然。」梅寶說，「淫汁（quim）就是羞恥的證明。我們這種人把它當成跟屄一樣的用法。」然後她看向賣花的攤位。「她和她老爹都是欠操的淫汁，完全沒有疑問。」

我加上：辱罵語。

「謝了，梅寶。」我邊說邊把紙卡放回口袋。

「妳不要我造句嗎？」

「妳已經造了很多句，我回家以後會選出最好的。」我說。

「只要有加上我的名字。」她說。

「會的，沒有人會想冒用妳的句子。」

她再度笑得露出牙齦，然後給我一根木雕棒。「美人魚。」爸爸一定很愛。我從錢包拿出兩個硬幣。

「我想它應該值得多一便士吧。」梅寶說。

我多給她兩便士，一個詞一便士，然後去找莉茲。

「結果梅寶有什麼話好說？」走回向陽屋時莉茲問道。

「其實她還真有得說，我的紙卡都不夠用了。」

我等著莉茲問更多問題，但她已經學聰明了。我們抵達向陽屋後，她邀我進去喝茶。

「我得去累牘院查一個東西。」我說。

「妳不把新的詞放進行李箱？」

「晚一點再說，我想先查查大詞典給『cunt』的定義是怎麼寫的。」

「艾絲玫，」莉茲一副急得跟什麼似的，「妳不能大聲講這個詞。」

「所以妳懂？」

「不是。欸，我知道這個詞，我知道它不禮貌。艾西玫，妳不能說這個詞。」

「好啦，」我說，這個詞能引起這種效果令我樂不可支，「那我們就稱它為『C開頭的那個詞』好了。」

「我們什麼也別稱呼它，根本就不會有用到它的時候。」

「梅寶說它是個很古老的詞，所以C開頭的詞那本詞典裡應該有。我想看看我給它下的定義有多精準。」

阿牘空無一人，不過爸爸和斯威特曼先生的外套都還掛在他們的椅背上。我走到莫瑞博士書桌後的書架前，取下第二冊詞典。《C》比《A至B》還厚；它歷經我半個童年才編完。我搜尋後發現梅寶的詞並不在裡面。

我把詞典放回去，開始搜尋放C開頭的詞的分類格。由於乏人關注，它們積了不少灰塵。

「妳有什麼特定要找的目標嗎？」是斯威特曼先生。

我把梅寶的紙卡攥在手心裡，轉過身。「沒有什麼不能等到星期一再找的，」我說，「爸爸跟你在一起嗎？」

斯威特曼先生從椅背拿起外套。「他經過房屋時順道跟莫瑞博士講兩句話，馬上就過來。」

「我去花園裡等他。」我說。

「好咧。我們星期一見。」

我掀起我的桌蓋，把紙卡夾在一本書裡。

我開始一個人去室內市集。每當我必須去博德利圖書館或舊艾許莫林辦事時，我都會刻意繞遠路，穿過那些滿是攤販和店鋪的擁擠巷弄。我慢慢散步；我在女帽店櫥窗前逗留，偷聽雜貨店老闆和他兒子在街頭的對話；每逢週五我會慢條斯理地挑選要買的魚，希望能剛好聽見魚攤老闆和他的妻子講到我不熟悉的字眼。

「莫瑞博士為什麼不收錄沒有寫下來的詞呢？」有一天早晨我們走去累牘院時，我問爸爸。我口袋裡裝著三張新的紙卡。

「如果沒有寫下來，我們就不能驗證它的意義。」

「如果它是人人皆知的詞呢？我在室內市集不斷聽到同樣幾個詞。」

「它們或許在口語上使用得很普遍，但只要沒有普遍地出現在文章裡，就不會被收錄。雜貨店老闆史密斯先生的話實在不符合引文的資格。」

「但作者狄更斯先生的胡謅就夠資格？」

爸爸斜瞄我。

我微笑。「還記得『jog-trotty』嗎？」

前兩年「jog-trotty」在分類桌邊引發不小的辯論。它有十七張紙卡，但全都寫著同一句引文。就馬林先生所知，它是唯一的例句。

> 它頗為呆霸（jog-trotty）而無聊。

「但這可是狄更斯的句子。」一個助手說。「它是個亂寫的詞。」另一人說。「由編輯大人決定。」馬林先生說。由於莫瑞博士剛好出遠門，這擔子便落到最新的編輯克雷吉先生頭上。他一定很崇拜狄更斯，因為這個詞被收錄在《H至K》裡。

「一針見血。」爸爸說。「那妳舉個例子，妳在市場聽到什麼詞？」

「『latch-keyed』。」我說，想起花攤老闆史提斯太太曾經對一個客人這麼說，以及她瞥向我的動作。

「妳知道嗎，這個詞有點耳熟。」他看起來很得意。「我覺得妳可能會發現它已經被收錄了。」

爸爸加快腳步，我們抵達累牘院後，他直接走到放分冊的書架前。他取下「Lap至Leisurely」這一本，開始一頁頁地翻，同時低聲唸叨「latch-keyed」。

「唔，『latch-key』（碰簧鎖鑰匙）是用來打開碰簧鎖的鑰匙，但這裡沒有提到『latch-keyed』。」他走向分類格，我跟過去。

除了我們之外，累牘院空無一人。我感覺像回到孩提時代。我心想：「latch-keyed」應該會在中間，不太高也不太低。

「找到了。」爸爸把一小疊紙卡拿到分類桌。「啊，我現在想起來了——這個條目是我寫的。『latch-keyed』的意思是『握有碰簧鎖鑰匙』。」

「所以，如果某個人是『latch-keyed』，那人可以隨意進出？」

「應該是這樣沒錯。」

我越過他的肩膀讀首頁紙卡。爸爸的筆跡還寫了好幾種不同的定義。

> 未受到監護人陪伴的；缺乏紀律的；指稱不安於室的年輕女性。

「所有引文都來自《每日電訊報》。」爸爸邊說邊遞給我一張。

「這很重要嗎？」

「妙的是，莫瑞博士也問了一模一樣的問題。」

「問誰？」

「問出版委員會的人，因為他們想要刪減成本。刪減成本代表刪減詞彙。根據他們的說法，《每日電訊報》不是可靠的來源，它上頭寫的詞都可以省略不計。」

「我猜《泰晤士報》就是可靠的來源了？」

爸爸點點頭。

我看著他給我的紙卡。

LATCH-KEYED（不安於室的）

「所有不安於室的女兒以及穿著燈籠褲的少女，還有普遍來說不滿足的人。」

——《每日電訊報》，一八九五年

「所以這不是讚美的意思？」

「那要看妳覺得年輕小姐是不是絕對應該受到監護人陪伴、有紀律並且安分地待在家裡做家事。」他微笑，然後表情轉為正經。「總的來說，我想它是用來批評的詞。」

「我把它們放回去。」我說。

我把紙卡收攏。我走回分類格時，將「不安於室的女兒」藏進洋裝袖子裡。這是個冗餘的句子，我心想。

到了一九〇二年年底時，我已經對蒐集自己的詞彙很有信心，不過在累牘院，我還是負責跑腿，以及為幾年前志工就已貢獻的成堆紙卡添加新的引文。我發現自己對某些詞彙的定義感到惱火。有好多條定義我都恨不得拿筆劃掉，但我沒這個權力。然而那股誘惑是無法永遠被擋在門外的。

「艾絲玫，這是妳的傑作嗎？」

爸爸把一份校樣推過早餐桌，指著釘在邊緣的一張紙。那確實是我的筆跡。從他的語氣聽不出來我的編輯是好事或壞事。我保持沉默。

「妳什麼時候做的？」他問。

「今天早上，」我說，眼睛始終盯著我的那碗麥片粥，「你昨晚去睡覺時把它留在外面了。」

爸爸坐下來讀我寫的內容。

MADCAP（魯莽的人）

經常用來詼趣地形容個性活潑或衝動的年輕女性。「一登上舞臺，她就是全世界最歡樂、最愉快、最魯莽的人。」

——梅波·柯林斯《華沙第一美人》，一八八五年我抬起頭。爸爸在等我解釋。「這個句子呈現出原本沒收錄的一種意思，」我說，「我是從另一條定義底下把這句引文挪過來的，它根本不適合放在那條定義底下。我常覺得那些志工的理解錯得離譜。」

「我們也這麼覺得。」爸爸說，「所以我們才要花這麼多時間重寫。」

我臉紅了，因為我意識到爸爸把校樣留在外頭，是因為他還沒改完。「你會想到更好的寫法，不過我想說如果我先擬個草稿，可以幫你省點時間。」我說。

「不，我已經改完了。我以為我的定義都足夠了。」

「噢。」

「我錯了。」他拿起校樣摺起來。我們兩個都沉默了一會兒。

「也許我可以提出更多建議？」

爸爸揚起眉毛。

「關於詞彙被賦予的意義，」我說，「我在分類以及添入新的紙卡時，也許我可以在一些首頁紙卡上寫下建議，只要我覺得那些首頁紙卡……」我頓住，說不出批評的話。

「不夠好？」爸爸說，「太主觀？有偏見？太浮誇？不正確？」

我們都笑了。

「也許妳可以這麼做。」他說。

莫瑞博士越過眼鏡上緣打量我，我提出的要求懸在空中。

「妳當然可以。」他終於說，「我很期待妳會提出什麼見解。」

我早已準備好一番說詞來回應他的拒絕，所以他一口答應反而令我不知所措。我愕然地呆站在他書桌前。

「不論妳建議什麼，大概都會再經過精修。」他說，「不過對於我們定義英語的志業來說，妳的觀點是有所裨益的。」這時他傾向前，嘴角的鬍鬚微微抽搐。「我自己的女兒們最喜歡指出我們年邁志工根深柢固的偏見了，我相信她們一定很高興妳加入她們的陣營。」

從這時候開始，我不再覺得自己是個冗餘，整理紙卡也成為新的挑戰。只要我的建議獲得採納、列入分冊，爸爸都會告訴我。隨著我累積信心，獲採用的比例也跟著增加，我在我書桌內側作記錄：每有一條我寫的定義獲得採用，我就劃一道刻痕。隨著一年年過去，我的書桌內側被小小的成就弄得滿目瘡痍。

一九〇六年五月

我享受著領薪水的自由，因而漸漸和室內市集的一些賣家熟識起來。我仍持續在週六早晨與莉茲同行，不過我有自己的籃子要裝填，爸爸也給了我零用錢來買雜貨。我們買完食物後，我會帶她去布行。我正一點一滴地把我們家破舊或實用得令人沮喪的布製品汰換掉。我喜歡把錢花在這上頭，雖然爸爸只有偶爾才會注意到有新東西。我們最後去的店總是男子服飾用品店，給莉茲買一捆新的縫線就是我最大的喜悅。

在沒有莉茲同行的其他日子，我會造訪幾個我知道對詞語別有一套的攤商。他們講話帶有遙遠北方或英格蘭西南方的口音。有些人是吉普賽人或行旅的愛爾蘭人，只是短暫停留的過客。他們多半是女人，有的老有的年輕，很少有人在給了我詞彙而我寫下來之後，能夠讀懂我的文字。但他們很愛分享。在幾年時間內，我設法蒐集到超過一百個詞。我發現有些詞已經在分類格裡了，但許多都沒有。當我想要蒐集一些下流的詞，我總是去找梅寶。

有個我沒見過的女人在翻看梅寶的商品，她那副心不在焉的神情跟平常的我如出一轍。她們聊得正起勁，我不想打岔。於是我駐足在史提斯太太攤位的一桶桶鮮花之間。我每個星期都向史提斯太太買花，但她注意到我這幾年跟梅寶過從甚密，因此態度並不友善。這使得我在她的攤位逗留顯得更彆扭。

「妳決定要買什麼了嗎？」史提斯太太從櫃臺後出來，藉故整理著不需要整理的花。

我聽到梅寶因為那女人說的話而噴笑。我望過去，看到女人微微別開臉去閃避我知道撲面而來的口臭，因而我瞥見她白皙的皮膚和塗了胭脂的臉頰。我納悶她為何還待在那兒；憐憫只需要施捨片刻時光就夠了。我有種不安的感覺，好像在用別人的目光看著自己——史提斯太太勢必就是這麼看我的。

花攤老闆在等我作出某種回應，所以我晃向那一桶康乃馨。它們對稱的粉色花瓣單調而有點令人生厭，不過它們放的位置很好，方便我把梅寶的訪客看得更清楚。我微彎下腰，像是在仔細審視這一束花，感覺到史提斯太太幾乎難掩她的反感。她太用力地調整手邊的紫丁香，弄掉幾片花瓣。

「這送妳，梅寶。」幾分鐘後我說，遞給她一小束紫丁香，梅寶的新朋友聞到花香顯然鬆了口氣。我不敢回頭看花攤老闆，但梅寶臉皮厚得很。她接過花束，挑剔地檢視褐色的包裝紙和簡單的白色緞帶。「重點是花。」她用過大的音量說，然後用誇張的愉快姿態把花湊到鼻子底下。

「聞起來如何？」年輕女人問。

「這我沒辦法回答妳，咱已經好多年都聞不到味道了。」梅寶把花遞給她，女人將臉埋進花裡，用力吸花香。

我趁著她閉著眼睛時好好打量她。她很高，不過沒我高，她的身段像皮爾斯香皂廣告中的女人一樣凹凸有致。在她的蕾絲高領之上，是白皙無瑕的皮膚。偏蜂蜜色的金髮編成鬆鬆的辮子垂在背後，沒有戴帽子。

她把花束放下，放在一個大概再也不會響的布滿藤壺的鈴以及木雕天使臉孔之間。

我拾起那個木雕。「梅寶，我沒看過這個耶。」

「今天早上才刻好的。」

「她是妳認識的人嗎？」我問。

「這是掉光牙齒之前的我啊。」梅寶笑著說。

那女人絲毫沒有離去的意思，我好奇我是不是打斷她們的私人談話，而她們還等著繼續談。我從口袋拿出錢包尋找正確數目的硬幣。

「就想說妳會喜歡她。」梅寶說。我一開始以為她說的是那個年輕女人，但她拿起天使木雕，並接下我的硬幣。

「我叫緹爾妲。」女人邊說邊伸出手。

我遲疑著。

「她不喜歡握手啦，」梅寶說，「怕會嚇到妳。」

緹爾妲看看我的手指，然後直視我的眼睛。「能嚇到我的事不多。」她說。她牢牢握住我的手，我很感激。

「我叫艾絲玫。」我說。「妳是梅寶的朋友嗎？」

「不是，我們才剛認識。」

「我們大概是志同道合。」梅寶說。

緹爾妲湊近我。「她堅持說我是個『dollymop』。」

我聽不懂。

「妳看她的表情，從來沒聽過『dollymop』呢。」梅寶一整個大剌剌，史提斯太太用水桶發出刮擦聲以及嘟噥一句抗議表達不滿。「來吧，丫頭，」梅寶對我說，「拿出妳的紙卡。」

緹爾妲歪著頭。

「她在蒐集詞語。」梅寶說。

「哪種詞語？」

「女人用的詞，下流的詞。」

我愣愣地站著，一時之間提不出好的解釋。感覺就像爸爸要我交出口袋裡的東西的那個當下。

但緹爾妲的反應不是驚駭厭惡，而是饒富興味。「真的嗎？」她說，打量我稍嫌寬鬆的外套以及莉茲在我袖口繡的雛菊花邊。「下流的詞？」

「不是。唔，有時候是啦。下流的詞是梅寶的專長。」

我拿出一疊空白紙卡和鉛筆。

「妳是個『dollymop』嗎？」我問，我不確定這詞有多難聽，不過很好奇要怎麼應用。

「我是演員，不過對某些人來說這兩者是一樣的。」她朝梅寶微笑。「我們的朋友告訴我，登臺表演是她走上這一行的契機。」

我開始理解了，便在我用廢棄校樣裁下的紙卡左上角寫下「dollymop」。這一類紙卡成為我的新寵，不過我把正規的詞彙劃掉，並且在另一面記下梅寶的詞的時候，總是在喜悅中夾雜著一點羞愧。

「妳能用它來造句嗎？」我催促道。

緹爾妲看看紙卡，然後看著我。「妳挺認真的喔？」她說。

我驀地感到臉頰發熱。我想像透過她的眼睛看這紙卡，看出它的無用。我一定像個怪人。

「給她造個句子。」梅寶敲邊鼓。

緹爾妲等著我抬起頭。「我有一個條件，」她有點得意地微笑說道，「我們要在新劇院演出《玩偶之家》，妳今天下午一定要來看日場表演，結束後再跟我們一起喝茶。」

「她會的，她會的。現在給她造個句子吧。」

緹爾妲吸了一大口氣，挺直腰桿。她的目光落在我肩膀後方，她唸出句子時帶著一股我先前並未察覺的勞工階層口音。「給『dollymop』一文錢可以讓你暖暖大腿。」

「要我說這可是經驗談。」梅寶笑著說。

「沒人問妳，梅寶。」我說。我把句子寫在紙卡中間。

「它跟『娼妓』的意思一樣嗎？」我問緹爾妲。

「大概吧。不過『dollymop』比較是臨時性的，而且比較缺乏經驗。」

緹爾妲看著我擬出一番定義。

「表達得很精準。」她說。

「妳姓什麼？」我的鉛筆懸在紙上。

「泰勒。」

梅寶用雕刻刀敲木箱來吸引我們的注意。「唸給我聽。」

我看向四周採買的人群。

緹爾妲伸手向我討紙卡。「我保證不會引人注意。」

我交給她。

DOLLYMOP（流鶯）

偶發性接受報酬從事性服務的女人。

「給流鶯一文錢可以讓你暖暖大腿。」

——緹爾妲・泰勒，一九〇六年

我邊把紙卡收回口袋，邊想：這是很好的詞。也是很好的來源。

「我得走了。」緹爾妲說，「一小時後要服裝彩排。」她伸手從包包拿出一份節目單。

「我演娜拉，」她說，「兩點開演。」

爸爸從累牘院回來時，我已經準備好午餐了：從市集買回來的豬肉派以及水煮四季豆。廚房桌上放著一瓶鮮花。

「我受邀去新劇院看《玩偶之家》的日場表演。」我們吃飯時我說。

爸爸抬起頭，訝異卻面帶微笑。「噢？是誰邀請妳的？」

「我在室內市集遇到的人。」爸爸的笑容轉為皺眉，我趕緊接著說：「是個女人，她是演員，她有參加那齣戲。你要跟我一起去嗎？」

「今天？」

「我一個人去也沒問題。」

他看起來鬆了口氣。「我相當期待下午可以好好看個報紙。」

吃完午餐，我沿著瓦爾頓街朝市中心走。到了出版社，一群迎來週末的人從拱門內湧出，接下來長長的午後時光讓他們興奮得七嘴八舌。大部分的人往我反方向走，回到他們位於傑里科的家，不過有三五成群的男人和幾對年輕情侶開始走向牛津市中心。我跟上去，好奇其中有沒有人要去新劇院。

到了喬治街，我剛才跟隨的一小群人散開來，各自進入酒吧和茶鋪。沒有人進到劇院。

我來早了，但劇院裡的空曠程度仍然令人訝異。它看起來比我印象中大。這裡的座位能容納數百人，不過觀眾頂多只有三十個。我掙扎了半天，不知道該坐在哪裡好。

緹爾妲從布幕後頭走出來，沿著鋪了地毯的樓梯跑到我站的位置。「比爾說他看到令他驚為天人的女人走進劇院，我就知道是妳來了。」緹爾妲抓住我的手，把我拉向前排，那裡只坐了一個人。

「比爾，你猜對了，這就是艾絲玟。」

比爾站起身，以劇場表演的方式微微鞠躬。

「艾絲玟，這是我弟弟比爾。妳一定要跟他坐在前排，我才能看到妳。因為顯然如果妳坐在別的位置，妳會被淹沒在人群裡。」緹爾妲吻了一下她弟弟的臉頰，便丟下我們。

「坐在前排的話，可以想像劇院是滿的，而妳在座無虛席的表演中占得最好的位置。」我們都坐下後比爾說。

「你經常得做這種事嗎？」

「通常不是，但就這齣戲來說很實用。」

雖然我知道我大概應該忐忑不安，但實際上跟比爾坐在一起感覺很自在。他不像我所習慣相處的那些在累牘院來來去去的男人一樣那麼拘謹。當然，他偏向一般市民而非學術界人士，不過他還有種我說不上來的特質。比爾說他比緹爾妲小了十歲，也就是說他二十二歲。只比我小兩歲。他高到可以直視我的眼睛，擁有跟緹爾妲一樣的挺直鼻樑和豐滿嘴唇，不過它們都被密密麻麻的雀斑給遮蓋了。他和他姊姊一樣有雙綠眼睛，不過沒有她蜂蜜色的頭髮：比爾的髮色較深，像是糖蜜。

我們一邊等戲開演，我一邊聽他說話。他聊的多半是緹爾妲的事。他告訴我，她在沒人願意照顧他時承此重擔。他們沒有父母嗎？我問。

「沒有。不過他們沒死，」比爾說，「只是沒有陪在我們身邊。所以不管劇院要她去哪裡，我都跟到哪裡。」這時候燈光熄滅，布幕升起。

緹爾妲令人著迷，但其他表演者不然。

「我不確定今天下午光喝茶就夠了。」我們終於離開劇院時緹爾妲說。「艾絲玫，妳知道我們可以上哪去喝一杯嗎？其他演員不會去的地方。」

我只有在星期天吃午餐時跟爸爸去過酒吧——從來不是去喝酒。我們大部分時間都待在傑里科，但有一次我們去了基督堂學院附近的小酒吧。我帶他們去聖阿爾達特路。

「老湯姆是老闆的名字嗎？」我們站在酒吧門口時比爾問道。

「老湯姆指的是大湯姆，也就是湯姆塔裡的鐘的名字。」我指著聖阿爾達特路上的鐘樓。我正準備多告訴他們一些，緹爾妲卻已轉身走進酒吧。

這時候是下午五點，老湯姆人潮漸漸多起來，不過比爾和緹爾妲是耀眼的一對。他們像熱刀子切過奶油一樣穿過人群，我跟在後頭，微微駝背、眼光低垂。這不是吃正餐的時間，因此在場的女性用一隻手都數得出來。我想像當我告訴莉茲我今天下午做了什麼時，她伸手握住十字架的模樣。

「你們人真好。」我聽到緹爾妲說，三個男人從桌邊起身，把桌子讓給她。

比爾拉開椅子讓她入座，然後為我做同樣的事。「妳要喝什麼？」他問。

我真的沒概念。「檸檬水。」我說，語氣有種尋求認可的意味。

吧檯近在幾呎之外，比爾越過其他男人頭頂喊出要點的飲料。起初這引來一陣抱怨，可是當比爾指向我們的座位，突然間我們的飲料變成每個人的優先事項。

緹爾妲把威士忌喝光。「艾絲玟，妳喜歡這齣戲嗎？」

「妳的演出很棒。」

「謝謝妳這麼說，但妳很有技巧地迴避了問題。」

「它滿普通的。」比爾說，他解救了我。

「這可能是它得到過最好的評語了，比爾。」她伸手按在他手臂上。「正因為如此，我們這一季的戲被砍了。立即生效。」

「幹。」

我嚇了一跳。不是因為這個字本身，而是因為他用得如此順理成章。

比爾轉過頭。「抱歉。」他說。

「不用道歉，比爾。艾絲玟專門蒐集字詞。如果你運氣好，她會把那個詞寫在她的小紙片上。」緹爾妲舉起空杯子。

「抱歉，老姊，我們剛失業，喝不起兩杯威士忌。」

「但我還沒告訴你好消息呢。」緹爾妲微笑說道。「正如艾絲玫所說，『我』的演出很棒。有兩個牛津大學的演員也這麼認為，他們占了今天觀眾的一大部分，而他們邀請我加入他們演出《無事生非》，我要飾演碧翠絲。他們原本的演員得水痘不能登臺。」她停頓一下讓比爾消化。「他們的名聲很響亮，剛開演的幾個夜場都幾乎滿場。我跟他們談好能分到一份票房收入。」

比爾用力一拍桌子，所有杯子都跳起來。「幹，太棒了！有我的工作嗎？」

「當然，畢竟我們是同進退的。你要幫忙穿脫戲服，偶爾提詞。他們會搶著要你的，比爾。」

比爾回到吧檯邊，我拿出紙卡。梅寶只有把「幹」（fuck）用在負面的情境下。

「妳可能需要不止一張喔，」緹爾妲說，「我想不到還有什麼字比它更萬用了。」

「fuck」沒有在《F至G》裡。

「小艾，妳在找什麼特定的目標嗎？」我把詞典放回架上時爸爸問道。

「嗯，但你不會希望我大聲說出來的。」

他微笑。「這樣啊。試試分類格吧，如果它曾被寫下來，就會在那裡。」

「如果它曾被寫下來，不就應該收進大詞典嗎？」

「不見得喔。它必須在英語中有正統的歷史。即使如此……」他停頓一下，「……這麼說好了：如果妳不想大聲說出來，它或許就不符合某人對合宜性的標準。」

我在分類格搜尋。「fuck」的紙卡比大部分的詞都多，而且整疊紙卡細分成比緹爾妲和比爾能提供的更多種不同意義。最古老的定義源自十六世紀。

累牘院的門開了，馬林先生和尤克尼先生走進來，後者是我們最新、最矮小、頭最禿的助手。我把紙卡放回去，回到桌子前整理郵件。

十一點鐘，我去廚房跟莉茲坐在一起。

「梅寶說妳星期六交了個新朋友。」她邊替我倒茶邊說。

「其實是兩個朋友。」

「妳要跟我說一說他們的事嗎？」

我敘述當天的經歷時，莉茲幾乎什麼也沒說。當我提到老湯姆酒吧，她的手探向十字架。我沒告訴她緹爾妲喝的是威士忌，不過我強調我喝了檸檬水。

「他們要排練幾個星期，」我說，「我想等正式開演時我們可以一起去。」

「再看看吧。」莉茲說。然後她收拾桌面。

回到累牘院之前，我爬樓梯到她房間，把比爾和緹爾妲的詞加進行李箱。

博德利圖書館離新劇院只有幾分鐘路程，所以每次奉命查詢字詞或是驗證引文，都成為我去看比爾和緹爾妲排演的機會。我對這類跑腿任務的殷勤引起了注意。

「艾絲玫，今天早晨要去哪呀？」我正準備騎自行車離開時，斯威特曼先生推著他的自行車走向累牘院。

「博德利圖書館。」

「但這已經是三天之內的第三回了。」

「莫瑞博士在找一句引文，我有責任把它揪出來。」我說，「這也是我的榮幸——我很愛那座圖書館。」

斯威特曼先生看著累牘院的鐵牆。「嗯，我能體會。我可以問問是哪個詞嗎？」

「Suffrage（投票權）。」我說。

「很重要的詞。」

我微笑。「每個詞都很重要，斯威特曼先生。」

「當然，不過有些詞的意義或許超乎我們想像。」他說，「有時候我擔心大詞典會有匱乏之虞。」

「怎麼可能沒有呢？」我忘了我在趕時間，「斯威特曼先生，你不覺得詞彙就像故事嗎？它們從不同人嘴裡傳來傳去時會有變化；它們的意義會延伸或壓縮來符合說話的需要。大詞典根本不可能捕捉到每一種變體，尤其是許多變體從來沒被寫下來——」我停住，突然害羞起來。

斯威特曼先生的笑容很燦爛，不過沒有嘲弄之意。「妳的觀點非常好，艾絲玫。如果妳不介意的話，我想說妳開始有種詞典編纂師的調調了。」

我用最快的速度沿著帕克斯路騎，以破紀錄的時間抵達博德利圖書館。布萊克史東的《英國法釋義》很容易找，我把它拿到最近的桌子上，看著莫瑞博士要我查的三張紙卡。它們或多或少寫著同一條引文（我要妳查證的正是「或多或少」的部分，莫瑞博士說）。

我找到那一頁，掃描一遍，用我的手指沿著句子滑過去，比對每句引文。三句引文各缺了一兩個字。我一邊把志工寫的句子劃掉，一邊心想：來圖書館真是來對了。雖然我急著想走，我還是一絲不苟地把正確的引文抄到乾淨的紙卡上。

因此在所有民主政體中，最重要的是規範投票權應該給予什麼人，以及用什麼方式給予。

我重讀一遍引文，反覆確認抄寫無誤。查詢出版日期：一七六五年。我好奇布萊克史東認為應該把投票權給予什麼人。我在紙卡左下角寫下「訂正版」，並簽上我的姓名縮寫「E・N」。然後我把它跟另外三張紙卡釘在一起。

我繞遠路回累牘院，順道在新劇院停留。進去之後，我過了一會兒才適應黑暗。演員們在舞臺上，戲演到一半正在暫停。有幾個人坐在中間那幾排。

「我正在想今天會不會見到妳呢。」我坐到比爾旁邊時他說。

「我有十分鐘。」我說，「我想看他們穿著戲服的樣子。」

今天是服裝彩排，三天後就要開幕了。

「妳為什麼每天都來？」比爾問。

我得思考一番。「因為我想看到東西尚未完全成形的樣子，看著它愈來愈完整。我想像在開幕夜坐在這裡時，因為知道每一幕是怎麼演變而來的，而更加沉醉其中。」

比爾笑了。

「你笑什麼？」

「沒什麼，只是妳不常說話，但一開口總是很完美。」

我垂下目光，摩擦雙手。

「而且我欣賞妳從來不聊帽子。」比爾說。

「帽子？我幹嘛聊帽子？」

「女人喜歡聊帽子。」

「是嗎？」

「妳不知道這件事，會讓我愛上妳。」

突然間，我知道的每個詞都消散無蹤。

一九〇六年五月三十一日

我親愛的艾絲玫：

妳的新朋友聽起來像一對有趣的姊弟。我所謂的有趣是非傳統的意思，一般來說這是好事，但不是絕對。我相信妳能判斷其中的差異。

至於將粗鄙詞彙納入大詞典一事，莫瑞博士的準則應該是唯一的裁定者。它頗為符合科學精神，嚴格的申請必須有特定種類的證據作為條件。只要證據存在，該詞彙就該被收錄。這套方法很高明，因為它屏除了情感因素。只要正確地運用，這套標準就能切實發揮它所預設的用途。如果擱置不用，它就毫無功能。的確曾經有幾回，它（甚至被它的發明者）擱置，好遂行個人意見。套用妳的說法，那些「粗鄙詞彙」往往就是這種狀況下的犧牲品。不管是否有證據表明應該收錄它們，都有人希望把它們排除在外。

就我來說，我認為它們能增添色彩。一個粗鄙詞彙若是放在恰當的位置、用剛好足夠的力道說出來，能傳達的遠比它文雅的同義詞更加傳神。

如果妳開始蒐集這類詞彙，艾絲玫，容我建議妳克制自己，不要公然說出這些詞彙──這對妳一點好處也沒有。如果妳確實想用它們來表達情緒，妳或許可以向馬林先生請教它們翻成世界語的譯文。妳會很訝異那種語言是多麼靈活多變，也會很訝異馬林先生在粗鄙用語方面多麼開明。

愛妳的蒂塔

一九〇六年六月

《無事生非》六月九日於新劇院開演。開幕夜，比爾的工作是協助演員穿脫胸衣、褲襪和假髮。脫序狀況層出不窮，所以我跟他一起坐在舞臺側區，從旁邊觀看臺上的表演。

「你有沒有躍躍欲試過？」我們看著緹爾妲變成碧翠絲時我問道。

「就算為了活命我都不會演戲，」比爾說，「所以我的針線活才會如此了得。」

「是喔？」

「還有木工以及迎賓以及任何需要人做的工作。」他的手擦過我的手。「那妳呢？妳有沒有躍躍欲試過？」

我搖頭。比爾的手指逗弄我的手指，我並沒有把手抽開。

「這樣妳有感覺嗎？」他問，撫摸布滿疤痕的皮膚。

「有，但感覺很遠，好像你是隔著手套摸我。」

這解釋很拙劣。他的撫觸像我耳邊的絮語，那股氣流擴散到我全身，讓我顫慄。

「會痛嗎？」

「完全不會。」

「這是怎麼發生的？」

我小的時候，答案像是一團由複雜的情緒纏成的結，堵在我的胸口——我找不到適合的說詞去解釋。但比爾握著我的手很穩定，而我渴望它的溫暖。

「有一張紙卡……」我開口。

「一個詞？」

「我認為它很重要。」

比爾認真聆聽。

在累牘院的時間一向都隨著我的心情變化而伸縮，不過它鮮少感覺漫長。但是自從認識緹爾妲和比爾後，我發現自己比較常看時鐘了。

連續幾週，《無事生非》場場爆滿。我去看了三場週六的日場演出，還帶爸爸去看了一場夜場演出。我坐在書桌前的時候，時鐘指針似乎停在三點半不動。

莫瑞博士跟出版委員會的人開完會回來，花了整整半小時把「他」被訓斥的內容翻譯成訓斥助手們的內容。「M開頭的詞已經編了三年，而我們才出版到『mesnalty』而已。」他大聲說。我試著回想「mesnalty」是什麼意思：它是個法律用語，爸爸和我幾乎不會拿它來玩遊戲。但它的字根是「mesne」，這讓我聯想到「mense」，意思是慷慨、仁慈、圓融。爸爸花了比平常更久的時間校對引文以及整理定義。最後莫瑞博士直接劃掉好幾項。我看向爸爸坐的位置，知道他完全不後悔花在那個美妙詞語上頭的每一分鐘。

等訓話結束，隨之而來的沉默非常劇烈。時鐘顯示四點。莫瑞博士坐在高桌前看校樣，態度比平常更加焦躁不安。助手們全都俯身在他們的工作上，不敢挺起身體；沒有人說話。沒有人敢在五點前離開。

鐘響之後，大夥一致望向莫瑞博士，但他保持原樣，於是工作狀態持續。五點半的時候，又一波轉頭。從我坐的位置看去，那簡直像編好的舞蹈一樣整齊。我不禁發出細微的聲響，爸爸轉過頭。**妳要像老鼠一樣安靜**，他用眼神示警。莫瑞博士仍然坐著，他的鉛筆擺好姿勢準備訂正和刪去。

六點鐘，莫瑞博士把他在看的那份校樣放進信封，從桌前站起身。他走到累牘院門口，把信封放進托盤，準備明天一早送去出版社。他回頭看向分類桌，七個助手全體仍垂著頭，鉛筆停在半空，期盼著能獲得釋放。

「你們沒有家要回嗎？」莫瑞博士問。

我們放輕鬆了。風暴過去了。

「小艾，妳有什麼有趣的詞要跟我分享嗎？」爸爸關上累牘院的門時問道。

「今晚沒有。我要帶莉茲去看戲，還記得嗎？」

「又要去？」

「莉茲還沒去過。」

他看著我。「我猜是《無事生非》？」

「我想她會覺得很逗趣。」

「她有沒有看過戲？」

「她沒跟我說她看過。」

「妳不認為戲劇的語言會……」

「爸爸，你怎麼這麼說呢。」我親了一下他的額頭，走向廚房，心中微微浮現一股不安。

這麼多年來，莉茲始終反覆修改她唯一一件好的洋裝。它從來就不符合流行，不過我總是覺得它三葉草綠的布料讓她看起來比較輕盈。我們走在抹大拉街上時，我覺得它使她看起來有點蒼白。我們經過教堂時，莉茲在胸前畫了個十字。

「噢，莉茲，那裡有一塊汙漬。」我碰了碰她腰部上方一塊油膩的痕跡。

「巴太太需要人幫忙塗烤肉上的油，」她說，「她的手不像以前那麼穩了，她從烤爐裡拿出來的時候濺了一下。」

「妳不能把它擦乾淨嗎？」

「最好用泡的，但沒有時間。我想說反正只有妳跟我，沒人會注意的。」

要改變計畫太遲了——緹爾妲和比爾應該已經在老湯姆等了。我用他們的角度看著莉茲。她今年三十二歲，只比緹爾妲大一點點，不過她臉上布滿紋路，頭髮平直地垂著，棕色的髮絲間已經摻著灰白。她的體態沒有讓我聯想到皮爾斯香皂的廣告，反倒更像是巴勒德太太。我先前幾乎都沒有注意到。

「我們不是該在喬治街轉彎嗎？」莉茲說，而我繼續直走進入穀物市場街。

「其實呢，莉茲，我想說妳可能想見見我的新朋友。我們約好在看戲前先在老湯姆喝一杯飲料。」

「老湯姆是誰？」

「它是一間酒吧，在聖阿爾達特路上。」她跟我挽著手臂，我感覺她的手臂變得僵硬起來。

我們進入老湯姆時，比爾咧嘴露出大大的笑容，緹爾妲則揮揮手。莉茲在門口遲疑，就像我見過她在累牘院門口躊躇不前。

「妳不需要有邀請卡才能進去，莉茲。」我說。

她跟著我，我感覺我是姊姊，她是小孩。

「這位一定就是大名鼎鼎的莉茲了。」比爾說，他鞠了個躬，牽起垂在她身側的手。「妳好嗎？」

莉茲吶吶地說了什麼，並有點速度太快地抽回她的手，揉著它，好像有人用力打了它一下。比爾假裝沒注意到，把焦點轉向緹爾妲。

「緹爾妲，吧檯邊圍了三圈人，運用妳的魅力幫我們點一杯酒吧。」他看著莉茲。「看他們怎麼分開來讓她通過，她簡直像摩西。」

莉茲湊向我。「艾絲玫，我不要酒。」

「給莉茲點檸檬水就好，比爾。」我說。

緹爾妲用點頭和微笑穿過等著點飲料的緊密人牆。比爾不得不大叫：「老姊，檸檬水加上老樣子。」

緹爾妲舉起一隻手臂表示聽到了。我轉向莉茲，發現她看我的眼神好像我們才剛認識，而她在衡量我可能是什麼樣的人。

「我跟他們說我七點整就得換好全套戲服，」幾分鐘後緹爾妲說，她熟練地用雙手捧著四杯飲料，「有一個人說要幫我換衣服，三個人保證會來看戲。我賣掉那麼多張票，真應該抽佣金的。」

莉茲接過緹爾妲遞出的杯子，目光垂落到緹爾妲洋裝的低胸剪裁，以及她豐滿的上圍。我輪番看著兩人，以她們各自的目光看著對方。一個老女僕和妓女。

「這杯敬妳，莉茲。」緹爾妲舉起威士忌說，「從艾絲玫和老梅寶的口中，我感覺早就認識妳了。」接著她仰起脖子把酒杯乾了。「我得去換裝了。我們下戲以後再見面嗎？」

「當然，」我說，但莉茲在我旁邊動了動身體。「也許吧。」

「比爾，就交給你來說服她們了。這是你最擅長的。」

緹爾妲扭腰擺臀地穿過人群，從男人那裡吸引某種目光，從女人那裡引來另一種目光。

接下來那個星期一，莉茲從爐灶上的大茶壺裡倒了茶，把杯子遞給爸爸。

「莉茲，妳覺得戲好看嗎？」他問。

她繼續倒另一杯茶，沒有抬頭。「我只看懂一半，尼克爾先生，不過我覺得挺熱鬧的。艾絲玫很好心，帶我去看戲。」

「那妳有見到艾絲玫的新朋友嗎？我看到泰勒小姐的演出時相當讚嘆，不過恐怕要由妳來保證他們的為人。」

下一杯茶是給我的，莉茲慢條斯理地加著糖，她知道我喜歡喝甜一點。

「我不能說我遇過像他們這樣的人，尼克爾先生。他們有一股我不習慣的自信，不過他們對我很客氣，對艾絲玫也很親切。」

「這麼說妳是贊成的了？」

「我沒有立場贊不贊成，先生。」

「但妳會再去？去劇院？」

「我知道我應該更喜歡它，尼克爾先生，但我不確定它適合我。看完戲隔天我累得要命，而我還是要負責生火，要做早餐。」

「我會贊成嗎？」稍晚之後，我們穿過花園走向累牘院時，爸爸問道。

我希望他贊成嗎？我納悶。

「你會喜歡他們的。而且我敢說，在爭論中你會跟緹爾妲站在同一邊。」我猶豫了一下，腦中浮現下戲後緹爾妲在老湯姆的樣子，一手拿著雪茄，另一手拿著威士忌，模仿保守黨的亞瑟·貝爾福。她壓低嗓音，刻意字正腔圓，嘲笑他去年辭去首相的事。現場聚集的人，不分自由派或保守派，都被她給逗樂了。「不過我不確定你會贊成。」我把話說完。

他打開累牘院的門。他沒有走進去，而是轉身抬頭看著我。我認得這種表情，於是等著他召喚莉莉更高深的智慧。他會說，她會知道該怎麼辦，而他自己不必提供鼓勵或警告——至少直到蒂塔寄信來，讓他可以複述她的話為止。但這次他沒有逃避。

「我發現我下愈多定義，我懂得的愈少。我終日試圖理解早已作古的男人如何使用詞語，好擬出一套不僅足以供當代、且要供未來使用的意義。」他拉起我的手，輕撫疤痕，好像莉莉仍然烙印在其中。「大詞典是一本史書，艾絲玫。如果它教導我任何事，那就是我們現在對事物的設想絕對會改變。它們會如何改變？唔，我只能期盼和推測，但我確實知道，妳的未來會和妳母親在妳這個年齡時所期望的未來很不一樣。如果妳的新朋友能針對妳的未來教妳一些事，我建議妳好好地聽。但相信妳的判斷力，小艾，妳要判斷哪些想法與經驗應該納入未來，哪些不該。如果妳問我，我永遠都會給妳意見，但妳已是成年女人了。雖然有些人不認同，但我認為妳有權自己做決定，而我不能堅持要贊成或不贊成。」他把我怪模怪樣的手指拉到唇邊親吻，然後貼在臉頰上。這動作中含有道別的情感。

我們踏進累牘院，我吸入它週一早晨的氣味。我走到我的書桌前。

桌上有一疊紙卡等著整理後歸入分類格，幾封需要簡單回覆的信，以及一頁校樣，上頭有莫瑞博士的註記：要確保每一條引文都按照正確的年分順序排列。今天絕不是辛苦的一天。

累牘院的人漸漸多起來。男人們彎腰俯向他們的文字；傳達意義的挑戰使他們皺起額頭，也促發低聲的辯論。我把十五世紀的引文挪到十六世紀的引文前面，沒有人詢問我的意見。

快到午餐時間的時候，爸爸讓我知道，我對「mess」其中一項意義提出的建議會經過些微調整後，被收錄在下一本分冊裡。我掀起桌蓋，在傷痕累累的木頭上加了一筆刻痕。這消息不像以前那樣讓我滿足了，感覺像是一種安撫。我望向莫瑞博士。他直挺挺地坐著，頭傾向紙頁；是校樣或信件，我看不清楚。他的表情放鬆，鋼筆的動作很流暢。這已經是過去找他的最好時機了。我從桌前站起來，帶著比實際上更充分的自信走向累牘院前端。

「莫瑞博士？」我把我擬好草稿的信放到他桌上，他沒有中斷原本在做的事而抬起頭。

「我相信它們都很好，艾絲玫。請把它們放到要寄出的郵件去吧。」

「我在想……」

「嗯？」他仍在工作，那項任務令他沉醉其中。

「我在想我是不是能多做一點？」

「下午的信件大概會有更多人詢問下一本分冊出版的時間，」他說，「真希望他們別再問了，不過我很高興妳樂於答覆。瑤爾曦拒絕忍受這樁枯燥的差事。」

「我的意思是我想多做一些與文字有關的工作。或許是一些研究工作。當然，我還是會處理信件，不過我想做出更有意義的貢獻。」

莫瑞博士的鉛筆暫停，我聽到罕有的輕笑聲。他越過眼鏡上緣看我，好像我是他好一陣子沒見過的姪女一樣打量我。然後他把桌上的幾張紙推來推去，找到他要的東西以後默默地讀起來。他把那張信箋舉起來。「這是妳的教母湯普森小姐寫的。我請她研究『pencil』的一個變體。也許我應該請妳做這件事的。」他把信箋交給我。「把後續完成。找到相關的引文，並且就這個意義寫一條定義。」

一九〇六年七月四日

親愛的莫瑞博士：

我覺得我到處去張羅這些東西有損我的名聲。那些東西要到美髮店去找。我說要買「eye-pencil」（眼線筆）時，他們提供我棕色、栗色、黑色和紅棕色等選項。他們沒聽過「lip-pencil」（唇筆）這個詞。

伊蒂絲・湯普森敬上

前排座位區已漸漸坐滿，而緹爾妲仍不知去向。飾演班尼迪克的年輕人對著比爾大呼小叫。

「她是你姊姊，你怎麼會不知道她在哪裡？」

「我不是她的監護人。」比爾說。

那個演員用不可思議的表情看著比爾。「你當然是。」然後他氣沖沖地走開，假髮歪了，塗了顏料的臉上有一條條汗水在流淌。

比爾轉向我。「妳知道嗎，我真的不是她的監護人，她才是我的監護人。」他瞥向舞臺的門。

「如果她沒在短時間內出現，你可能就要扮演碧翠絲了。」我說，「你應該對臺詞倒背如流。」

「她去了倫敦。」他說。

「倫敦？」

「她去辦她所謂的『那件事』。」

「什麼事啊？」

「女性投票權。她加入艾米琳·潘克斯特的陣營。」

舞臺的門打開，緹爾妲衝進來。她臉上掛著大大的笑容，手裡抱著一大包東西。

「幫我顧著這個，比爾，我得換衣服了。」

「當心班尼迪克。」我說。

「我會講一個他願意相信的謊話。」

當天晚上碧翠絲騙過了班尼迪克。緹爾妲謝幕時，掌聲持續的時間長到班尼迪克沒等到掌聲結束就離開舞臺。

結束後，我們沒有去老湯姆，緹爾妲帶我們朝反方向走，去聖吉爾斯街的老鷹與孩童酒吧。

兩個前廳的其中之一已經客滿了，緹爾妲巧妙地從人堆間穿過。我跟比爾留在狹窄的門口，試圖搞清楚這是什麼場合。我目測到十二個穿著各色洋裝的女子，有些是貴婦，但大部分是爸爸所謂的「中產階級」：跟我差不多的女人。

緹爾妲暫停跟人打招呼，回頭朝我們這裡喊道：「比爾，包裹，可以把它傳過來嗎？」

比爾把包裹交給一個矮矮胖胖的女人，她對他的道謝詞是：「好傢伙，我們需要更多像你這樣的人。」

「我不是什麼稀有品種。」他說，似乎知道她是什麼意思。我感覺我闖入別人的對話。

「妳還是老樣子？」比爾問。

「它會幫助我搞清楚狀況嗎？」

「妳很快就會搞清楚狀況的。」他沿著狹窄的走廊走向吧檯。

「姊妹們，」緹爾妲開口，「謝謝各位加入戰鬥。潘克斯特太太保證妳們會在場，而妳們果然來了。」總共十二個女人看起來都很得意，像是受到老師偏愛的學生。

「我把傳單帶來了，還有一張地圖顯示我們每個人要負責發到哪裡。」緹爾妲打開包裹，讓大家傳遞傳單。傳單上有個穿學士袍的女人，與一個罪犯和一個瘋子關在同一間牢房裡。

「牛津大學的學位是個不錯的東西。」我聽到有個女人說。

「把它加到名單上。」另一個女人說。

「艾絲玫，」緹爾妲壓過嘈雜聲喊道，「妳可以把地圖攤在另外那張桌子上嗎？」

她把一張摺起來的地圖舉在她前方那些女人的頭頂。我遲疑著，不確定我可能還連帶同意了做什麼事。她似乎能理解，捺著性子舉著地圖並盯住我的眼睛。我點點頭，隨著其他女人一起走進房間。

我背對著朝向街道的窗戶坐下，一手壓著地圖的角落，以免它在女人們興奮的檢視下滑落桌子。交談聲令人振奮；女人們討論策略，根據她們的住址交換路線——有些人想去沒人認識她們的區域發傳單，有些人想要就近在自家附近發傳單，如果遇到阻礙可以迅速撤退。

大部分女人贊同應該在晚上發傳單。其他人因為怕黑或是怕丈夫不准許，想出一個辦法：用戒酒會議通知單把傳單包起來。這個主意獲得讚許，不過選擇使用這招誘敵之計的人必須自己負擔額外的工作。

細節都確立以後，緹爾妲給了每個女人一小包傳單，她們開始成對而興奮地離開老鷹與孩童。

有三個女人留下來，等其他人都走了，緹爾妲把她們聚集到地圖邊。她們討論進一步的計畫時，我移動到小房間的另一頭。我拿出一張紙卡。

SISTERS（姊妹）

因共同政治目標而結合的女性；同志。

「姊妹們，謝謝各位加入戰鬥。」

——緹爾妲・泰勒，一九〇六年

那三個女人帶著她們的傳單以及另一個較大的包裹離開了。緹爾妲正在摺地圖時，比爾回到房間。

「妳們準備好喝妳們的酒了嗎？」他說，送上威士忌以及我後來愛上的檸檬啤酒。

「時機算得剛剛好，比爾。」緹爾妲說，她接過她的酒，然後看著我。「很刺激吧？」

我不確定刺不刺激。我感覺發熱又好奇，脈搏加速，但那或許出自焦慮。我完全不確定這是不是我應該參與或迴避的體驗。

「快喝吧，」緹爾妲說，「我們還要幹活兒呢。」

我們離開老鷹與孩童，轉朝班伯里路。緹爾妲遞給我我那份傳單，它用牛皮紙包起來，再用細繩捆起。它外表近似一疊校樣，剛從出版社送過來。

「我不確定該不該這麼做。」我說，不自在地拎著它們。

「妳當然應該。」她說。比爾走在前面，刻意不加入我們的對話。

「我跟妳不同，緹爾妲。我跟剛才那些女人都不一樣。」

「妳有子宮，不是嗎？妳有屄？妳有大腦，能夠決定妳要支持該死的貝爾福還是自由黨的甘貝爾—班納曼？妳跟剛才那些女人沒什麼不同。」

我把傳單拿得離我身體遠一點，好像它帶有某種腐蝕性物質。

「別像個膽小鬼，」她說，「我們只是把紙放進信箱而已。最壞的情況下，它們會被丟進火裡燒了；最好的情況下，有人會讀它，有一顆大腦的思維會有所改變。妳的樣子活像是我要妳去放炸彈。」

「要是被莫瑞博士發現……」

「如果妳真的認為他會在乎，那就不要讓他發現。好了，妳的路線在這裡。妳手上的量足夠發給班伯里路兩側，從貝文頓路到聖瑪格麗特路中間這一段。」

這段路包括向陽屋。我仍然遲疑著。

「妳住在傑里科，不是嗎？」

我點點頭。

「妳不必特地繞太遠的路。」她說，「比爾，陪她去。」

「那妳呢？」我問。

「沒人會訝異看到我沒人陪伴就在夜裡單獨行動，但妳需要有個男人挽著妳的手臂。真是遺憾。」

我們沿著聖吉爾斯街走時，需要打招呼的人變少了：另一對男女，以及一群喝醉了的學術界人士，他們分開來繞過我們時，態度客氣得很誇張。從聖吉爾斯街轉進班伯里路時，前方空無一人。我的焦慮消退了，取而代之的是懊悔我先前為什麼要猶豫不決。

「要由我來嗎？」過了貝文頓路後，我們走向第一個信箱時，比爾問道。

比爾知道我所知道的事——亦即我**確實跟**那些女人不同。我或許贊同她們的主張，卻沒那個膽量跟她們並肩作戰。他伸手要拿傳單時，我搖搖頭。他把手移到我的後腰，我很感激有這股支撐的力量。我拉開緹爾妲綁的蝴蝶結，讓包住傳單的紙散開。被囚禁的女人影像指控我漠不關心。

等我們走到向陽屋時，我那一疊傳單已經少了許多。我走得很快，在我呵叱比爾他跟我說笑可能會把住戶吵醒，促使他們往窗外張望之後，他便認分地保持安靜。看到紅色的郵筒時，我放慢腳步。我小時候認為莫瑞博士一定是個很重要的人，才會擁有自己的郵筒。我喜歡想像郵筒裡裝滿信件，每封信都只談論文字。我學會字母之後，爸爸讓我自己寫信，寫一些自創的詞、自創的意義以及愚蠢的句子，對除了他和我以外的人來說沒有任何意義。他會給我一個信封和一張郵票，我會把我寫給他的信填上地址，寄到牛津市班伯里路的累牘院。我會一個人穿過花園、走出柵門，把信投進莫瑞博士的郵筒。接下來幾天，我會觀察爸爸的表情，看著他打開寄到向陽屋的郵件，把紙卡分類歸入它們的那一疊，並且讀信。等他終於讀到我的信，他會像讀其他信時一樣嚴肅地讀它。他會從頭看完一遍，點點頭彷彿贊同某個重要論點，然後把我叫過去詢問我的意見。即使我咯咯笑個不停，他仍然保持正經的表情。我現在要為累牘院寄信而投信到郵筒時，仍然會感覺特別興奮。

「七十八。」比爾在寂靜中說。

「累牘院。」

「如果妳想的話，可以跳過它。」

我快步走向柵門上的信箱，把傳單投進去。它發出咻的一聲落到底部。

隔天早晨，爸爸撐著傘，而我負責把向陽屋的信箱清空。傳單在最底下，因為沒有信封而脆弱地暴露著。我能看到它的邊緣，突然擔心別人可能預期我把它給扔了；畢竟我要把它歸在誰的信件？打從我把它投進信箱後，它的意義就增加了，我的焦慮也隨之上升。但是在晨光下，夾在這些學識淵博的男男女女的信件之間，這張傳單彷彿失去了力量。

我很失望。我原本深恐它可能發揮什麼作用，現在卻又擔心它起不了任何作用。

「爸爸，我答應莫瑞博士要加一些新的引文，在他要寄給蒂塔編修的紙卡上。」我說，「今天早上的信能不能晚點再整理？」

「讓我來吧，這對我來說是個輕鬆的開始。」

我很慶幸他作出我預期中的回應。

從我的座位可以清楚地看見爸爸的側面。我沒在整理紙卡，而是觀察他在檢查信件時的表情變化。他進行到最底下時，拾起那張傳單。我屏住呼吸。

他看了一遍，讀了上頭的標題，並帶著嚴肅的表情思索片刻。然後他放鬆肌肉微笑，點頭表示理解漫畫的意思——或許覺得很聰明？或是認同理念？他沒有把它揉掉，而是放在其中一疊信上。他從分類桌站起來，把每一疊信分給收件者。

「妳應該會對這個感興趣，小艾。」爸爸邊說邊把一小疊紙卡放在我桌上。「它是跟郵件一起來的。」

他看著我從他手裡接過傳單，裝作從未見過似的仔細打量。

「妳可以跟妳的年輕朋友討論討論。」爸爸說完就走開了。

緹爾妲說得對；我是個膽小鬼。我把傳單收進桌子，從口袋取出最新的紙卡。

姊妹。我搜尋分類格。「姊妹」的紙卡已經有很多了，而且已經整理好，也有首頁紙卡寫好不同的意義，但「同志」不屬於其中之一。

自從巴勒德太太開始反覆發病，莉茲就花愈來愈多時間待在廚房。醫生叮嚀巴勒德太太不能長時間站立，所以她現在常泡一壺茶坐在廚房桌邊發號施令。我進屋時，她正一邊翻閱《牛津紀事報》，一邊提醒莉茲用鹽醃漬剛剛送來的鳥肉。

「別小氣啊，」她說，「要有夠多的鹽才能讓肉質變軟，醃愈久愈好。」

莉茲翻了個白眼，不過保持笑容。「巴太太，打從我十二歲起妳就叫我用鹽醃鳥肉了，我想我知道該怎麼做。」

「聽說城裡不太平靜，」巴勒德太太不理莉茲，逕自說道，「有些婦女參政運動者被逮到在市政府牆上亂塗標語。聽說她們被追得逃向聖阿爾達特路，本來應該可以逃掉的，只不過其中一人跌倒了，另外兩個人停下來扶她。」

「婦女參政運動者？」莉茲說，「我從沒聽過這個詞。」

「這上頭是這麼寫的。」巴勒德太太瀏覽文章，「他們用這個詞指稱潘克斯特太太帶領的那一群女人。」

「只有塗標語？」我問。我本來預期她們會縱火。

「這裡說她們用紅色油漆寫下：『女人：擁有的權利不比罪犯多。』」

「艾絲玫，妳的傳單不就是這麼說的嗎？」莉茲問，她兩手插在鳥肉裡，眼睛盯著我。

「跌倒的那個還是地方法官的妻子呢。」巴勒德太太繼續說，「另外兩個則是薩默維爾學院畢業的，都是受過教育的淑女。多麼可恥。」

「那不是我的傳單，莉茲，它是跟郵件一起送來的。」

「妳知道是誰送的嗎？」她問，仍緊盯著我。

我感覺一股紅潮沿著脖子往上吞沒整張臉。她得到我的回答了，回去醃她的鳥肉，動作變得有點粗暴。

我走過去，越過巴勒德太太的肩膀讀那篇報導。逮捕了三個人。沒有人被定罪，所以也不會有審判。不知道緹爾妲和潘克斯特太太會不會很失望。

在累牘院，我到分類格前尋找。我找到了「suffrage」（投票權），也有「suffragist」（支持婦女參政者）。但沒有「suffragette」（婦女參政運動者）。我翻出最近幾天的《倫敦時報》、《牛津時報》和《牛津紀事報》，拿到我的書桌。每一份都有文章提到「suffragettes」，有一份提到「suffragents」，還有一篇用了動詞形式的「suffragetting」。我把它們剪下來，在引文底下畫線，然後把它們各自貼在對應的紙卡上。接著我把所有資料都收進它們隸屬的分類格。

又一晚的演出結束了，比爾和我協助緹爾妲換回她的外出服。

「妳的日子過得太舒適了，艾絲玫。」緹爾妲邊跨出碧翠絲的燈籠褲邊說。

「但我住在這裡啊，緹爾妲。」

「地方法官的妻子和那兩個薩默維爾學院的畢業生也住在這裡。」

一小時後，我們再度來到老鷹與孩童。與聚集在那裡幫忙的女人的活力相比，我感覺自己好沒精神。新的傳單敦促她們去倫敦參加由艾米琳．潘克斯特發起的遊行，她們已經在討論旅行計畫了。我想要讓她們的決心感染我，但當我們湧到街上時，我已說服自己我不會加入她們的行列。

「妳只是害怕。」緹爾妲說，她用掌心貼著我的臉，彷彿我是個孩子。她把一疊傳單交給比爾，然後開始倒著走。「問題是，艾絲玫，妳搞錯害怕的對象了。沒有投票權，我們說的任何話都沒有分量，嚇壞妳的應該是這個才對。」

莉茲在廚房桌邊，面前擱著她的針線籃和一小疊衣物。我望向食品儲藏室尋找巴勒德太太的身影。

「她在屋子裡，跟莫瑞太太說話。」莉茲說。然後她遞給我三張皺巴巴的傳單。「我在妳大衣口袋裡找到的。我不是在打探妳的事，只是因為要補下襬，順便檢查接縫。」

我呆站著。我有種熟悉的感覺，覺得我應該面臨懲罰，但卻不太理解我做錯什麼。

「我在各種地方看到它們，從信箱掉出來，或是塞在室內市集。有人告訴過我上頭寫什麼，甚至有人問過我會不會去。」她哼了一聲。「說得好像我可以一整天不做事跑去倫敦似的。艾西玟，她會帶壞妳的，如果妳由著她。」

「誰？」

「妳很清楚。」

「我知道我自己怎麼想，莉茲。」

「也許吧，但妳從來就不太知道什麼事對妳比較好。」

「這事不只是跟我有關；這是所有女人的事。」

「所以妳真的有發傳單？」

莉茲今年三十二歲，看起來卻有四十五歲。我突然明白為什麼了。「莉茲，妳聽從每個人的命令，不能發表自己的主見。」我說，「這些傳單說的就是這個。該是我們被賦予權利為自己發言的時候了。」

「那只是一堆有錢女士想要擁有更多東西而已。」她說。

「她們是為我們所有人爭取更多。」我的嗓音提高了，「如果妳不打算為自己挺身而出，好歹也該慶幸別人願意這麼做。」

「妳不要被登上報紙我就謝天謝地了。」她平靜地說。

「是漠然讓女性沒有投票權。」

「**漠然**，」莉茲哼了一聲，「我看不止如此吧。」

我氣沖沖地離開廚房，連大衣都忘了穿。

快到午餐時間時我回到廚房，巴勒德太太坐在桌前，面前有一杯冒著煙的熱茶。

「巴太太，今天只有三個人要吃三明治喔。」我說，環視四周尋找莉茲。

「來不及了。」她朝著工作檯上的大盤子點點頭，上頭堆滿三明治，這時莉茲出現在通往她房間的樓梯底部。

我看過去，露出微笑，但莉茲只是點點頭。

「莫瑞博士去跟出版委員會開會，爸爸和鮑爾克先生去見哈特先生了。」我繼續說，想要假裝我們沒有發生口角。「顯然出現了拼字錯誤。爸爸說他們會離開好幾小時。」

「這麼看來我們下午茶也要吃三明治了，莉茲。」巴勒德太太說。

「總比糟蹋食物好。」莉茲邊說邊走向工作檯，開始把一些三明治挪到小盤子上。

「我可以接受。」我說。

「艾絲玫，妳今天晚上要去劇院嗎？」莉茲可不像我那麼想裝沒事。

「大概會吧。」

「那些臺詞妳一定都會背了。」

她這話堵得我啞口無言。確實如此，比爾逮到我用嘴形跟著緹爾妲唸臺詞時總愛取笑我。「妳可以當她的替補演員。」他說。

「妳想一起去嗎？」我問莉茲。

「不想。第一次我是不得不去，艾絲玫，但去一次就夠了。」

要不是我太過明顯地鬆了口氣，她可能話說到這裡就打住了。結果她嘆口氣，壓低音量。「艾西玫，妳不像他們那麼世故。」

「我已經不是小孩了。」

巴勒德太太把椅子往後一推，拎起香草籃走到花園去了。

「也許該是我變得『世故』一點——套用妳的說法——的時候了。局勢在改變。女人不需要過著別人決定的生活，她們有選擇權，而我選擇接下來的人生中，不要都聽令於別人，還有擔心別人怎麼想。那根本不算是生活。」

莉茲從抽屜裡拿出一塊乾淨的布，蓋在她和巴勒德太太晚點要吃的那盤三明治上頭。她直起腰桿，深吸一口氣，手探向頸上的十字架。

「噢，莉茲，我不是有意——」

「選擇是件好事，不過就我的立場，事情看來跟以前沒什麼不同。如果妳有選擇的話，艾絲玫，妳要好好地選。」

最後一場演出的票售罄了。他們獲得三次安可和全場起立鼓掌，表演者簡直未飲先醉。緹爾妲帶他們從新劇院前往老湯姆，兩條手臂各挽著一名演員，兩名演員都親暱地湊向她，引來夜晚人群側目。

我跟比爾走在後頭。在我們這每週一次的行列中，這是我們慣常的位置，而他一如往常地牽起我的手，鼓勵我把手擱在他的前臂上，拉近我們的距離。但今天的氣氛不一樣。他的手也擱在我手上，他的手指在我赤裸的皮膚上描畫細緻的圖案。他的話很少，而且不太想跟上隊伍。

「他們好歡天喜地。」我說。

「最後一天晚上總是這樣的。」

「會發生什麼事？」我湊近他，像在密謀什麼。

「至少會有一個人被逮捕，一個人掉進查威爾河，還有……」他看著我。

「還有？」

「緹爾妲會爬上那兩人其中一人的床——不管是哪一個有辦法偷偷帶她回房間。」

「你怎麼知道？」

「這是她的習慣。」他說，顯然試著在判斷我的反應。「她整個演出期間都在拒絕他們的求愛——她說幹炮對演出有壞處——然後她就會讓他們擁有她。」

我早就知道了；緹爾妲說過。當時我紅了臉，而緹爾妲說：「如果雄鵝可以這麼做，雌鵝怎麼就不行了？」她駁斥我的抗辯，而我也開始覺得那些論點不過是拾人牙慧，不是我的肺腑之言。

「妳知道嗎，艾絲玟，」她當時說，「女人天生就被設計成喜歡這檔事。」

然後她告訴我此話怎講。

「它叫什麼？」隔天我問，趁著我的胡亂摸索以及極致愉悅記憶猶新之時。

緹爾妲笑了。「這麼說妳找到它了？」

「找到**什麼**？」

「妳的小豆豆，妳的『clitoris』（陰蒂）。如果妳想寫下來，我告訴妳怎麼拼。」

我從口袋拿出一張紙卡和一截短鉛筆。緹爾妲拼給我聽。「有個醫學系的學生告訴我它叫什麼，不過他對它完全不了解。」

「什麼意思？」我問。

「唔，**他**把它形容為殘留的老二——他說那證明我們曾經是亞當。但他就跟妳一樣，一點都不清楚它能發揮什麼作用。或者就算他知道，也覺得不重要。」她微笑。「它能帶給女人快感，艾絲玟，那是它唯一的功能。知道這件事改變了一切，妳不覺得嗎？」

我搖頭，我不懂。

「我們天生就該享受性愛，」緹爾妲當時說，「不是要避免它或忍受它。享受它，就像男人一樣。」

我們跟著緹爾妲和她的隨扈時，比爾似乎打從我認識他以來第一次態度羞怯。

「她今晚不會回來。」他說。

得體的回應已在我嘴邊，但我什麼也沒說。

「她跟我保證她不會回來。」

他的話穿透我的身體，直達我現在知道叫什麼名稱的部位。我知道如果我跟他回去會發生什麼事，我渴望發生那件事。

「我不能晚回家。」我說。

「不用擔心。」

幾天後，比爾、緹爾妲和我相約在車站喝茶。比爾親吻我的臉頰。任何旁觀者都會猜測我們是老朋友，或許是表姊弟。他們不會注意到他輕柔地在我耳邊吹氣，或是我用顫慄來回應。一連三個晚上，他探索我的身體，找到我原本不知其存在的快感裂隙。他應該留在牛津嗎？他問我。如果你必須問這個問題，我說，那麼答案大概是否定的。

緹爾妲遞給我一個紙袋。

「別擔心，不是傳單。」她微笑。

我打開袋子。

「一枝唇筆、眼線筆和眉筆，」緹爾妲說，「很容易買到，不過或許不是從妳的教母會去的那種美髮院。我也買了些唇膏給妳。紅色的，搭配妳的髮色。妳需要一件新洋裝才能配成一套。」

我拿出一張紙卡。「用『lip-pencil』造句。」

「那枝唇筆（lip-pencil）順著她紅寶石般的嘴唇輪廓描畫，像是藝術家的畫筆。」

「她早就練習過了。」比爾說。

「我不能把這個寫在紙卡上。」

「如果這是真正的大詞典要用的，不是必須出自一本書嗎？」比爾問。

「理論上是，但即使是莫瑞博士也曾經在既有的句子不符合字義時，自己創造一句引文。」

「我的句子就是這句了，要就抄下，不要就算了。」緹爾妲說。

我選擇抄下。比爾又倒了一些茶。

「你們在曼徹斯特已經找好下一齣戲了嗎？」我問。

「我們不是為了劇場工作去曼徹斯特的，小艾。」比爾說，「緹爾妲加入了WSPU。」

「那是什麼？」

「婦女社會政治聯盟（Women's Social and Political Union）。」緹爾妲說。

「潘克斯特太太認為她的舞臺技巧很有用。」比爾說。

「我可以把我的聲音放大。」

「還有讓它聽起來很優雅。」比爾無比自豪地看著他姊姊。我難以想像他這輩子會有離開她的一天。

一九〇六年十二月

瑤爾曦．莫瑞繞著累牘院走了一圈，手裡滿是信封。我看著每位助手都領到一個信封，按照各人的資歷、教育程度和性別，厚度各有不同。爸爸的信封很厚。我的就和蘿絲芙與瑤爾曦的一樣，看起來幾乎空無一物。她停在妹妹的椅子旁，兩人一邊說話，瑤爾曦一邊把蘿絲芙髮髻中鬆脫的一綹金髮重新夾好。瑤爾曦滿意地認定它已固定好，便繼續朝我的桌子走來。

「謝謝妳，瑤爾曦。」她把我的薪水遞給我時我說。

她微笑，把一只更大的信封放在我桌上。「艾絲玫，妳這幾天看起來好像有點無聊。」

「不會啊，沒這回事。」

「妳太客氣了。我也做過不少整理和回信的工作，我知道那有多枯燥。」她打開信封，抽出一頁校樣，把它滑向我。「父親認為妳可能想試試校對。」

這無法治癒籠罩我的抑鬱，不過我仍然歡迎它。「噢，瑤爾曦，謝謝妳。」

她愉快地點點頭。我等著她問她的老問題。

「今晚新劇院要開始新的劇目了。」她說。

「嗯。」

「妳會去嗎？」

這六年，我每星期五都會領到一個信封，而每星期五瑤爾曦都會問我要怎麼犒賞自己。我以前總是買一些點綴家裡的裝飾品，不過自從認識緹爾妲之後，我的答案就幾乎沒有動搖過：我要請自己去看戲。「《無事生非》怎麼有這麼大的魅力啊？」她曾經問。我腦中浮現比爾，在黑暗中的舞臺邊緣，他的大腿與我相貼，我們的眼睛望著緹爾妲。

「我今晚應該不會去看戲。」我說。

她打量我一會兒，黑眼珠似乎充滿同情。

「時間多得很。我看報紙上說它在倫敦很受歡迎，應該會演很久。」

但我無法想像另一個戲班子或另一齣戲，而且光是想到跟比爾以外的人坐在座位上就讓我泫然欲泣。

「我得走了。」瑤爾曦說，她碰了一下我的肩膀，然後走開了。

她走了以後，我看著她給我的校樣。那是下一本分冊的第一頁，校樣邊緣釘著一張紙卡，附上「misbode」的額外例句。

莫瑞博士潦草的筆跡指示「編輯這一頁把它塞進去」。我想起幾年前這個詞從一只信封掉出來的事；女性的娟秀字跡以及喬叟的一行文字。爸爸和我拿它來玩了一個星期的遊戲。這個新句子讓我怔住了。她因為他不在而感到大禍臨頭（misboding）的傷悲幾乎使她發狂。

我好想他們。感覺就像他們寫了一個劇本、搭出布景，只要我跟他們待在一起，就有角色可演。我是那麼輕而易舉地就套入角色：一個配角，襯托主角發光的綠葉。現在他們收拾行囊走了，我感覺像個忘了詞的演員。

但比爾不在有讓我發狂嗎？

他給了我一樣東西，那是打從他第一次牽起我的手我就想要的東西。那不是愛；完全不是。而是知識。比爾把我寫在紙卡上的詞彙拿起來，轉化為我身體上的部位。他引導我認識沒有任何句子能勉強定義的感覺。接近尾聲時，我聽到那種感覺的愉悅乘著我的氣息呼出來，感到我的背弓起來，我的脖子伸直去暴露它的搏動。這是一種臣服，但不是對他。比爾就像個煉金術師，把梅寶的下流和緹爾妲的實際變成某種美麗的東西。

我心存感激，但我沒有愛上他。

我最想念的是緹爾妲；是她不在讓我有種大禍臨頭的傷悲。她有一些我想了解的念頭，她會說一些我不了解的話。她比較在乎重要的事，不在乎不重要的事。當我跟她在一起時，我覺得我或許能做一番轟轟烈烈的事。她不在了，我擔心我再也沒有機會。

「小艾，身體又不舒服了？」我進廚房倒水時莉茲問。「妳看起來臉色有點蒼白。」

巴勒德太太在檢查她兩、三個月前做的聖誕布丁，往上頭淋一些白蘭地。她瞇起眼睛打量我，因為皺眉而使她臉上的紋路加深。莉茲從廚房桌上的水壺給我倒了杯水，然後到食品儲藏室拿出一包消化餅乾。

「巴太太，從店裡買的餅乾耶！」我說，「妳知道妳的食品儲藏室裡躲著這種傢伙嗎？」

她眨眨眼，然後表情放鬆了。「莫瑞博士堅持要買麥維他餅乾，他說那讓他想起蘇格蘭。」

莉茲遞給我一片餅乾。「這能讓妳的腸胃舒服一點。」她說。

我現在一點都不想吃東西，但莉茲堅持。我坐在廚房桌邊啃著餅乾，而巴勒德太太和莉茲則在我周圍忙得團團轉。她們幾乎什麼也沒完成。當莉茲開始擦第三遍爐灶時，我終於開口問是不是出了什麼事。

「沒有，沒有，親愛的。」巴勒德太太話接得快，「我相信一切都會沒事的。」但她又恢復皺眉的表情。

「艾絲玫，」莉茲終於擱下抹布說，「妳可以上樓一下嗎？」

我看著巴勒德太太，她點點頭，要我跟著莉茲去。確實出了什麼事，一時間我覺得我要吐了。我深吸一口氣，讓反胃感過去，然後我跟著莉茲上樓到她房間。

我們坐在她床上。她看著她的手，它們不自在地擱在腿上。是我伸手握住她的手。她有壞消息，我心想。她生病了，或是我老在說女性要有選擇什麼的使她想要另謀更好的出路。她還來不及說一個字，我已淚水盈眶。

「妳知道妳已經多久了嗎？」莉茲說。

我瞪著她，試著把她的話對應到我能理解的意義上。

她再試了一次。「妳從多久以前開始……」她看著我的肚子，然後迎向我的眼睛，「……有了（expecting）？」

這下我懂她的意思了。我抽回我的手，站起身。

「別說傻話了，莉茲，」我說，「這不可能。」

「噢，艾西玫，妳這小傻瓜，」她站起來，再度拉住我的手，「妳不知道？」

我搖頭。「**妳**又怎麼會知道？」

「媽媽總是在懷孕，那是我在來這裡之前唯一知道的事。不舒服的部分應該就快結束了。」她說。

我看著她的眼神好像她瘋了。「我不能生小孩，莉茲。」

expect。expectant。expecting。

它的意思是「等待」。等待某個邀請，等待某個人，等待某件事。但從來不是等待嬰兒。《D至E》這個詞的引文沒有一條提到嬰兒。按照莉茲的計算，我已經「有了」十週了，但我渾然未覺。

隔天，我沒有跟爸爸一起吃早餐，而是留在床上。我跟他說我頭痛，他說我看起來確實很蒼白。他一出門去累牘院，我就跑去他房間，站在莉莉的鏡子前面。

沒錯，我是有點蒼白，不過穿著睡袍的我看不出任何不同。我鬆開頸部的蝴蝶結，讓睡袍落在地上。我還記得比爾用手指從頭到腳描畫我全身，唸出我每個部位的名稱。我的目光順著他當時的路徑走；我的皮膚起了雞皮疙瘩，就像我們每次在一起時一樣。我的眼神停在腹部，那裡隱約顯得渾圓，大有可能是剛吃了豐盛的一餐或是脹氣或是月經前的水腫。但事實上都不是，而我最近才學會解讀的身體，突然間變得深奧難測。

我把睡袍穿回去，緊緊繫起蝴蝶結。我回到床上，把被子拉到脖子。我在那兒躺了好幾個小時，幾乎動也不動，不想要感覺身體裡可能正在發生什麼事。

我在等待，但不是在等待嬰兒。我在等待解決辦法。

那天晚上我輾轉難眠。到了早晨，我因為缺乏睡眠而感覺更不舒服，但我堅持要去累牘院。我在書桌裡放了一包麥維他餅乾，整個早上邊啃餅乾邊看信和整理紙卡。我試著把志工提供的首頁紙卡上的意義修潤得更好一些，但卻沒有靈感。

我望向分類桌。爸爸坐在他的老位子，斯威特曼先生和馬林先生也是。尤克尼先生坐在以前米契爾先生坐的位置，我突然好奇他穿的是哪種鞋子、他的襪子是否成對。他們會歡迎另一個孩子去待在分類桌底下嗎？或是新的助手會抱怨、責罵、控訴？爸爸咳起來，他取出手帕擤鼻子。他只是感冒了，不過我突然意識到他變老了，頭髮變白了，身材變胖了。他會有精力擔任母親和父親、祖母和祖父嗎？這樣要求他公平嗎？

午餐時，我到廚房找巴勒德太太和莉茲，忍受她們的焦慮。

「妳得告訴妳爸爸，艾西玫。而且應該要讓比爾做正確的事。」莉茲說。

「我不會告訴比爾的。」我說。莉茲瞪著我，表情充滿恐懼。

「至少寫信給湯普森小姐吧，她會幫忙妳跟妳爸爸說，她會知道該怎麼辦。」巴勒德太太提議。

「還有時間。」我說，其實我不知道有沒有時間。莉茲和巴勒德太太面面相覷，不過沒再說什麼。廚房裡變得極度安靜，令人難以忍受。當莉茲問我星期六要不要跟她一起去室內市集時，我說我要去。

市集人滿為患，讓我覺得鬆了口氣。我散漫地跟在莉茲身旁，看她造訪一個個攤位，測試某粒水果夠不夠飽滿、另一粒水果有沒有彈性。我們之間的談笑既熟悉又安心；沒有人問我感覺怎麼樣，或是說我看起來很蒼白。

最後，我們走向梅寶的攤位。我已經好幾個星期沒見到她了。她看起來變小了，背部不自然的弧度變得更明顯。走近之後，我看出她在削木頭。更靠近一點，她的手部動作令我目眩神迷，其靈巧程度與她破敗的身體形成強烈對比。

梅寶極為專注，甚至沒注意到我們站在她的攤位旁，直到莉茲把一個柳橙放在她面前的木板箱上。她稜角分明的臉幾乎沒對禮物作出反應，不過她把刀放下，快速地把柳橙抄到襤褸衣裳的夾層間。然後她拿起刀子繼續削。

「等我做完，妳會喜歡這個的。」她看著我說。

「這是什麼？」莉茲問。

梅寶轉朝莉茲看了一會兒，然後把人偶遞給她。

「這是吟遊詩人塔利辛，或是魔法師梅林。我想我們這位『華詞華痴』小姐會想把它送給她老爹。」她目光轉回我身上，期望我讚美她的文字遊戲。我露出虛弱的笑容。

「總是其中一個吧。」莉茲說。

「都一樣啦。」梅寶說，她的眼神移向我，微微瞇起眼睛。「只是名字一直在變。」

莉茲把木雕還回去，梅寶接過去，眼睛沒有離開過我的臉。我不自在地動了一下，她傾向前。

「看得出來喔，」她悄聲說，「從妳的表情。如果妳把那件大衣脫掉，我敢說我就看得出來。」

攤商的叫嚷聲，拖車的咔嗒聲，互別苗頭的對話聲；所有市場中的聲響都被吸入單一個刺耳的音符裡。我出於本能四下張望，並且扣上原本沒扣的大衣鈕釦。

梅寶微笑向後靠。她很得意。我開始發抖。

直到此刻之前，我的焦慮都限於該怎麼告訴爸爸。我沒想過別人會怎麼想，或是他們知道了會有什麼後果。我環顧四周，感覺像隻無處可逃的小動物。

「我可沒聽說有什麼婚禮啊。」梅寶說。

「夠了，梅寶。」莉茲小聲說。

她們的對話切穿我耳內的嗡鳴，市場的聲響如洪水般湧了回來。我意識到似乎沒人注意到異狀時，短暫地鬆了口氣，但沒有持續多久。我得靠在梅寶的木板箱上才不致於跌倒。

「別擔心，小姑娘。」梅寶說，「還有幾個星期哪。大部分的人不會注意到他們意料之外的東西。」

莉茲替我開口，她的嗓音明顯傳達出屬於我的恐懼。「但既然**妳**能看出來，梅寶……」

「這裡可沒人有我的特殊——我該怎麼稱呼它來著——**專業**。」

「妳有孩子？」我幾乎聽不見我自己的聲音在問這個問題。

梅寶笑了，她發黑的牙齦醜陋而充滿嘲弄意味。「咱才沒那麼笨咧。」她說。然後她把音量壓得更低。「有一些方法可以不生孩子。」

莉茲輕咳起來，開始拿起梅寶桌上的不同物品，一一拿給我看並問我喜不喜歡。她的嗓門大得沒有必要。

梅寶盯住我的眼睛。然後她用能傳到花攤以及更遠距離的音量說：「小姑娘，妳對哪件商品有興趣？」

我配合她演戲，拿起尚未完成的塔利辛人偶，在我顫抖的手裡翻看。我幾乎是視若無睹。

「那是我最好的作品之一，但還沒完成。」梅寶說，伸手過來取。「我想午餐後我就雕完了，如果妳要再來的話。」

「該走了，艾絲玫。」莉茲挽起我的手臂。

「我會把它收起來，免得被別人買走。」我們轉身要走時梅寶說。

我點點頭。梅寶點頭回應。然後莉茲和我沒把該買的東西買完就離開市集。

「妳要進來喝茶嗎？」我們回到向陽屋時莉茲說。星期六資深助手們都只上半天班，我經常在廚房邊陪莉茲邊等爸爸。

「今天不行，莉茲。我想我要回家去，把家裡布置一下，給爸爸一個驚喜。」

回到家後，我爬上樓梯到爸爸房間，再次站在莉莉的鏡子前。梅寶注意到的不是我的肚子，而是我的臉。我凝視鏡子，試著看出她看到什麼，但回視我的臉跟以前沒什麼不一樣。

這怎麼可能呢？隨著一年年過去，它勢必有所改變，然而我卻看不出來。我把視線從鏡子移開，再快速瞥回去，試著用陌生人的眼光瞄我自己。我看到一個女人的臉，她比我預期中年紀大，眼距很寬，棕色的，目光驚惶。但我看不出任何她懷孕的跡象。

我回到樓下，留了一張字條給爸爸。上頭說我去買洋裝，大約三點回來，會帶下午茶要吃的糕餅。

我騎自行車回到室內市集。我抵達的時候氣喘吁吁——比平常更劇烈。有個熟悉的男孩來到我站的地方，主動幫忙把我的自行車靠在最近的牆上。他說他會幫我看著它。他的母親在她的攤位朝我點點頭，我點頭回應。她從我臉上看出什麼端倪了嗎？所以才叫她兒子來幫忙？我望向市集裡面——那股嘈雜只是讓我腦袋裡更加紛亂。

我走在商店和攤位間時，感覺自己吸引了每雙眼睛。我需要表現得正常一點。我從一個攤位移向另一個攤位，想起緹爾妲和其他人在後臺練習的情景；排演從來就不如正式演出那般有說服力。我很懷疑我是否說服了任何人。

等我來到梅寶的攤位時，我的購物籃已經裝滿了。我遞給她一個蘋果。

「妳需要多吃點水果，梅寶。」我說，「可以預防妳胸腔感染黏膜炎。」

她誇張地咧嘴露出腐爛的笑容，讓我看到她沒剩幾顆牙。「我從像妳這麼大之後就沒吃過蘋果了。」她說。

我把蘋果收回籃子裡，拿出一個熟透的梨子。她接過去，用拇指往果肉上按壓。如果她回絕的話，等我把它帶回家，它已經會有瘀傷了。

但她沒有回絕。「確實是個好東西。」她說，用牙齦含住梨子，讓果汁順著她的下巴流下來。她用裹著破布的手背抹了一下，連帶抹去一小塊皮膚上累積數日的汙垢。

「梅寶。」我開口，但剩下的話我說不出來。

梅寶吸吮著梨子的果肉，乾裂的嘴唇變得柔軟。我感覺自己漲紅臉，原本以為已經過去的反胃感又洶湧而來，使我斜倚在梅寶的木板箱邊緣。

「那個莉茲不會贊同妳在打的主意。」她壓低音量說。

這是一項我已經與之爭辯數天的事實。當我說我不能生孩子時，莉茲說什麼就是不聽。我講得愈白，她愈是緊握住脖子上的十字架。它就和她的信仰一樣總是在那裡，安靜而私密地藏起來。可是這一個星期以來，她緊抓住它的樣子就好像它是唯一讓她免於墮入地獄的東西。

那個十字架，它在批判我，我恨它。我想像它扭曲我的話，在她耳邊悄悄訴說轉譯後的版本。我們在進行某種拔河，而莉茲位於中間。我可不想輸掉這場比賽。

「我想史密斯太太可能還在幹這一行。」梅寶低語，同時隨意拿起一些物品，好像在讓我看看它們的價值。「當年我有需要的時候，她算是助手。我敢說她現在應該是個熟練的老巫婆了吧。」

從我的手開始，一股顫抖沿著我的四肢蔓延，直到全身都簌簌發抖。

「用正常的方式呼吸，小姑娘。」梅寶說，牢牢盯住我的眼睛。

我攀住木板箱，試著停止大口用嘴巴吸氣，但顫抖仍持續著。

「妳有帶鉛筆和那什麼紙卡嗎？」她問。

「什麼？」

「從口袋拿出來。」

我搖頭。這沒有道理。

梅寶傾向前。「快點照做。」她說，然後提高音量：「我剛才給了妳一個詞，不趕快寫下來就要忘啦。」

我伸手到口袋拿紙卡和鉛筆。等我擺好寫字的姿勢，顫抖已經消退了。

「Trade。」梅寶說，她稍微後退了點，但目光仍未離開我的臉。

我在左上角寫下「TRADE」。在底下我寫下「史密斯太太可能還在幹這一行（trade）」。

「妳覺得好一點了沒？」梅寶問。

我點頭。

「恐懼最討厭正常了。」她說，「妳害怕的時候，就應該想些正常的想法，做些正常的事。聽到了嗎？恐懼會退開，至少退開一陣子。」

我再次點點頭，看著紙卡。「trade」是個再普通不過的詞了。

「史密斯太太住在哪裡？」我問。

梅寶告訴我，我寫在紙卡最底下。

在我走之前，梅寶從她用來保暖的層層布料間取出一樣東西。「給妳的。」她說，她遞給我一片圓盤狀的淺色木頭，她把它雕成了三葉草。「謝謝妳的梨。」

我用紙卡裹住它，把它放進口袋。

它是一棟普通的排屋，兩邊都有一模一樣的排屋。門上仍掛著聖誕節的花圈。我再次確認地址，然後沿著街道望過去。街上空無一人。我敲門。應門的女人或許年紀不小了，不過她背挺得很直，衣著高級，而且幾乎能平視我的眼睛。我猜想我畢竟是找錯了房子，開始囁嚅著道歉，但她打斷我。

「很高興見到妳，我親愛的。」她有點大嗓門地說，「妳母親都好吧？」

我困惑地盯著她，但她的微笑釘在臉上，一手挽著我的手臂把我迎進屋子。

「要作好表面工夫，」她關上門之後說道，「鄰居都是些三姑六婆。」這時她像梅寶一樣看著我，在我的臉上搜尋，然後沿著我的身軀往下瞄。「我想妳並不希望她們都知道妳的事。」

我不知道該作何回應，而史密斯太太似乎也不需要我回應。她接過我的大衣，掛在門邊的大衣架上，然後走向狹窄的走廊，我跟過去。她把我帶進一間小客廳，牆邊擺滿書籍，壁爐裡火燒得不太旺。我看得出在我敲門之前她是坐在什麼位置：一張深藍色絲絨沙發，椅背上散落著各種不同圖案的靠墊，那些靠墊大而柔軟。這張沙發夠讓兩個人坐，但只有其中一端的絲絨有磨損的痕跡，並且座椅凹陷，顯露出多年來受到主人青睞。座位旁的桌子上攤開一本書，書背有一條摺痕。史密斯太太用火鉗去撥火時，我挪向那本書。奧希茲女男爵的《瑪麗王朝》。好幾年前，我曾在布萊克威爾書店買下這本書。一時間我忘了我來做什麼，並懊惱我打擾了人家。

「我喜歡閱讀。」史密斯太太發現我看著那本書時說，「妳喜歡閱讀嗎？」

我點點頭，但嘴巴乾到沒辦法說話。她走到餐具櫃邊倒了一杯水。

「抿一口，不要用吞的。」她邊說邊把杯子遞給我。我遵照她的指示。

「很好，」她說，從我手裡接過杯子，「好了，我想問，是誰推薦我的？」

「梅寶．歐肖納西。」我悄聲說。

「妳可以大聲點，」她說，「在這裡說話不會被別人聽到。」

「梅寶．歐肖納西。」我又說一次。

史密斯太太沒有馬上認出梅寶的名字，形容她的長相也沒什麼幫助。可是當我告訴她我所知道的她的過去，並提起她的愛爾蘭口音，史密斯太太便開始點頭了。

「她是個常客。」她沒有笑容地說，「妳說她在室內市集擺攤？」

我點點頭，低頭看著我的腳。客廳地板鋪著圖案繁複的地毯。

「我以為她不會在這場遊戲中倖存。」她說。

我抬頭。「遊戲？」

「顯然那不是妳來此的原因。」

「請問妳說什麼？」

「來敲我門的女人有兩種，」她說，「太常出來鬼混的，和太少出來鬼混的。」她上下打量我，觀察每一件衣物。「妳是後者。」

「那『遊戲』呢？」我又問一遍，我的手伸向口袋，確認我有帶紙卡和鉛筆。

「遊戲就是接客，」她說，好像她說的不過是惠斯特紙牌或西洋跳棋這類尋常的遊戲。「這種遊戲就跟任何遊戲一樣有玩家，只不過從來就不是公平競爭。當妳輸了的時候，妳會進監獄、進墳墓或來到這裡。」

她把手按在我肚子上，我跳起來。她的手指開始往裡鑽，我試著挪開身子。

「別動。」她說，一手扶著我後腰，藉此讓另一手可以施力。「有人稱之為『華倫夫人的職業』，這典故出自蕭伯納的劇作。妳喜歡看戲嗎？」她問，但沒有等我回答。「我受邀參加那齣戲的開幕夜。找上門來的不是只有妓女而已，我也服務過不少女演員。」她停止戳弄，退後一步。

「我不是……」

「我看得出來妳既不是妓女也不是演員。」她說。

然後我們默默地站在那兒。她在思考，掂量著什麼。最後，她吁出長長一口氣。

「是胎動。」她說。

「什麼意思？」我問。

「胎動指的是妳肚子裡的擾動，這表示胎兒決定留下來了。」

我瞪著她。

「這表示妳太晚來找我了。」

感謝上帝，我心想。

GAME（遊戲）

從事娼妓業。

「遊戲就是接客。這種遊戲就跟任何遊戲一樣有玩家，只不過從來就不是公平競爭。」

——史密斯太太，一九〇七年

QUICKENING（胎動）

生命的擾動。

「胎動指的是妳肚子裡的擾動，這表示胎兒決定留下來了。」

——史密斯太太，一九〇七年

我推著自行車穿過柵門時，向陽屋寂靜無聲。下午已過去大半；暮色漸濃，累牘院陰暗一片。每個人都回家了。我能隔著廚房窗戶看見莉茲，我看了她好一會兒。她在爐灶和桌子之間來回走動，無疑是在替莫瑞一家張羅晚餐。我小時候她曾告訴我她不太喜歡煮飯。

「那妳喜歡什麼？」我當時問。

「我喜歡縫東西，也喜歡照顧妳，艾絲玫。」

我在發抖。我把自行車靠在白蠟樹上，然後走向廚房。

進去之後，我把門帶上，然後站在門口，爐灶的熱氣讓我的臉變暖和。但顫抖沒有停止。

莉茲看著我。她的手在胸前游移。她有一些疑問沒有問出口。顫抖變得更嚴重了，於是她趕過來。她用粗壯的手臂摟住我，引導我去坐在椅子上。她把一個杯子塞到我手裡，它太燙了，但我還能忍受。她要我喝，我乖乖聽話。

「我做不到。」我說，抬頭看著她的臉。她把我摟靠在她的肚子上，撫摸我的頭髮。

她開口時，講話緩慢又小心，好像我是隻流浪貓，她想幫我又怕把我嚇跑。「那個比爾似乎挺好的，妳可以告訴他。」她說。

她說的時候把我摟得更緊一點，我沒有掙開。我有想過，有幻想過。我打心裡確定，如果比爾知道了，他會做正確的事。緹爾妲會確保他做正確的事。我像莉茲剛才一樣緩慢而小心地回應。

「但是我不愛他。而且我不想結婚。」

她的身體微微一僵，我感覺她吸了一口氣。然後她拉了張椅子過來坐到我對面，我們緊握對方的手。

「每個女人都想結婚，艾西玟。」

「如果真是這樣，蒂塔或她的妹妹為什麼沒有結婚？瑤爾曦或蘿絲芙或愛蓮諾・布萊德利為什麼沒結婚？妳為什麼沒結婚？」

「不是所有女人都有機會。而有些……唔，有些只是在成長的過程中讀了太多書、有太多想法，沒辦法安於婚姻。」

「我不認為**我**能安於婚姻，莉茲。」

「妳會習慣的。」

「但我不想要習慣。」

「妳想要什麼？」

「我想要一切都跟原本一樣。我想要繼續整理詞彙並了解它們的意義。我想要愈來愈能幹，被交付更多責任，我想要繼續自己賺錢自己花。我感覺我才剛開始了解我是誰呢，成為妻子或母親實在不適合。」我一股腦說出這番話，說到最後泣不成聲。

等我哭完，我知道我得做什麼了。我要莉茲幫我找來筆記紙和鋼筆，我要寫信給蒂塔。

一九〇七年二月十一日

我最最親愛的艾絲玫：

妳當然應該要來這裡，我會協助安排必須安排的一切。但還有妳父親的事要考慮，以及情況看起來可能會是如何。這個星期五我會來牛津，我會在早上十一點三十分抵達，希望妳能來車站接我。我們將直接去女王巷咖啡屋——那裡離傑里科很遠，我們不太可能撞見熟人。讓莉茲留在向陽屋做她的工作，不過向她保證在我離開前，我們三個會有講話的機會。

妳的處境並不像妳可能以為的那麼罕見。許多家裡有錢或受過教育的年輕小姐也發現自己有類似的不便。這是自古以來最古老的難題——處女瑪麗亞咧！（請不要把這句話唸給莉茲聽，我知道她不會認同的。）但妳懂我的意思了，妳不孤單，雖然這不太可能給妳安慰。我只是很慶幸妳頭腦夠清楚，在有機會考慮替代解決方案前先向我坦白。許多年輕小姐走上那條路，再也沒有回來。

艾絲玫，我有個提議。如果妳要來跟貝絲和我住，我希望妳擔任我的研究助理。我的英格蘭史需要更新，而且我從好幾年前就在計畫要為我的祖父寫一本傳記。妳知道嗎，他是個資深議員，為人非常有趣，思想先進——我敢說妳的朋友緹爾妲會很喜歡他的。我當然希望能盡快得到妳的幫助。我們可以在星期五喝茶時討論細節。

艾絲玫，妳懂我的意思嗎？妳會幫上我的大忙，而當工作告一段落，妳會回到牛津，繼續妳在累牘院的角色。不論妳想走什麼樣的路，都不需要改變方向。

我會把所有相關訊息都寫成一封信寄給莫瑞博士，我相信他會認為我的提議是個機會，讓妳在回來後只會對他更有價值。

現在，關於妳父親。我已經寫信告訴他我要來這一趟，用的藉口是「嘮叨」（如果這個詞目前的引文可以指示我們它的意義，那麼紀錄中將顯示，這種特定騷擾形式的所有犯行者都是女人）。我在這個階段的計畫是安排在家裡跟哈利見面，為他作好心理準備，安撫他最大的恐懼（那全都會是關於妳眼前和未來的福祉），並清楚表明我們都計畫好了。然後妳必須告訴他一切——合理範圍內的一切。他是個好人，艾絲玫。他不是老古板、狂熱分子或保守主義者，但他是個父親，他很愛妳。妳必須記得，他每天一醒來就看到妳嬰兒時期的照片，這個消息對他來說會是個打擊。他會需要時間去理解，或許也需要有機會能大吼大叫。給他一些寬容吧。

除此之外，我們還必須討論別的事，但我想最好還是留到我們面對面坐著、中間隔著一壺好茶的時候再說好了。

那麼我們就這週五早上十一點三十分見了。別遲到喔。

愛妳的蒂塔

下雨了——雨勢不大，不過在高街上行走的人紛紛撐起雨傘、豎起衣領抵擋濕意。蒂塔說話時我看著他們。她正在編寫謊言以及虛實參半的說詞，讓我暫時離開累牘院顯得合理。

我們在咖啡館喝了兩大壺茶。我們來到街上時，雨停了，微弱的陽光照在潮濕的路面上，閃閃發亮。我眨眨眼去除那股刺目。

一九〇七年三月

兩週後，爸爸陪我站在月臺，等待將帶我去巴斯的火車。我回想自從蒂塔走出我們家客廳，點點頭示意我進去跟他說話以來，我們進行過的每一段對話。我們說得好少。我們的互動中充滿手勢和嘆息。每當話語無法發揮作用，他就會摸摸我的臉，握住我怪模怪樣的手指。我知道他非常希望莉莉在這裡，也知道他覺得要是她在的話，事情就不會變成這樣。我知道他覺得是他對不起我，而不是我對不起他。但他什麼也沒說，所以我只能用觸摸回應他的溫情。

火車來的時候，他把我的行李箱提到二等車廂，把我安置在門邊的座位。這時候他本來可能說些什麼的，可是我周圍已經坐著另外三個人。他親吻我的額頭，走到外頭的走廊，卻沒有馬上離開。他露出悲傷的微笑，我突然意識到我回家時會有徹底的改變；我意識到事實跟蒂塔所承諾的相反，我的路（不論是什麼）都已經改變了方向。於是我站起來，張開雙臂摟住他。他抱著我，直到哨音響起。

貝絲應該要到巴斯車站的火車旁接我，但我掃視月臺，卻沒看到人影。我下了車，站在腳夫擱下我行李箱的位置等候。

有個女人揮揮手。她比蒂塔高一點、瘦一點且時髦得多，不過鼻子形狀頗為相似。我微笑看著她走近。

「我到現在才第一次見到妳實在太沒道理了。」她說，並出乎我意料地擁抱我，差點讓我栽倒。

「當然，妳的事我全知道。」我們坐進計程車後座時貝絲說道。

我漲紅臉，低頭看著大腿。

「噢，不光是那個。」她說，好像「那個」只是小事。「妳是伊蒂絲最熱中的話題，而我永遠也聽不膩妳的事。」她靠過來。「妳得原諒我們，艾絲玟，我們是一對沒有養狗的老小姐；我們總得找話題來討論。」

蒂塔和貝絲住在巴斯車站和皇家維多利亞公園之間，因此車程很短。我們停在一幢三層樓排屋前方，它與朝左右兩邊延伸的其他排屋在各方面都如出一轍。貝絲看到我盯著閣樓的窗戶。

「這是長輩留給我們的房子，」她說，「所以我們始終不需要結婚。當然，它太大了，但我們客人很多，還有個幫傭每天早晨會來打掃。崔維斯太太堅持要我們把頂樓的房間門關起來，她說能省點撢灰塵的工夫。她相當缺乏撢灰塵的天分，所以我們就答應了。」

這麼多房間，我心想。要是我十四歲的時候她們邀請我來，我會自己打掃房間。

貝絲年紀比蒂塔小，而且幾乎在每一方面都和她相反，然而她們之間似乎沒有任何緊張或爭執。我一直都覺得蒂塔就像一棵大樹的樹幹：牢固地嵌在她知道是真實的事物上。來到巴斯後才兩三天，我已經開始覺得貝絲像樹冠。不論是心靈或身體，她都兵來將擋水來土掩。儘管她已五十歲了，她仍搖曳閃爍，而我為之目眩神迷。

我有一個星期的寬限期——「讓妳安頓下來，」貝絲說——然後她就開始邀請客人來喝下午茶了。「我們總不能整天只顧著聊妳的事。」她揶揄我。

到了我們第一批訪客預定抵達的那一天，姊妹倆把我喚下樓，幫忙準備托盤裡的點心。「崔維斯太太是個普通的管家，」蒂塔邊說，邊把蛋糕從冷卻架移到盤子上，「但她的馬德拉蛋糕真是天下無敵。」

「也許我待在房間就好。」我說。

「胡說，」貝絲走進廚房裡說，「一切都會很順利的。我們會聊一下伊蒂絲修訂英格蘭史的事，然後大家就完全能理解她為什麼要僱用妳了。」她傾向前，密謀般地說：「妳知道嗎，妳自己也小有名氣呢。」

我的手撫向仍藏得很好的肚皮，臉漲成深紅。貝絲完全沒有想安撫我的恐懼的意思。

「別鬧她，貝絲。」蒂塔說。

「可是她真好逗。」她微笑說道，「艾絲玫，妳的名氣是因為妳是個天生的學者。根據莫瑞博士所言，妳的學識不輸任何牛津畢業生。他特別愛講妳整天都在分類桌底下露營的故事。他聲稱是他的寬容才讓妳有機會發展出對文字的熱愛。」

驚恐轉變為感激，我的臉仍然發熱。

「當然，他不會贊同我告訴妳這件事，」貝絲說，「在他的觀念裡，讚美會讓學者變笨。」

有人敲門。

「總是很準時。」貝絲對蒂塔說。然後她轉向我。「只要忍住別一直把手懸在肚子上方，就不會有人注意到任何異狀。」

三位紳士，都是學者，沒有排課教書的時候都住在薩默塞特郡。雷頓・奇斯荷姆教授是威爾斯大學的歷史學家，與姊妹倆年齡相仿。他在她們面前非常自在，主動拿蛋糕來吃，並且老實不客氣地坐進最舒適的椅子。菲利普．布魯克斯先生也是她們的朋友，但年齡沒有大到可以這麼放肆。他必須微微屈膝以免進門時撞到頭，貝絲還戲謔地踮起腳尖去吻他的臉頰。布魯克斯先生在布里斯托的大學學院教地質學，蕭史密斯先生也是，後者是三人中最年輕的。姊妹倆不認識他，不過布魯克斯先生堅持帶他同行。他年輕的臉龐帶著熱切的表情，但還沒長出鬍鬚。他結結巴巴地作了自我介紹。

「過一段時間你就會習慣我們了，蕭史密斯先生。」貝絲說，我納悶她指的是我們三個，還是全體女性。

男人都入座以後，蒂塔和我各坐在長沙發的一端。貝絲倒了茶，點頭示意我分一下蛋糕。等每個人都被服務到了，也都讚美了馬德拉蛋糕，我便靠向椅背，等著貝絲問一些刺激性的問題，好讓男人們可以找到切入點。我預期聽到紳士間的軼聞和傲慢，聽到他們針對愈來愈沒有邏輯的論點爭辯不休。我預期他們（出於禮貌）而偶爾央求我們表示意見，而我已經可以想見，由於我們三個穿著裙子，我們自動要說些安撫的話，這讓我相當失望。

但這個下午並不是這麼進行的。這些紳士是來聆聽的，是來測試他們的想法並且被說服改變心意的——不是被彼此，而是被姊妹倆。男人們的目光自在地落在貝絲身上，跟著她看她走去打開一盞燈，看著她的手掂量茶壺的水位，並且再給每個人倒一杯茶。她開口時，他們會傾向前，要求她詳細說明，輪流玩味她的想法，並且與他們自己的想法結合。他們跟她辯論，鼓勵她捍衛自己的立場。她經常先是嫣然一笑，然後針對對方疲軟無力的論據給予致命的打擊。如果他們改變立場，轉而支持她的想法（這經常發生），他們從來不是為了禮貌。我太驚訝了。

蒂塔話少得多，但她經常傾向奇斯荷姆教授，低聲討論另外兩個較年輕男人在跟貝絲辯論的論點。當他們要求蒂塔發表意見時，大夥兒會安靜下來。論歷史，她顯然是權威，而他們給予她言論的敬重，我只在莫瑞博士發表言論時見識過。

「伊蒂絲恰恰打算在她的英格蘭史修訂版中探討那個問題，」貝絲在某一刻說，「所以我們邀請艾絲玫來待一段時間。她要擔任伊蒂絲的研究助理。」

「那不是妳的工作嗎，貝絲？」奇斯荷姆教授說。

「通常是啦，不過你也知道，我自己也有寫作計畫。」她對他笑嘻嘻地說。

「什麼寫作計畫，湯普森小姐？」蕭史密斯先生問。

貝絲整個身體轉過去面對這項提問，還頓了一下才開口。

「這個嘛，」她說，「其實滿丟臉的。我一直在寫一本小說，最糟的那種，而出於某種奇蹟，它即將出版。」

我注意到蒂塔的臉上閃過一抹笑意，她伸手再拿一片馬德拉蛋糕。

「書名叫什麼？」他問。

「《龍騎兵的妻子》。」貝絲自豪地說，「背景設在十七世紀，而我接下來幾個月的任務是為敘事添加一點『蒸氣』。」

「蒸氣？」

「是的，『蒸氣』，蕭史密斯先生。而我無法向你形容我有多麼樂在其中。」

年輕男人總算會過意來，急忙拿他的茶杯當掩護。我伸手到口袋撫摸粗鈍的鉛筆和紙卡邊緣。

「手勢當然很重要，」貝絲繼續說，「他可能主動伸出手，她可能把手搭在他手上。但性欲是一種生理功能，你說是不是，蕭史密斯先生？」

他啞口無言。

「你當然認同，」她說，「如果你想要小說裡有點蒸氣，皮膚就必須漲紅，脈搏必須加速——就角色而言如此，就讀者而言亦如此，這是我的看法。」

「妳的意思是欲望應該曝露出來。」布魯克斯先生說。

「當然。」她說，「還有人要加茶嗎？」

我告退，男人全都站了起來。蕭史密斯先生似乎很慶幸有這個干擾。我想趁精確的原話印象模糊前趕快把貝絲的引文寫下來。

我回來後，發現有另一位客人。

「艾絲玟，這位是布魯克斯太太。」

布魯克斯太太站起來跟我打招呼，她身高幾乎不到我肩膀。

「妳敢喊我布魯克斯太太試試看，」她伸出手說，「我只回應『莎拉』。我是菲利普的太太兼司機。」

她的手很有力，握起手來俐落有效率。我猜想她的個性可絕對不嬌小。

「這是真的，」布魯克斯先生說，「我太太學會開車，我卻沒學會。儘管取笑吧——我們大部分的朋友都在笑——不過這樣的安排倒挺適合我們。」他看著莎拉。「我不太能塞進方向盤後頭，是吧，親愛的？」

「你不太能塞進任何地方，菲利普。」莎拉笑著說，「汽車也不是為我這種身材設計的，不過我好愛開車。」

另一壺茶喝空了，盤子上幾乎連一粒蛋糕屑都不剩時，莎拉堅持該散會了。「我得在天黑前把這些男士送回家。」她說。

我們都站起來。可是每一位紳士向貝絲道別時，她都設法拉他講起悄悄話。十分鐘後，莎拉不得不像個學校校長用力拍拍手，叫大家都跟著她往門外走。

姊妹倆很熱中舉辦下午茶會，在接下來一個月內，我跟一大堆人變得熟識，人數超過我在累牘院所有歲月的加總。蕭史密斯先生再也沒出現，不過奇斯荷姆教授是個常客。

「只要崔維斯太太烤馬德拉蛋糕，他就會神奇地出現在我們家門口，」有一天貝絲悄聲說，「真的很了不起。」

菲利普．布魯克斯跟著他來過一次，還有一次是菲利普和莎拉單獨來的。布魯克斯太太外貌頗為平凡，開口時也往往粗枝大葉。我想在這對姊妹面前，她的智識相形見絀，不過她有種本領，能說出一些凸顯真相的話。她讓我聯想到緹爾妲。

當我的肚子大到太難隱藏時，我開始刻意安排在下午茶會時外出。一開始是去維多利亞公園或羅馬浴場，下雨時我就去修道院躲雨，聽唱詩班的男孩們練習。但蒂塔很快出面阻止。

「妳有歷史學家的調查才能，艾絲玫，」有一天晚餐時她說，「明天妳別漫無目標地在維多利亞公園附近瞎轉了，我寧可妳去市政廳的檔案室查資料。」

「伊蒂絲，別忘了戒指。」貝絲邊說邊切下另一片牛肉，把它浸入肉汁裡。

蒂塔取下她戴在小指上的金戒指交給我。我知道它是做什麼用的，所以我把它戴上。大小剛剛好。

「我那根手指從來就戴不上。」蒂塔說。

「妳並不想戴在那根手指上。」貝絲說，「不過它很適合艾絲玫。」

下一回姊妹倆有訪客時，我人在倫敦，在大英博物館的檔案室查資料並且和爸爸相處幾天。那之後我去了一次劍橋，跟貝絲一位善解人意的朋友待在一起，她一次也沒問起我的丈夫。

我很認真在做我的研究工作，我的技能隨著肚子一同增長。蒂塔沒有限制我，反倒像是賦予我一種自由。她用一封封介紹信為我鋪路。她介紹我是她的姪女，還給了我她的姓氏。她很小心地不把我跟累牘院扯上關係。不論我去哪裡，都在別人的預期之中——我在檔案室和閱覽室暢行無阻；我所需要的文件都事先整理好，等著我去仔細檢視。

起初，我確信我沒說服任何人。我笨拙地移動、一直在道歉，而且對方給予許可時我總是太過感激涕零。在劍橋大學舊校區閱覽室入口處，我看到服務人員重複確認蒂塔的信，不禁感到心痛，因為我想到也許我即將被驅離，沒有機會吸入那古老石頭、皮革與木頭結合而成的迷醉氣味。當他注意到我手上的金戒指時，我手底下的肚子變得無關緊要。他讓我通過，而我在門口站了稍微太久的時間。

「夫人，妳還好嗎？」服務人員問。

「我好得不能再好了。」我說。

我踏著穩定的步伐走向房間另一端的桌子。木地板向那些低俯的頭和專心的讀者宣示我的到來；這個大房間的建築師並沒有考慮到女士的鞋跟會發出咔嗒咔嗒的聲音。我挺直痠痛的背和短促地點點頭，回應每位紳士學者的好奇。等我坐下來時，我已經被搞得精疲力盡。

我從沒想過有任何地方的歷史和美能夠與牛津匹敵，但每次我獨自出去探險，都會被迫反省自己的見識多麼淺薄。對我來說，牛津和累牘院一直都足夠了。我們去蘇格蘭探親的時間總是顯得有點太漫長，而我獨自離家的那一回經驗使我對再度離家戒慎恐懼。然而我卻不由得享受起這趟新的冒險——儘管使我出來冒險的理由已變得愈來愈不容忽視。

姊妹倆不但積極參與我的孕期，甚至似乎樂在其中。她們在早餐時會問我睡得好不好，問我的胃口如何，有沒有想吃奇怪的食物（完全沒有，貝絲對這一點特別失望）。我的體重和睡眠模式都記錄在一本小筆記本裡，有一天，貝絲帶著不尋常的羞怯問我能不能讓她看看我的裸體。

「我想畫下來。」她說。

我已經很習慣赤裸著站在鏡子前，從胸部到恥骨描畫我的輪廓。我試著把那曲線記在腦海中。我同意了。

貝絲作畫的時候，我站在臥室的窗邊，望向外頭的花園。那裡是一團亂七八糟的色彩和長出界的邊緣。蘋果樹充滿生命，它的花朵撒了滿地。那未經修剪、疏於照料的雜亂，很美，我心想。陽光照在我肚子上，它的熱度彷彿證實我是赤裸的。但我不覺得羞恥或尷尬。貝絲坐在床上，我能聽見她的炭筆刮過紙張的聲響。

她要求我一手擱在肚子上方、一手擱在下方，我照做了。我的皮膚很溫暖，我稍微施力。於是我感覺到了：愈來愈緊的皮膚底下有動靜。一種回應。我毫無道理地愛撫在我體內生長的東西，悄聲說了幾句問候的話。

我沒有注意到貝絲是什麼時候放下素描簿的。她在我肩頭披上睡袍，然後走到門邊去邀請蒂塔進來。

「太美了。」蒂塔看著素描說，但她很難抬頭看我。她像來時一樣默默離去，不過我看到她在擦眼淚。

「莎拉．布魯克斯今天要來喝下午茶。」我們吃午餐時蒂塔說。通常她都會前一天就告訴我。

「我會去維多利亞公園散散步，今天天氣很不錯。」

蒂塔看看貝絲，再看看我。「其實我們希望妳留下。」

我低頭望著我現在已大到難以否認的肚子，然後詢問地看著蒂塔。

「他們是好人。」她說。

一開始，我沒聽懂。自從四月，爸爸來為我慶祝二十五歲生日以後，我就沒跟姊妹倆以外的人相處過。現在已將近六月了，我已大腹便便。

貝絲從廚房桌邊起身，開始忙著擺弄咖啡壺。「他們沒辦法生出自己的孩子，艾絲玫，」她說，「他們會成為妳孩子的好父母。」

蒂塔伸手越過桌面握住我的手，那些話一一產生意義。我沒有把手抽開，卻也沒辦法回應她輕捏我手的動作。我喘不過氣，我的胸腔裡剛產生一個真空，使我不能說話。這不光是缺乏氧氣的問題；這是話語的不足。我感覺我完全能理解，卻沒有話語能應對。

我能在這種感覺的邊緣看到貝絲在爐前轉過身，一手提著咖啡壺，五官因為努力撐起笑容而顯得不舒服。她看見什麼了，臉才會那麼一垮，手才會那麼顫抖？一點咖啡灑到地上，但她沒有要去擦乾淨的意思。她望向她的姊姊。我從未看過她如此沒有把握。

雖然選項有限，但我遲遲無法決定要穿什麼。我上一次見到莎拉時，自認為肚子藏得很好。現在我卻懷疑搞不好她一開始就知情。這想法讓我不舒服，讓我惱怒。我穿上一件凸顯我胸部、腰身又箍得太緊的洋裝，然後站到鏡子前面。這畫面有些可憎，又有些美妙。我用怪模怪樣的手指沿著胸部輪廓描畫，越過乳頭，越過緊繃皮膚下膨脹的胎兒。我感覺它在動，看到洋裝布料下的起伏。

我換上短上衣和裙子，都是向蒂塔借來的。我在外頭披上一件長居家服。

我一走進客廳，莎拉就站起來。姊妹倆希望這個下午盡可能讓人舒適自在，所以她們坐著沒動，並擠出一些招呼語，聽起來勉強又過於歡快：「妳來啦」；「艾絲玫，妳要喝茶吧？」；「我們正在聊天氣變得好熱呢」；「莎拉，來一片馬德拉蛋糕？」

莎拉沒理會她們，逕直走到我站的位置。她握住我的雙手。「艾絲玫，如果妳不願意這麼做，我能了解。這件事對妳比對任何人來說都艱難。妳必須花時間考慮，而且必須非常確定。」

那是遺憾和悲傷和失落。那是希望和寬慰。那也是其他沒有名稱的情緒，但我打心底感覺到它們，能嚐到它們的苦澀。無法傾吐這種心情的挫折感化作洶湧的淚水。

莎拉抱住我，用她強壯的手臂摟住我，讓我趴在她肩上啜泣。她感覺堅實而無懼。

等貝絲終於倒茶時，我們全都在擤鼻涕。

我們喝了茶、吃了蛋糕，我看到一粒蛋糕屑頑強地黏在莎拉嘴角。我注意到她傾聽貝絲說的每句話，從來不打岔，但當她有機會回應時未必總是附和。我聽著她的嗓音，想起她有多容易笑。我好奇她會不會唱歌。

我一直避免去想等孕期結束後會發生什麼事。我沒有問問題，姊妹倆也只有稍微暗示過。這是一直以來的計畫嗎？我心想。

當然是。

必須如此嗎？

當然是。

胎兒是個女孩，這我知道，雖然我說不上怎麼知道的。而我已開始愛她了。

「艾絲玫？」貝絲說。

三個女人都在等我回應某句我沒聽見的話。

「艾絲玫，」莎拉說，「妳願意讓我再來看妳嗎？」

我望向蒂塔。等她的歷史審閱工作完成後，我就要回到牛津去，重拾我在累牘院的職務。她是這麼說的，而我也同意了。

應該有個詞能形容我在這一刻的感受，但儘管我在累牘院待了那麼多年，我還是一個都想不到。

我點點頭。

溫暖的天氣持續著，我變得巨大無比。蒂塔對我的研究成果很滿意，堅持要我長時間斜靠在沙發上，為她校對她為史書作的編修。莎拉每週二下午都來喝下午茶，而我默默坐著觀察。我每次都找到她身上新的討人喜歡的點，不過這些時光卻令人不自在，而我的矛盾仍沒有改變。有那麼多該說的話，但倒茶和傳遞馬德拉蛋糕的動作總是礙手礙腳。

然後，某個星期二，我搖搖晃晃地走進客廳，發現莎拉仍穿戴著帽子和開車用的手套。

「我想帶妳出去。」她說。

這既出乎我意料又讓我鬆了口氣，我作了個深呼吸，彷彿已經置身新鮮空氣中。

「就我們兩個。」她接著說，轉向姊妹倆，她們動作整齊地點頭。

她拉開一輛戴姆勒的副駕駛座車門並扶我上車時，我頗為訝異。我幾乎沒有坐過私家汽車，更從沒坐過女人開的車。莎拉手短腿也短，要讓車子動起來得使出渾身解數。她不停傾向前換檔又向後靠來踩踏板，感覺好像她的手臂和腿都是由木偶師在操縱一樣。我用咳嗽來掩飾笑聲。

「妳不舒服嗎？」她問。

「完全不會。」我說。

莎拉從不堅持要聊天，而且往往異常地拙於寒暄——有一回人家只是講了句天氣如何，她的回應卻是解釋氣壓和降雨的關聯——所以我們的旅程很安靜，只聽見排檔的嘎吱聲以及她偶爾對其他人的駕駛技術發表不屑的看法。

等我們抵達巴斯遊樂場，我已經在三張紙卡上寫滿「damn-dunderhead」（該死的笨蛋）的不同引文了。它們看起來像是中風的人寫的。

「薩默塞特要跟蘭開夏爭冠軍，」莎拉邊說邊扶我下車，然後扭著脖子去看計分板，「蘭開夏落後一百八十一分，不是很困難的目標，所以菲利普可要傷腦筋囉。艾絲玟，妳喜歡板球嗎？」

「我不確定耶，我從來沒坐下來看過整場比賽。」

「妳太有禮貌了，所以才沒有說因為板球太冗長，而且看草長長都比較有趣。不，別否認，我從妳的表情看得出來。」她勾住我的手臂，很輕鬆地適應我的身高，然後我們開始繞著橢圓形場地的邊緣走。「等今天下午結束時，妳會很訝異自己竟然曾經這麼認為。」

布魯克斯先生已經在球場上了，我好奇莎拉是否刻意抓準了時間。自從他們表明了意圖，他就不曾與他妻子一同出席姊妹倆的下午茶會。我原本以為他認為最好讓這整件事都是女人的事，然而直到我看到他投出第一顆球，我才想到「這件事」或許還沒有成定局。我意識到他們是在討好我，而到了某個時間點，我勢必得接受或回絕他們提出的條件。他把他的帽子寄放在裁判那裡，太陽照得他的禿頂發亮。他的高就和莎拉的矮一樣驚人，他邁著細瘦的長腿大步走向場地，轉得像風車一樣的手臂讓球飛出。

「這是菲利普的主意。」他投出第二個歪球後莎拉說。

「什麼主意？」

「帶妳來看比賽。噢，他來不及跑，它要直接滾到邊界去了。」

坐在橢圓形球場另一邊某一區的觀眾傳來掌聲。

「我們隊不會開心的，我敢說他是分心了。可憐的傢伙，他太想給妳好印象了。」

「我？」

「是啊；就像我說的，這是他的主意。他一直很想參加茶會，但我總阻止他。那令人不自在，妳不覺得嗎？」

我只是垂下頭。

「我想他是希望在場上有好的表現，藉此展示他有能力當個父親吧。」

雖然我很欣賞她的直率，我仍然被她殺得措手不及。

「唔，他投完了。一輪丟了十五分。他應該很慶幸午茶時間到了。」

我看著板球選手們從場地走向俱樂部休息室。菲利普看向我們，莎拉揮揮手。他沒有跟著隊友，而是穿過球場來找我們。邁開大步，微微駝背。

「拜託告訴我妳們才剛到。」他走近時說道。他或許是臉紅，也可能是被曬傷，我分辨不出來。

「恐怕我沒辦法這麼說呢，親愛的。我們到的時候夏普正好上場要打擊。」莎拉踮起腳尖吻他，我忍不住想菲利普駝背的習慣是不是他為婚姻作的調適。

他看著計分板。「我猜我從現在開始都要負責接球了。」他說。然後他轉朝我，榛果色的眼睛閃亮。

「艾絲玫，」他說，「再見到妳真好。」

我不確定我該說什麼。我點了頭，但沒什麼笑容。他伸出大手，我也伸手。他看到我怪模怪樣的手指，並沒有畏縮，不過我仍然以為他會擔心弄傷看起來無比脆弱的手指而虛軟地握手。結果他握手的力道足夠強勁，我的手不致於滑脫。他在恰好的時機鬆開手。爸爸曾經告訴我，從男人跟你握手的方式可以看出很多事。

這天是星期二，崔維斯太太下班了。莎拉約好要來喝下午茶，姊妹倆在廚房準備托盤。我進門時，蒂塔正在擺放盤子上的蛋糕，貝絲則在給茶壺加熱。我正準備問我能不能幫什麼忙時，突然感覺有細細一股液體沿著我腿的內側流下。我還來不及回神判斷那是什麼，就感覺洪流湧出。我驚呼一聲，姊妹倆轉身。

「好像是我的羊水破了。」我說。

蒂塔拿著一片蛋糕，貝絲端著熱水壺。有幾秒鐘時間，她們幾乎文風不動。接著她們突然就像受驚的雞一樣四處亂竄：一下往左一下往右，同時說話蓋過對方的聲音。她們爭辯著我是該吃東西或禁食，該繼續喝木莓葉茶或停止喝。該躺下來還是洗個澡。「我確定醫生說『不要』讓她洗澡。」貝絲說。

「但我記得莫瑞太太說洗個澡讓她舒服多了，而她生過幾百個孩子。」蒂塔說，她絲毫沒有平素的冷靜和精確。

我一點也不想吃東西、喝東西或洗澡，但她們誰也沒想到要問我。

「我覺得我只需要換一件乾衣服。」我打岔。我仍站在讓姊妹倆方寸大亂的那一灘液體裡。

「陣痛開始了嗎？」貝絲問。

「沒有，我現在的感覺跟十分鐘前沒兩樣，只是比較濕。」

我希望我的回答能讓她們冷靜下來，但她們困惑地看著我。當她們聽到敲門聲時，兩人都衝去應門，把我一個人留在廚房。

「她在哪裡？」是莎拉的聲音。

三人都來到廚房，莎拉走在最前面，長滿雀斑的臉上掛著大大的笑容。

「這都很正常。」她說，盯住我的眼睛直到確定我明白。然後她轉向姊妹倆，用更嚴肅的口吻說：「完全正常。」她注意到廚房桌上的蛋糕和冒著蒸氣的茶壺，說：「啊，好極了，現在正適合來杯茶。艾絲玫和我十分鐘後就來找妳們。」她扶住我的手臂，引導我上樓。

到了我房間，莎拉跪在我面前的地上；她先後脫下我兩腳的鞋子。她沒多說什麼，便伸手到我裙子底下，解開褲襪的扣環。我感覺她的手指沿著我兩條腿把褲襪捲下來，所經之處留下雞皮疙瘩。莎拉沒有詢問她能不能照顧我；她就直接動手做了。

「這真的正常嗎？」我問。

「妳的羊水破了，艾絲玫，而它是清澈透明的。這正常到稱得上完美。」

「可是斯坎蘭醫師說破水之後馬上就會開始陣痛，而我完全沒有感覺。」

她抬起頭，一手無意識地撫著我的小腿。

「疼痛會來的，」她說，「過五分鐘或五小時都有可能。當它來的時候，會痛得要命。」

我知道這是真的，但一直期盼會有例外。我感覺臉色變得蒼白。她眨眨眼睛。

「我建議罵髒話，那能在妳最痛的時候減輕痛苦，不過妳必須要有說服力。不能言不由衷或壓低音量，大聲叫出來吧。生孩子時是妳唯一可以盡情罵髒話也不會被責怪的時候。」

「妳怎麼知道？」我問。

她站起來。

「妳的睡衣放在哪？」

我指著五斗櫃。「最底下的抽屜。」

「我生過兩個孩子，」莎拉邊說邊拿出一件乾淨的睡袍，「很可惜，他們的羊水並不清澈。」

她協助我從頭上脫下洋裝，然後是襯裙。她再度跪下來，用襯裙輕拍我的腿擦乾。她脫掉我的內褲，檢查這潮濕布料的每一吋，最後湊到鼻子底下。

我不禁畏縮。

「聞起來是該有的味道。」她笑吟吟地對我說，「我也幫忙我妹妹生了五個小蘿蔔頭，她的燈籠褲聞起來都像這樣，而每個寶寶生下來都哭聲震天。」

她把燈籠褲丟到其他換下來的衣物堆上。已經沒東西可脫了，我完完全全地赤裸。

「妳會留下嗎？」我問。

「如果妳想的話。」

「女人生孩子時通常都會罵髒話嗎？」

她把睡袍從我頭上往下套。它鼓脹起來，然後像陣微風輕飄飄地貼上我的皮膚。她幫忙我把手臂伸進袖孔。

「如果她們知道對的字眼，幾乎是克制不住的。」

「我知道一些滿糟糕的詞，我是從牛津市集裡一個老婦人那裡蒐集來的。」

「唔，在市集裡聽到是一回事，用妳自己的嘴巴講出來又是另一回事。」她從我的門後取下晨衣，幫我披上。「有些詞彙不光是印在紙上的字母，妳不覺得嗎？」她說，並把腰帶用力繫在我肚子上。「它們有形狀和質地，就像子彈充滿能量，當妳賦予這樣的詞氣息，它銳利的邊緣會擦過妳的嘴唇。在對的情境下，講出這些詞非常痛快。」

「就像我們去看板球比賽的路上，有車子插到妳前面的時候？」我說。

她大笑。「天啊，菲利普說那是我的『開車嘴』。希望妳沒有覺得不舒服。」

「我是有點驚訝，不過我想我是從那時候真正開始喜歡妳的。」

接下來就沒什麼話好說了；莎拉只是踮起腳尖吻我的臉頰，而我微彎下腰去迎合她。

ATTEND（照料）

施予照護；負責照顧或監管，照料，伺候，護衛。

TRAVAIL（分娩的陣痛）

女人：承受生產時的疼痛。

DELIVERED（遞交）

使之自由；卸下懷胎的重擔；移交出去；拱手讓出。

RESTLESS（焦躁不安）

被剝奪休息的機會；無法休息；尤其是因為心理或精神不平靜。

SQUALL（啼哭／暴風）

嬌小而不重要的人。

突如其來的暴風，一陣疾風或短暫的風暴。

大聲地或刺耳地尖叫。

光線給窗簾鑲了邊。房間裡稍早擠滿的人都清空了。混亂恢復了原有的秩序。薰衣草的氣味掩蓋了血味和屎味。

屎。我曾經大叫這個字，一遍又一遍。我還說了梅寶教過我的其他詞彙，喊得我喉嚨都啞了。那並不是在做夢。

不過我確實有做夢，而在夢中，有個嬰兒在哭。

它現在還在哭。那聲音讓我胸部脹痛。

她們悄聲交談，但我還是聽見了。

「最好別看見它，免得她改變心意。」是接生婆。

「它需要喝奶。」莎拉說。

「留下『lie-child』對她和它都沒有好處。我去找奶媽。」接生婆說。

我掀開被子，把腿擺下床。不熟悉的肌肉因為受到折磨而彷彿在哀號。尖銳的刺痛使我小聲哀叫。我還記得那種疼痛，雖然被乙醚變得稍微模糊。

我試著站起來，但我的頭在發脹，片刻之前銳利的聲響變得悶滯，好像我剛滑進浴缸的水面底下。我坐回床上，閉上眼睛。在我眼皮內的黑暗裡有一張底片般的臉孔，兩個毫不動搖的光點灼燒著我的視網膜。等我終於站起來，我感覺我的內臟滑出來。我伸手下去想擋住洪流，但沒有必要；有人已經給我穿了腰帶並墊了毛巾。

「回床上去，親愛的女孩。」是莎拉。她還在這兒，她的雀斑顏色好鮮明，眼睛緊盯住我，仍然毫不動搖。

「我該餵它喝奶。」

「她。」她說。

她，我心想。

「我該餵『她』喝奶。」

NURSE（哺育）

女人：哺乳，以及看顧，或單純照護或監管嬰兒。

她們都在這兒：蒂塔和貝絲，莎拉和接生婆。她們看著我餵奶。她們聽著「她」吸奶，我也聽著「她」吸奶，但她們無法感覺到「她」吸吮的力量，或是「她」抵著我肚子的重量。她們對「她」的氣味毫無所察。有半小時光景，「她」發出的小聲音是室內唯一的聲響。沒有人說出她們的期盼或她們的憂懼。

「哭是正常的。」接生婆說。

我已經哭了多久？

我餵了「她」幾次奶？我算不清了，雖然我本來是想算的。時間變成充滿彈性的東西，夢境和清醒之間的界線模糊了。她們輪流陪我們，從不讓我們獨處。我想把我的臉埋進「她」貝殼般的耳朵底下那塊甜美的位置，吸入「她」暖乎乎的餅乾似的香氣。「我可以把妳吃掉。」我想要說。我想要解開「她」的衣裳，描畫每個胖嘟嘟的皺褶，從頭到腳趾親吻「她」，把我的愛悄聲灌入她皮膚的毛孔。

好幾個星期過去了，這些事我一件都沒做。

莎拉坐在床上，布滿雀斑的大手輕撫我們寶寶頭上金色的絨毛。「妳可以改變心意。」

我試過用一百種不同的方式去想像那條路。

「需要改變的不是只有『我的』心意。」我說。

她也知道。當她看著我，我看到如釋重負在和懊悔的陰影角力。我想，她很慶幸我說出來了。她別開頭，花了比平常更久的時間去摺一條新的布巾。

「我該帶走她嗎？」莎拉問。

我想不到該作何回應。我低下頭，注意到「她」睡著的嘴角邊積了一小口奶。我稍微移動，看著奶沿著「她」的下巴淌下來。我感覺「她」的重量，比我第一次抱「她」時重了好多。我試著想出一個能與「她」的美匹配的詞。

我想不到。沒有這樣的詞。永遠沒有一個詞能配得上「她」。

我把「她」交給莎拉。兩、三個月後，莎拉和菲利普就移民去了南澳州。

第四部　一九〇七至一九一三

Polygenous — Sorrow

一九〇七年九月

詞語是沒有盡頭的。不論是它們的意義，或是它們曾經的用法，都永無止境。有些詞語的歷史可以追溯到遠古以前，以致於我們現代對這些詞的理解只不過是其原始本義的回聲，一種扭曲。我以前以為是反過來的，以為古早時候的畸形詞語只是拙劣的初稿，後來它們才成為真正的樣貌；以為在我們這個時代、我們舌頭吐出的字眼才是真實而完整的。但我漸漸領悟到，事實上，從任何詞第一次唸出聲之後的一切，都是一種腐化。

我已經忘記「她」耳朵的確切形狀，「她」眼睛的特殊藍色。在我餵「她」奶的那幾個星期間，那雙眼睛的顏色一直在變深；它們現在可能又變得更深了。我每天都被「她」虛幻的哭聲喚醒，知道我永遠不會聽到「她」那美妙的嗓音說出任何一個詞。我抱著「她」時「她」好完美，毫無疑問。「她」皮膚的觸感，「她」的氣味以及「她」吸吮的輕柔聲響，都不會有別的意思。我完全了解「她」。

每天破曉之時，我重新塑造「她」的細節。我會從「她」小巧腳趾上的半透明趾甲開始，沿著胖嘟嘟的四肢和鮮奶油般的皮膚往上，直達幾乎看不見的金色睫毛。但接著我會費勁地回想一些小地方，我明白隨著一天天一月月一年年過去，我對「她」的記憶會消褪無蹤。

「lie-child」，接生婆是這麼稱呼她的。但這個詞沒有收錄在「Leisureness至Lief」的分冊裡。我搜尋了分類格：五張紙卡，跟一張首頁紙卡釘在一起。它已被下了定義。非婚生子女；私生子女。它被排除了。首頁紙卡上寫了一行註記：跟「love-child」意思一樣——刪去。

但真是如此嗎？我愛比爾嗎？我想念他嗎？

不，我只是跟他交媾而已。

但我愛「她」，我想念「她」。

我找到的任何詞都無法定義「她」，最後我停止尋找。

我工作。我坐在累牘院的座位，用其他詞語把我的心思填滿。

一九〇七年九月二十日

親愛的哈利：

在你長達數頁的大詞典與阿牘生活的消息之中，夾雜幾句讓我憂心的話。你不是會誇大其詞的人，而且在我看來，你在最沒有理由樂觀時也經常保持樂觀，因此我只能假設你對艾絲玫的憂慮是其來有自。

我聽說過與她有同樣遭遇的女人出現這樣的情緒，我們必須考慮她在哀悼的可能。她的狀況並非不尋常。（過去這一年我在這方面學到很多，而你會訝異有多少年輕女子惹上麻煩。我聽過的一些故事令人不寒而慄，我不打算複述。簡而言之，我們親愛的艾絲玫有個慈愛的父親非常幸運。）所以，我們就繼續照顧她，直到她恢復正常吧。

沒有她，我們茫然若失。正如貝絲所言，她時時刻刻的提問讓我們保持誠實。我原本以為她或許長大以後就不會一直問了，我也必須承認，有些時候我真希望她能直接接受他人的智慧。但她需要被說服，而我相信我的史書會因此而更好。

可是現在你告訴我她變得安靜，我不禁要擅自打聽一些事情。

我有個朋友在石羅普郡有棟小木屋，它嵌在山丘之間，可以遠眺威爾斯（當然是天氣好的日子）。房客最近去世了，所以小木屋空著。不久之前貝絲和我還去那裡住了一星期。貝絲願意為在那附近散步的體驗掛保證：風景絕美不說，還有許多陡峭的路徑能鍛鍊心臟和分散注意力。那正是艾絲玫需要的。我則可以為舒適度掛保證：有些年輕小姐會吃不消，但艾絲玟沒那麼嬌生慣養。

我已經包下整個十月的小木屋。我也已寫信給詹姆斯和愛妲・莫瑞，他們答應讓莉茲陪艾絲玟進行這趟旅程。先別急著抗議，哈利，我很謹慎，雖然我確實必須耍點花招。我說我聽說艾絲玟自從在巴斯染上風寒以後，一直沒有完全復元。詹姆斯立刻贊同她應該養好身體。他堅定地相信好好地走一走能治百病，並且急於指出他並不認同在人們一開始咳嗽時就把他們裹得密不透風，然後放在海邊的躺椅上。我以為他可能會反對讓莉茲離開那麼久，但他承認她這麼多年來也只休過幾天假，值得讓她好好放個假。我在同一天下午的信件中表達我的認同（加上幾個他原本以為還要再一個星期才會收到的詞彙，只是為了確保他不會改變心意）。

我親愛的哈利，希望你對這些安排還滿意，當然我希望艾絲玟也滿意。我相信我們能夠說服她的。從牛津可以直接坐火車到舒茲伯里，我朋友也向我保證他們的鄰居羅伊德先生會全力配合。他預收了一筆款項，負責打理小木屋的一切。他會去接女孩們並協助她們安頓下來。

伊蒂絲筆

太陽落山時，我們抵達名為「鞋匠幽谷」的小木屋，白日溫和的天氣漸漸轉為寒冽。羅伊德先生堅持要把爐子裡的火生好再離開。他彎著腰工作時，告訴我們每天下午他或他兒子都會過來檢查爐火，並生起臥室裡的火，不過要是我們在那之前就需要烤火的話，棚子裡已堆滿劈好的木柴和引火柴。

他向我們道別時，莉茲站起來。他朝著她微微鞠躬，雖然以身分來說我應該發言，她卻被迫回應。

「謝謝你，羅伊德先生，」她說，「我們很感謝。」

「雷斯特小姐，如果妳們需要任何東西，我就住在沿著巷子往上走十分鐘的地方。」

他走了以後，莉茲忙了起來。我站在門口看著羅伊德先生的馬車退出長長的車道進入巷道，聽到她打開抽屜和櫥櫃，在心裡記錄存貨和廚具。她發現熱水壺是滿的，把它放到爐上，然後準備茶壺泡茶。

「我們真該為存貨充足的食品儲藏室心懷感激。」她說，取下茶葉錫罐的蓋子，把滾水倒進茶壺，然後轉頭看我。我仍然站在門口。

「過來這裡坐，艾西玫。」莉茲握住我的手臂，引導我來到小廚房桌和椅子前。她把冒著熱氣的茶杯放到我面前，然後摸著我的手臂，眼睛尋找我的眼睛。「小心，很燙喔。」她說，好像我是五歲小孩。她這麼小心翼翼是有理由的。

莉茲看起來變得比較高，腰桿比較直。這不光是因為鞋匠幽谷很狹小的緣故。少了高高在上的莫瑞太太以及發號施令的巴勒德太太，她顯露出一股我鮮少在她身上看到的自信。她探索小木屋的每個邊邊角角，企圖了解它的各種特性。第二天早上，我心想，她是這個地方的女主人，這個念頭有如一道光束穿透我腦中的迷霧，但要進一步思考卻又太費力，它又迅速溜走了。

我坐在她讓我坐的位置，看著她在我周圍片刻不停地移動。如果我起身，那也是因為她要我起身。我從不抗拒，但我沒有能力主動做任何事。

我們抵達幾天後，羅伊德先生帶著羅伊德太太做的蛋糕和一籃雞蛋來到廚房門口。莉茲再次被迫跟他說話。上次她說了兩句話，這次她設法擠出三句話。

那天的隔天，羅伊德先生派他的兒子湯米來生火。莉茲堅持要他跟我們一起喝茶，並藉機詢問他這附近有什麼地方可散步。

「有一條步道直接沿著山丘往上通到山毛櫸林裡。」他嘴巴塞滿他母親做的蛋糕說，「那條路很陡，但風景很漂亮。從那裡要往哪裡走都可以，只是要記得把柵門關好。」

莉茲彎腰幫我綁好靴子的鞋帶，這是多年前她常做的熟悉動作。她沒有戴帽子，頭頂長出一圈鐵絲般的灰髮。她變老了，我心想。但她只比我大八歲。感覺一向不止。我好奇她是否希望擁有不同的人生，她是否想像鞋匠幽谷是她自己的小房子。我好奇她是否渴望擁有一個她很可能永遠都不會有的孩子。

羅伊德先生說話時會摘下帽子，直視她的眼睛。**妳需要什麼儘管說，雷斯特小姐**。而她會臉紅，彷彿這是第一次有個男人特地為她做什麼事。但她現在已經太老了，我心想。老到只能做她從十一歲開始就在做的事。跪下來替我綁鞋帶。彎下腰去執行別人一道又一道指令。我的一兩滴眼淚落進她鳥巢般的頭髮裡，但她沒有察覺。

等我們走到步道時，我們的裙襬已經在穿越小木屋旁那一小片草原時沾濕了，而且我也已經氣喘吁吁。莉茲很盡責地要把柵門關牢，所以我有時間仔細看看那條路線。它就和湯米事先警告的一樣陡峭而崎嶇，而山丘頂端——天知道有多高——被隱沒在蜿蜒的一排樹木中。覆滿苔蘚的扭曲樹枝錯落地侵入步道範圍，我意識到這條路線勢必鮮少有比綿羊高的生物在使用。我極度想要打道回府。

「這會有幫助的。」莉茲來到我身邊說。她遞出一根結實的樹枝。

我試圖編出一句話來說服她讓我回到小木屋，但她搖搖頭。她把樹枝塞到我手裡，我注意到她因為勞動而臉頰紅撲撲的，眼睛也亮晶晶的。她一直拿著樹枝，直到確定我不會鬆手讓它掉落，好像在傳給我接力賽中的棒子。我的手握緊，她鬆開手。然後她轉身，帶頭走向狹窄的步道。

步道轉彎遠離樹林時，我鬆了口氣。它搖搖擺擺、難以理解地橫越山丘，彷彿開闢這條路的綿羊不想再爬那麼陡的坡了。莉茲信任它會帶她去正確的方向，而我發現我的腳步有節奏地跟著她的腳步。我們沉默地走著，直到莉茲看到一座梯磴。

「往這裡走。」她說。

莉茲試著撩起裙子並爬上那個木頭結構，但她鬆開一手去穩住身體時，布料便落下來勾住了飽經風霜的木材。我沒想到要帶開衩裙來，她也沒想到。我應該要想到的——我在蘇格蘭住過一年，在那裡唯有散步時才能逃出可怕的學校喘口氣，而長度較短的開衩裙正是制服的一部分。但莉茲從未離開過牛津，而我們倆的行李都是她準備的。

莉茲開始笑了。「我們明天穿長褲。」她說。

「我們不能穿長褲。」

「我們別無選擇。小木屋衣櫃裡全是男人的衣服。」她說，「我相信沒人會介意我們借用一下。」

隔天，莉茲在床上放了兩件長褲，讓我們在吃完早餐後可以換上。

「莉茲，妳有穿過長褲嗎？」我去廚房找她時問她。

「從來沒有。」她說，臉上的微笑彷彿知道有什麼樣的愉快在等她。

莉茲用爐上的小火熬了一整夜的燕麥粥。她在上頭淋了一些羅伊德夫婦給的新鮮奶油，再鋪上她在我起床前燉的蘋果片。

「我渾身痠痛。」我說，扶著椅子邊緣慢慢坐下去。

「我知道，」莉茲說，「但這是健康的痠痛，不是累死了的痠痛。」

「痠痛就是痠痛。」

「在我印象中沒有哪一天是身體沒有任何部位在痠痛的。而這是我第一次覺得它可能代表好事，而不是不舒服。」

我拿起湯匙，把蘋果和鮮奶油攪進燕麥粥。我的核心有一種我撼動不了的痛，不過這天早晨，我確實覺得它沒那麼緊迫盯人了。

吃完早餐，莉茲穿上一件很大的長褲和過於寬鬆的上衣。

「這些衣服太大了啦，莉茲。」

「沒有什麼是一條皮帶搞不定的。」她說，在衣櫃裡找皮帶，「再說這附近又有誰來說三道四？」

「羅伊德先生隨時都可能過來。」

她微微臉紅，但聳聳肩。「他不像是會挑剔別人的人。」

我的長褲是個子較小的男人穿的，也可能是同一個男人年輕時的褲子。褲長太短了，不過腰身滿剛好的。莉茲堅持要我也穿上一件過大的上衣，這樣她就不用每天都洗我的短衫了。

「抽屜裡有一雙厚襪子，」莉茲說，「它們能保護妳的腳踝不被刮傷。」

下樓到廚房後，莉茲彎腰替我綁鞋帶，然後綁她自己的。她在食品儲藏室的門後勾子上找到幾頂帽子，給我們兩人各戴上一頂。然後她拿出前一天特地留下的當手杖用的樹枝，放進我的手裡。

我們全副武裝面向彼此站著，莉茲打量我。「妳看起來像個流浪漢。」她說，然後她低頭看看自己的裝束，轉了一圈讓我欣賞整體效果。她吃吃笑，然後轉為大笑，然後她笑得不可自抑，直到眼淚鼻涕齊流。她是對的。我想像牛津的城裡人丟一些麵包塊和零錢到我們的帽子裡。我沒有笑出聲，但我不禁露出一抹微笑。

我們吃完早餐和每天下午都去散步。我留著那根樹枝，但隨著我開始感覺體力變好，我也愈來愈不需要它。我原本並不確實知道我變得虛弱，但散步和莉茲的粥和羅伊德太太的蛋糕讓我體內的某部分恢復生命力。我睡覺的時間縮短，注意到的事情則變多了。

羅伊德先生跟莉茲說話時，她不再臉紅了。她會直視他的眼睛，如果他問她什麼，她會提供她的意見，眼神不會往下躲。過了一星期，羅伊德太太開始親自送蛋糕過來。她會在下午跟著羅伊德先生或湯米一同出現，並且在他們生完火後留下來。莉茲養成習慣，每天早晨會烤餅乾，並布置好廚房桌子準備每天喝下午茶。她準備了四個人的餐具，不過羅伊德先生總是拒絕。「我只會妨礙妳們女士們談想談的話題。」有一天他說，然後他把帽子按在肚子上退出廚房，背微微彎下，好像他是在向國王告退。

每次他一走，莉茲就會在盤子裡裝滿餅乾和切得很大塊的羅伊德太太的蛋糕。然後她會把熱水壺放在爐上燒，並忙著拿茶葉和茶壺。羅伊德太太已經坐在面向爐子的椅子上，她會開始聊起她們前一天未完的話題。她們的笑談總是像羽毛球賽一樣一來一往，好像她們已經認識了一輩子。我覺得我看見了莉茲本來可能呈現的面貌。

我發現自己在納悶為什麼羅伊德太太從不幫忙——我有大把時間可以思考，因為我的沉默寡言使她們完全放棄出於禮貌而試圖把我納入對話。我排除所有明顯的理由：無禮、懶惰、照顧自家廚房和四個兒子而疲憊。到最後，我決定她是出於善意。羅伊德太太的態度毫無要求的意味，她也沒有盯著莉茲倒茶來評估茶的濃度。她只是單純地承認這是莉茲的廚房，這是莉茲的小木屋，而她是她的客人。我從小就看莉茲泡茶，但她總是為莫瑞家、巴勒德太太（她總是盯著她倒茶）或我泡茶：她的女主人、她的上司或受她監護的人。這個念頭讓我為之一震。我連一次都沒見過莉茲和朋友相處。

我開始找藉口離開現場。莉茲沒怎麼抗議，開始布置兩人份的餐具。

石羅普郡被安排成一種針對我憂鬱狀況的治療。先前我沒辦法思考得這麼清晰，但隨著沒有「她」的生活的沉重感開始減輕，我才意識到要是我先前有辦法考慮手段的話，我很可能會選擇跳進查威爾河。

山丘要求你付出報酬，而我知道不論我變得多麼健壯，不經歷攀爬所引發的肺部和雙腿的疼痛，是別想到達頂端的。頭幾天我抱怨過這類疼痛——坐下來哭著說我喘不過氣，還有別的。說我根本不想去那裡。但莉茲從不讓我回頭。

「這是會完成某些事情的疼痛。」她說。

「它完成什麼事情？」我哀鳴。

「時間會給我們答案。」她說，拉我站起身。

然後某天下午，我既沒有哭也沒有抱怨就爬上了頂端。我雙手扠腰，吸入冷冽的空氣，越過山谷望向威爾斯。這幅景色我每天看，已經看了好幾星期，但這是第一次我真正在乎。

「不知道那些山丘叫什麼。」我說。

「羅伊德先生說過，這叫溫洛克斷崖。」莉茲說。

我訝異地看著她。她還知道什麼？

在那之後，她便不再嚴密地看守我，有時候當她和羅伊德太太要聊的奇聞軼事不是一壺茶就能說得完的，她會讓我獨自去山丘散步。

「我是大詞典的女奴。」有一天下午我穿上靴子時，聽到莉茲這麼告訴羅伊德太太。

「妳說年輕的艾絲玫是其中一個找詞語的人？」羅伊德太太說。

莉茲笑起來，我白了她一眼。「可以這麼說。」她說，朝我眨眨眼。

「我想不出還有什麼更無聊的事，」羅伊德太太說，「妳還記得必須把同一個詞寫了一遍又一遍，直到每一個字母都斜向同一個角度嗎？數字對我有意義多了，它們的意義永遠不會變。」

「我從來沒有讓所有字母斜向同一個角度過。」莉茲說。

「很多人都沒有。」羅伊德太太邊說邊拿了另一塊餅乾。

我拿起充作登山杖的樹枝，它現在就立在門邊。

「妳可以吧？」莉茲說。她的口氣輕快，但眼神警覺。

「可以的，」我說，「好好享受妳們的茶。」

我在爬山的時候，不禁好奇莉茲和羅伊德太太剛才在說什麼。這是我第一次在乎到願意思考，我很詫異自己先前竟如此沉浸在自己的世界裡。我一邊走，綿羊從步道上散開，但沒有離開太遠。牠們看著我經過，我聯想到當我走進劍橋大學閱覽室時，學者們審視我的目光。這念頭並不會令我不愉快。當時我有微微的勝利感，現在也有微微的勝利感。好像我或許完成了什麼。

莉茲爬下馬車，湯米跟在她身後。「我來拿，雷斯特小姐。」他說，伸手去拿後面的那一籃食物。「謝謝你，湯米。」莉茲說。她看著他把籃子提進廚房，然後抬頭望著羅伊德太太。「真是個美麗的早晨，娜塔莎。我絕對會懷念我們的郊遊的。」

娜塔莎。以一個農夫之妻來說還真是富有異國風情的名字。我繼續隔著臥室敞開的窗戶看著她們。羅伊德太太在馬車前座挪過來，彎下腰將一手貼在莉茲仰起的臉頰上。「Bostin，」我聽到她說。我不知道這是什麼意思，但莉茲似乎懂。她用她的手蓋在羅伊德太太的手上，好像這句話讓她很感謝。她們用較低的音調繼續道別。我看到湯米朝馬車走回去時，趕緊下樓去向他們道別，並揮手致意。

我們一回到屋子裡，我就轉向莉茲。「羅伊德太太說『bostin』是什麼意思？」

莉茲轉向爐子，一心想要燒熱水。

「噢，只是一句貼心話。」

「可是我從來沒聽過。」

「我也沒聽過。」莉茲說，她從水盆旁邊取來我們的茶杯，我今天早上把它們放在那裡陰乾。「娜塔莎講過一兩次，其他人也講過。我認為那是個外來語，所以我問她那是哪裡的話。」

「她說什麼？」我在口袋裡摸，但口袋是空的。莉茲往茶壺裡倒熱水來暖壺。她打開茶葉罐預備著。

「那個詞是這裡的話——根本不是外來語。」

我環顧廚房，但沒有可以書寫的材料或工具。

「妳的床邊最上面的抽屜裡有筆記本和鉛筆。」莉茲說，她拿起茶壺轉動來讓側邊也變暖。「妳先去拿。」

我回到樓下時莉茲坐在桌邊；我們的杯子冒著熱氣，茶壺旁有一盤餅乾和一把剪刀。「好把紙張剪成正確的大小。」莉茲說。

我準備好了之後，她開始了。我想起老梅寶以及她對這程序的敬畏。是什麼使她們坐得更挺一些，並且在開口之前檢視自己的想法？她們為什麼如此在乎？

「Bostin，」莉茲說，鄭重其事地發「n」的音，「它的意思是『可愛的』。」她臉紅了。

「妳可以用它造句嗎？」

「可以，但是妳要在底下寫娜塔莎的名字。」

「當然。」

「莉茲．雷斯特，我可愛的『mairt』。」

我寫了紙卡，然後又裁了一張。

「那『mairt』呢？這是什麼意思？」

「朋友。」莉茲說，「娜塔莎是我的朋友，我的『mairt』。」

拼法我是用猜的，我很期待把這些新詞加進我的行李箱。我有一陣子沒有想起它了。

明天我們就要離開鞋匠幽谷了。我會想念像波濤起伏的綠色山丘。我會想念這寂靜。我們剛來的時候，我覺得太安靜了，我的思緒太大聲了。但後來我漸漸發現，寂靜並不是全面的：山谷會嗡鳴、會啁啾、會咩叫。當我的思緒被聽見了、經過了爭辯，並且達成某種和解，我開始傾聽山谷的聲音，就像有些人會傾聽音樂或聖歌。在它的節奏中有著慰藉，它讓我的心跳慢下來。

根據蒂塔所言，我似乎好一些了。她定時寫信給我，即使一開始我並沒有定時回信。最近我重新培養出寫信給她的習慣，顯然這是我健康狀況改善的跡象之一。蒂塔在信中表示，另一個跡象是一封出乎意料的來自莉茲的信。

這封信是由羅伊德太太代筆的，莉茲敢開這個口真的很勇敢。她在信中說「到處都很高或很深或很遠——要想不開絕對不缺地方，但小艾每次都回家，完全沒有嘗試的跡象」。要是每個人都跟她一樣直白就好了。

我好些了嗎？在來石羅普郡之前，我感覺是破碎的，好像若是移開支撐我的鷹架，我就會整個散掉。我現在沒有這種感覺了，但我中央有一道很細的裂縫，我懷疑它可能永遠不會密合。我記得羅伊德太太第一次留下來聊天時，莉茲為了茶杯有個缺口而向羅伊德太太道歉。

「缺口並不會阻礙它盛裝茶湯。」羅伊德太太當時這麼說。

我們待的最後一天要結束時，天空染上一抹粉紅——臨別的贈禮，我心想。莉茲用乳酪、麵包和羅伊德太太的甜味醃黃瓜當野餐，布置在小木屋旁的草地上。

「上帝在這個地方。」她說，目光定定地凝視著溫洛克斷崖。

「莉茲，妳這麼認為嗎？」

「噢，是的。比起在教會的任何時候，我在這裡更能感受到祂。在這裡感覺就像我們都脫去了衣服，脫去代表我們地位的手上的老繭，脫去我們的口音和用語。祂完全不在乎這一切。唯一重要的是你心裡是什麼樣的人。我愛祂的程度從來就不夠，但在這裡是夠的。」

「為什麼？」我問。

「我想是因為祂第一次注意到我吧。」

有很長一段時間，我們誰也沒說話。陽光穿透一抹像用筆刷抹出長長一道的雲，照耀在溫洛克斷崖以及它後方的朗麥德上——這兩座山像是彼此的影子。

「莉茲，妳想祂會原諒我嗎？」這幾乎只是個不成形的念頭，不過我知道我說出口了。

莉茲保持沉默，朗麥德終於讓夕陽只成追憶，留下一片藍色山丘。當她起身走進小木屋時，我才意識到我在乎的不是上帝的寬恕；而是她的。我能想像她的兩難。她想要安慰我，卻又不能當著上帝的面撒謊。

自從「她」出生後就充斥我耳道的嗡鳴，就蒙蔽我眼睛的遮罩，我手臂和腿和胸部的麻痺感——全都一下子消失了。我能敏銳地聽和看和感覺，敏銳到不能呼吸，敏銳到我害怕。我瑟瑟發抖，突然覺得冷。我聞到淡淡的炭煙，聽到鳥兒呼喚同類回巢的聲音，牠們的歌聲就像教堂鐘聲一樣清澈而明確。失落和愛和遺憾的淚水沾濕了我的臉，在這之中還交織著一絲帶有羞愧的如釋重負。

莉茲拿著一塊毛線鉤的小毯子出來，它是秋天森林的各種色彩。她把毯子裹在我肩上，用她堅實的手臂壓住。

「祂沒有資格原諒妳，艾西玟，」她在我耳邊悄聲說，「只有妳有資格。」

一九〇七年十一月

莉茲和我下了火車，我們放下行李，拉起大衣衣領來抵擋十一月的寒風。石羅普郡像是我們的秋老虎，而牛津感覺已是冬天了。我們在等著搭計程車回向陽屋時，我必須提醒自己，在那些建築的堅硬石塊後頭有一條河在奔流。

到了向陽屋，深紅色的樹葉仍攀掛在位於累牘院和廚房之間那棵白蠟樹上。莉茲和我站在樹下道別。這場道別有種沉重感，好像我們將各奔東西，而事實上我們只是回到了共有的熟悉環境。但有些事情改變了。莉茲變得不一樣了，也或許只是現在我看她的方式不同了，我把她視為一個不只是為了我的需求而存在的女人。我們離開牛津的時候，我是受她監管的對象，一如以往。現在我們像朋友一樣擁抱，慰藉是往雙向流動的。在石羅普郡，我們各自找到某些我們渴望的事物，可是當我抱著她，我擔心莉茲新建立的自信太過脆弱，沒辦法在她在牛津必須扮演的角色中存活下來。她也有她對我的憂慮，她對著我們擁抱時的安靜空間講出她的憂慮。

「重點不是原諒，艾西玟。我們不能總是作出我們喜歡的選擇，但我們可以從我們必須妥協的選項中盡可能找出最好的。別鑽牛角尖。」

她在我臉上搜尋，但我無法給她她想要的保證。我把她抱得更緊一點，不過沒有承諾任何事。

巴勒德太太拄著根拐杖，為莉茲拉開廚房門。我轉向累牘院。該是回到我們的生活的時候了。

每次我回到家，都覺得累牘院又變小了一點。我從蒂塔家回來時，為此十分感激：它把我包覆起來，只要我待在它鋪滿文字的牆壁內，我就感覺受到保護。這次不一樣。我站在門口，旅行袋仍沉甸甸地提在手裡，我納悶它怎能容納得了我。

有三個新助手。其中兩個加入分類桌，另一個添了張新桌子，位置擺得離我的桌子有點太近。爸爸看到我在猶豫，臉上綻開笑容，那笑容大有令我無法招架的態勢。他把椅子急匆匆地往後一推，它整個翻倒。他試著抓住椅子，結果他正在看的紙張被他掀得四散。我放下包包趕過去幫忙，彎腰到分類桌底下去搆一張掉落的紙卡。我把它交給爸爸，他牽起我的手湊到唇邊。然後他在我臉上搜尋，就像莉茲先前的動作。

我點點頭，微微笑了一下。他滿意了，但有那麼多話要說，卻有太多人在旁觀。分類桌邊的工作停擺了，我感覺自己直接來累牘院而非回家是個愚蠢之舉。但我知道爸爸會在工作，而我害怕面對空蕩蕩的屋子。

他勾住我的手臂，把我轉向新的助手們。

「庫辛先生、波普先生，這是我女兒艾絲玫。」

庫辛先生和波普先生都站起來。其中一人是金髮高個，另一人是黑髮矮個，兩人都伸出手打招呼，又同時縮回去讓對方先握手。我自己的手尷尬地懸在雙方之間，受到冷落。要不是他們這麼專注在彼此身上，我或許會懷疑他們是不是不想碰融化的皮膚，不過他們在笑。然後兩人都催促對方先進行，鬧劇持續上演。

「直接向年輕小姐鞠躬就好，盡量不要把頭撞在一起。」斯威特曼先生坐在分類桌另一側說，「艾絲玫，這下妳知道妳丟下我們不管時會發生什麼事了吧？我們必須用音樂廳的喜劇演員來充人數。」

比較高的庫辛先生鞠躬，這給了波普先生機會跟我握手。

「喂，這是作弊。」庫辛先生說。

「這叫趁虛而入，我的朋友。幸運女神眷顧勇者。」

他們開始輪流跟我說話。他們很高興認識我，聽說過許多我對大詞典的貢獻，當爸爸告訴他們我在替湯普森小姐作研究時，他們喜出望外——他們在學校研讀過她寫的英格蘭史。他們希望我在石羅普郡待的這段日子，對我的肺部健康有益。我想到我成為別人的話題，想到他們所談論的內容包含的真相和謊言，不禁羞紅了臉。

「莫瑞博士會很高興見到妳的，尼克爾小姐。」庫辛先生說，「他昨天才順口提到，我們跟在累牘院後方工作的年輕女人相比，占了人家兩倍的空間，工作產量卻只有一半。我猜他指的是妳吧，真是榮幸。」他再次鞠躬。

「我們並沒有被冒犯。」波普先生迅速接話，「我們是臨時工，只待一學期。這是我們修語言學的獎勵。我覺得這一個月來我學到的東西，比在貝利奧爾學院待一年能學到的更多。我也要向妳致敬，尼克爾小姐。」

累牘院後方傳來一聲清晰可聞的嘆氣。

「你擾亂了安寧，波普先生。」爸爸微笑說道。

「的確。」波普先生說，他和庫辛先生朝我點點頭，便坐回他們的椅子上。

爸爸握著我的手肘帶我到累牘院後側。

「丹克渥斯先生，我想介紹小女艾絲玫。」

丹克渥斯先生把他手邊在修改的段落完成，從椅子站起來，短促地點了一下頭。「尼克爾小姐。」

我回應他的點頭和招呼，於是他坐回去。爸爸和我都還沒轉身準備離開，他的注意力已經回到面前的紙頁上了。

「他不是個臨時工。」爸爸等我們走得夠遠後說。

隔天，累牘院變得更擁擠了。莫瑞博士坐在他的高桌子前，瑤爾曦和蘿絲芙・莫瑞在書架間走來走去，她們的父親在工作時她們經常這樣。她們各自用擁抱來向我打招呼，先前她們從未對我這麼熱絡，但這種感覺還不錯。

「希望妳現在好多了，艾絲玫。」瑤爾曦低聲說，我好奇她聽說的是什麼樣的來龍去脈。但我們還來不及進一步交談，莫瑞博士就來打岔了。

「啊，很好。」他看到我和他女兒站在一起時說。他走過來，一手拿著一張紙，另一手拿著一疊紙卡。「『prophesy』的詞源學讓庫辛先生有點傷腦筋，他在哪裡走岔了路是顯而易見的。」庫辛先生對到我的眼神，贊同地點點頭。「或許妳可以檢查一下他的工作成果，作一些必要的修正？這些在一星期之內就要準備好排版了。」莫瑞先生把原稿遞給我。然後他像是突然想起來似的，說：「好好走一走，可以讓人得到天大的好處，妳說是不是？」

「是的，先生。」我說。

他看我的眼神像是在判斷我的回答有幾分真實，然後他轉身回去工作。

我繞過分類桌，對斯威特曼先生道了早安，朝馬林先生說了「bonan matenon」，然後把手按在爸爸肩上停留一會兒。他拍拍我的手，當他轉頭望向累牘院後方，我意識到這是個有安撫意味的動作。在山一般的丹克渥斯先生遮擋下，我幾乎看不見後方我珍貴的工作空間，他的書桌跟我的書桌成直角放置。

我走近之後，看到我的桌面上堆滿書本和紙張，我知道那不是我一個月前留下的。我想起書桌內那些寫著女性詞彙的零散紙卡，等著到莉茲床底下的行李箱跟同伴們會合。我胸中升起亂紛紛的焦慮。

丹克渥斯先生一定聽到我走近了，但他並沒有轉頭。我在他身旁站了一會兒，打量他這個人。他很魁梧，並不肥胖，關於他的一切都簡潔俐落得像根針一樣。他的黑髮剪得很短，分線很直，而且就在頭頂正中央。他沒有落腮鬍或八字鬍，指甲修得跟女人一樣仔細。他一定是刻意選擇背對所有人而坐。

「早安，丹克渥斯先生。」我說。

他瞥了我一眼。「早安，尼克爾小姐。」

「請叫我艾絲玫就好。」

他點點頭，目光回到他的工作上。

「丹克渥斯先生，我在想我能否取回我的桌子？」他像是沒聽見似的。「丹克渥斯先生，我……」

「是，尼克爾小姐，我聽見了。如果我能完成這項條目，我會處理的。」

「噢，當然。」我站在那兒，等著他准許我離開。我是多麼容易就被對方設定了尊卑順序啊。

他繼續俯身在校樣上頭。從我站的位置，可以看到像尺一樣直的線劃過不要的文句，頁緣空白處寫著整齊的修正文字。他的左手手肘支在桌子上，左手按摩太陽穴，彷彿在把文字從大腦誘導出來。我從他的姿勢看出與我自己類似的態度，而我對他毫不寬容的第一印象也因此朝正面稍稍移動了一些。

一分鐘過去了。又一分鐘。

「丹克渥斯先生？」

他的手咚地一聲落在桌子上，頭猛然抬起來。我看到他深吸一口氣而聳起肩膀，想像他的眼珠朝天空翻。他把椅子往後推，走到他和我的桌子之間。這裡幾乎沒有他的容身之處。

「讓我幫你。」我說，從我桌上拿起一本書，並試圖對到他的視線。

他從我手裡把書拿走，眼神迴避著我。「不需要；我有我的順序，讓我來吧。」

他搬走最後一本書，我等著，指尖揪著裙子，看他會不會回到我的桌邊把桌蓋掀起來。在片刻之間，我彷彿回到學校，跟其他女孩們一同排隊等著接受檢查。我們的書桌裡面，我們的褲襪，我們的抽屜。我始終不了解這些有什麼重要的。丹克渥斯先生回到他的椅子上，椅子發出的抗議聲把我帶回累牘院。他搬完了。我的桌面乾淨溜溜。可是現在丹克渥斯先生書桌的前端和側邊各有一道書牆，是很有效的屏障。

我坐下來，把「prophesy」的那一疊紙卡攤開。我把它們按照日期排序，然後參照庫辛先生準備的註記。

一個星期過去了，累牘院感覺像個我需要重新建立熟悉感的老朋友。每次瑤爾曦、蘿絲芙或我進門時，波普先生和庫辛先生都會從椅子上起身，並爭相幫忙或是恭維我們。他們的聒噪惹惱了幾乎每個人，除了爸爸之外，他會用微笑和點頭來獎勵他們對我的關注。莫瑞博士就沒那麼鼓勵他們了。

「男士們，你們花愈多詞語去奉承那些女士，就給愈少的詞語下定義。你們頻繁地使用語文事實上反而是在傷害它。」他們趕緊回到工作上。

丹克渥斯先生是另一個極端。我們之間唯一交流的話語源自「我必須經過他的書桌才能到我的座位」這一無可避免的不便事實。「借過，丹克渥斯先生」；「抱歉，丹克渥斯先生」；「你的側背包，丹克渥斯先生，也許你可以把它收到書桌底下，免得我每次都要跨過它？」

「他對自己的專業非常精通。」有一天晚上我在準備晚餐時爸爸說。現在有個女僕每週會來四個下午，這表示有三天的晚餐我們要自己煮。《畢頓太太的家事大全》已經在我的努力之下變得髒兮兮，但我的廚藝並沒有進步。

「他有雙鷹眼，能揪出不一致和贅字，而且他極少犯錯。」

「但他很怪，你不覺得嗎？」我把鱈魚泥端上桌，它像一灘死水被圈在馬鈴薯泥圍成的邊界裡。

「我們都有一點怪，艾絲玫，不過也許詞典編纂師比大部分人更怪。」

「我覺得他不怎麼喜歡我。」我先盛給爸爸，再盛給我自己。

「我覺得他不怎麼喜歡人；他不了解人。妳別認為他是針對妳。」爸爸喝了一口水，清了清喉嚨。「那波普先生和庫辛先生呢？妳覺得他們怎麼樣？」

「噢，很討喜啊，而且很逗趣，應該說憨傻。」鱈魚煮得太老了，鹽又放得不夠。

爸爸似乎沒注意到。

「對，很不錯的年輕人。妳有特別中意哪一個嗎？我聽說兩個人的家世都不錯。」

他又喝了一口水。「我在想啊，小艾。妳會不會……我是說，妳願不願意考慮……」

我放下刀叉，看著他。他的太陽穴冒出了一粒粒汗珠。他扯鬆領帶。

「爸爸，你想說什麼？」

他拿出手帕擦拭額頭。「換作莉莉就會處理得好好的。」

「把什麼處理得好好的？」

「妳的未來。妳的安穩。婚姻什麼的。」

「**婚姻什麼的？**」

「我從來沒想到那是我該去安排的事情。蒂塔通常會……但她似乎也沒想到。」

「安排？」

「唔，也不是安排啦，**協助**。」他低頭看著食物，然後再抬頭看我。「我對不起妳，小艾。我沒在用心；我不確定我應該用心注意什麼事情，而現在……」

「現在怎麼了？」

他遲疑了一下。「現在妳二十五歲了。」

我狠狠盯著他。他別開目光。我們默默地吃了一會兒。

「爸爸，你所謂好的家世到底是什麼啊？」

我看得出他因為話題稍稍轉移而鬆了口氣。

「唔，我想對某些人來說是好的名聲吧，對另一些人來說是有錢。對一些人來說可能是教育程度或好的工作。」

「但是對你來說呢？」

他用餐巾擦擦嘴，然後把刀叉放在空盤上。

「如何？」

他繞到桌子這一側，坐在我旁邊。「是愛，小艾。好的家世是有愛的家庭。」

我點點頭。「謝天謝地，因為我既沒有教育程度也沒有錢，而我的名聲全靠祕密和謊言來維繫。」我懊惱地推開盤子。這魚肉簡直難以下嚥。

「噢，我的乖女兒。我知道我讓妳失望了，但我不知道怎麼把事情修正過來。」

「發生這些事之後，你還愛我嗎？」

「當然。」

「那你並沒有讓我失望。」我牽起他的手，撫摸他長著雀斑的手背。他的皮膚很乾，但他的手掌和指尖都像絲一樣柔滑，一向如此，而我也一直都覺得很奇妙。「我犯了一些錯，爸爸，也作了一些選擇。其中一個選擇就是不要結婚。」

「原本是有可能結婚的嗎？」他問。

「我想是的。但那不是我要的。」

「可是，小艾，沒有結婚的女人日子很辛苦。」

「蒂塔似乎過得很好。愛蓮諾・布萊德利看起來很快樂；就我所知，蘿絲芙和瑤爾曦沒有訂婚。」

他在我臉上搜尋，試圖理解我在說什麼，我想表達什麼。他在編輯他以為我會有的未來，刪除婚禮、女婿、外孫。一股悲傷籠罩他的雙眼。我想到「她」。

「噢，爸爸。」眼淚落下，我們誰也沒去擦臉頰。「我必須相信我作了正確的決定。拜託，拜託，繼續愛我就好，這是你最拿手的。」

他點點頭。

「答應我一件事。」

「任何事。」

「不要試著去修正什麼。你是個厲害的詞典編纂師，但不是媒人。」

他微笑。「我保證。」

有一段日子，累牘院成了讓人不自在的地方。雖然我表示反對，爸爸也不再鼓勵他們討我歡心，波普先生和庫辛先生卻反應遲鈍。「他們做任何事都慢半拍。」爸爸帶著抱歉的笑容如此表示。

但我不自在的主要來源是丹克渥斯先生。在他加入之前，我的座位擁有完美的隱私和視野。我可以不受干擾地工作，而當我暫時歇息時，我只需要稍微向右傾，就能看見分類桌和端坐高位的莫瑞博士。要是我再多探出一點身子，我還能看見是誰在進出累牘院的門。現在，當我往右邊看，我的視野全是丹克渥斯先生碩大而拱起的肩膀和完美的髮線。我感覺被囚禁了。

然後他開始檢查我的工作。

我是累牘院裡學歷最差的一個助手；就連蘿絲芙都勝過我，她有畢業。可是沒人會像丹克渥斯先生那樣時時提醒我。他跟累牘院裡的每個人各有特定的互動方式，清楚表明他認為他們位於哪一個階級。他在莫瑞博士面前幾乎是鞠躬哈腰。他對爸爸和斯威特曼先生很順從，對庫辛先生和波普先生則不理不睬，我猜是因為他們只是「臨時工」。他對瑤爾曦和蘿絲芙的反應很奇怪——我不確定他是否能分辨她們兩人，畢竟他從不直視她們的眼睛，但他會繞著她們走，好像她們代表可能會使他跌落的高臺。不過他從不糾正或質疑她們，我漸漸覺得是她們父親的名號保護她們免受他的檢視和輕蔑。他主要把這些留給我。

「這個不對。」有一天我吃完午餐回來時他說。他站在我的書桌旁，大手裡拿著一小張方形的紙。我認出那是我釘在我正在編輯的校樣上的紙，上頭寫著另一個字義。

「抱歉，你說什麼？」

「妳的語法不清楚。我重寫了一遍。」

我設法擠過他身邊，坐到我的桌子前。果不其然，校樣上釘著一張新的方形紙，上頭是丹克渥斯先生精確的筆跡。它寫著該寫的內容，我試著搞清楚那跟我寫的有什麼不一樣。

「丹克渥斯先生，可以把我原來那張還我嗎？」

他沒有回答，我抬起頭，發現已經太遲了。他站在壁爐邊，看著它燃燒。

聖誕節的氣息仍掛在屋內和屋外的樹上。我們朝向陽屋走去時，爸爸指著聖瑪格麗特路上每個客廳窗戶裡他看見的裝飾版本。我們曾玩過這個遊戲，在這些私人空間搜尋最豪華或最迷人的樹，試著猜測樹下有什麼禮物，以及衝去拆禮物的是什麼樣的孩子。我現在並不想玩這個遊戲。我原本並沒有把聖誕節算在我失去的東西裡面，但現在我清楚地察覺，當我把「她」送走時，我也把聖誕節送走了。爸爸試著把我由沉湎的情緒中拉出來，我好奇我還喪失了什麼其他東西。

我們抵達時，累牘院沒有人。爸爸說直到星期三斯威特曼先生、波普先生和庫辛先生回來之前，我們可以獨占累牘院。莫瑞一家要在蘇格蘭待到新年，其他助手會在這週結束前陸續回來。

「那丹克渥斯先生呢？」我問。

「新年的第一個星期一。」爸爸說，「妳有一整個星期不必忍受他越過妳肩膀張望。」

我一定明顯地露出如釋重負的表情。他微笑。「不是每個禮物都包得漂漂亮亮放在樹下。」

接下來幾天在懷舊的氣氛中迅速而模糊地流逝了。每天早晨我們拿了信，我分類檢查後分送給各個收件者。如果有紙卡，它們就成為我早晨的工作。

斯威特曼先生回來後，花了幾分鐘在房間裡走來走去，掃視分類桌和比較小的幾張桌子。「看起來也許像是庫辛和波普只是出去吃午餐，但我掌握了可靠的消息，他們已建立了雙邊的共識，不會回來了。」他終於說出來，「莫瑞覺得他們對我們有弊無利，建議他們去銀行業找工作。波普說這是個好建議，大家都握手道別。」

他們在分類桌的座位散落著紙張和書本。

「那我來整理一下吧？」我翻開一兩本書的封面確認物主是誰。

「真是個好主意。」斯威特曼先生說。「等這裡清空了，剛好可以讓丹克渥斯先生搬過來，不是嗎？」

我看著他。「你想他會願意嗎？」

「莫瑞一直都希望丹克渥斯跟我們其他人坐在一起，但庫辛和波普需要監督，而空間又不夠。我相信在我們都還沒習慣寫一九〇八年而不是一九〇七年以前，妳就能回到原有的平靜了。」

我並沒有回到原有的平靜。丹克渥斯先生說他已經建立起一套工作系統，如果搬去分類桌會被打亂。我心想：當然了。他如果換位置就很難盯著我要我修正了。

斯威特曼先生時不時會作出同樣提議，但丹克渥斯先生始終給予一致回答，說他對目前的安排很滿意，非常感謝你，短促地點點頭。

隨著春天的腳步近了，我的心情也變得輕鬆。我期待離開累牘院去跑腿，在向陽屋、出版社和博德利圖書館之間騎出一條熟悉的三角形路線。

我正從門邊籃子裡把書拿出來，放進自行車後頭的木板箱裡，這時莫瑞博士走過來。

「這是要給哈特先生的訂正好的校樣，還有『romanity』的紙卡。」他交給我三頁改得滿江紅的稿件，以及一小疊紙卡，按照順序排列並標上號碼，用細繩捆起。我正把它們收進側背包時，一條訂正吸引我的目光。它得等一等了。我推著自行車走到班伯里路，然後騎向小克萊倫敦街。

小克萊倫敦街就在出版社的轉角，總是人滿為患。我把自行車留在一間茶館的窗戶邊，在店內挑了張桌子，等著服務生送茶來，然後從側背包拿出校樣。有七張對頁：三張爸爸改的，三張丹克渥斯先生改的，一張蒂塔改的。蒂塔那張因為塞在普通的信封裡而皺巴巴的，不過就和其他張一樣，上頭貼著翅膀般的評語和新的詞條，以她熟悉的筆跡寫下。莫瑞博士針對她的意見作出額外筆記，有的贊同有的反對——他的批示永遠是最終的依據。

我在找的那條訂正是爸爸的稿子，是另外釘在校樣邊緣的補充說明。有一條尺一樣直的線劃過每個字，丹克渥斯先生把它重寫了一遍。什麼時候？我納悶。爸爸知道嗎？我把它從校樣上拆下來。

我檢查裙子口袋，很滿意地找到幾張空白紙卡和一小截鈍鉛筆。它們就和這條裙子一樣久未使用。我拿了一張紙卡，完全按照爸爸原本的寫法重抄一遍，然後釘在原文的位置。我仔細檢視爸爸校樣的其餘部分，發現另外兩處、三處、四處丹克渥斯先生干涉的部分。

我開始重寫爸爸的原始編修文字，每寫一個字都更有信心，可是當我進行到最後一處時，我的手僵住了。那是針對「mother」所作的編修。校樣已經列出了第一條定義為「女性家長」，可是丹克渥斯先生又對此添加一句「生下孩子的女人」。

我留著這句話沒動。

一九〇八年十一月

正在廚房桌邊揉麵的莉茲抬起頭。

「這是我看過最煩惱的表情了。」她說。

「我今天早晨犯了三個錯，」我說，「他害我好緊張。」我跌坐進椅子裡。

「讓我猜猜，是斯威特曼先生？馬林先生？還是妳在說丹克渥斯先生？」

自從一年前我們從石羅普郡回來，莉茲就聽我用各種不同的版本作出同樣的抱怨。我一逮到機會就逃到她的廚房。通常她會在我身旁幹活，但如果羅伊德太太來信，她會泡一壺新茶，在我倆之間擺上一盤早上剛烤好的餅乾，讓我唸信給她聽。她是在重建她在石羅普郡的早晨，而我總是小心翼翼地不介入她和她的朋友之間。我會謹慎地唸信，不發表評論也不停頓，唸完之後我會從廚房的抽屜取來鋼筆和紙，等待莉茲想好她的回應。我最親愛的娜塔莎，她總會這麼開頭。

今天沒有信也沒有餅乾。我從廚房桌上的盤子裡拿了個三明治。「他在監視我。」我說，咬下一口。

莉茲抬起頭，挑高眉毛。

「沒那種意思，**絕對**沒那種意思。他對說早安有障礙，但他可是能滔滔不絕地告訴我我的文法或文體哪裡有錯。今天早上他說我對『psychotic』的一個不同意義自作主張。在他看來，女性經常傾向誇大其詞，基於這個理由，不該受僱來進行需要精確的工作。」

「妳有自作主張嗎？」她揶揄道。

「我想都不敢想呢。」我微笑回答。

莉茲繼續揉麵。

「昨天我吃完午餐回來時，他在我桌上留下一本《哈特規則》。他在我校過的稿件上釘了註記，寫下要我參照的頁數，藉此改進我的校對技巧。」

「《哈特規則》很重要嗎？」

「它們主要是給出版社的排字工人和審稿人參考的，不過它們有助於確保進行大詞典工作的每個人都統一寫法，使用同樣的拼法。」

「妳的意思是有不同的寫法和拼法？」

「我知道聽起來很像胡說八道（codswallop），但確實有，而最小的差異也可能造成最大的紛爭。」

莉茲微笑。「《哈特規則》對『codswallop』會有什麼說法？」

「沒什麼說法；這不是個正規的詞。」

「可是妳把它寫在紙卡上了。我記得妳寫過，就在這張桌子上。」

「那是因為它是個很妙的詞。」

「有幫助嗎？他給妳《哈特規則》？」

「沒有，那只是讓我一直懷疑自己。我原本確定的事現在都變得混亂。我的工作速度變慢了，而且犯的錯比以前多很多。」

莉茲把麵團捏出形狀放進錫盆，然後撒上麵粉。她信心滿滿地做這件事，就像她做廚房裡需要做的所有事一樣。自從巴勒德太太上一次跌倒後，她就只會來負責週日的烤肉以及列下一週的菜色。剩下的全是莉茲的工作，不過孩子們全都成年且大部分離家後，現在要餵飽的莫瑞家成員比較少了。有個兼職女僕幾乎每天都會來幫忙家務。

「星期六要跟我一起去市集嗎？」莉茲小心翼翼地問，「老梅寶在關心妳的事。」

梅寶。我好久沒見到她了，自從……我的思路無法理清。自從什麼時候？自從我請她幫忙？自從我去蒂塔家？自從「她」。每次我想到我最後一次去找梅寶時，就會發生這種情況。它代表生命中的某一刻，而想到那一刻會使我想到「她」。我好奇莎拉和菲利普會怎麼慶祝「她」的第一個生日，他們會送「她」什麼聖誕禮物。我想像「她」走路，希望我能聽見「她」說第一個字。

「她要給妳一個詞。」莉茲說，我愕然抬起頭。我一時間不知道她在說誰。「說她一直存著。我不問她，但我想梅寶沒多少日子了。」

我起了個大早，並且非必要地精心打扮。我對於跟梅寶見面很緊張，羞愧隔了這麼久才見她。早晨的郵件從門上的收信口掉進來時，我很慶幸有事情可以轉移注意力。是緹爾妲偶爾會寄來的一張明信片。正面的照片是位於西敏市的國會大廈。

一九〇八年十一月二日

親愛的艾絲玫：

妳曾經告訴我，妳希望我們的口號是「要言詞，不要行動」，而不是「要行動，不要言詞」，而我笑妳的天真。所以當我聽說茉麗兒·麥特斯把自己用鐵鍊拴在下議院婦女旁聽席前方遮蔽視線的格柵上時，我不禁想起了妳。

這是一個吸引注意力的絕妙行動（我相信潘克斯特太太但願她先想到），但能改變人們思想的是她的言詞。她是第一個在下議院發言的女性，而她的話既睿智又極具說服力。議會議事錄或許沒有記錄下來，但報紙有。顯然她是澳洲人，或許是她在自己的議會裡發言的權利給了她在我們的議會發言的自信。

「我們已經在這羞辱人的格柵後頭坐了太久了。」她說，「是時候讓英格蘭的女人在立法程序上有發言權，因為法規不但影響男人，也影響女人。我們要求投票權。」

「附議，附議！」我們必須齊聲喊道。

掛念著妳的緹爾妲

澳洲，我心想。「她」以後可以投票呢。我把明信片放進口袋，希望「她」在世界另一邊過著更好生活的念頭，能夠保護我免受懊悔的折磨。

莉茲和我在水果攤前推擠的人群中停下腳步。

「我的採買清單很長，」莉茲說，「我等一下去找妳。」

她走了，但我又在原地待了一會兒。我能看見梅寶的攤位，因為破爛且乏人光顧而顯得可悲。史提斯太太裝滿花朵的桶子是殘酷的對比。

我走近，梅寶頭上下擺了一下表示她看到我了，好像她昨天才剛見過我似的。身披破布的她有如一副骷髏，她的嗓音氣若游絲。她僅存的一口氣在胸腔裡咯咯作響，聽起來潮濕而危險。當我傾身向前去聽她想說什麼話時，她那股腐敗的氣味令人難以招架。她的木板箱上只剩下幾件破東西和三根木雕棍。其中一根我見過，是將近一年前我最後一次跟她見面時看到的。那是一個老嫗的頭像，刻得精緻無比。

我把它拿起來。「梅寶，這是妳嗎？」

「狀況比較好的我。」她悄聲說。

另外兩根棍子是拙劣的嘗試，出自幾乎連刀子都握不穩的手。我把它們拿起來轉動，知道這是她最後的作品了，不禁悲從中來。

「還是賣一便士？」

她一陣狂咳，然後往破布裡吐痰。「不值一便士。」她勉強說道。

我從皮包拿出三枚硬幣放在木板箱上。

「莉茲說妳有個詞要給我。」

她點點頭。我伸手去掏紙卡和鉛筆時，她也把手探進她衣服的夾層。梅寶抓出滿拳頭的紙卡，放在我們之間的木板箱上。然後她抬頭望著我，發出一個讓我以為她又要吐痰的聲音。但她是在笑，而她濕黏的眼睛也帶著笑意。

「她有幫忙。」梅寶邊說邊看向史提斯太太，她正在整理放花的桶子。「告訴她只要有女士在聞她的花，我就會閉上我的臭嘴。我說這對她的生意有好處。她不得不答應啊。」又是那種快要溺水般的笑聲。

我拿起那些紙卡，它們因為先前存放的位置而又皺又髒。它們的尺寸是對的，內容差不多是我會寫的格式。

「什麼時候？」我問。

「妳不在的時候。想說妳回來的時候需要打打氣。不管發生了什麼事。」她又伸手到衣服裡面。「我還替妳留了這個。」

另一個木雕，細節非常精美。很眼熟。

「塔利辛，」梅寶說，「梅林。咱的手刻完這個就不行了。」

我從皮包拿出更多硬幣。

「免啦，小姑娘，」梅寶說，揮手拒絕硬幣，「這是禮物。」

我一直避著梅寶，可是現在她的狀態，她的善意以及背後的原因，殺得我措手不及。我感覺被麻痺了，無法防禦回憶的攻勢。我像個被悲傷填滿的容器，直到再也裝不下，而它溢出來，浸濕我的臉。

「我聽說妳有『morbs』，」梅寶說，她不肯移開視線，「這再正常不過了。」

這時候莉茲出現在我身邊，手裡拿著手帕，一條手臂攬著我的肩膀。「梅寶會好好的，」她說，誤會了狀況，「對不對，梅寶？」

梅寶又盯著我的眼睛看了一會兒，然後手支著下巴作出思考者的姿勢。過了半晌，她說：「才不，我不會。」像是為了強調她的論點，最後一個字轉為充滿黏液的咳嗽，劇烈到我以為她全身的骨頭都要散了。這足以讓我恢復清醒。

「開夠玩笑了。」莉茲說，她的手輕柔地按著梅寶的背。

當梅寶的咳嗽止住，我的眼淚也乾了，我問：「梅寶，妳說『morbs』？那是什麼意思？」

「那是一種來一陣去一陣的傷心，」她說，停下來喘氣，「我會『morbs』，妳會『morbs』，就連莉茲小姐都會『morbs』，雖然她絕對不會洩露祕密。我猜是女人的命運。」

「一定是從『morbid』（病態的）衍生而來的。」我一邊自言自語一邊開始寫紙卡。

「我猜它是從悲傷『衍生而來』的，」梅寶說，「來自我們失去的、從來沒有的、永遠不會有的。就像我說的，女人的命運。它應該收進妳的詞典。它太常見了，不該有人不懂才對。」

莉茲和我各懷心事，離開室內市集。梅寶的狀態對我是個打擊。

「她住在哪裡？」我很慚愧竟從沒想過這個問題。

「考利路的濟貧院。」莉茲說，「一個充滿可憐人的可憐地方。」

「妳去過？」

「是我帶她去的。我發現她睡在街上，像一堆破布掛在她的木板箱上。還以為她死了。」

「我能做什麼？」

「繼續買她的木雕還有寫下她的詞。妳改變不了現實。」

「莉茲，妳真的相信是這樣嗎？」

她看著我，對這提問有所警覺。

「如果有夠多人想要事情改變，事情絕對就能改變。」我繼續說。我告訴她茉麗兒．麥特斯在國會發言的事。

「我看不出像梅寶這樣的人能有什麼改變。那些婦女參政運動者製造的騷動，都不是為了像她和我這樣的女人而發起的。那是為了有錢的淑女，而那樣的淑女總是需要有人替她們刷地板和清夜壺。」她的語氣帶著我鮮少聽見的尖銳。「就算她們爭取到投票權，我還是莫瑞太太的女奴。」

女奴。要是我沒有發現這個詞並解釋它的意義，莉茲會不會把自己看作別的身分？

「可是聽起來，如果能夠的話，妳是想改變事情的。」我說。

莉茲聳聳肩，然後停下來把袋子放下。她揉了揉雙手被提把壓出紅色凹痕的位置。我自己的袋子比較輕，但我也做了同樣的動作。

「妳知道嗎，」我們再度上路後她說，「梅寶認為她的詞最後會被收進大詞典，底下還列出她的名字。我聽到她在向史提斯太太炫耀，但我不忍心糾正她。」

「她為什麼這麼認為？」

「為什麼不呢？妳又沒說過不是。」

我們走得很慢，儘管天氣寒冷，莉茲的側臉還是淌下細細一道汗水。我想著我從梅寶和莉茲和其他女人那裡蒐集來的所有詞語：那些女人有的是宰魚的、有的是裁布的、有的是打掃抹大拉街上的女廁的。她們用適合自己身分的詞語說出想法，在我把她們的詞寫在紙卡上時態度崇敬。這些紙卡對我來說很珍貴，我把它們藏在行李箱以策安全。可是是防什麼呢？我是怕它們遭到檢視之後被判為不足？還是那是我害怕自己會面臨的命運？

我壓根兒就沒想過那些給予者會期望她們的詞能到達比我的紙卡更遠的地方，但我突然清楚地意識到，除了我之外再也不會有人讀到它們了。那些女人的名字小心翼翼地記了下來，卻永遠不會被排成鉛字。在我開始遺忘的一瞬間，她們的詞語和她們的名字都將散失。

我的「失落詞詞典」並不比下議院婦女旁聽席的格柵強：它同樣掩藏住該被看見的，同樣令該被聽見的噤聲。等梅寶不在了，我也不在了，行李箱就只是一個棺材而已。

稍晚，在莉茲房間，我打開行李箱，把梅寶的詞塞進丹克渥斯先生偷偷摸摸作的更正紙卡之間。我很訝異我已蒐集到那麼多了。

自從發現丹克渥斯先生會自作主張修正別人的稿子後，我就養成習慣，先檢查校樣再交給哈特先生，不過我只有在覺得他的修正對原始編輯紀錄沒有幫助時才會把添加的註記拆下來。

我開始觀察他。我看到他在書架上搜尋紙卡或書本，與莫瑞博士商議或是坐到分類桌旁問某個助手問題。我看到他斜瞄他們的稿件，但我從未見到他用他的鉛筆去作記號。接著，有一天早上，我跟莉茲快要喝完茶的時候，丹克渥斯先生提早到了累牘院。爸爸和莫瑞博士去舊艾許莫林與其他編輯開晨會。

我看到丹克渥斯先生進到累牘院，開始翻弄在門邊籃子裡等著送出的已經編輯好的校樣。「莉茲，妳看。」我說，她來到廚房窗邊。我們看著丹克渥斯先生從整疊稿件中抽出一份校樣，然後從他胸口的口袋掏出鉛筆。

「看來妳不是阿牘裡唯一有祕密的人。」莉茲說。

我決定守住丹克渥斯先生的祕密——我不由自主地因為這個祕密而對他多生出一點好感。

現在我看著行李箱裡面，看到梅寶的詞壓在丹克渥斯先生工整的筆跡上。她會喜歡這樣的，我心想。他不會。我隨意讀著紙卡，有些是他的，有些是她的。不盡然，他在一張首頁紙卡上寫道，我認出那是斯威特曼先生寫的紙卡——看起來只有莫瑞博士的編輯作業能逃過他過分挑剔的注意。丹克渥斯先生在定義上畫了一條線，然後重寫，在我看來並沒有更為精準，只是少用了兩個字。當時我把斯威特曼先生原本寫的定義重新抄一遍，然後把丹克渥斯先生作的修正揣進口袋。它跟梅寶那些拼字錯誤、筆跡幼稚的紙卡是多麼強烈的對比。史提斯太太顯然頗費了一番努力才做出這些紙卡，使得她幫這個忙顯得更加慷慨。

我重讀了一遍我為「morbs」寫的意思。不盡然，我心想。梅寶不病態，我也不病態。悲傷倒是真的，但並不是一直如此。我從口袋拿出鉛筆來修正。

MORBS（沮喪）

暫時的悲傷。

「我會沮喪，妳會沮喪，就連莉茲小姐都會沮喪……我猜是女人的命運。」

——梅寶·歐肖納西，一九〇八年

我把紙卡放進行李箱，將塔利辛擱在最上面。

下個星期六，我再次跟著莉茲去室內市集。那裡一如往常地擁擠，但我們奮力往前鑽。

「死啦，」史提斯太太看到我們過來，便從她的攤位喊道，「昨天用推車把她推走了。」

史提斯太太盯著我的眼睛看了一會兒，然後彎腰去整理一桶康乃馨。莉茲和我轉頭要去找梅寶。

「她停止咳嗽了，妳知道嗎。真是天賜的安靜啊，我心想。但後來覺得好像太安靜了點。」她暫停整理的動作，深吸一口氣，弓起的背部布料都繃緊了。她站起來面向我們。「可憐的寶貝，已經死了好幾個鐘頭。」史提斯太太的目光從我身上移向莉茲又移回來，雙手一下又一下地撫平圍裙，抿緊的嘴唇微微地顫抖。「我應該早點發現的。」

梅寶原本占據的空間已經不在了；相鄰的攤位已經擴充來把它填滿。我在那兒站了一分鐘或一小時，我不確定是何者，我拚命想像梅寶和她那一箱木雕棍怎麼有辦法塞進那裡。來來去去的人似乎誰也沒注意到少了她這個人。

一九〇九年五月

丹克渥斯先生搬去坐在分類桌時，感覺好像箍得太緊的束胸終於解開了。促成這件事的功臣是瑤爾曦。

「妳知道嗎，艾絲玫，」有一天早晨她說，我剛試著建議某個詞或許需要由比我更高明的眼睛來審核，「無論爸爸或丹克渥斯先生希望格式多麼統一，每個參與編修大詞典的人都會留下自己的痕跡。試著把丹克渥斯先生的評語當作建議而不是格言吧。」

一星期後，我恰好聽到她在說有丹克渥斯先生的書桌擋在那裡，她很難取用某些書架上的東西。當天下午，莫瑞博士找丹克渥斯先生談了一下，隔天我來上班時，丹克渥斯先生已經坐在斯威特曼先生對面的分類桌邊，兩人之間隔著一道堆疊起來的書牆。

「早安，斯威特曼先生、丹克渥斯先生。」我說。

一人微笑，一人點頭。丹克渥斯先生仍然不能直視我的眼睛。他的桌子已經搬走了，我的桌子在其中一座書架後頭隱約可見。

我坐下來，掀起桌蓋。襯在內側的壁紙邊緣已經捲起來了，但上頭的玫瑰仍然如以前一樣鮮黃。我用手指滑過花朵，細數這些年，回溯到我第一次坐在這張桌子的年代。那是九年前還是十年前了？發生了那麼多事，我卻未移動分毫。

「唔，那個看起來很眼熟，」瑤爾曦說，「我還記得把它黏上去。很久以前的事了。」

我們都沉默了一會兒，彷彿瑤爾曦也突然驚覺時光流逝，而她卻留在原地。我從未多想她在累牘院以外的生活，或是蘿絲芙的生活。她們已不再在意擁有完美的髮辮，而脫胎為她們父親的得力助手。我嫉妒她們，一向如此，但現在我懷疑這是否是她們想要的人生，還是只是她們接受的選項。

「瑤爾曦，妳的學業怎麼樣了？」我問。

「我念完了，去年六月考的試。」她滿臉煥發自豪的光采。

「噢，恭喜！」我說，想起去年六月「她」滿一歲了。「我都不知道。」

「當然沒有畢業，沒有學位。但是知道如果我穿的是長褲就能得到這兩項成就，還是很令人滿足。」

「但是妳可以在別的地方取得同等學歷，不是嗎？」

「噢，對啊，不過不急啦，我沒有要去什麼地方。」她低頭看著手裡的校樣，像是試著想起它們是什麼東西。然後她遞向前。「爸爸給的，要妳很快地校一下，他要它們明天早上送到出版社去。」

我接過校樣。「沒問題。」我望向丹克渥斯先生的桌子原本放的位置。「還有謝謝妳。」

「小事一樁。」

「那取決於從什麼角度看。」

她點點頭，經過分類桌回到莫瑞博士的桌子旁，那裡有一疊信在等待她作出制式答覆。

我的桌蓋仍然敞開著。我工作所需的一切工具都在裡頭：筆記紙、空白紙卡、鉛筆、鋼筆。《哈特規則》。在《哈特規則》底下是一些我工作上用不到的東西：蒂塔的一封信、緹爾妲的明信片、用漂亮的紙裁成的空白紙卡，和一本小說。我拿起那本小說，從裡頭掉出三張紙卡。看見梅寶的名字讓我的眼中泛淚。這足以讓我「morbs」起來，我心想。然後我不禁微笑。

每張紙卡都寫著同一個詞，但有不同的意義。我還記得乍聽到它時的震驚，然後是我第一次寫下它時梅寶的喜悅和我狂跳的心臟。「cunt」跟山丘一樣老，梅寶曾說，但它不在大詞典裡，我查過了。

C開頭的詞的紙卡已經裝箱了，但增補用的詞存放在離我的書桌最近的書架上。「A至Ant」的分冊一出版，莫瑞博士就開始蒐集這些增補用詞了。「莫瑞博士已經預料到英語發展的速度會比我們定義它的速度更快，」爸爸告訴我，「等大詞典終於出版時，我們會回到A去填補空缺。」

分類格幾乎已被增補用詞的紙卡給裝滿。它們排列得一絲不苟，我沒花多長時間就找到厚厚一疊紙卡，上頭全是書籍引文，最早可追溯至一三二五年。這個詞確實像梅寶說的一樣古老。如果確實套用莫瑞博士的準則，這個詞絕對會被收錄進他書桌後頭那本巨冊裡。

我看著首頁紙卡。上頭沒有一般常見的資訊，而是莫瑞博士的筆跡單純地寫道：排除。猥褻語。在那底下，有人抄了一串評語，想必是出自通信紀錄。看起來像是瑤爾曦．莫瑞的筆跡，但我不確定：

「這東西本身並不猥褻！」

——詹姆斯．狄克生

「一個徹底古老的詞，擁有非常久遠的歷史。」

——羅賓森．艾利斯

「它被以粗鄙的方式使用的這項事實，不足以使它被禁絕於英語之外。」

——約翰．漢彌爾頓

我再看看首頁紙卡；上頭沒有寫定義。我把紙卡放回原位，回到我的座位。我在空白紙卡上寫下：

CUNT（屄）

一、陰道的俚語。

二、辱罵語，根據前提是女性的陰道是下流的。

我把梅寶的詞聚攏成一小疊，然後把我的定義釘在上頭。接著我又找找還有沒有別的紙卡。還有好幾張，它們都該去莉茲床底下的行李箱，但被我在這一次或那一次匆匆藏起來，然後半是遺忘了。我把它們蒐集起來，夾在小說裡藏好。

下午剩下的時間，我都在看瑤爾曦給我的校樣，三不五時抬頭看看她。她一如往常勤奮地在累牘院裡移動，隨時準備好執行她父親的命令。他們是否曾為這個詞爭吵？或者她有沒有發現它不在，並且追查原因？莫瑞博士究竟知不知道她把針對收錄這個詞的爭論抄寫在他的首頁紙卡上，或是她把那張首頁紙卡附到了增補用詞的資料裡？不，當然不知道。她就和我一樣，在大詞典的字裡行間藏了一些小祕密。

「準備好下班了嗎？」爸爸說。

我很訝異地發現已經這麼晚了。「我想把這份稿子校完，」我說，「然後我會去找一下莉茲。你先走吧。」

「妳在做什麼啊？」莉茲說，她剛進入房間，就看到我坐在地上，彎著腰在弄行李箱。「妳看起來好像在玩咬蘋果*。」

---

* 萬聖節常見的一種遊戲，在水盆裡放蘋果，玩遊戲的人要用牙齒將浮在水面的蘋果咬起才算勝利。

「莉茲，妳有聞到嗎？」

「當然有。」她說，「我經常在想該不會有什麼東西爬進去然後死在裡面了吧。」

「聞起來並不臭，聞起來像……唔，其實我不知道該怎麼形容。」我再次彎下腰，希望那氣味能向我表明它的身分。

「聞起來像某個應該經常通風的東西被鎖起來太久。」莉茲說。

然後我恍然大悟。我的行李箱開始散發累牘院裡舊紙卡的氣味。

莉茲解下圍裙。它上頭濺了烤肉的肉汁，她現在就像巴勒德太太以前一樣，在把烤肉端上桌之前先換一條乾淨的圍裙。好像她們辛苦工作的證據會讓人不快似的。在莉茲繫上乾淨圍裙之前，我擁抱她。

「妳說的一點都沒錯。」

她掙脫我，伸直手臂抓住我瞧。「我還以為這麼多年下來我已經很了解妳了，艾西玫，但我完全搞不懂妳在說什麼。」

「這些詞啊。」我說，伸手進到行李箱，抓出一大把。「它們不是交給我來藏起來的，它們需要通風，它們需要被閱讀、分享、理解。也許也被拒絕，但至少要有個機會，就像累牘院裡所有其他的詞。」

莉茲笑了，把乾淨的圍裙由頭上套下。「這麼說妳是想編一本妳自己的詞典？」

「我正有此意，莉茲。一本女性詞典。女性使用的詞，以及指涉女性的詞。進不了莫瑞博士的詞典的詞。妳覺得怎麼樣？」

她的表情一垮。「妳不能這麼做，有些不適合。」

我忍不住微笑。要是「cunt」從英語中消失，莉茲一定樂見其成。

「妳絕對想不到妳跟莫瑞博士有多少共同點。」

「可是有什麼用？」她說，從行李箱拿起一張紙卡看著。「說這些詞的人有一半根本就不認識字。」

「也許吧，」我說，把行李箱搬到她床上，「但她們的詞很重要。」

我們看著行李箱裡亂七八糟的紙卡。我想起有那麼多次，我在詞典和分類格裡翻了又翻，尋找恰好正確的詞來解釋我的感覺、我的體驗。大詞典裡那些由男人選擇的詞經常是不足的。

「莉茲，莫瑞博士的詞典略過了一些東西。有時候是一個詞，有時候是一種意思。如果沒有被寫下來過，根本就不會被列入考慮。」我把梅寶最初的幾張紙卡攏成一堆放在床上。「如果這些女人使用的詞受到跟其他任何詞同樣的待遇，豈不是好事一樁嗎？」

我開始翻揀行李箱裡的紙卡和紙張，把女人的詞挑出來放在一邊。有些詞開始愈積愈多，包括源自不同女人的不同引文。我都不知道我蒐集了這麼多。

莉茲伸手到床底下拖出針線籃。「如果妳要讓那些都整整齊齊的，妳需要這個。」她把她的針插推到我面前；它就像刺蝟一樣渾身是刺。

等我整理完行李箱裡的所有詞，外頭已經天黑了。我們倆的手指都因為用針把紙卡別在一起而痠痛。

「留著吧，」我交還針插時莉茲說，「給新的詞用。」

累牘院的牆上有一個小洞，位置就在我的書桌上方。我會注意到它，是因為去年冬天寒風像根針一樣刺著我的手背。我試過用紙團把它塞住，但它一直掉出來。後來我發現我可以掌握良好視野：我可以看到別人抽菸時的零碎身影；可以聽到爸爸和鮑爾克先生一邊往菸斗裡填菸絲，一邊交換大詞典的八卦。「gossipiania」（八卦材料），當片段話語溜進我的耳朵時，我總會這麼想。我們曾為這詞寫了一個條目，但在最後的校樣中被刪去了。我從能看到的一點點服裝來辨認每一個助手，我有種奇妙的感覺，好像自己又回到了分類桌底下。

那微微的光束像日晷一樣在我的稿件上移動，所以當光束消失時我立刻就察覺到了。我聽到自行車靠向累牘院發出噹的一聲，我湊向小洞。我看到不熟悉的長褲和不熟悉的上衣，袖子捲到手肘。染著墨水的手指解開染著墨水的側背包的扣環。那些手指很長，但拇指末端奇特地擴張。那男人在檢查包包裡的東西，就像我在走進出版社大門前也會檢查我包包裡的東西。我把目光往上移，這動作有點彆扭，我想看他的臉。我看不到。

我從小洞前退開，稍稍往右傾，盯著累牘院的門。

他站在門口，又高又瘦，鬍子剃得很乾淨，黑色鬈髮。他看到我從書架後探出頭看，朝我微笑。我離得太遠，看不清他的眼睛，但我知道它們是夜晚的藍色，幾乎是深紫色。

雖然我記得我第一次遞送稿件去出版社時，他告訴過我他的名字，但我忘記是什麼了。當時我只是個黃毛丫頭，而他對我很和善。

自從那次以後，我去出版社找哈特先生時就只有從遠處看過他。排字工人總是站在排字間遠端的工作檯前，幾乎被裝著所有鉛字的淺盤給遮住。有時候我進門時他會抬頭看，他總會露出笑容，但從沒招手要我過去。據我所知他從沒來過向陽屋。

除了我之外，累牘院裡就只有丹克渥斯先生一個人在。我看到他猛地抬起頭，警覺地看是誰進來了。他花了一秒鐘去判斷。

「有事嗎？」他說，用的是留給手指骯髒的人的語氣。我的拳頭握緊鉛筆。

「我拿莫瑞博士的校樣來，『Si至Simple』。」

「交給我就行了。」丹克渥斯先生說，他伸出手，但沒有站起來。

「請問你是？」排字工人問。

「你說什麼？」

「如果不是莫瑞先生親自收件的，大總管會想知道是誰代收下校樣。」

丹克渥斯先生從分類桌起身走向排字工人。「你可以跟大總管說是丹克渥斯先生收下校樣。」他在對方尚未交出稿件時就把它們取走。

我在房間後面的位置屏住呼吸，感到既惱火又難堪。我想要插手，想歡迎排字工人來到累牘院，但在不知道他名字的情況下，我看起來會很愚蠢。

「我會這麼做的，丹克渥斯先生。」排字工人直直望著丹克渥斯先生的臉說，「對了，我叫蓋瑞斯，很高興認識你。」他伸出染著墨漬的手，但丹克渥斯先生只是瞪著它，自己的手則在褲子側邊上下摩擦著。蓋瑞斯垂下手臂，改成微微點頭。他迅速瞥了一眼我坐的位置，然後轉身離開累牘院。

我從桌子裡取出一張空白紙卡，寫下：

GARETH（蓋瑞斯）

排字工人。

我站在累牘院一進門處，閱讀《牛津紀事報》上的報導，等莫瑞博士寫完他要我拿去給布萊德利先生的信。

那是一小篇文章，埋在中間的版面之間。

三名婦女參政運動者在針對首相赫伯特．阿斯奎斯的屋頂抗議行動被捕後，在溫森格林監獄絕食數日後被強迫灌食。該三名婦女因非暴力抵抗和刑事損害等罪名入獄，她們從伯明罕賓利廳的屋頂上朝警方丟擲瓷磚，而當時阿斯奎斯先生正在該廳主持公共預算會議。該會議禁止婦女出席。

我的喉嚨開始收縮。「要怎麼強迫灌食成年女人？」我沒有朝著特定對象發問。我快速瀏覽那一欄報導，但沒有解釋灌食的程序，也沒有提到那些女人的名字。我想到緹爾妲。她的上一張明信片就是從伯明罕寄來的，她寫道那裡的女人：願意做的事不只是簽署請願書而已。

「我有東西要給出版社的哈特先生。」莫瑞博士說，嚇了我一跳。「不過先去舊艾許莫林；布萊德利先生在等這個。」他交給我一個信封，上頭寫著「布萊德利」，還有T開頭的詞的第一批校樣。

舊艾許莫林的宏偉跟累牘院的簡樸是兩個極端。它是石材而非錫板，入口兩側林立著有某種成就的男人胸像——但我不知道是什麼成就。我第一次看見它們時，感覺自己渺小而格格不入，不過後來它們鼓勵我生出一股不服輸的野心，我想像走進那個地方，坐上編輯的位置。但既然女性可以被擋在公共預算會議的大門外，我也沒資格抱有這種野心。我想到緹爾妲，想到她對戰鬥的渴望。我想到入獄的那些女人。我好奇我能不能刻意挨餓呢？如果我認為那麼做能幫助我成為編輯？

我爬上樓梯來到很大的雙開門前，這兩扇門通往詞典室。詞典室通風而明亮，有石牆和用希臘石柱支撐的高聳天花板。大詞典值得擁有這樣的地方，我第一次看到它時，就納悶為什麼是布萊德利先生和克雷吉先生有此榮幸使用它，而不是歸莫瑞博士所有。「他是大詞典的烈士，」我問的時候爸爸說，「阿牘對他來說適得其所。」

我環顧大房間，試著分辨散布在每張桌面上亂七八糟紙張後方的各是哪個助手。愛蓮諾·布萊德利越過她書本砌成的女兒牆望過來，朝我揮手。

她從一張椅子上清掉一些紙，我坐下來。「我有一封信要交給妳父親。」我說。

「噢，好極了，他正期待莫瑞博士能針對他和克雷吉先生在討論的一個問題給予贊同。」

「討論？」我揚起一眉。

「唔，他們很客氣啦，不過兩人都希望能獲得老大的首肯。」她看著我手裡的信封。「無論結果如何，爸爸都會很慶幸能解決問題。」

「是關於某個詞嗎？」

「關於整個語言。」愛蓮諾湊過來，被金屬鏡框框住的眼睛因八卦而瞪得大大的。她壓低音量：「克雷吉先生想要再去一趟斯堪地納維亞，顯然他支持正式認可菲士蘭語（Frisian）的運動。」

「我從來沒聽過。」

「那是日耳曼語的一種。」

「對喔。」我說，想起在出版《O至P》的慶祝野餐時，我曾經跟克雷吉先生有過一段單向對話。當時冰島語的話題讓他興致勃勃地聊了一個多小時。

「爸爸認為這超出我們『英語』詞典編輯的負責範圍，他擔心如果克雷吉先生老是追著別的目標跑，R開頭的詞永遠編不完。」

「如果這是他的論據，我相信莫瑞博士會支持他的。」我說。

我起身準備離去，又遲疑了一下。「愛蓮諾，妳有沒有讀到伯明罕獄中的婦女參政運動者的事？她們被強迫灌食。」

她臉色漲紅，咬緊牙關。「我讀到了，」她說，「真是可恥。投票權就跟大詞典一樣，似乎是無可避免的。我實在是搞不懂我們為什麼要受這麼多苦、受這麼長的苦。」

「妳覺得在我們有生之年能享受到投票權嗎？」我問。

她微笑。「就這個問題，我比爸爸和詹姆斯爵士都樂觀。我相信能的。」

我沒那麼篤定，不過我還來不及多說什麼，布萊德利先生就走過來了。

我用最快的速度踩著踏板，從舊艾許莫林騎向瓦爾頓街。驅策我衝刺的倒不是漸漸暗下來的天空，而是我為緹爾妲和像她一樣的女人——以及我們所有女人——懷抱的恐懼，恐懼她們的努力失敗。激烈運動並沒能讓我的憂慮安靜下來。

我抵達出版社後，把自行車往兩輛自行車之間一插，氣惱這裡總是沒有足夠的空間可以輕鬆地把車停好。我大步穿過方院，對著男人們擺臭臉，對女人則打量她們的表情；即使她們知道強迫灌食的事，也沒有表現出來。我想知道有多少人跟我一樣感到無能為力。

我沒有走到哈特先生的辦公室，而是去了排字間。我的口袋裡裝著寫有那個排字工人名字的紙卡。我拿出來看了一下，不過其實我不需要它來提醒。等我走到房間時，我的腳步已慢下來。

蓋瑞斯在排鉛字。我進房間時他沒有抬頭，但我感覺並不需要等人家邀請。我深吸一口氣，開始從擺滿鉛字的工作檯之間走過去。

男人們點頭，我點頭回應，每個友善的動作都讓我的憤怒漸漸消散。

「哈囉，小姐，妳在找哈特先生？」有個很熟悉但我不知道名字的人說。

「其實我是想跟蓋瑞斯打聲招呼。」我說。我幾乎認不出這個充滿自信的嗓音竟是我的聲音。

似乎沒有人在意我在排字間亂逛，我這才發現我一直以來感到的威嚇或許全是自己嚇自己。等我走到蓋瑞斯的工作檯邊時，驅使我上前的情緒已經耗盡了，我的信心也已用完。

他抬起頭，仍帶著專注的表情。然後他笑開了。「哇，真是驚喜。妳是艾絲玫對吧？」

我點點頭，突然發覺我沒有準備任何說詞。

「妳不介意我先把這部分排完吧？我的排字盤已經快滿了。」

蓋瑞斯用左手拿著「排字盤」。它長得像某種淺盤，能擺放一排排的鉛字。他用拇指緊緊壓住那些鉛字。他的右手在他面前的工作檯周圍飛速移動，從許多小隔間收集更多鉛字，那些小隔間讓我聯想到莫瑞博士的分類格，只是尺寸小了好幾號；每個隔間都只給一個字母使用，而不是好幾捆的詞。才一晃眼工夫，他的排字盤已經滿了。

他眼睛往上瞟，注意到我很感興趣。「下一步是把它翻到印版裡。」他說，指著工作檯旁邊的木框。「看起來眼熟嗎？」

我看著印版。除了新的鉛字要放的一塊空缺之外，它的尺寸和形狀正好是一頁文字

——可是我看不出是哪一頁文字。「這看起來像另一種語言。」

「這是反的，不過只要我修正好這個地方，它就會是下一本大詞典分冊裡的一頁了。」

他小心翼翼地把排字盤放下去，然後摩擦拇指。

「排字工人的拇指。」他說，舉起來讓我瞧個仔細。

「我不該盯著看。」

「我很歡迎妳盯著看。這不過是代表我這個職業的一項特徵罷了。」他從凳子上跨下來。「我們全都是這樣。不過我相信妳不是來聊拇指的。」

我進到排字間是為了挑戰某種我以為存在的禁令，現在我覺得自己很愚蠢。

「哈特先生，」我笨拙地說，「我以為他可能在這裡。」我環顧四周，好像他可能躲在某個工作檯後面。

「我看看能不能找到他。」蓋瑞斯拿一塊白布撢了撢他的凳子，「妳可以坐在這裡等。」

我點點頭，讓他把凳子推到我屁股下。我看著仍然排列在排字盤上的鉛字，它幾乎難以理解，不光是因為字母是顛倒的，也是因為字跟背景幾乎融為一體，全都是砲銅般的灰色。

即使其他排字工人一度對有個奇怪女人找蓋瑞斯講話感興趣，他們也已經失去好奇了。我從離我最近的小隔間裡拿出一個鉛字。

它像是一張小小的郵票，一根大約一吋長、不比牙籤寬多少的金屬棒末端，有個微微凸起的字母。我把它壓在指尖上——它留下小寫「e」的印記。

我再次看向排字盤。他說它將構成大詞典某一頁的一部分。我花了一點時間，但總算開始看懂那些文字。看懂之後，我感到一陣慌亂浮現。

二、罵街潑婦（Common scold）：時時刻刻在罵人，因而擾亂鄰居安寧的女人。

那些在溫森格林監獄的女人就是這種人嗎？我看著印版旁邊的校樣。看起來這不是初次排版；蓋瑞斯是在處理編修的部分。在某項條目的邊緣釘著莫瑞博士的註記。

不需要定義「SCOLD'S BRIDLE」；只要交互參照「BRANKS」的相關條目

即可。

我讀了要編修的條目。

三、潑婦的口啣、轡頭（Scold's bit, bridle）：用在潑婦等案例中的刑具，由某種鐵質結構將頭部包住，包含伸入口腔約束舌頭的堅硬金屬口塞或口啣。

我想像她們被壓制住，嘴巴被撬開，一根管子被塞進去，她們的叫聲被悶住。這個動作勢必會對她們嘴唇和口腔和喉嚨敏感的黏膜造成怎樣的傷害？等這過程結束，她們還能說話嗎？

我在工作檯上搜尋，從不同的小隔間挑出每個字母：s、c、o、l、d。這些字母有重量，我讓它們在掌心滾動。它們銳利的邊緣刮得我的皮膚癢癢的，已被遺忘的頁面留下的殘墨在我手上印出痕跡。

排字間的門打開了，蓋瑞斯帶著哈特先生走進來。我把鉛字放進口袋，將凳子往後一推。

「T開頭的詞的第一批校正。」我邊說邊把校樣交給哈特先生。

他接過稿件，對我手指上的墨漬視而不見。我迅速把手塞進口袋。蓋瑞斯可沒那麼心不在焉，我從眼角餘光看到他在檢查他先前正在排的鉛字。他發現什麼也沒少，目光由排字盤上掃過去。我緊握住鉛字，感覺它們銳利的邊緣，用力到手都痛了。

「好極了。」哈特先生邊瀏覽頁面邊說，「我們正一吋一吋地在前進呢。」然後他轉向蓋瑞斯。「我們明天來檢查這些。九點來找我。」

「是的，先生。」蓋瑞斯說。

哈特先生朝他的辦公室走去，仍然看著稿子。

「我得走了。」我說，沒看蓋瑞斯就匆匆走開。

「期待妳還會來。」我聽到他說。

我推著自行車走出出版社時，天色更暗了。我還沒騎到班伯里路，就下起傾盆大雨。等我回到累牘院，我全身滴水，瑟瑟發抖。

「停！」我打開累牘院的門時丹克渥斯先生大喊。

我煞住腳步，這才意識到自己的模樣一定很悽慘。每個人都望著我的方向。

坐在她父親桌旁的蘿絲芙站起來。「丹克渥斯先生，你的意思是要艾絲玫整個下午都在外頭淋雨嗎？」

「她身上的水會把我們的稿子都滴濕了。」他改用比較低的音量說，然後他俯向稿件，好像對接下來的發展不感興趣。我待在原地，牙齒開始格格作響。

「爸爸根本不該叫妳出去的，任誰都看得出來要下雨了。」蘿絲芙從架子取出一把雨傘，然後挽起我的手臂。「跟我來吧；他和妳爸爸很快就會回來了，如果他們看到妳這副模樣一定很不高興。」

蘿絲芙把傘撐在我們兩人頭上，我們穿過花園來到房屋正面。我鮮少受邀來到莫瑞家的主屋，走正門進去的次數更是一隻手就數得出來。在那一刻，我覺得我稍微能體會莉茲每天的心情。

「在這裡等一下。」蘿絲芙說，前門在我們身後關上。她走向廚房，我能聽到她呼喚莉茲。一分鐘後，莉茲來到我面前，拿著一條剛從織物櫃裡取出來的溫暖毛巾來替我擦身體。

「妳為什麼不在出版社等雨停呢？」莉茲邊問邊跪下來脫掉我的鞋子以及我濕透的褲襪。

「謝謝妳，莉茲，接下來就交給我吧。」蘿絲芙接過毛巾，帶我上樓去她的臥室。我比蘿絲芙大了將近兩歲，然而我總覺得自己比較小。她在衣櫃裡尋找我可能可以穿的衣服時，我在她身上看到屬於她母親的那股務實的自信。莫瑞太太有資格被稱為夫人，正如同莫瑞博士不愧對爵士封號，爸爸曾說。「要是沒有她，大詞典老早就做不起來了。」

知道自己應該怎麼表現一定很令人安心：像是擁有自己的定義，明明白白地用黑色字體印出來。

「妳比較高，也比較瘦，不過我想這些應該能穿。」蘿絲芙把裙子、上衣、羊毛衫和內衣攤放在床上，然後讓我留在房間更衣。

我脫下裙子之前，先掏了一下口袋。其中一個口袋裡有手帕、鉛筆和一團濕掉的空白紙卡。我走去把紙卡丟在垃圾桶，忍不住看了看蘿絲芙書桌上的紙張。所有東西都整理得井然有序。有一張照片是她父親獲頒爵位後拍的，另一張是在向陽屋花園中的全家福。有些完成進度不一的校樣和信件。我認出她最近在寫的信件的收信者是誰——是溫森格林監獄的典獄長。親愛的先生，它說。我有意反對。她就只寫到這裡而已。信的旁邊是一份《倫敦時報》。

我從另一邊口袋掏出從蓋瑞斯那裡偷來的鉛字，以及寫著他名字的紙卡。雨水幾乎將紙卡變成透明，但他的名字仍然看得出來。

我換上蘿絲芙的衣服後，用潮濕的手帕包住鉛字，放進一邊的裙子口袋。我拿起寫有蓋瑞斯名字的紙卡。他知道我拿了鉛字，我太羞愧了，不敢再去找他。我把紙卡丟進垃圾桶。

然後我又轉向蘿絲芙的書桌。《倫敦時報》給了溫森格林的女人比較大的篇幅。緹爾妲不是其中一人；這次不是，我心想。夏洛特．馬許是藝術家亞瑟．哈德威克．馬許的女兒。蘿拉．艾因斯渥斯的父親是德高望重的學校督察。瑪麗．萊依是一個建築工的妻子。這三個女人就是這麼被定義的。

女奴。我回想起這個詞，我意識到最常用來定義我們的詞，都是在描述我們在與他人相關時發揮什麼功能。就連最溫和的詞彙——**處女**、**妻子**、**母親**——都在向世人訴說我們是不是完璧之身。「處女」的男性對應詞是什麼？我想不出來。「太太」、「妓女」、「罵街潑婦」的男性對應詞是什麼？我望向窗外的累牘院，那是這些詞語的定義確立的地方。哪些詞語能定義我？哪些會被用來批判或控制？我不是「處女」，也不是哪個男人的「妻子」。我沒有意願成為妻子。

當我讀到「治療」如何施行時，我感到隱隱約約的嘔吐反射，以及管子刮過從臉頰到喉嚨到胃裡的黏膜的疼痛。這是一種強暴。那些身體的重量壓制住你，約束你狂抓的手和亂踢的腳。強迫你打開。在那一刻，我不確定是哪一方的人性受到更大的傷害：女人的或是政府的。如果是政府的，那麼我們全都該慚愧。畢竟，自從緹爾妲離開牛津之後，我為這項志業出了什麼力嗎？

蘿絲芙回來了，我們一起下樓。「蘿絲芙，妳是婦女參政運動者嗎？」我問。

「我不會在夜裡偷溜出去砸窗戶，如果妳是這個意思的話。我比較喜歡自稱為支持婦女參政者。」

「我不認為我能做到某些女人做的事。」

「絕食還是擾亂公共秩序？」

「都是。」

蘿絲芙在樓梯上停下來，轉頭看我。「我也不認為我做得到。而且我不能想像……唔，妳看了報紙。但硬碰硬不是唯一的方法，艾絲玫。」

蘿絲芙繼續下樓，我跟在她兩步之後。我有好多話想問她，但儘管我們都在大詞典的陰影下長大，我感覺我們之間隔了好幾個世界。

我們在廚房門口逗留了一會兒，看著雨勢。「我最好衝過去，」蘿絲芙終於說，「但妳今天已經夠濕了——在這裡暖和地待著，等雨停了再來吧。我們絕對不能讓妳感冒了。」她打開雨傘，小跑步越過廚房和累牘院之間的距離。

莉茲蹲伏在爐灶前。「看妳的臉，艾西玟，妳怎麼啦？」

「報紙，莉茲。妳要是知道發生什麼事一定大吃一驚。」

「不需要看報紙；市場的消息一樣靈通。」她把煤炭鏟到升起的火焰上，砰地一聲關上沉重的鑄鐵門。她站直身子時看起來很僵硬。

「她們有提到伯明罕的婦女參政運動者發生什麼事了嗎？」我說。

「有啊，她們在說這個。」

「她們生氣嗎？對絕食抗議和強迫灌食的事？」

「有些人很生氣。」她邊說邊開始切蔬菜，切完放進大鍋。「其他人認為她們做事的方法完全錯了，覺得用蜂蜜可以抓到更多蒼蠅。」

「可是她們認為那些女人應該受那些苦嗎？那簡直是酷刑。」

「有些人認為總不能任由她們餓死。」

「莉茲，那妳怎麼想呢？」

她抬起頭，因為切洋蔥而眼眶發紅、眼中泛淚。「我沒辦法那麼勇敢。」她說。她答非所問，但如果我對自己夠誠實，我或許也會說一樣的話。

一九一〇年四月十一日

生日快樂，我親愛的艾絲玫：

我不敢相信妳二十八歲了。這讓我感覺好老了。有鑑於妳持續的關心，今年我附上一本艾蜜莉．戴維斯的書。艾蜜莉是我母親的朋友，已經參與婦女投票權運動達半世紀之久。她的做法與潘克斯特太太頗為不同，她堅定地相信女性的教育具有帶來平等的力量——她的論據相當有說服力。我希望如果妳讀了《女性相關二三事小思》，妳也許會考慮也去攻讀一個學位。說到這裡，來談談妳的信吧。

我在早餐時大聲讀信。貝絲和我跟妳有同樣的顧慮，不過我們並不像妳一樣覺得那麼無能為力。

這並不是一場新的戰爭，儘管艾米琳．潘克斯特的娘子軍絕對會為這項目標引來關注，她們或許並不能加速促成令人滿意的結果。我們遲早會取得投票權的，但那並不是終點。戰鬥會持續，而它不能只依賴願意餓肚子的女人。

過去，當「全民投票權」是當時的政治論點時，我們的祖父就針對女性投票權的主題直言不諱。我好奇我們的詞典會如何定義「全體」。在當時，它指的是全部的成年人，不論種族、收入或財產。但它指的不是女人，而我們的祖父抱怨這一點。據說他曾說這將是場漫長的戰役，而若要取得成功，就必須多頭並進。

妳並不是個膽小鬼，艾絲玫。想到有任何一個年輕女人這麼想，只因為她沒有為了自己的信念被虐待，就讓我感到心痛。如果緹爾妲在為婦女社會政治聯盟效命，那很適合她，她是個演員，知道如何挑起觀眾的情緒。如果妳想發揮用處，就繼續做妳一直在做的事吧。妳曾經觀察到某些詞只因為被寫下來過，就被視為比別的詞更重要。妳曾抗議過受過教育的男人用的詞，先天上就比未受教育階級用的詞更重要，後者亦包括女性在內。做妳最擅長的事吧，我親愛的艾絲玫：持續思考我們使用和記錄的詞。一旦女性的政治投票權問題獲得解決，不那麼明顯的不平等也需要揭露。妳在不知不覺中已經在從事這項志業了。就像祖父說的，這是長期抗戰。扮演妳擅長的角色，讓其他人各司其職。

好了，講點別的消息吧。我仔細思考許久，不知道是不是保持沉默為上策，但貝絲說服我沉默是個裝滿焦慮的空洞。莎拉寫信說他們已在阿得雷德舒適地安頓下來，而小梅根也健康地成長著。這方面我還有更多可以分享的，但我會等妳主動問我。

跟妳詢問的事不無關聯：莎拉剛在她的第一場選舉中投票了！是不是很棒啊？南澳州的女人從十五年前就開始行使這項權利了。就我所能蒐集到的資訊，沒有一個人必須砸破任何窗戶或是把自己餓死才能獲得這項特權。妳勢必知道這些好女人中有幾個人來到英國支持我們的志業，妳還記得用鐵鍊把自己拴在婦女旁聽席格柵上，並且在下議院發言的年輕女人吧？唔，她正是阿得雷德當地的女孩。據各方的描述所言，南澳州都沒有因為女性投票權而產生任何不良影響。正好相反，莎拉信中寫道，一旦習慣當地的高溫，那是個相當令人愉快的地方。社會似乎並沒有以任何方式崩解。它在這裡發生只是早晚的事。

在我結束之前，貝絲要我告訴妳《龍騎兵的妻子》剛剛再刷了。看來為了投票權而戰與為了心上人而傾倒之間並沒有衝突。我們真是一個複雜的物種。

愛妳的蒂塔

梅根。小梅。小梅兒。

「她」有名字了，「她」正健康地成長。我只需要知道這些就夠了。我只能知道這些，再多就會脹破了。

另外兩個生日過去了，梅根三歲了，然後四歲了。一段關於「她」的敘述成了蒂塔每年送我的禮物的一部分，就像以前莉莉的故事那樣。她會寄來一本書，一封信，「她」的第一步，「她」的第一個字。書總是被放到一旁，蒂塔的消息迅速被遺忘。我費力地想記起我日常生活的律動。

一九一二年十二月

隨著一年又一年過去，光陰以隱微的方式在累牘院留下了印記。書本堆得愈來愈高，造了分類格來裝更多紙卡，書架圍出一個凹槽來放蘿絲芙從主屋拿來的一張舊椅子。它成為馬林先生最喜歡的小天地，他需要研究外文文本時就會去那裡。分類桌周圍的鬍鬚都變得更灰了，莫瑞博士的鬍鬚也愈來愈長。

這裡從來就不是個喧鬧的場所，但累牘院的整體音效結合起來，會製造出一種令人舒心的嗡鳴。我很習慣整理紙張聲、鋼筆刮擦聲和像指紋般標記出每個人身分的挫折聲。如果某個詞令他煩惱，莫瑞博士會悶哼一聲，離開椅子到門口深吸一口氣。丹克渥斯先生會把他的鉛筆當作節拍器，緩慢地敲出他思考的節奏。爸爸會停止發出任何聲音。他會摘下眼鏡揉著鼻樑，然後他會用手支著下巴，抬起眼皮盯著天花板，就像如果我們吃晚餐聊天講到他接不下去的話題時那樣。

瑤爾曦和蘿絲芙有她們自己的專屬聲音，我好愛聽她們的裙襬掃過地面，勾住被粗心大意地弄掉在地上的紙卡（真是意外的收穫，我有時候心想，我會注意看它們最後到了什麼地方，如果沒人撿的話我就去撿走）。莫瑞家的女孩——我仍然在心裡這麼稱呼她們，雖然我們都超過三十歲了——也會讓空氣中瀰漫著薰衣草和玫瑰花香。我會把它當作一帖興奮劑來吸入鼻腔，對付男人們有時不修邊幅的衛生習慣。

偶爾，累牘院會寂然無聲，純屬我一人。通常是在分冊出版的前夕：編輯和他們的資深助手會去舊艾許莫林開會，敲定最後的分歧，而瑤爾曦和蘿絲芙則會藉機去別的地方。

通常在獨擁累牘院時，我會在桌子和書架間繞行，尋找小小的紙卡寶藏。但在這一天，我在趕時間。我上午的休息時間待在莉茲房間整理行李箱的紙卡，現在我有一小捆女人的詞想要分類編目。

我掀開桌蓋，拿出我用來當作我的詞的分類格的鞋盒。它已經裝了半滿，都是小捆小捆的紙卡，每一捆代表一個詞，不同女人提供的意義和引文都釘在一起。我把新的紙卡攤在桌上。有些屬於我已經定義的詞；有些是新的，需要首頁紙卡。這是我最樂在其中的部分：考慮某個詞所有的變化形，並決定哪一個是它的標題詞，然後寫一段適合它的定義。在這個過程中我從來不孤單；沒有例外，我總是受到使用那個詞的女人的嗓音所引導。如果那個女人是梅寶，我會逗留得稍微久一點，確保我把意思寫得恰好正確，然後想像她露出牙齦的笑容。

莉茲的針插現在一直放在我的桌子裡，我抽出一根針來固定「git」的引文。第一個提供我引文的人是緹爾妲，但梅寶只要講到她不喜歡的男人時，總會把這個詞掛在嘴邊。就連莉茲都會偶爾用到。所以這是一句罵人話，但並不下流；而梅寶從來不用在史提斯太太身上，所以它只能指稱男人。我把針刺進紙卡的一角，開始在腦中構思首頁紙卡的內容。

「這是什麼？」

針刺了我的拇指一下，我倒抽一口氣。我抬起頭。丹克渥斯先生在我旁邊，打量攤放在我桌上亂七八糟的紙卡。它們脆弱地暴露著。顯然不是我應該在處理的詞。

「沒什麼重要的啦。」我說，試著把紙卡收攏成一堆，並對著他微笑，清楚地意識到自己看起來一定很愚蠢：一個擠在學校書桌後頭的成年女人。

他湊近一些，更仔細地看那些詞。我試著把椅子往後推，卻發現推不動。就眼下來說，我進退不得，只能任由他繼續檢視。

「如果不重要，妳為什麼要做？」他問，伸手越過我，逼得我只能低頭來避開他。他拿起那一疊紙卡。

突然間有一段回憶主動浮現，我原本以為它已被時間和善意給掩埋。當時我比較小，書桌很類似，但我對接下來要發生的事毫無控制力的感覺是那麼強烈，我感覺喘不過氣。我原本容許自己想像我的人生能夠有別於我觀察過的許多女人，可是在那一刻，我感覺就和她們一樣受到束縛，一樣無能為力。

然後我感到憤怒。

「對『你』來說沒什麼重要的。」我說，「不過它確實很重要。」我使出更大力氣去推椅子，直到丹克渥斯先生不得不讓開。

我站得離他很近，近到就像我們即將接吻似的。他皺著額頭，彷彿永遠都很專注，完美的分線兩側油滑的黑髮中豎起又短又硬的白髮。那些白髮很不守規矩，我很訝異他沒把它們拔掉。他踉蹌後退。我伸出手討回紙卡，但他緊握不放。

他帶著我的紙卡走向分類桌，把它們像撲克牌一樣鋪開在桌上，然後他觸摸它們，把它們移來移去。「manhandling」（粗暴地對待），我心想。等他罷手之後，我要就此寫一張紙卡。

丹克渥斯先生停下來讀一兩個詞，彷彿是在衡量它們的價值。我能看出他內心的語文學家何時被引起了好奇心：他的額頭線條軟化，緊抿的嘴唇也放鬆了。我想起那些罕見的時刻，我幾度認為我們或許有共通點。他看著我的詞思考的時間愈久，我愈是覺得自己是不是反應過度了。

我的肩膀垂下來，下巴也放鬆。我是多麼渴望能找個人談談女性的詞，談它們在大詞典裡的位置，談做法上的瑕疵可能表示它們遭到遺漏。在那一刻，我想像丹克渥斯先生和我是盟友。

突然間他把紙卡都掃成一堆，毫不在意它們的順序。「尼克爾小姐，妳既是對的也是錯的，」他說，「妳的計畫對我來說確實不重要，但它本身也不重要。」

我驚愕到無法回應。他把那一疊紙卡還給我時，我的手抖得太厲害，紙卡直接掉到地上。

丹克渥斯先生看著散落在滿是灰塵的地上的紙卡，絲毫沒有要幫忙撿起來的表示。他反倒是轉回身面向分類桌，在他自己的稿件裡搜尋，找到他來找的東西，然後就走了。

顫抖由我的手傳遞到身體的每個部位。我跪下來撿紙卡，卻無法按照任何次序排列它們。我沒辦法集中注意力，而它們看起來毫無意義。我聽到累牘院的門再度打開，不禁閉上眼睛，惟恐又是丹克渥斯先生——害怕他看到我跪在地上的屈辱。

有人在我身旁彎下腰，開始撿拾紙卡。他有美麗的長手指，但左手拇指變形了。是排字工人蓋瑞斯。我隱約記得這種事發生過。他撿起一張又一張紙卡，每一張都先拍掉灰塵才交給我。

「妳晚點可以整理好的，」他說，「現在最好先讓它們還有妳離開這冰冷的地板。」

「是我的錯。」我聽到自己說。

蓋瑞斯沒有回應，只是繼續把紙卡遞給我。我偷他的鉛字已經是好幾年前的事了，儘管他很友善，我還是設法保持距離，只跟他維持淡淡的交情。

「這只是我的嗜好，它們其實不屬於這裡。」我說。

蓋瑞斯停頓了一下，卻還是沒說什麼。然後他拿起最後一張紙卡，用手指在上頭描畫，大聲唸出上頭的詞：pillock（笨蛋）。他抬起頭，露出微笑；他的眼睛周圍散射出細紋。

「下面有如何使用這個詞的例句。」我說，湊近去指出紙卡上的引文。

「看起來是正確的。」他邊讀邊說，「緹爾妲．泰勒是誰？」

「她是使用這個詞的女人。」

「這麼說這些詞不在大詞典裡囉？」

我僵住了。「對。全都不在。」

「可是有些還滿常見的耶。」他邊翻看邊說。

「在使用它們的人之間是很常見，但普遍性並不是收錄在大詞典的必要條件。」

「是誰使用它們？」

片刻之前我畏縮不敢進行的戰鬥，現在我準備好迎戰了。「窮人、在室內市集工作的人、女人。所以它們才沒有被寫下來，所以它們才會被排除。不過有時候它們確實被寫下來了，可是仍然被剔除掉，因為『上流社會』不會使用這些詞。」我感覺精疲力盡，可是充滿叛逆心。我的手還在發抖，不過我已準備好繼續下去了。我直視他的眼睛。「它們很重要。」

「那妳最好把它們保管好。」蓋瑞斯說，他把最後一張紙卡交給我並站起身。然後他伸手拉我起來。

我把紙卡拿回書桌，放進桌蓋底下。然後我轉回身面向蓋瑞斯。「你是來做什麼的？」我問。

他打開側背包，抽出最新一本分冊的校樣。「《Sleep至Sniggle》，」他說，把稿件舉在空中，「如果改得不多，我們聖誕節前就可以送印了。」他微笑，點點頭，把校樣送到莫瑞博士的桌子上，然後離開累牘院。我以為他會轉身再對我微笑，但他沒有。如果他有的話，我就會告訴他這次應該會改很多。

吃完午餐，大家都回到累牘院，我等著丹克渥斯先生出賣我。我年紀已經太大了，不會被遣送到外地去，但我有足夠的時間和寂靜去想像十幾種其他的懲罰方式。所有懲罰的開頭都是備受屈辱地奉令交出口袋裡的東西，結局則是永遠不得再踏進累牘院一步。

但是丹克渥斯先生始終未向莫瑞博士提起我的詞。一連好幾天，我偷偷觀察他，每次他有事要請示主編時，我都屏住呼吸，但他們從未看向我的方向。我意識到不光是我的詞對丹克渥斯先生來說不重要，就連我應該做大詞典的工作、卻把時間花在那些詞上的這項事實，他也不放在心上。

我正在回覆一項針對拼字的詢問，自從《Ribaldric至Romanite》這本分冊出版後，這項詢問就頻頻出現。來信者問道：新的大詞典為什麼捨普遍的「rhyme」不用，而要取「rime」呢？習慣和常識都堅持前者。我該被視為文盲嗎？這是個吃力不討好的工作，因為並沒有合理的答案。蓋瑞斯自行車熟悉的聲音足以構成我半途而廢的理由，我放下鋼筆望向門口。

自從幾星期前他幫忙我把紙卡從地上撿起來，這是他第三度造訪累牘院。

「這年輕人不錯。」爸爸第一次注意到蓋瑞斯打招呼時說。

「跟波普先生還有庫辛先生一樣不錯嗎？」當時我問。

「我絕對不懂妳的意思。」爸爸說，「他是個領班，少數哈特先生信任到可以討論版型的人。」說到這裡他看著我，揚起眉毛。「不過通常那些對話都是在出版社進行的。」

門開了，淡淡的天光照了進來。助手們抬起頭，爸爸點頭打招呼，然後瞥向我。莫瑞博士從他的凳子上走下來。

我離得太遠，聽不見他們說什麼，但蓋瑞斯指著校樣的某一塊，向莫瑞博士解釋什麼。我看得出莫瑞博士表示認同：他問了個問題，聽對方說，點頭，然後要蓋瑞斯到他的書桌旁，兩人一起檢視其他頁面。我注意到丹克渥斯先生很守本分地忽視這整場互動。

蓋瑞斯在一旁等待莫瑞博士快速寫一張短箋給哈特先生，寫好之後，蓋瑞斯把它收進側背包，一老一少便走向花園。

我看到他們在剛出門口的地方。莫瑞博士伸展身體，有時候他整個早上都俯身看稿後就會做這個動作。他們的態度變了，變得比較熟不拘禮。爸爸告訴過我哈特先生積勞成疾，我猜這讓他們兩人都很關切。

莫瑞博士一個人回到累牘院。我很訝異從我肺裡吐出的空氣竟如此沉重。他讓門開著，新鮮的十二月空氣開始在桌子間循環流動。兩名助手穿上外套；蘿絲芙在肩膀裹上披肩。我通常並不贊同莫瑞博士那一套新鮮空氣能讓頭腦清醒的說法，不過我剛才身體變得太熱，無法清晰地思考，因此這一次我很慶幸他這麼做。我回到替「rime」辯解的任務上。

「這是給妳的。」是蓋瑞斯。

一時間，我無法抬頭看。剛才在我身體裡的熱度現在全都集中到我臉上了。

「這是給妳蒐集的詞，是我媽常用的。她以前老是這樣用這個詞，但我在我們存放在出版社的校樣裡找不到這種用法。」他說話聲音很輕，但我每個字都聽見了。我還是沒抬起頭；我沒把握我能開口說話。我反倒是把注意力集中在蓋瑞斯放在我面前的紙卡上。他一定是從放在門邊架上的那一疊空白紙卡拿了一張。這是最常見的一個詞，但意義不同。我認出那是我小時候聽過的用法。

CABBAGE（包心菜）

「過來，我的小包心菜，來抱我一下。」

——狄蕊絲·歐文

狄蕊絲，好美的名字。這句子很像是莉茲會說的話。

「媽媽們有她們自己的一套詞彙，妳不覺得嗎？」他說。

「這我不清楚，」我望向爸爸，「我從沒見過我媽媽。」

蓋瑞斯看起來大吃一驚。「噢，很遺憾。」

「請你不要感到遺憾，你應該可以想像，我父親對詞語也很有一套。」

他笑了。「唔，那倒是。」

「那你爸爸呢？」我問，「他在出版社工作嗎？」

「在出版社工作的人是我媽，她是裝訂工，我十四歲那年她安排我成為學徒。」

「可是你爸呢？」

「就只有我媽和我而已。」他說。

我看著手裡的紙卡，試著想像把這個男人喚作她的小包心菜的女人是什麼模樣。

「謝謝你的紙卡。」我說。

「希望妳不介意我跑來找妳。」

我望向分類桌。有一兩個人在偷瞄我的桌子，爸爸的臉上則帶著詭異的笑容，不過他的眼睛堅定地望著稿子。

「你這麼做我很高興。」我說，望著他的臉，然後迅速低頭看著紙卡。

「嗯，我肯定還會這麼做的。」

他走了以後，我掀開桌蓋，在我的鞋盒裡翻尋，直到找到蓋瑞斯的紙卡專屬的位置。

一九一三年一月

我騎向博德利圖書館時，殉道紀念塔周圍聚集了一群人。我可以像平常一樣沿著帕克斯路走來避開它，然而我一直待在班伯里路上，直到人群使我轉向。

整個牛津到處張貼著告示。傳單撒在街道上，所有報紙都充斥著或支持或反對的報導。牛津的婦女投票權聯盟要聚集起來，進行一場從聖克萊門特教堂到殉道紀念塔的和平遊行活動。還有幾小時活動才開始，但事前準備工作已展開，而且已經有種期待和興奮的氛圍。要不是因為空氣裡有種雷雨將至般的緊張氣息，簡直就像要舉辦集市一般。

博德利圖書館的人比平常少。我花了點時間搜尋「藝術區」的書架。莫瑞博士要我查詢的書很古老，頁面上的引文幾乎像異國文字，很容易就會弄錯。我坐在被早已作古的好幾代學者給磨平了的長椅上，好奇其中有多少人是女性。

我順著原路騎回去。遊行隊伍已抵達了，人群暴增。女性和男性比例是懸殊的三比一，但我對到場的男人感到訝異：各種各樣的男人都有。有打領帶的，沒打領帶的。跟女人挽著手臂的。獨自站著的。三五成群聚在一起的，戴著便帽、穿著無領上衣，雙臂扠在胸前，兩腿岔得很開。

我把自行車靠在抹大拉的聖瑪麗教堂小小公墓的欄杆上，然後站在人群外圍。先前我讀到遊行的事時，我希望緹爾妲會為此回到牛津來。我寫信給她，還附上一張傳單：我會在殉道紀念塔附近的小教堂旁等妳。

她回覆我一張明信片。

再看情況吧。婦女社會政治聯盟沒有受邀（牛津許多受過教育的女士並不認同潘克斯特太太的做法）。但我很慶幸妳加入了姊妹會，將把妳的聲音奉獻給這股吶喊——也該是時候了。

殉道紀念塔旁搭起一座高臺，有個女人站在上面說話，不過從我站的位置很難看得清楚是什麼人，在周圍的嘲弄聲中也幾乎聽不見她在說什麼。傳單指示我們「不要理會」想搗亂的人，而現場大部分支持講者的男男女女都做到了這一點。但是詆毀者人數眾多，他們從人群中的各個角落大聲嚷嚷。聖約翰學院一扇敞開的窗戶放著一臺留聲機，音樂開始刺耳地由那裡播放。講者高臺旁邊的一群男人在抽菸斗，從他們那裡浮出一團菸霧。另一群男人開始引吭高歌，音量大到讓人根本聽不到別的聲音。身在人群邊緣的我感到異常脆弱。

殉道紀念塔周圍的人群擾動起來。我踮起腳尖看看發生了什麼事，發現騷動正從人海中向外移動。它朝著我而來，但是直到兩個男人出現在我面前，我才意識到這代表什麼意思；他們的手臂互相勾纏，朝對方揮拳。穿著有領上衣、打領帶的男人體格較魁梧，但他的手臂胡亂揮動，拳頭不斷錯失目標。另外那男人則準確多了。儘管天氣寒冷，他卻沒穿外套，上衣袖子捲到手肘。我向後退，但抹大拉街仍堵得水洩不通，我被擠得緊貼著靠在教堂公墓欄杆的一排自行車。

我看到騎在馬背上的警察像蹚在水裡一樣走在人堆裡。馬嚇著了群眾，他們一哄而散。人們開始奔跑，半數的人跑向寬街，半數跑向聖吉爾斯街。我跨出一步，被人撞倒在地。女人的鞋子和男人的鞋子；濺了泥土的洋裝裙襬。我被拉起來，又被撞倒。我不認識的兩個女人把我拽起身，叫我回家，但我像麻痺似的呆立原地。

「婊子！」

一張粗魯的紅臉，幾乎碰上我的臉；那個鼻子多年前斷過，始終沒有扳直。然後是一口唾沫。我幾乎無法呼吸。我抬起兩條手臂來保護自己，但我預期的毆擊並沒有發生。

「嘿！走開。」

女人的嗓音。洪亮，兇悍……然後轉為溫和。「他們是懦夫。」她說。那話語和語氣很熟悉。我垂下手臂，張開眼睛。是緹爾妲。她把我拉到一旁，擦掉我臉頰上的唾沫。「害怕他們的老婆不再做牛做馬。」她把用過的手帕丟在地上，然後退後一步。

「艾絲玫。比以前更漂亮了。」緹爾妲看到我的表情不禁笑起來。

我們旁邊發生另一場扭打，一時間我很慶幸可以轉移注意力。然後我發現事主是誰。

「蓋瑞斯？」

他轉頭，另外那男人趁虛而入。一記重拳打上蓋瑞斯的嘴唇，對方露出一抹奸笑。我認出攻擊者斷掉的鼻樑。蓋瑞斯撐住沒有倒下去，但他還沒來得及反擊，那男人已經跑掉了。

「你的嘴唇在流血。」蓋瑞斯站近一點後我說。他碰了碰，縮了一下，看到我憂心忡忡的表情便露出笑容，然後又縮了一下。

「我沒事。」他說，「妳們做了什麼，讓那傢伙這麼生氣？他剛才直接朝妳們衝過去。」

「混蛋。」緹爾妲說。蓋瑞斯的頭立刻轉向她。「噢，不是你啦，你是我們穿著閃亮盔甲的騎士。」她用劇場的方式行了個屈膝禮，露出嘲弄的笑容。蓋瑞斯看出她的奚落之意，不禁有些發窘。

「緹爾妲，」我挽住她的手臂說，「這位是蓋瑞斯，他在出版社工作，他是我朋友。」

「朋友？」她揚起眉毛。

我沒理會她，但不敢看蓋瑞斯的眼睛。「蓋瑞斯，這位是緹爾妲。我們認識很多年了，當時她的劇團來到牛津。」

「幸會，緹爾妲。」蓋瑞斯說，「妳是來演出還是來參加活動的？」他掃視混亂的現場。

「艾絲玫邀請我來的，潘克斯特太太也覺得這是個喚起大眾注意力的機會，所以我就來了。」

有好多人在大聲喊叫，還有警笛聲。有些女人被追著跑向寬街。「我看我們該走了。」我說。

緹爾妲抱了我一下。「妳走吧——我想有人會好好照顧妳的。」她說，「不過星期五晚上到老湯姆來，我們有好多新消息要互相報告呢。」然後她轉頭看蓋瑞斯。「你也要來喔，答應我你會來。」

蓋瑞斯看著我尋求指示。緹爾妲冷眼旁觀，等著看我如何回應。感覺彷彿我跟她上一次見面才不過是昨天的事。大膽和恐懼在我內心交戰，我並不想讓恐懼勝出。

「當然好，」我說，回望著蓋瑞斯，「也許我們可以一起去？」

他咧嘴而笑，扯開破裂嘴唇上脆弱黏合的傷口，於是它又開始流血了。我伸手到洋裝口袋，卻發現我沒有帶手帕。

「一小片紙也能用。」他說，試著讓眼中的笑意不要蔓延到嘴唇。「這不比刮鬍子造成的傷口嚴重到哪裡去。」

我取出一張空白紙卡，撕下一角。他用上衣袖子按壓嘴唇，然後我把那一小片紙貼在傷口處。它立刻被染紅了，但沒有掉下來。

「二位，星期五見。」緹爾妲說，朝我眨眨眼睛。然後她轉向寬街，爭吵似乎集中到那裡去了。

蓋瑞斯和我轉朝反方向走。

「艾絲玫！老天，發生什麼事？」蘿絲芙看到我們走進向陽屋的柵門。她望向蓋瑞斯要他解釋。

「往殉道紀念塔的遊行活動失控了。」他說。

蓋瑞斯和我沿著班伯里路走回來的一路上幾乎什麼話也沒說。緹爾妲使我們心神不寧，而且讓我們都有點害羞。

「這是在遊行中發生的？」蘿絲芙說。她從下往上打量我。我的裙子撕破且弄髒了，頭髮披散下來，臉頰因為我一直要擦去那男人因仇恨留下的穢物而發痛。「噢，天啊。」她繼續說，「媽媽跟希爾妲還有葛妮絲在那裡耶。你們結伴同行是明智的決定，只不過看起來似乎也沒有幫助。」她說。

我好不容易才能說話。「呃，不是，我們只是巧遇。我不知道蓋瑞斯怎麼會在那裡。」

她狐疑地看看蓋瑞斯又看看我。

我無法迎視她的目光，只好轉頭看蓋瑞斯。「你到底為什麼會在那裡？」

「跟妳的理由一樣。」他說。

「我並不確定我為什麼去那裡。」我說，既是對他說也是自言自語。

就在此時，莫瑞太太帶著她的長女和么女走進柵門，三人看起來都毫髮無傷，而且情緒亢奮。蘿絲芙奔向她們。

蓋瑞斯跟我走去廚房，我介紹他給莉茲認識。他幫忙解釋發生了什麼事。

「我給你點東西來處理嘴唇。」莉茲把一塊乾淨的布沾濕後遞給他。

他撕下紙片，舉起來給我們兩個看。「這個讓我不致於失血而死。」

「那是什麼呀？」莉茲打量它問道。

「紙卡的邊緣。」蓋瑞斯說，朝我的方向微笑。

「你知道嗎，我真的很感謝你。」我說，「那個男人好可怕。緹爾妲嘲笑你真的很不公平。」

「她只是在測試我。」

「什麼意思？」

「確認我站在對的一邊。」

我微笑。「那你是站在對的一邊嗎？」

他用微笑回應我。「是啊。」

他似乎比我更堅定，我有一點慚愧。「有時候我覺得或許不是只有兩邊。」我說。

「最好不要跟婦女參政運動者站在同一邊，」莉茲說，「她們各種胡鬧讓事情都慢下來了。」她遞給蓋瑞斯一杯水。

「謝謝妳，雷斯特小姐。」他說。

「叫我莉茲就好，叫我別的我不會回應的。」

我們看著他把水喝下肚。他喝完後，把杯子拿去水槽沖洗。莉茲詫異地看著我。

「人們總是走不同的路到同一個地方，」蓋瑞斯轉回身面向我們時說，「女性投票權也會是一樣的。」

蓋瑞斯走後，莉茲要我坐下來，她替我洗臉。她為我梳頭，然後重新挽成髮髻。

「從沒見過像他這樣的男人，」她說，「也許除了妳爸爸之外吧。他也會自己洗杯子。」

她臉上的表情跟每次蓋瑞斯去累牘院時爸爸的表情一模一樣。我裝傻。

「妳始終沒說妳為什麼去那裡。」她說。

我不能告訴她緹爾妲的事，這是我們避而不談的話題，而且今天發生的事也無助於改善她在莉茲眼中的形象。「我從博德利圖書館回家。」我說。

「走帕克斯路更快。」

「那些人好憤怒，莉茲。」

「唔，我只能說幸好妳沒有受嚴重的傷，或是被逮捕。」

「他們到底在怕什麼呢？」

莉茲嘆氣。「他們全都害怕失去某種東西；但是就往妳臉上吐口水的那種人來說，他們不希望老婆覺得自己值得擁有更多。一想到替代選項可能是那種男人，我倒是慶幸可以一直伺候人呢。」

我回到累牘院時，天已經快黑了。緹爾妲的明信片擺在最上面。我重讀一遍，然後把內容抄寫在新的紙卡上。

SISTERHOOD（姊妹會）

「我很慶幸妳加入了姊妹會，將把妳的聲音奉獻給這股吶喊。」

——緹爾妲．泰勒，一九一二年

我在分冊裡搜尋。「sisterhood」已經出版了，其主要的意義多是指修女之間的情誼。緹爾妲的引文隸屬於第二個意義：泛指一群具有共同目標、特徵或使命的女性。經常帶有負面意味。

我走到分類格前找出原始紙卡。大部分引文出自剪報。在一篇論述女性激烈爭辯她們毫不了解的議題的剪報裡，志工將「尖聲嘶吼的姊妹會」畫了底線。最近期的紙卡來自寫於一九〇九年的文章，其中將婦女參政運動者此一類型的女人描述為「受過高等教育、聲音刺耳、沒有孩子、沒有丈夫的姊妹會」。

這些內容都很侮辱人，想到莫瑞博士將它們駁回我就感到十分振奮。即使如此，我還是在一張新的紙卡重新抄下已出版的定義，略去「帶有負面意味」幾個字，然後把緹爾妲的引文釘在它前面。然後我把它們放進保留給增補用詞的分類格裡。

我從書架前轉開身時，爸爸盯著我。

「妳對於把報紙當作字義的來源有什麼看法？」他問。

「你還看到什麼了？」

他微笑，不過似乎有點勉強。「我不介意妳往分類格裡『加進』什麼，小艾。即使妳的引文不是從文本來的，它們也可能促發相關的查詢。我們要了解新詞彙最有效的方法就是透過報紙文章了，詹姆斯最近花了不少時間替它們的效力辯護。」

我想著剛才讀到的剪報。「我不確定耶，」我說，「它們經常看起來只是一種意見，而如果你要徵詢意見來界定某個東西的意義，你至少應該把各方的意見都納入考慮。並不是各方都有報紙來替他們發聲。」

「那麼幸好其中一些人有妳。」

爸爸和我坐在客廳，兩人都試著起話頭聊天卻失敗了；我們兩人都試著不讓對方看出我們有多渴望敲門聲響起。已經六點鐘了。爸爸面向靠街的窗戶，每當他的眼神透露出有人經過，我都會屏住呼吸等待柵門發出聲響，然後又因為沒聽到聲音而吁出那口氣。

爸爸有好一陣子看起來沒這麼激動了。當我告訴他蓋瑞斯提議陪我去老湯姆，爸爸的微笑像是鬆了口氣，但我不解其意。他是慶幸我跟緹爾妲見面時有人陪伴，還是慶幸我有了男性友人？他一定認為後者永遠不會發生吧。不論是何者，這是幾星期以來我第一次看到他額頭的線條舒展開來。

「爸爸，你最近看起來很累。」

「是S開頭的詞。已經四年了，我們還沒編完一半。真是令人傷神（sapping）、令人昏沉（stupefying）、令人想睡（soporific）……」他停下來思索還有什麼S開頭的形容詞。

「催眠的（slumberous）、瞌睡的（somnolent）、睏倦的（somniferous）。」我獻計。

「好極了。」他說，他的笑容讓我想起多年前我們玩的文字遊戲。然後他越過我望向窗戶外頭，他的笑容咧得更開了。柵門響起來。我感覺腋下出汗而有點癢癢的，很慶幸是爸爸起身去應門。他和蓋瑞斯站在門廳聊了兩、三分鐘。我站起來，用壁爐上方的鏡子察看我的臉。我捏了一下我的臉頰。

自從緹爾妲上次待在牛津後，我就沒來過老湯姆。隨著蓋瑞斯和我愈走愈近，關於比爾的回憶猝不及防地襲向我。然後是關於「她」的回憶。

「艾絲玫，妳還好嗎？」

我抬頭看著掛在小酒吧門上的招牌；基督堂學院鐘樓的手繪圖案。

「我沒事。」我說。蓋瑞斯打開門讓我先進去。

老湯姆一如以往地擁擠，一開始我還以為緹爾妲可能沒來。然後我看到她了，她跟另外三個女人坐在靠後面的一張桌子。她走進來時想必照舊引起了騷動，但她並不像七年前那樣火上澆油：我們必須從一小群一小群男人身旁擠過才能到她那裡，可是他們似乎都沒有向她獻殷勤的意味。這裡感覺不像以前那麼歡迎我們。

緹爾妲站起來擁抱我。「女士們，這位是艾絲玫。自從我上次來到牛津，我們就一直是好朋友。」

「妳住在這裡？」其中一個女人問。

「對。」緹爾妲說，用手臂把我拉近，「不過她把自己藏在一座棚子裡。」

那女人皺起眉頭。緹爾妲轉向我。

「艾絲玫，妳的詞典進度如何？」

「我們編到S了。」

「天啊，真的假的？妳怎麼能忍受進展這麼緩慢？」她放開我，坐回座位。

其他女人都抬頭看著我等待回應。這裡沒有多的椅子。

「我們同時蒐集好幾個字母開頭的詞；這工作沒有聽起來那麼枯燥乏味。」一時間大家都不說話。我感覺蓋瑞斯向我挪近了一點，很慶幸他與我同行。

「而這位是……」緹爾妲猶豫了一下，做作地回想。「蓋瑞斯，對吧？」

「很高興再見到妳，泰勒小姐。」他說。

「請叫我緹爾妲就好。而這三位可愛的女士是蕭娜、貝蒂和歌特。」

蕭娜是三人中最年輕的，不超過二十歲。另外兩人則足足比我年長十歲。

「我現在認出妳了，」歌特說，「妳是那天晚上在老鷹與孩童當緹爾妲助手的人。」她看著緹爾妲。「小緹，妳還記得嗎？那是我第一次真正『出外勤』。」

「之後又有很多次。」緹爾妲說。

「以我們現在進行的速度來看，還會有很多的。」歌特看著我。「我們並不比十年前更接近投票權。」有幾個人轉頭看我們。緹爾妲怒瞪他們到他們轉回去。

「蓋瑞斯，你對這一切有什麼看法？」緹爾妲問。

「女性投票權嗎？」

「不，是豬肉價格──噢，當然是女性投票權！」

「它會影響我們所有人。」他說。

「這麼說是支持者了。」貝蒂說。她的口音透露出她出身北方，我好奇她是不是隨著緹爾妲一起從曼徹斯特來的。

「當然。」

「但是你願意做到什麼程度？」貝蒂問。

「什麼意思？」

「唔，要『說』正確的言論很簡單——」她瞥了我一眼，「——可是沒有行動，言論缺乏意義。」

「有時候行動會證明漂亮的言論只是謊言。」蓋瑞斯說。

「你對我們的困境又有什麼了解，蓋瑞斯？」緹爾妲靠向椅背，啜飲威士忌。

我一下轉頭看看這個，一下轉頭看看那個。

「我母親必須一邊在出版社工作，一邊獨力把我養大。」蓋瑞斯說，「我頗能體會。」

歌特哼了一聲，緹爾妲瞥了她一眼示意她安靜。歌特端起雪莉酒湊到唇邊，我注意到她戴著金手鐲和大鑽戒。她的社會地位比貝蒂高了一兩級。在整場對話中，蕭娜都保持沉默，謙恭地垂著頭，我突然覺得她或許是歌特的女僕。我的心跳開始跳得很重。

「那『妳』對我們的困境又有什麼了解，歌特？」我問。蕭娜盡力掩藏住微笑。

「妳說什麼？」

「唔，在我看來，我們大家的困境並不一樣。譬如說，潘克斯特太太難道不是積極在為有財產、受過教育的女性爭取投票權，卻不包括蓋瑞斯的母親在內嗎？」

緹爾妲張著嘴巴坐在那兒，眼裡帶著笑意。歌特和貝蒂一臉驚駭，但說不出話來。蕭娜暫時抬頭看了一眼，又低頭望著大腿。緊靠著我們的那些男人完全安靜下來。

「好極了，艾絲玫，」緹爾妲說，舉起她已經空了的酒杯，「我正在納悶妳什麼時候會加入呢。」

一月的夜晚很冷，在穿過牛津街道走回傑里科的路上，蓋瑞斯說要把他的大衣給我穿。

「我沒關係，」我說，「你脫掉大衣會凍僵的。」

他沒有堅持。「緹爾妲說妳加入是什麼意思？」他問。

「她總是覺得講到女性投票權這件事，我的立場搖擺不定。」

「在我看來妳的想法還滿明確的。」

「唔，那可能是我在這個議題上發表過最多意見的一次了，可是那個叫歌特的女人實在太討厭了，我無法忍受唯唯諾諾。」

「我不喜歡她們所暗示的事。」蓋瑞斯說。

「你的意思是？」

「**要行動，不要言詞**。」他深思了一會兒。「小艾，妳知道緹爾妲為什麼來牛津嗎？」

小艾。蓋瑞斯從沒叫過我尼克爾小姐或艾絲玫以外的稱呼。我微微打了個冷顫。

「妳確實會冷。」他說，並脫下大衣披在我肩上。他把衣領拉直時，手擦過我的脖子。我試著想起他剛才問我什麼問題。

「她是來參加遊行的。」我說，把他的大衣裹緊一點。它還帶有他的體溫。「還有來找我。我們有一陣子交情真的很不錯。」

我們在瓦爾頓街放慢腳步，經過薩默維爾學院後側以後，在出版社門口停下來。整棟樓一片漆黑，唯有拱門上方一間辦公室猶亮著橘色的光芒。

「是哈特。」蓋瑞斯說。

「他從來不回家嗎？」

「出版社就是他的家，他跟他太太住在這裡。」

「那你住在哪裡？」

「運河附近，就是我從小到大跟媽媽同住的工人小木屋。她去世以後，他們讓我留下。那裡太小也太潮濕了，不適合給別的家庭居住。」

「你喜歡在出版社工作嗎？」我問。

蓋瑞斯靠在鐵欄杆上。「我就只懂這個，所以也不算是喜不喜歡的問題。」

「你有沒有想像過不同的人生？」

他看著我，微偏著頭。「妳問的都不是尋常的問題，對吧？」

我不知道該說什麼。

「尋常的問題通常都沒什麼意思。」他繼續說，「我有時候會想像去旅行，到法國或德國。我學會讀這兩種語文。」

「只有讀嗎？」

「我的工作就只需要會讀就夠了。我從當學徒的時候就開始學了，是哈特的意思，他創立了克萊倫敦學院來教育他無知的員工，還有讓樂隊有個地方可以練習。」

「你們有樂隊？」

「有啊，還有合唱團呢。」

我們再度開始走路時，兩人間的距離縮短了，但我們沉默地彎進天文臺街。我在想蓋瑞斯會不會邀我再出來和他一起散步。我在期盼他這麼想，並且考慮我要不要答應。

我們來到我家門外時，我看到爸爸在客廳。他像稍早前的傍晚一樣面向窗戶，我還來不及敲門，他已經把門打開。蓋瑞斯和我只能互道晚安。

緹爾妲在牛津待下來了。

「我借住在朋友那裡，」她告訴我，「她在城堡磨坊迴流河上有一條運河船，我從床邊的窗戶就能看見聖巴拿巴教堂的鐘樓。」

「船上舒適嗎？」

「夠舒適了，也夠暖和。她跟她姊妹住在那裡，所以有一點擠。我們得輪流換衣服。」她咧嘴而笑。

我把我的地址寫在紙卡上遞給她。「以防萬一。」我說。

冬天過去了，春天漸漸轉變為夏天。當我詢問緹爾妲她為什麼還待在牛津，她說她在為婦女社會政治聯盟招收會員。我再追問下去，她就轉移話題了。

「我以為我待在這裡時可以多跟妳見見面，」有一天下午我們沿著城堡磨坊迴流河的曳船道散步時，她說，「可是妳似乎把所有空閒時間都花在蓋瑞斯身上。」

「哪有，我們只是偶爾在傑里科一起吃個午餐而已。還有他帶我去看過兩、三次戲。」

「妳確實一直都很愛往戲院跑。」緹爾妲說，「噢，艾絲玫，妳怎麼像個女學生一樣臉紅啦。」她挽起我的手臂。「我敢打賭妳還是處女。」

我的臉更紅了，我垂下頭。就算她注意到了，也選擇不多說什麼，我們默默地走了一會兒。迴流河的水面很活躍，我感覺有蚊子在叮咬我的脖子後面。「緹兒，天氣變熱以後，運河船上感覺如何？」

「唉，天啊，感覺好像住在被放在太陽底下曬的沙丁魚罐頭裡。我們都有一點餿掉了。」

「妳知道嗎，妳大可以來我們家住。我相信爸爸不會介意多一個同伴。」我提議，知道她一定又會拒絕我。

「不會再這樣維持很久了，」她說，「我已經差不多完成部署了。」

「妳的用語好像妳在軍隊似的。」

「噢，但我是啊，艾絲玫。潘克斯特太太的軍隊。」她戲謔地行了個軍禮。「婦女社會政治聯盟。」

「我開始跟著莫瑞太太和她的女兒參加一些本地的投票權會議。」我說，「現場也有一些男人，雖然大部分都是女人在發言。」

「她們也只會動動嘴皮子。」緹爾妲說。

「我不覺得是這樣耶，」我說，「她們編了一份期刊，還籌備了各種活動。」

「不過那都是在用講的啊，不是嗎？同樣的話反覆不停地講，有改變任何事嗎？」

我想起蓋瑞斯問我緹爾妲來到牛津的真實原因。我早就想透這並不是為了我，但我想也許是為了她住在運河船上的朋友。現在我才意識到根本是為了完全不同的理由。但我並不想知道是什麼。

「比爾還好嗎？」我問，沒有看她的眼睛。

緹爾妲偶爾會提起比爾。她總是匆匆帶過，我對此總是很感激。但她就快要離開牛津了，我突然需要知道他好不好。

「比爾？那個小流氓，他傷透我的心了。他讓某個蠢女孩『knapped』，就不再聽我指揮了。把我氣個半死。」

「Knapped？」

她咧嘴而笑。「我認得這個表情。妳還是隨身攜帶那些紙卡嗎？」

我點頭。

「那就拿出來吧。」

我們停下來，緹爾妲把她的披肩鋪在步道旁的草地上。我們坐下。

「真不錯，」我在準備紙卡和鉛筆時她說，「就像以前一樣。」

我也感覺到了，但我知道一切都再不會和以前一樣。「Knapped，」我邊說邊寫在紙卡上，「造個句子。」

她用手肘撐著上半身向後靠，仰起臉迎向夏季的第一天。她像以前一樣不慌不忙，想要把引文講得盡善盡美。

「比爾讓某個蠢女孩『knapped』，於是現在他是個爸爸了，整個白天和半個晚上都在工作，好餵飽他那哭哭啼啼的奶娃。」

她第一次說的時候，「knapped」是什麼意思就應該很明顯了，不過這個詞的新奇使我對它的前後文充耳不聞。我把句子寫完時手微微顫抖。

「他當爸爸了？」我說，望著緹爾妲的臉。她仍閉著眼睛躲避陽光，她的下巴沒有抽搐。

「我叫他小比利邦廷，他今年五歲，超級可愛，很愛他的緹緹姑姑。」這時她看著我。「雖然他已經很會說話了，他還是這樣叫我。他跟比爾這個年紀時一樣聰明。」

我看著紙卡。

KNAPPED（大肚子）

懷孕。

「比爾讓某個蠢女孩大肚子，於是現在他是個爸爸了，整個白天和半個晚上都在工作，好餵飽他那哭哭啼啼的奶娃。」

——緹爾妲．泰勒，一九一三年

比爾沒有告訴她我們的事。他既沒有吹噓，也沒有認罪。自從把「她」送走之後，這已經不是我第一次希望我能夠愛他了。

莫瑞博士把我叫過去。「艾絲玫，我估計接下來幾個月妳的工作量和責任都會增加。」

我點點頭，彷彿這沒什麼，但其實我渴望承擔更多責任。

「丹克渥斯先生只在我們這裡做到今天，明天他要開始加入克雷吉先生的團隊。」

莫瑞博士接著說，「我相信他對我們的第三編輯來說是強大的資產。妳知道，他十分講究細節，勝過多數人。」鬍鬚抽搐了一下，眉毛輕挑。「這樣的特質對加快克雷吉那一部分的速度很有幫助。」

一段對話中包含兩個好消息；我幾乎不知該如何回應了。

「唔，妳覺得怎麼樣？可以接受嗎？」

「是的，莫瑞博士，沒問題。我會盡力彌補空缺。」

「妳若是盡力便再好也不過了，艾絲玫。」他把注意力轉回桌上的稿件。

他的意思是我可以走了，但我沒動。我咬著嘴唇，扭著雙手。我在自我約束前急匆匆地把話說出口。

「莫瑞博士？」

「嗯。」他沒有抬頭。

「如果我的工作增加，會反映在薪水上嗎？」

「會，會，當然。下個月開始。」

丹克渥斯先生顯然偏好不要接受任何致意就默默離去，但斯威特曼先生不打算順他的意。一天結束時，他從座位站起來，開始道別儀式。其他助手有樣學樣，個個複誦關於丹克渥斯先生那雙鷹眼的大同小異的評論，沒有人真正對丹克渥斯先生有足夠的了解去講太特殊的事情。

丹克渥斯先生忍受著我們的祝福與握手，一再地在褲腿上揩抹他的手。

「謝謝你，丹克渥斯先生。」我說，為他省去另一次握手的不快，只是朝他點點頭。他看起來鬆了口氣。「我向你學到了很多，」現在他狀似不解，「很抱歉我不是每次都展現出感激之意。」

斯威特曼先生試著掩藏笑容。他假咳一聲，回到分類桌旁的座位。其他人一個個走開。我試著盯住丹克渥斯先生的目光，但他的眼神聚焦在我右肩後面一點的位置。

「妳太客氣了，尼克爾小姐。」然後他轉身離開累牘院。

不久之後，蓋瑞斯來了。他把莫瑞博士在等的一些校樣交給他，向爸爸和斯威特曼先生打了招呼，接著便朝我走來。

「抱歉我來晚了。」他說，「哈特先生挑了今天下午提醒我們大家規則是什麼。」

「他那本手冊裡的規則？」

蓋瑞斯笑了。「那只是冰山一角，小艾。出版社的每個房間都有自己的規則——妳進去的時候一定有在牆上看到吧？」

我聳聳肩表示抱歉。

「唔，大總管認為我們都對那些規則視而不見，今天下午就要我們每個人都得大聲唸出來才能下班。」他微笑。「身為新任經理，我得最後走。」

「經理？噢，蓋瑞斯，恭喜你。」我沒多想，直接跳起身來擁抱他。

「要是我知道妳的反應是這樣，我會早一點要求升職。」蓋瑞斯說。

爸爸和斯威特曼先生轉頭來看這番騷動所為何來，我在蓋瑞斯的手臂能摟住我前趕緊退開。

在慌亂中，我拿了包包、戴上帽子。我走到爸爸身邊吻了一下他的頭。「爸爸，我今天晚上可能會晚點回家。莫瑞太太說這可能會是場漫長的會議。」

「如果妳不介意，我就不等門了，小艾。」他說，「不過我相信蓋瑞斯會把妳安全送回家。」他的笑容把疲倦給擠開。

我們沿著班伯里路走時，我告訴蓋瑞斯我也升職了。

「嗯，其實不算是升職啦——我還跟蘿絲芙一起在最底層掙扎——不過這是一種肯定。」

「而且是妳應得的。」他說。

「你覺得男人為什麼要參加這些會議啊？」我問。

「因為牛津婦女投票權聯盟的召集人邀請他們。」

「除了這個原因之外？」

「我猜有各種原因吧。有些希望達成他們妻子和姊妹的心願，其他人被身邊的人告知說要表達支持，否則有他們好受。」

「那你是哪一種？」

他微笑。「當然是第一種。」然後他的表情轉為嚴肅。「我媽過了一輩子苦日子，小艾。太苦了。她對她的人生一點發言權都沒有。我是為了她而參加這些會議的。」

會議超過午夜才結束，我們在疲倦而愜意的沉默中走回天文臺街。我打開柵門時試著不弄出聲音，但它還是響了起來，驚動我原本沒注意到躲在暗處的一個人影。

「緹爾妲，怎麼回事？」

蓋瑞斯從我手裡接過鑰匙，把門打開。我們把緹爾妲迎進廚房，打開燈。她看起來慘兮兮。

「發生什麼事了？」蓋瑞斯問。

「你們不會想知道的，我也不打算告訴你們。但我需要你們幫忙。真對不起，艾絲玫，我不該來的，但我受傷了。」

她洋裝的袖子很髒——不，不只是髒，而是被燒過了。它破爛而焦黑地垂掛著。一隻手捧著另一隻手。

「給我看。」我說。

她手上的皮膚變得又紅又黑、斑駁一片——我看不出是泥土還是燒黑的皮膚。我怪模怪樣的手指因為某種回憶而麻癢起來。

「妳為什麼不直接去找醫生呢？」蓋瑞斯說。

「我不能冒這個險。」

我在櫥櫃裡找藥膏和繃帶，但我只找到膏藥和咳嗽藥。莉莉會把櫥櫃準備得更齊全的，我心想。而且她會知道該怎麼辦。

「蓋瑞斯，你得去找莉茲來。叫她帶她的藥包——要能治燒傷的。」

「現在是半夜，小艾，她應該已經睡了。」

「也許吧。廚房門永遠都是開著的，朝樓梯上叫她；別嚇著她。她會來的。」

蓋瑞斯走了以後，我在水盆裡裝了冷水，放在緹爾妲面前的廚房桌上。「妳要告訴我發生什麼事嗎？」

「不。」

「為什麼？妳覺得我不會認同？」

「我『知道』妳不會認同。」

我問出我幾乎不想知道答案的問題。「緹兒，還有別人受傷嗎？」

緹爾妲看著我，臉上掠過一陣懷疑及恐懼。「我真的不知道。」

我胸中浮起憐憫，但憤怒壓過了它。我轉開身拉開一個抽屜，拿出乾淨的擦碗布，然後用力關上抽屜。「不管妳做了什麼，妳認為能達到什麼？」我轉回身面向緹爾妲時，她臉上的懷疑及恐懼已消失了。

「政府聽不進你們支持婦女參政者所有理性而雄辯滔滔的話，但他們不能忽視我們『做』的事。」

我深吸一口氣，試著專心處理她的手。「會痛嗎？」

「有一點。」

「我的手當時沒感覺，所以這大概是好現象。」我抬起她的手臂，讓她的手懸在水盆上方。她抗拒著，我把她的手壓下去。她沒有喊痛。巨大的水泡讓她的手指都變形了，她的整隻手都開始腫脹。在水底下，燒黑發炎的皮膚被放大了，與她手腕的白嫩形成強烈的對比。

「我要的東西跟妳一樣，緹兒，但這不是對的方式。不可能是。」

「沒有什麼對的方式，艾絲玫。如果有的話，上一次選舉我們就能投票了。」

「妳確定妳要的是投票權，而不是關注？」

她露出無力的笑容。「妳說得也沒錯。但如果這能讓人們注意到，或許就能讓他們思考。」

「他們或許只會覺得妳們既瘋狂又危險，他們可不會跟這樣的人談判。」

緹爾妲抬頭看我。「唔，也許這時候就輪到你們支持婦女參政者的理性聲音登場了。」

柵門發出聲響，我跳起身去開門。莉茲站在門口，一副搞不清楚狀況的樣子。她越過我望向門廳，我意識到這還是她第一次來我家。

「噢，莉茲，謝天謝地。」我在他們身後把門關上，把他們迎向廚房。

莉茲幾乎沒跟緹爾妲打招呼，但她輕輕扶住她的手臂，把她的手從水盆裡抬起來。她把它擱在擦碗布上，然後將燒傷的皮膚吹乾。

「看起來可能比實際情況嚴重。」她終於說，「水泡通常代表底下的皮膚是好的。盡量不要太快把水泡弄破。」她從皮革小囊拿出一小瓶藥膏，拔掉瓶塞。蓋瑞斯拿著藥瓶，讓莉茲把藥膏抹在緹爾妲剝落的皮膚上，並小心地避開水泡。緹爾妲只有一次猛力吸了一口氣。當時莉茲看向她，她們這才第一次對到眼。莉茲帶著我見過的關切表情。

她用紗布把緹爾妲的手裹起來。「我不能保證不會留疤。」

「就算留疤，也有人陪我。」緹爾妲看著我說。

「而且妳應該要看醫生。」

緹爾妲點點頭。

「那好吧，」莉茲說，「如果沒我的事，我要回去睡覺了。」

緹爾妲將沒受傷的手擱在莉茲的手臂上。「我知道妳不認同我，莉茲，我也了解妳為什麼不認同我。但我很感謝。」

「妳是艾絲玫的朋友。」

「妳可以拒絕幫我。」緹爾妲說。

「不，我不能。」講完這話，莉茲便站起來，讓蓋瑞斯引導她回到前門。我試著看她的眼睛，但她別開視線。

蓋瑞斯送莉茲回家再回來時已經凌晨三點了。

「她會原諒我嗎？」我問。

「真妙，她也問我一樣的問題，問我妳會不會原諒她。」然後他轉頭看緹爾妲。「早上六點有一班火車去倫敦，妳覺得妳該搭上那班車嗎？」

「嗯，我覺得是應該。」

蓋瑞斯看我。「妳爸爸會介意緹爾妲待到那時候嗎？」

「爸爸根本不會知道，他大概要到七點才會醒。」

「妳在運河船上有很多要收拾的行李嗎？」他問緹爾妲。

「都可以之後再用寄的，只要艾絲玫可以先借我幾件乾淨衣服。」

蓋瑞斯穿上外套。「我兩小時後回來，陪妳走去車站。」

「我不需要人陪。」

「妳需要。」

蓋瑞斯走了。我躡手躡腳地上樓，找出一件我認為緹爾妲勉強可以接受的洋裝。它對她來說有點長，而且不夠時髦，但不得不將就。我回到客廳時，緹爾妲已經睡著了。

我拿了一塊小毯子披在她身上，不知道彼此何時才會再見面。我愛她，也為她擔心。我好奇這是不是當妹妹的感覺。不是革命同志——我知道我不是——而是骨肉相連的姊妹。像蘿絲芙與瑤爾曦。像蒂塔與貝絲。我看著她吸氣吐氣，看著她的眼球輕顫。我試著想像她正在做什麼夢。

當蒼白的天光透過前側的窗戶照進來時，我聽到柵門響起。

《牛津時報》報導了拉夫船庫的事件。消防隊束手無策，只能看著它被燒光，財物損失估計超過三千鎊。報上說無人傷亡，不過有人看到四個女人逃逸：三人搭平底船，一人步行。沒有人被逮到，但警方懷疑她們是婦女參政運動者，因為他們循線追查到一些發送的小冊子，目標是反對女性參加的划船俱樂部。縱火行為顯示她們的運動已經升級。牛津原有的婦女投票權聯盟為了表達關切以及反對動武的立場，已經公開譴責這項行動，並且為因此事件而遭到解僱的工人募款。

隔天莫瑞太太帶著募款罐進入累牘院時，我把身上所有的零錢都投進去。

「真是慷慨，艾絲玫。」她說，晃了晃罐子，「為分類桌旁的紳士們作了個好榜樣。」

爸爸望向我並露出微笑，不知情地以我為傲。

一九一三年五月

我沒有跟爸爸說再見。他們把他從屋裡抬出來時，他的半邊臉癱了，他不能說話。我親吻他，說我會帶著睡衣和他床邊的書隨後跟到。我在絮絮叨叨的時候，他露出急切的眼神。

我換了他的床單，把我房間的那瓶黃玫瑰擱到他的床邊桌上。我拿起他的書：《純真的謊言》。「一本澳洲小說，」爸爸說過，「講的是個聰明的年輕女人；很難相信是男人寫的。我覺得妳會很喜歡。」我們本來可能多聊一點，但我聊不下去。**澳洲**。我找了個藉口離席。

等我抵達雷德克里夫醫院，他們跟我說他已經走了。

走了。我心想。多麼輕描淡寫的說法。

蓋瑞斯把一張床墊拖上狹窄的樓梯，拖進莉茲房間，直到喪禮前我都睡在那兒。莉茲從我家拿來我需要的東西，這樣我就不用面對它的空蕩蕩，但我忍不住想像她走進一個個房間，確認一切都好。在我心裡，我從前門開始跟著她，看到她收集了信件並停頓，思索該拿它們怎麼辦。我猜想她會把信件留在門廳的桌子上，保護我不必看到信件裡可能有的內容。

我不想再往裡走了，但我知道莉茲會把頭伸進客廳，然後是我們從不使用的飯廳。她會走到廚房把髒碗盤給洗了。她會試試窗戶有沒有關牢，並檢查每扇門的門鎖。然後她會伸手摸著樓梯底部的扶手，眼睛往頂端瞟。她會停頓一下，深吸一口氣，開始爬樓梯。她每年都變重一點，這成了她的習慣動作。我跟著她爬上她自己的樓梯時已經看過一千次了。

我想要想像停止，但我就像無法掌控天氣一樣掌控不了我的思緒。我想像她在我的衣櫃裡找黑色洋裝，於是我開始啜泣。然後我想起爸爸床邊的玫瑰。莉茲會發現它們已經枯萎了。她會抱起花瓶拿下樓，她會好奇爸爸被帶去雷德克里夫之前有沒有看到花開得正好的樣子。

我想要那些花留著。不是腐爛，而是留著，以稍微枯萎的狀態，永遠維持下去。

一九一三年五月五日

我親愛的艾絲玫：

我將於後天抵達牛津，在那裡的期間我將片刻不離開妳身邊。我們將互相支撐。當然，妳將必須和許多懷有善意的人握手，聽他們說妳父親好心的故事（這種故事太多了），但是在恰當的時機，我會把妳帶離三明治和慰問者，我們會在城堡磨坊迴流河畔散步，直到走到瓦爾頓橋。哈利愛極了那個地方；他就是在那裡向莉莉求婚的。

這不是堅強的時候，我親愛的女孩。哈利對妳來說既是父親也是母親，他的逝去會讓妳充滿失落感。我自己的父親跟我很親近，我稍微能體會妳有多心痛。讓它痛吧。

每當我需要好的建議時，我父親的嗓音仍會在我腦中響起；我猜想假以時日，妳父親的嗓音也會響起的。在那之前，盡可能求助於妳已建立深厚關係的那個年輕人吧。「莉莉會很喜歡他的。」哈利在他最後一封信裡說。他告訴過妳嗎？再沒有更深摯的祝福了。

我預期妳會寄住在莉茲的房間，我下火車後會直接去向陽屋。

致上我所有的愛，

蒂塔

蒂塔履行她的承諾，把我帶離所有慰問者。我們沒有說再見；我們只是走進花園，經過累牘院，走到外頭的班伯里路。到了聖瑪格麗特路，我才發現蓋瑞斯也來了，就跟在我們身後幾步。我們沉默地走著，直到走到城堡磨坊迴流河畔的曳船道。

「哈利每個星期天下午都來這裡散步，蓋瑞斯。」蒂塔說。蓋瑞斯過來走在我旁邊。

「他來這裡跟莉莉討論每星期的事。艾絲玫，妳知道嗎？」

我不知道。

「我說討論，但其實是冥想。他會帶著滿腦子對這週的憂慮沿著這條路走，等他走到瓦爾頓橋，最迫切的事就會浮出來了。他告訴我他會坐下來，從莉莉的角度去思考那件事。」她看看我，觀察她該不該說下去。我希望她說下去，但我默不作聲。

「妳當然是對話的主題，不過我很訝異聽到他說，他什麼都會請示莉莉，像是出席某些聚會該穿什麼，或是週日午餐該買羊肉或牛肉——我是指少數那幾次他決定要挑戰準備烤肉加上各種配料的時候。」

我想起那些沒熟或烤焦的牛肉，以及我們週日在傑里科漫步的事，感到微微的笑意。

「真的。」蒂塔說，用力握了握我的手臂。

這故事是個禮物。我聽著蒂塔說時，我與爸爸生活的回憶被輕輕地提點了，像是畫家可能添了一筆顏料來營造晨曦的效果。總是缺乏存在感的莉莉，突然也有了生命。

「在那裡，」我們接近橋時蒂塔說，「這就是他們的老地方。」

我經常從它底下走過，但現在它看起來完全不一樣了。蓋瑞斯牽起我的手，帶我去步道邊緣的長椅坐下，距離近到能感覺我在顫抖。

不應該是這樣發生的，我心想。但我想的是爸爸或蓋瑞斯？蓋瑞斯從沒牽過我的手。我以為我會永遠擁有爸爸。

我們坐著。橋下的河水幾乎凝滯不動，但三不五時會有小小的動靜打破水面的平靜。我能夠輕易想像爸爸坐在那裡，讓他的思緒來來去去。

「有人留了花。」蓋瑞斯說。

我看向他指的地方，蒂塔也是，我們看到橋拱旁有人小心翼翼地擺了一束花。花已經不新鮮了，不過還沒有完全枯掉。有兩三朵花仍維持著些許形狀和色彩。

「噢，天啊，」我聽到蒂塔有點哽咽地說，「那是獻給莉莉的。」

我很困惑。蓋瑞斯向我靠近了些。

淚水靜靜地沿著蒂塔眼睛周圍的溝紋奔淌。「在她的喪禮之後，是我跟他來獻了第一次花。我都不知道他到現在還會帶花給她。」

我舉目四顧，半是預期會見到他。才過了幾天，我已漸漸習慣傷痛玩的這種伎倆，而我第一次沒有被擊倒。填滿我肺部的空氣感覺比較輕鬆了。我把氣呼出來之前，我聞到了快腐敗的長壽水仙氣味。爸爸從來就不喜歡這種花，但他說過它是莉莉的最愛。

我逃不開爸爸的空缺。我彎進天文臺街的時候感覺到它，我打開我們家的大門時，必須強迫自己跨進門檻。莉茲陪我住了兩、三個星期，爸爸菸斗的氣味在她菜餚的香味下漸漸淡去。早晨，我跟著她一起起床，我們一同走去向陽屋。我會在廚房幫她的忙，稍微彌補她陪我時喪失的工作時間，第一個人抵達累牘院時，我則會穿過花園進屋去。

分類桌旁有個沒人填補的空間。也許是出於對我的尊重，但從我坐的位置，我看得出斯威特曼先生把爸爸的椅子收進去的方式，以及馬林先生常常看向那個方向，一句提問已話到嘴邊。爸爸去世後的幾週和幾個月，莫瑞博士變得更老了。他呆呆地盯著長長的分類桌，一點也沒有要找新助手的表示。我痛恨爸爸留下的空位，每次走進累牘院都避免看到它。

我能感受到的情緒只有悲傷。它塞滿我的腦袋、填滿我的心，沒有留下任何空間容納別的事。我偶爾會跟蓋瑞斯外出散步。如果下雨，我們就在傑里科吃午餐，但如果天氣還不錯，我們會沿著查威爾河走。山楂樹的變化呈現出爸爸去世後數個月的遞嬗：果實成熟了，然後樹葉掉落了。我們好奇今年冬天會不會下雪。我理所當然地接受蓋瑞斯的友誼。我需要它來填補空虛，卻無法盤算要進一步或退一步。當他有意向我求婚，我並沒有馬上注意到，後來他又不再有所表示了。

聖誕節逼近，我的姑姑堅持要我去蘇格蘭找她和我的表親們。沒有爸爸同行，他們幾乎就像陌生人一樣。我找了些藉口，改變行程去了巴斯，蒂塔和貝絲提供了充足的好心情、實用主義和馬德拉蛋糕。我回到牛津時感覺比出發時輕鬆了一些。

我在一九一四年的第三天走進累牘院，有個新的詞典編纂師坐在爸爸以前的位子。羅林斯先生不年輕也不老。他很平凡，一點也不清楚在他之前是誰坐在分類桌的那個位置。

對我們所有人來說，這都像是卸下了重擔。

第五部　一九一四至一九一五

Speech — Sullen

一九一四年八月

累牘院有一種新的嗡鳴，我就像動物在暴風雨來臨前感覺到氣壓降低般感覺到它。可能爆發的戰爭強化了我們的感官。整個牛津的年輕男人一舉一動都多了幾分活力，他們的步伐變大了，講話聲音變洪亮了——至少感覺起來是這樣。學生總是會把音量提高到不必要的程度來吸引漂亮女孩的注意，或是在市民面前逞威風，但是以前他們談的話題五花八門，現在不再如此。不論是學生還是市民，開口閉口都只有戰爭，而且他們多數人似乎已經迫不及待要開戰。

在累牘院，兩個資歷尚淺的助手開始在休息時間談論應該直接找德皇曉以大義，在戰爭開始前就贏得勝利。他們年輕、蒼白而瘦弱。他們戴著眼鏡，就算跟人起過爭執，也只是彆扭地爭搶圖書館的書或是辯論正確文法這類雞毛蒜皮的事。誰也沒辦法去找莫瑞博士說話時不腳步遲疑或吞吞吐吐，所以我研判他們不太可能說服德皇放棄比利時。年紀較長的助手們的對話比較嚴肅，他們的表情凝重，這在他們對詞語有歧見時都鮮少看見。羅林斯先生在波耳戰爭中失去一個哥哥，他告訴年輕人殺戮沒有光榮可言。他們出於禮貌點點頭。他們沒有注意到他的嗓音帶著顫抖，接著他還沒有走遠，他們又開始談起從軍的詳細情況，好奇他們必須接受多久的訓練才會被送上前線。羅林斯先生被這些話的重量壓彎了腰。

「這場戰爭將拖慢大詞典的進度，」我聽到馬林先生對莫瑞博士說，「他們想握在手裡的是槍，不是鉛筆。」

從那時候起，我每天早晨都懷著恐懼醒來。

八月三日那一夜，即使人們躺在床上試著入睡，也沒有人睡得著。我們的兩位年輕助手去了一趟倫敦，在帕摩爾俱樂部飲酒狂歡度過怡人夜晚，等待德軍撤出比利時的消息傳來。消息並沒有來。當大笨鐘敲響新的一天的第一個時辰，他們唱起〈天佑吾王〉。

隔天，他們帶著一身不適合他們的莽勇回到累牘院。他們一齊走向莫瑞博士，告訴他他們志願從軍。「你們兩個都有近視，體格也不適合。」我聽到莫瑞博士說，「你們待在這裡對國家還更有貢獻。」

我實在無法專心，所以騎車去出版社。我從沒看過這裡如此安靜。在排字間，只有半數工作檯有人站在那兒工作。

「才兩個？」我告訴蓋瑞斯累牘院發生什麼事時他說，「今天早上有六十三個人從出版社走出去，大部分是志願參加地方後備軍，但不是全部人。本來應該有六十五個人，只不過哈特先生揪著兩個人的領子把他們拉回來，因為他知道他們年齡還不到。說等他們的媽媽揍完他們之後，他會再給他們一頓好打。」

馬林先生說對了：戰爭拖慢了大詞典的進度。才過幾個月，累牘院裡只剩下女人和老男人。不算太老的羅林斯先生因為神經疾病而離職了，分類桌末端再次出現空位。沒有人去填滿它。

在舊艾許莫林那裡，布萊德利先生和克雷吉先生的小組同樣遭到縮減，哈特先生的印刷和排字人員更是直接砍半。

我從未如此拚命趕工過。

「妳挺樂在其中的。」蓋瑞斯說，有一天他站在我的書桌旁，等我把一項條目寫完。

我被賦予更多責任，我不能否認這讓我很開心。他從側背包取出一只信封。

「沒有校樣？」我問。

「只有給莫瑞博士的一封信。」

「你現在是跑腿小弟了嗎？」

「我的業務變多了。年輕人全都從軍去了。」

「那我只能說幸好你不是年輕人。」我說。

「這項任務是我好不容易爭取到的。」蓋瑞斯接著說，「我們的排字工人和印刷工人也快沒了，哈特先生要求領班和經理隨時補缺。要是他有辦法，他會把我黏在以前的工作檯上，但我想見妳。」

「我想哈特先生並沒有很從容地應付新的狀況。」

蓋瑞斯看著我的表情，好像我說得太含蓄了。「如果他不小心一點，我們其他人也會跑去從軍的。」

「別這麼說。」我說。他說出了我每天醒來時最恐懼的事。

八月的暑熱和猛烈的亢奮交棒給潮濕的秋天。莫瑞博士染上咳嗽的毛病，莫瑞太太堅持要他別進累牘院。「冷得跟冰櫃一樣。」她說，這不算誇飾，即使火爐已經燒得很旺了。

「胡說。」他這麼回答，但他們一定是決定各退一步，因為從那時候開始，莫瑞博士每天早上十點才到，兩點就離開——除非莫瑞太太不在家，沒有辦法盯著，那他就會待到五點，他那粗糙而顫抖的呼吸聲激勵我們大家工作得更賣力、更持久。他幾乎絕口不提戰爭，除非是嘟噥著它對大詞典造成的不便。儘管我們盡了很大的努力，產出的速度還是變慢了，待校對的印刷品不斷累積。預計完成日期一下子加了好幾年。我大概不是唯一一個懷疑莫瑞博士能否活著見到大詞典完工的人。

蒂塔和其他受到信賴的志工被迫奉獻更多心力，每天都從全英國各地把校樣和新稿子送過來。莫瑞博士甚至開始把校樣送去給在法國打仗的大詞典員工。「他們會很感謝有事情可以轉移注意力的。」他說。

當我拆開來自海峽對岸的第一個信封，我幾乎無法呼吸。信封上沾著長途跋涉留下的泥土。我想像它一定走過了哪些路，一定經過了哪些手。我不知道碰過它的所有男人是否都還活著。我不認得這筆跡，但我知道信封背面的姓名。我試著想起他，但只能喚起一個印象，那是一個臉色蒼白的矮小年輕男人，彎著身體坐在舊艾許莫林詞典室一端的書桌前。他通常跟布萊德利先生一起工作，愛蓮諾．布萊德利形容他是低調中見才智，但在社交上有如驚弓之鳥。他的校對非常徹底，我不需要作什麼修改。莫瑞博士是對的，我心想。他一定很感激有事情可以轉移注意力。

接下來那個星期，我在傑里科一間酒吧和蓋瑞斯共進午餐。

「只可惜哈特先生不能把稿子送到法國去印刷。」我說。蓋瑞斯很沉默，我用我的故事來填補寂靜。「我喜歡想像把巨大的印刷機拖到前線，而士兵們的武器是鉛字，不是子彈。」

蓋瑞斯盯著他的派，用叉子在餡餅上戳洞。他抬起頭皺眉。「妳不能拿這種事開玩笑，小艾。」

我感覺臉上發熱，然後才意識到他快要流下淚來。我伸手越過桌面握住他空著的手。

「出了什麼事？」我問。

他過了許久才回答，過程中一直盯著我的眼睛。「只是感覺沒有意義。」他重新低頭看食物。

「跟我說。」

「當時我正在重排『sorrow』的鉛字。」他迅速吸了一口氣，望向天花板。我鬆開他的手，讓他能抹臉。

「是誰？」我問。

「他們是學徒，在出版社待了還不到兩年。」他停頓一下。「一起開始，一起結束。親密無間。」

他把礙事的派推開，雙肘支在桌面，用手撐著頭。他盯著桌布把他的故事說完。「傑德的母親來排字間找哈特先生。傑德是兩人中年紀較小的，還不到十七歲。她來告訴哈特先生他不會回來了。」這時他抬起頭。「她簡直不成人形，小艾。幾近瘋狂。傑德是她唯一的孩子，她不停地說他下星期才要過十七歲生日。一遍又一遍，好像這項事實會讓他回來，因為他一開始就不該去的。」他深吸一口氣。我眨著眼睛把我自己的淚水憋回去。「有人找到哈特先生，他把她帶到他的辦公室。他帶著她走過走廊時，我們能聽到她的哭號聲。」

我把我自己的盤子推開。蓋瑞斯一下子灌下半杯司陶特啤酒。

「我根本不可能回去處理那個詞，」他說，「光是看著那些鉛字就讓我反胃。戰爭才開始兩個月，而他們認為會持續好幾年。到時候會有多少個傑德？」

我沒有答案。

他嘆氣。「我突然間看不出意義何在了。」他說。

「我們必須繼續做我們在做的事，蓋瑞斯。不論是什麼事。否則我們就只是在等待。」

「感覺我在做有用的事會比較好。用鉛字排出『sorrow』（悲痛）並不會讓悲痛消失。不論詞典裡寫了什麼，傑德的母親所感受到的都不會變。」

「但也許它能幫助其他人理解她的感受。」

即使我這麼說，我自己都不相信。對於某些經驗，大詞典只能提供概略的意義。而我已經知道，「sorrow」正是其中之一。

幾乎每個星期都有另一個母親來到大總管門前，通報她的兒子不會回來的消息。累牘院和舊艾許莫林的編輯們心理負擔沒這麼大，但他們也不是完全置身事外。由於教育程度或人脈的關係，詞典編纂師們都成了軍官，不過他們的學識實在不足以讓他們領導士兵。出版社的員工出身背景比較雜——有一部分是農民階級，蓋瑞斯說。他不再一一轉述出版社有人陣亡的消息給我聽。

哈特先生辦公室的門微微敞開，我敲門之後把門推開一些。

「嗯。」他說，眼睛仍盯著桌上的稿件。

我朝他的書桌走去，但他還是沒抬頭。我清了清喉嚨。「最後的編校，哈特先生。《Speech至Spring》。」

他抬起頭，接過莫瑞博士的校樣和短箋時眉間的紋路加深了。他讀了短箋，我看到他的下巴繃緊。莫瑞博士想要再一校——是三校或四校，我不確定。我在想會不會已經製版了。我不敢問。

「生病並不妨礙他賣弄學問啊。」哈特先生說。

這話不是說給我聽的，所以我默不作聲。他站起來朝門口走去。他沒有要我等著，所以我跟著他。

排字間沒有交談聲，不過充滿清脆的咔嗒聲，那是鉛字被放進排字盤，然後再翻進將容納一整頁文字的印版裡的聲音。我在門邊等待，哈特先生走向距離最近的工作檯。那個排字工人很年輕——已經不是學徒了，但要上戰場還嫌太小。哈特先生審視他的印版，他看起來很緊張。我在想當所有文字都是左右顛倒的時候，要犯錯有多麼容易。哈特先生似乎很滿意，拍拍助手的背，然後移動到下一座工作檯。莫瑞博士的校稿要等一等了。

我待在一進門的位置，用目光在室內搜尋。蓋瑞斯在他以前的工作檯前：儘管他已經是經理了，他們還是需要他每天花幾小時排字。我把自己當成陌生人般看著他。他帶著某種我不熟悉的樣貌。他的表情比我見過的都專注，肢體動作也更篤定。我突然驚覺當我們意識到對方在看自己時，我們從未真正放鬆。也許我們從未完全展現自我。因為想要討好或求表現，想要說服或支配，我們的動作變得刻意，我們的五官經過調整。

我一向認為他很精瘦，可是看著他工作，他的襯衫袖子捲起，前臂肌肉繃緊，我注意到他具備優雅的力量。在他的專注以及流暢的動作中，我眼中的他像是一個畫家或作曲家，他置放的鉛字就像音符一樣慎重地落在樂譜上。

我感到一陣愧疚。我對他所做的事了解太少了。我理所當然地以為那不過是機械化的單調動作。畢竟那些詞彙是編輯挑選的，詞義是寫手建議的。他只需要把它們謄寫成另一種形式而已。但我看見的並不是這樣。他研究一張紙卡，然後挑選鉛字。他放下去，考慮了一下，從耳後拿出一枝鉛筆，在紙卡上作記號。他是在編輯嗎？他帶著解決了問題的自信，把那個鉛字拿開，替換為另一個更好的選項。

只有在他睡著時我才能看到他如此不設防。我訝異地發現自己渴望看到他睡著的模樣，這念頭刺穿我的心。

蓋瑞斯直起腰桿，左右擺頭，拉伸脖子。這動作勢必吸引了哈特先生的目光，因為大總管針對他在檢視的印版上的鉛字提出修正建議，然後便朝經理走去。蓋瑞斯看見他，肩膀和臉部肌肉出現極細微的緊繃：為了被觀看而作的調整。我也開始走向蓋瑞斯。他看到我的時候，臉上漾開一抹微笑，於是他又變得完全熟悉了。

「艾絲玫。」他說。他的喜悅讓我全身每一部分都溫暖起來。

哈特先生這時才注意到我在這裡。「噢，對，當然。」接下來是一段尷尬的沉默，因為哈特先生和我都在想我們是不是妨礙對方跟蓋瑞斯說話了。

「抱歉，」我說，「也許我該在走廊上等？」

「沒關係，尼克爾小姐。」哈特先生說。

「哈特先生，」蓋瑞斯說，把我們大家都拉回眼前要處理的事項，「是詹姆斯爵士校過的稿子嗎？」

「對。」哈特先生走向工作檯前的蓋瑞斯，「被你料中了。我打算從現在開始，讓你發現時就直接改了；這能見鬼地節省一大把時間。」然後他想起我在場，悶悶不樂地為他出言不遜道歉。蓋瑞斯在憋笑。

他們討論完修改的地方後，蓋瑞斯問他能不能提早休息。

「好，好，多休息十五分鐘吧。」哈特先生說。

「妳讓他很慌亂。」哈特先生走開後蓋瑞斯說，「我把這一行排完就好。」

我看著蓋瑞斯從他面前的淺盤裡挑出小小的鉛字，排字盤很快就滿了。他把它翻到印版裡，然後摩擦拇指。

「你想哈特先生說他要讓你在排字之前，可以修改稿件，是認真的嗎？」

蓋瑞斯笑起來。「天啊，不是。」

「但你一定很心動吧。」我小心翼翼地說。

「為何這麼說？」

「唔，我從來沒仔細想過這件事，不過看到你在這裡，我才發現你一輩子都與文字為伍，把它們放到正確位置。想必你對於什麼是好的文字有一套個人意見。」

「我的工作不是要提出個人意見，小艾。」他沒看我，但我看得出他的嘴角懸著一抹笑意。

「我不確定我會喜歡一個沒有個人意見的男人。」我說。

這下他確實笑了。「唔，這樣的話，姑且說比起來自累牘院的稿子，我對來自舊艾許莫林的稿子有更多個人意見吧。」他站起身脫掉圍裙。「妳不介意我們順路在印刷室停一下吧？」

印刷室正在全速運作中，巨大的紙張有如巨鳥的飛翼滑翔下來，或是快速而連續地繞著大型滾筒捲動；蓋瑞斯說這分別是舊的和新的印刷方式。每種方式各有其可聽可看的節奏，我發現看著頁面堆疊起來異常舒壓。

蓋瑞斯帶我到一部舊印刷機旁。我感覺到巨大翅膀降下來時帶動的氣流。

「哈洛德，我帶來你要的那個零件了。」蓋瑞斯從口袋拿出一個像輪子一樣的小零件，交給那個老人。「如果你裝不上去，我今天下午可以再來幫你。」

哈洛德接過零件，我注意到他的手微微顫抖。

「艾絲玫，我為妳介紹一下，這位是哈洛德．費威瑟。哈洛德是印刷大師，本來退休了，最近才復出——對吧，哈洛德？」

「我只是盡我的一份力。」哈洛德說。

「這位是艾絲玫．尼克爾小姐，」蓋瑞斯繼續說，「艾絲玫與莫瑞博士一起在編大詞典。」

哈洛德微笑。「若是沒有我們，英語該怎麼辦才好？」

我看著印刷機吐出的頁面。「你正在印大詞典嗎？」

「沒錯。」他朝著一疊印好的紙頁點點頭。

我拎起一張紙的邊緣，用拇指和其他手指捏著，輕輕摩擦紙張。我一心注意著不要碰到文字，以免墨水還沒乾。我腦中浮現畫面：有一個詞被我抹暈了，而買下這一頁所屬分冊的那個人，他的詞庫裡從此就沒有這個詞的存在。

「這些舊印刷機都有個性，」哈洛德在說，「蓋瑞斯比誰都熟這一部。」

我看著蓋瑞斯。「是嗎？」

「我是從印刷部門入行的，」他說，「我十四歲時跟著哈洛德當學徒。」

「它故障的時候，只有他能哄它乖乖聽話，即使是我們還沒失去一半的技工的時候。」哈洛德說，「真不知道我沒有他怎麼過下去。」

「我無法想像你在什麼情況下會『沒有』他。」我說。

「只是假設，小姐。」他迅速回答。

「妳應該更常來走走。」蓋瑞斯說，我們沿著瓦爾頓街散步。「最近哈特習慣把我們的午休時間縮短十五分鐘，而不是延長十五分鐘。」

「莫瑞博士還不是一樣。感覺好像累牘院和出版社就是他們的戰場，他們沒有別的方式可以奉獻。」我話一出口就後悔了。

「哈特一直是個嚴格的監工，」蓋瑞斯說，「但如果他不當心的話，他會因為不合理要求而失去比上戰場更多的員工。」

我們走進傑里科的中心。那裡擠滿午餐時間的人潮，蓋瑞斯幾乎每碰到兩個人就朝其中一人點頭打招呼。每個家庭都跟出版社有某種淵源。

「他會失去你嗎？」

蓋瑞斯頓了一下。「他很挑剔，有時候情緒化，對他自己和員工的要求都高得超出必要程度，但他和我之間有一種雙方都能接受的工作模式。這麼多年下來，我對他也有感情了，小艾。我覺得他對我也是。」

我自己也看出來了，看過許多遍。蓋瑞斯有一種從容與自信，不但軟化了哈特先生，也軟化了莫瑞博士。

我們彎進小克萊倫敦街，走向茶館。「可是他會失去你嗎？」我又問一遍。

蓋瑞斯推開門，上方的鈴叮叮響。我站在門口等他回答。

「妳聽到哈洛德是怎麼說的了，」他說，「只是假設。」

他帶著我走到後側的桌位，拉開椅子讓我入座。

「我看到他看你的眼神了，」他拉開自己的椅子時我說，「他是在道歉。」

「他知道讚美會讓我不自在。」

蓋瑞斯不敢看我，於是他忙著四處張望尋找服務生。他對到她的視線後，轉回頭研究菜單。

「妳想要什麼？」他頭也不抬地說。

我伸手越過桌面握住他的手。「我想要實話，蓋瑞斯。你在計畫什麼？」

他抬起頭。「小艾……」可是接下來就只有沉默。

「你嚇到我了。」

他伸手到長褲口袋掏出什麼東西。他把它攥在拳頭裡舉在我們之間，我看到他的臉漲紅，下巴繃緊。

「那是什麼？」我問。

他的手指向後張開，露出被捏扁的、殘破不全的白色羽毛*。

* 一戰期間，英國海軍軍官費茲傑羅（Charles Fitzgerald）發起「白羽毛運動」，鼓動婦女送白羽毛給身強體壯但未從軍的男子，讓他們感到羞恥。

「把它丟掉。」我說。

「它被綁在出版社的後門上。」蓋瑞斯說。

「它可能是給任何人的，有幾百個人在出版社工作。」

「我知道，我不認為它就一定是給我的，但我免不了會開始思考。」

服務生來打岔，蓋瑞斯點了餐。

「你年紀太大了。」我說。

「三十六歲還不算太老，而且總比二十六歲好，或是，噢，老天啊，更比十六歲好。那些男孩幾乎沒有活過。」

服務生把茶壺擺在我們中間。她小心翼翼放下茶杯和牛奶罐時，我幾乎屏住呼吸。

她一走開，我就說：「你聽起來像是想要去。」

「只有年輕人或笨蛋才會想去打仗，小艾。不，我並不『想要』去。」

「但是你在考慮。」

「我不可能不考慮。」

「那，想想我吧。」我聽到自己的語氣有多麼孩子氣，有種急切的懇求意味。我從未向他提出這種要求，也一直避免可能讓我們的關係超乎友誼的情緒。

「噢，小艾，我從來就沒有停止想妳。」

三明治送來的時候，服務生並沒有多費工夫去擺放，不過我們的對話還是中斷了。我們誰也沒有勇氣重啟話頭，接下來十五分鐘便只是默默地進食。

吃完午餐，我們沿著城堡磨坊迴流河的曳船道散步。雪花蓮鋪滿河岸的地面，像是在跟冬天較勁。

「我有一個詞要給妳。」蓋瑞斯說，「大詞典裡已經有了，但沒有收錄這個用法。我認為妳應該把它納入收藏。」他從他的口袋拿出一張紙卡，那是一張潔白的方形紙張，我知道是從印刷機裡的巨大紙張裁下來的。他自己默唸一遍，我好奇他是不是想改變心意自己留著。

走到下一張長椅時，我們坐下來。

「這個詞是我排的字，好一陣子前的事了。」他繼續拿著它不放。「它代表好多意義，但這個女人使用它的方式，讓我覺得大詞典可能漏掉了什麼。」

「你說的女人是誰？」但他回答前我已經知道了。

「一位母親。」

「什麼詞呢？」

「Loss。」他說。

報紙上充斥著這個詞。自從戰爭開打，我們光用包含「loss」的引文就能裝滿一整冊了。《倫敦時報》的傷亡名單計算著它的數量，其中伊珀爾戰役就占了無數的篇幅。死者包括牛津的男人。出版社的人。蓋瑞斯從小就認識的傑里科男孩。「loss」是個實用的詞，應用範圍之廣令人駭然。

「我可以看看嗎？」

蓋瑞斯再看了紙卡一眼，然後遞給我。

LOSS（失去）

「很遺憾妳所失去的，他們說。我想知道他們是什麼意思，因為我失去的不只是我的兒子們。我失去了母親的身分，失去了成為祖母的機會。我失去了跟鄰居之間的融洽閒談，也失去了老後家人的陪伴。我每天醒來都會面臨一些之前沒想到的新的失去，我知道很快地我將失去我的理智。」

——薇薇安·布萊克曼，一九一四年

蓋瑞斯伸手按著我的肩膀，讓我安心。我感覺他輕輕捏了捏，拇指撫摩。帶有我無法勸退的、超出友情的感情。但他自己沒有察覺。

我失去了母親的身分。這些話強迫我想起一段回憶：布滿雀斑的臉上一對和善的眼睛；疼痛中一股穩定的力量。莎拉，我的寶寶的母親。「她」的母親。我試著回想關於「她」的一些事，但「她」的氣味只像是我曾寫下來貯存在行李箱裡的詞彙一樣隱約逗留。當我閉上眼睛，我看不見「她」的臉，不過我記得曾寫下「她」的皮膚是**半透明**的，「她」的睫毛**幾乎看不見**。這個叫薇薇安・布萊克曼的女人了解我。那是蓋瑞斯根本不可能想像的事。

「她是誰？」我問。

「她的三個兒子在出版社工作，他們都在八月加入牛津白金漢郡輕步兵團第二營。其中兩人只是孩子；年紀小到還不懂事——不過年紀比較大的人因為懂事而可能成為懦夫。」他看到我的表情因為他的話而起了變化，趕緊說下去。「哈特先生身體不舒服，所以她才對我說這些話。」

「她還有別的孩子嗎？」我問。

他搖頭。我們沒再說話。

……我會祈禱妳的兒子們平安歸來。

妳最誠摯的朋友，莉茲

我把我繕寫的頁面交給莉茲，她小心地把它們摺疊起來放進信封，然後拿起第四塊餅乾。

「哥哥們不在，湯米一定覺得很孤單。」她說。

「妳想他會從軍嗎？」

「如果他從軍，娜塔莎會傷心死。」

「莉茲，妳有沒有想過要是妳能不必透過我寫信，就能告訴娜塔莎妳最深層的祕密，那就太好了？」我問。

「我沒有最深層的祕密，艾西玫。」

「如果妳有，妳會想讓她知道嗎？即使那可能改變她對妳的觀感？」

莉茲的手移向她的十字架，她垂眼望向桌子。她一向把她給我的任何智慧都歸功於上帝。我老早就不再相信祂出了任何力。

她抬起頭。「如果那是對我來說很重要的事，或是能夠解釋我這個人的事，我想我會想讓她知道的。」

她的回答讓我胃部翻攪。「不過如果妳守住祕密會怎麼樣嗎？」

莉茲站起來，往茶壺裡加熱水。

「我想他不會批判妳的。」她說。

我迅速轉身，但她背對著我，我沒辦法判讀她的表情。她說的可能是上帝，也可能是蓋瑞斯。我希望她指的是他們兩者。

清朗的夜晚迎來藍色天空的白晝以及晶亮的白霜。但早晨的寒冷並沒有持續太久，我踩著踏板、帶著莫瑞博士校好的稿件騎向出版社時，覺得身上的大衣十分沉重。

哈特先生辦公室的門半開著，我敲了門，但無人回應。我探頭張望，看到他坐在書桌前，把頭埋在手裡。另一個母親來過了，我心想。《牛津時報》有一小篇報導，寫到出版社有多少人從軍、多少人陣亡。文章中說失去這麼多員工將延誤某些重要書籍的出版日期，包括《莎士比亞的英國》。

我不認為是《莎士比亞的英國》讓大總管垂頭喪氣，突然間那篇報導顯得冷酷無情。它沒提到任何人名，倒是提到書名。我從門邊退開，故意更大聲地敲門。這次哈特先生抬頭了，他有點迷惑，有點驚嚇。我把校好的稿子遞給他。

接著我去找蓋瑞斯，但他不在辦公室。我在排字間找到他，他俯向他的舊工作檯。

「你真是離不開這個地方喔？」我說。

蓋瑞斯的視線由鉛字往上移，他的微笑沒什麼說服力。「太多空置的工作檯了，」他說，「印刷室也一樣。現在只有裝訂廠還能正常運作，不過有幾個女工也去加入志願救護隊了。」他在圍裙上揩抹雙手。

「也許哈特先生應該考慮僱用女人擔任印刷工和排字工。」

「有人提出這個想法，但並沒有獲得廣大支持。不過我想這是無可避免的。」

「哈特先生看起來糟透了。」

蓋瑞斯摘下圍裙，我們一起走到其他圍裙掛著的地方，清一色的圍裙分別掛在不同的勾子上。「他好像陷入慣性的沮喪了。」他說，「這是可以理解的。這個地方就像個村子，每個人彼此都有關聯，每樁死亡都會透過這些關係擴散出影響力。」

我們穿越方院時，我才第一次驚覺這裡真的變得好安靜。我們沒有走向傑里科，我反而要蓋瑞斯沿著大克萊倫敦街走。「天氣不是很冷，」我說，「我想我們可以沿著城堡磨坊迴流河散散步。我帶了三明治。」

我們走路時，我想不到尋常的話題，不過蓋瑞斯似乎並沒有注意到。我們彎進運河街，經過聖巴拿巴教堂。一直到我們踏上了曳船道，他才問我是不是出了什麼事。我試著微笑，但完全笑不出來。

「妳讓我好緊張。」他說。

我選了一塊撒下微弱陽光的安靜位置。蓋瑞斯脫下大衣鋪在地上，我把我的大衣鋪在旁邊。我們坐下來，以我認為即將到來的尖刻言詞而言，我們的距離太近了。我從側背包取出三明治，遞了一個給他。

「說吧。」他說。

「說什麼？」

「妳在想的事。」

我在他臉上搜尋。我不想讓任何事改變他對我的看法，但我也希望他完全了解我。各種影像和情緒在我腦中迴旋，我事先演練的臺詞此刻一個字也想不起來。我感覺喘不過氣。站起身。走到河邊，大口吸氣，但還是不能呼吸。蓋瑞斯在呼喚我，可是我耳朵裡的隆隆聲使他聽起來很遙遠。

我知道我會告訴他關於「她」的事。儘管我可能不會獲得原諒。我覺得反胃，但我轉回身去。

我們面對面坐著，各自坐在自己的大衣上，蓋瑞斯現在垂著眼皮，驚愕而沉默。我已告訴他一切。我說了我害怕的那些詞彙——**處女**、**懷孕**、**分娩**、**生產**、**嬰兒**、**收養**——我比較平靜了。反胃感過去了。

我看著態度疏離的蓋瑞斯。我或許失去了他，但我已肯定失去了「她」。他或許對我失望，但我早已對自己失望。

我站起來，邁步走開。我回頭看時，他仍待在原處，一手撫著我留下的大衣。走過運河街時，我發現聖巴拿巴教堂的門是開著的。我坐在晨光禮拜堂。我不知道在那裡待了多久，蓋瑞斯才找到我，把大衣披在我肩上。他坐到我旁邊。過了一段時間，他挽起我的手臂，我讓他帶著我回到冬日的陽光下。

我們回到出版社後，我牽了自行車，堅持我可以自己騎回累牘院。

蓋瑞斯看著我——沒有尖刻，但有股悲傷。

「這沒有改變任何事。」他說。

「怎麼可能沒有？」

「我也不知道，就是沒有。」

「可是過一段時間可能就會改變。」

他搖頭。「我不認為。戰爭讓現在比過去更重要，比未來更確定。我現在的感覺是我唯一能憑藉的條件，而在妳告訴我那些事後，我好像更愛妳了。」

很少有什麼詞像「love」有這麼多變體。我感覺它在我胸腔深處迴蕩，知道它代表的意義有別於我聽過或說過的其他版本。但蓋瑞斯臉上的悲傷並沒有消失。他牽起我的手親吻傷疤，然後轉身走進出版社。

隔天早晨我甦醒時，感覺屋子裡像冰窖。我幾乎無力從床上爬起來。蓋瑞斯的話應該讓我鬆口氣才對，但他的悲傷沖淡了效果。他就像我一樣有所隱瞞。我瑟瑟發抖，很希望莉茲在這裡。

我迅速更衣，幾乎是摸黑走到向陽屋。

我進到廚房時，莉茲手肘以下泡在肥皂水裡。工作檯堆滿早餐用具：用過的碗和茶杯；有吐司碎屑的盤子。

「爐灶生著火哪，」她說，「去暖暖身子吧，我先把碗洗完。」

「平常早上來幫忙的那女孩呢？」我問。已經換過好幾個了，我想不起最近那個的名字。

「不來了。至少戰爭對某些人來說是好事：工廠付的錢比莫瑞家要多得多。」

我脫掉大衣，拿起擦碗布。「已經退休的巴勒德太太有可能再回來工作嗎？」

「最近她連離開椅子都有困難。」莉茲說。

我切了厚厚一片麵包，抹上果醬。「我多做了一條，」莉茲說，「妳今晚回家時帶走吧。」

「妳真的不用這樣。」我說，舔著手指上的果醬。

「妳從早到晚都待在阿牘，也沒有個幫傭——我真的不懂妳為什麼叫幫傭不用來了。總要有人照顧妳呀。」

等我連骨頭都暖和了，胃也填飽了，我穿過花園進到累牘院。我很慶幸它是空的。至少還要再一小時才會有人來。

自從我躲在分類桌底下，它幾乎一點都沒有變，一時間我能想像我和爸爸在那裡的世界，沒有戰爭的世界。我用手指沿著書架滑過；這是一種回想的方式。

我坐在我的書桌前，聆聽這寂靜。牆上的洞傳來窸窸窣窣的耳語聲，我抬起手感覺冷空氣的吐息。它很銳利，幾乎讓人覺得痛，我想起那些原住民，他們會在人生中的重大時刻在皮膚上留下記號。文字將刻在我的身上。可是，是哪些字呢？

有個東西敲在累牘院的牆上發出匡啷一聲，窸窣聲停了。我把手從洞口抽回，眼睛湊上去瞧。是蓋瑞斯。

他把自行車靠好，然後直起身子，察看側背包裡面，再謹慎地把包包關上。我偷看他上百次了，漸漸愛上他來回引導那些文字的方式，好像它們既脆弱又珍貴。

但我很緊張。我檢查自己的儀容。幾綹髮鬈從髮髻脫出，我把它們塞回去。我捏捏臉頰，輕咬嘴唇。我坐得直挺挺的，背都有點不舒服了，我預期蓋瑞斯會從累牘院的門走進來。我擔心他會說什麼。

他沒有來。我彎腰看稿，讓髮鬈鬆垂。

十五分鐘過去了，我才聽到累牘院的門響起。

「莫瑞博士知道妳從大清早就待在這裡嗎？」他問。

「我喜歡獨處的感覺。」我回答，在他的臉上搜尋他在想什麼的線索，「但我樂於受到干擾。我聽到你騎車來；你怎麼過這麼久才進來？」

「我以為妳在廚房，跟莉茲在一起。她請我喝茶，我不好意思拒絕。」

「她喜歡你。」

「我也喜歡她。」

我看著蓋瑞斯的側背包，他用一手托著它。「現在送校樣來好像有點早。」

他沒有馬上回答，而是凝視著我，彷彿在回想我的告解。我垂下目光。

「沒有校樣，只是來邀請妳參加野餐，」他說，「今天又是美好的一天。」

我只能點頭。

「那我中午再來。」他微笑。

「好的。」我說。

他走了以後，我顫抖地吸了一口氣，把頭靠在牆上。洞裡的光投射在我手上的舊疤上。蓋瑞斯走向累牘院後側去取他的自行車時，光線先暗了一下，然後又亮了。然後又暗了。好像摩斯密碼，我心想，但我不會解碼。他靠在鐵牆上時我感覺到他的重量，透過頭骨聽到金屬的嗡鳴。他知道他離我有多近嗎？他在那裡待了好長一段時間。

快要中午時，我在廚房和莉茲一起坐在桌子邊。

「我幫妳整理頭髮。」她說。

「沒用的，它總有辦法跑出來。」

「『妳』整理的時候才會這樣。」她站在我身後，重新調整髮夾。她弄完之後，我甩甩頭。髮鬈乖乖待在原位。

我們隔著廚房窗戶看到蓋瑞斯。他大步穿越花園朝我們走來，側背包掛在肩上，一手提著野餐籃。莉茲跳起來開門，把他迎進來。

蓋瑞斯朝莉茲點點頭，咧開嘴笑。「莉茲。」他說。

「蓋瑞斯。」她回應。她的笑容跟他如出一轍。

在他們的問候背後藏著千言萬語，我卻不解其意。蓋瑞斯把他的野餐籃放在廚房桌上，莉茲彎腰從爐灶裡取出她原本在保溫的果餡餅。她把它放在籃子底部，拿一塊布蓋住。然後她在熱水瓶裡裝了茶，連同一小罐牛奶交給蓋瑞斯。

「你有帶毯子嗎？」她問他。

「有。」他說。

她從椅背上拿起她的羊毛披巾。「以十二月來說今天也許算暖和，但妳還是需要在大衣外頭披上這個。」她說，把它遞給我。

我接過來，不懂莉茲為什麼因為這場野餐之約而這麼興致勃勃。「妳要不要一起來？」我問。

她笑了。「噢，不用了。我有太多事要忙了。」

蓋瑞斯把籃子從桌上提下來。「我們走吧？」

我伸手讓他牽，他帶著我走出廚房。

我們走到城堡磨坊迴流河，沿著曳船道走向瓦爾頓橋。

「很難相信冬天已經開始了。」蓋瑞斯說，他鋪開毯子，把果餡餅放在中央。熱氣裊裊上升。

他把他要我坐的位置的毯子撫平，然後從籃子裡拿出熱水瓶，往馬克杯裡倒了些茶。他加進剛剛好的牛奶，再放了一塊糖。我用雙手捧著杯子啜了一口。正是我喜歡的味道。我們什麼也沒說。

蓋瑞斯把他的茶喝完，又倒了一些。他的手無意識地移向放在身旁的側背包。等他的杯子空了，他慢條斯理地把它放回籃子，好像它是只水晶杯而不是錫杯。他的手在微微地顫抖。

當他的杯子安全地放在籃子裡後，他深吸一口氣，轉頭面向我。他臉上輕輕浮起一抹笑容。他直視著我，取走我的杯子，比較粗魯地放到草地上。然後他握住我的雙手。

他把我的手指壓在他唇上，他呼吸的溫熱讓我身體一陣顫慄。我全身都想和他緊貼在一起，但我的心光是看著他的臉孔就滿足了；能記住他額頭上的每根紋路，他深色的眉毛和長長的睫毛，像是黃昏時分夏季天空的藍眼睛。他的太陽穴附近已有了灰髮，我渴望看到它隨著歲月在他茂密的黑髮中蔓延。

我不知道我們這樣坐了多久，但我感覺他的目光在我臉上遊走，正如同我的目光在他臉上徘徊。沒有東西遮掩我們，沒有客氣的故作姿態。我們是赤裸的。

我們終於對到眼神的時候，感覺好像我們一同去旅行了一趟，現在以更熟悉彼此的狀態返家。他鬆開我，伸手去拿側背包。微弱的顫抖使他的手指在解開扣環時顯得笨拙。如果先前我還不確定，這下我知道側背包裡裝著什麼了。

可是它卻不是我預期的東西。

他取出一個包裹。它用牛皮紙包起來，用細繩繫起：出版社的標準包裝。它看起來像一令紙的尺寸，只是比較薄一點。

「給妳的。」他說，把包裹遞出來。

「應該不是校樣（proof）吧。」

「確實是某種證明（proof）。」他說。

我解開蝴蝶結，厚厚的包裝紙散開。

這是個美麗的物品，以皮革裝訂，字母燙金。它一定用掉蓋瑞斯一個月的薪水。綠色皮革上有《女性用詞及其意義》的打凸字樣，用的字體跟大詞典封面一樣。我翻開第一頁，那裡也印著書名，底下則寫著：艾絲玫．尼克爾編。

這本書很薄，內文的字體比莫瑞博士的詞典來得大——而且每頁只有兩欄，而非三欄。我翻到C開頭的詞，讓我的手指沿著文字熟悉的輪廓滑過，每個詞都是一個女人的聲音。有的聲音柔和而有禮，有的像梅寶的聲音，沙啞而充滿痰液。然後我看到我最初寫在紙卡上的詞彙之一。看到它被印刷出來真是令人振奮，我忍不住用嘴唇快速默唸那五行打油詩。

把它說出來、寫下來，或是印出來，哪一項更下流？用說的，它可能被一陣風帶走，或是被談話聲蓋過去；別人可能聽錯或當沒聽見。在紙頁上它就真實存在了。它被逮住、釘在板子上，它的字母用某種方式攤開，讓每個看到它的人都知道它是什麼意思。

「天知道你是怎麼看我的！」我說。

「我很慶幸終於知道這個詞是什麼意思了。」他說，認真的表情咧成笑容。

我繼續翻頁。

「我花了一年，小艾。每天我拿起有妳筆跡的紙卡，我都更了解妳一點。我一個字一個字地愛上妳。我一向喜歡文字的形狀和感覺，還有它們無限的組合。但妳讓我看到它們的局限，以及它們的潛力。」

「可是你是怎麼辦到的？」

「一次兩、三張紙卡，而且我總是很小心地把它們放回原位。到最後，出版社一半的人都參與了這個計畫。每一部分我都要插手，不光是排版而已。紙是我選的，印刷機也是我操作的。我親手裁紙，而裝訂廠的女工為了教我把頁面裝訂起來，簡直弄得人仰馬翻。」

「我想也是。」我微笑。

「弗瑞德．斯威特曼是我在阿牘的眼線，但要是沒有莉茲，這一切都沒有成功的可能。她知道妳的一舉一動和妳所有的藏寶處。別因為她洩露祕密而生她的氣喔。」

我想著我書桌裡的鞋盒還有莉茲床底下的行李箱。我的「失落詞詞典」。我意識到她是它的保管人，而她想要那些詞被發現。

「我永遠不可能生莉茲的氣。」我說。

蓋瑞斯再次牽起我的手。他的手不再發抖了。「我必須二選一，」他說，「選戒指或是選文字。」

我看著我的詞典，用手指描畫書名，聽到自己暗暗唸著那行字。我想像手上戴著戒指，慶幸現在手上沒有戒指。我不懂我怎麼可能有這麼多的感受。我已經沒有空間再容納更多感受了。

我們沒有再交談。他沒有問，我也沒有回答，但我感覺這段時間有如一首詩般充滿韻律感。它們是接下來一切的序曲，而我已經在規劃一切。我捧住他的臉，感覺它在兩隻手的皮膚下呈現不同觸感，然後我把他的臉拉近。他的唇熱熱地貼著我的唇，他的舌尖仍帶著茶香。他扶在我後腰上的手毫無企圖，但我靠向前，希望他感覺我身體的輪廓。果餡餅涼了，沒有人去動它。

「在哪裡啊？」我進到廚房時莉茲問。

我們都看向我的手，它還是一如既往地光禿禿的。

「莉茲．雷斯特，有什麼事是妳不知道的嗎？」

「很多啊，但我知道他愛妳，妳也愛他，我以為妳野餐完回來我會看到妳手上多了個戒指。」

我從自己的側背包拿出薄薄的冊子，放在她面前的廚房桌上。「他給了我比戒指珍貴許多的東西。」

她微笑著用圍裙擦擦手，然後確認手是乾淨的，才去碰書皮。「我就知道把文字裝訂得漂漂亮亮的一定能贏得妳的心，他給我看的時候我就這麼告訴他了。然後他給我看我的名字印在哪裡，在我哭哭啼啼的時候幫我泡茶。」說到這裡她的淚水又湧上來，她迅速抹去。「可是他沒說他沒有準備戒指。」

她把書推回給我。我用牛皮紙把它包好，拿細繩繫起來。「莉茲，我可以去樓上一下嗎？」

「別告訴我妳要把它藏起來！」

「不是永遠，但我還沒準備好跟別人分享它。」

「妳真是個怪人，艾西玫。」

如果裝得下，我也會把蓋瑞斯鎖在行李箱裡，然後把鑰匙藏起來。但已經太遲了。哈特先生和莫瑞先生從好幾個月前就開始寫信，為他爭取接受軍官培訓的機會。

一九一五年五月

軍官培訓在五月四日結束，我們將在五月五日星期三結婚。莫瑞博士給了累牘院所有人兩小時的有薪假來祝福我們。

大喜日前夕我睡在莉茲房間，早晨她為我穿上一件式樣素雅的乳白色連身裙，有雙層裙和蕾絲高領設計。她在袖口和裙襬繡了樹葉，還到處點綴著小小的玻璃珠，「這樣陽光照在妳身上時，看起來就像是早晨的露水。」

莫瑞博士身體不舒服，但他主動說要陪我坐計程車去聖巴拿巴教堂。在最後一刻，我婉拒了。陽光確實燦爛，而我知道蓋瑞斯要和哈特先生還有斯威特曼先生一起從出版社走路過去。自從蓋瑞斯去接受軍官培訓以來，我已經三個月沒見到他了，我覺得當我們的路線在運河街交會，而我就這麼撞見他，這個主意還不賴。

莫瑞太太倉促地替我在白蠟樹下拍了三張照片，一張是跟莫瑞博士的合照，一張跟蒂塔合照，一張跟瑤爾曦還有蘿絲芙合照。她在收拾相機時，我問她能不能再拍一張。

莉茲在廚房門邊徘徊，穿著新衣裳的她有點侷促。我招手要她過來。她搖頭。

「莉茲，」我喊道，「妳一定要來，今天我是新娘子耶。」

她來了，她因為所有人都盯著她而微微低著頭。她站到我身邊時，我看到她母親的帽針，在她暗淡綠色的毛氈帽映襯下顯得十分鮮豔。

「稍微往這裡轉一點，莉茲。」我說。我想要相機捕捉到帽針的樣子。我要把照片送給她。

蓋瑞斯穿著軍官制服出席婚禮。他站得比我印象中挺拔，我好奇這是錯覺還是擺脫排字工作所帶來的好處。他很英俊，而我也是前所未有地美麗。我們從街道兩端朝聖巴拿巴教堂前進時，這就是我們的第一印象。

入內之後，我和蓋瑞斯站在教區牧師面前。哈特先生站在蓋瑞斯左邊；蒂塔站在我右邊。大詞典和出版社員工坐滿了四排座位，莫瑞博士夫婦、斯威特曼先生、貝絲和莉茲在前排。本來應該還會有更多人的，但蓋瑞斯在出版社最親近的朋友在法國，而緹爾妲加入了志願救護隊。她在倫敦聖巴索羅繆醫院的護理長不准她休假來參加婚禮。

我不記得誓詞。我不記得教區牧師的長相。我一定花了很多時間凝視莉茲為我採來的捧花，因為它細緻的白花和強烈的香氣留存在我的記憶裡。鈴蘭*。蒂塔伸手來取走捧花，讓蓋瑞斯能為我戴上戒指時，我拒絕鬆手。

我們走出教堂，出版社裝訂廠一小群女工將米粒撒向我們。然後我看到印刷工和排字工組成的合唱團，他們穿著圍裙。蓋瑞斯和我欣喜地握著彼此的手臂，站在那兒聽他們唱〈在銀色月光下〉。

蘿絲芙拍了一張照片。在駭人的一瞬間，我想像我倆凍結在壁爐上，蓋瑞斯永遠年輕；我則蒼老而裹著披巾，獨自坐在火邊。

我們一行人穿過傑里科的街道。當我們走到瓦爾頓街時，裝訂廠女工和印刷工合唱團回到出版社，布萊德利先生和克雷吉先生的一些員工則朝舊艾許莫林走回去。我們剩下的人繼續前往向陽屋，然後在白蠟樹下享用三明治和蛋糕。這讓我回想起這些年來我們為了慶祝完成某個字母或是某一冊詞典出版，而在此舉辦過多場茶會。莫瑞太太攙扶莫瑞博士進屋後，我們把這視為大家兩小時休假期滿的信號。布萊德利先生和愛蓮諾回到舊艾許莫林；哈特先生領頭返回出版社。蒂塔和貝絲陪巴勒德太太走進廚房，蘿絲芙

---

* 鈴蘭（lily of the valley）的英文名稱原意是「山谷裡的百合」，有紀念艾絲玫母親莉莉（Lily）的意義。

和瑤爾曦堅持協助莉茲清理善後。至於累牘院的男人，斯威特曼先生是最後一個回到工作崗位的。他跟蓋瑞斯握手，又牽起我的手親吻。

「妳父親一定會很自豪又開心。」他說，我迎視他的目光，知道當我們分享對爸爸的追憶，它會更強韌。

我們站在爸爸家的前門。應該說我家。像是在等待主人開門讓我們進去。我們有點不確定該由誰來開門。

「這是我們家了，蓋瑞斯。」我說。

他微笑。「或許是吧，但我沒有鑰匙啊。」

「噢，對喔。」我彎下腰，從花盆底下拿出鑰匙。我遞出去。「給你。」

他看著它。「唔，我覺得妳不該這麼輕易交出來。這可不是嫁妝。」

我還來不及回答，他就彎腰把我抱起來。

「好了，」他說，「妳來開門，我們一起跨過門檻。不過如果妳不介意的話，動作快一點，小艾。」

屋內充滿鈴蘭，每個房間都一塵不染。在這微涼的傍晚，爐灶讓廚房散發暖意，我們的晚餐正在小火燉煮。

「妳知道嗎，妳有莉茲真的很幸運。」蓋瑞斯邊說邊把我放下來。

「我知道。我也知道我有你很幸運。」我沒有跟他商量，就牽著他的手帶他上樓。

我打開爸爸臥室的門。他的床鋪著新床罩，上頭有莉茲一針一線縫綴的細緻圖案。我從未睡過這張床，現在我為此感到慶幸。這是我們的喜床。

我們對我們的身體並不害羞，但我們守護著我們知道什麼，以及不知道什麼。當一段關於比爾的記憶不請自來，我驚恐萬分。我記得他的手指描畫我的髮線，然後繼續沿著我的臉往下到我的身體，中間不時岔出原本路線。「鼻子，」他湊在我耳邊低語，「嘴唇，脖子，乳房，肚臍……」

我微微發抖，蓋瑞斯稍稍退開。我拉起他的手親吻他的掌心。然後我引導他的手指沿著我的身體往下，不時岔出原本路線。

「陰阜。」當我們摸到那一團柔軟的毛髮時，我說。

蓋瑞斯被委派到牛津白金漢郡輕步兵團第二營，但上級給了他一個月的假，之後才要去考利營區報到。儘管莫瑞博士不可能放我走，他仍同意縮短我的上班時間。每到下午，我會從累牘院走到出版社，看到蓋瑞斯在那兒指導太年輕、太年邁或近視太深的男人握步槍的方法。出版社在訓練一支國民軍。

我看著他，就像以前曾觀察他那樣。他正在教一個不到十五歲的男孩握步槍。他把男孩的左手放在槍管下；另一隻手圍住槍托，將男孩的食指往後移，直到只有指尖擱在扳機上。他那專注的神態，就好像他在挑選鉛字，然後把它放進排字盤來拼成一個詞一樣。我看到他退後一步評估男孩的架勢。他吩咐了一句，於是男孩把步槍由肩膀往胸膛挪近一些。

當男孩像是扮演牛仔似的假裝開槍，蓋瑞斯把槍管壓低指著地面，對他說話。我聽不見他說什麼，但我從男孩的表情看出某種情緒，讓我想起莉茲發現蓋瑞斯要成為軍官時告訴我的事。「軍隊需要有個成熟的男人來領導那些小夥子。根據我聽到的說法，優雅的口音似乎不夠把這項任務辦好。」她說得對。蓋瑞斯擁有領導的權威。我見過他帶領年輕的排字工人，在印刷室裡也見識過他的領導魅力。我試著想像他在法國發揮長才，但我無法想像。

我們沿著城堡磨坊迴流河走。蓋瑞斯穿著他的軍服，雖然他抱怨它看起來太新了，不過我們經過的每個人都向他點頭或是微笑打招呼，甚至是熱烈地握手。只有一個人在我們走近時別開目光：一個年輕男人，他那身平民打扮很惹眼。

我已不再抱有「要是蓋瑞斯沒有登記入伍就好了」的想法，但我無法停止覺得他正朝死亡走去。這念頭讓我夜不成寐，於是我會看著他睡覺。它讓我在不必要的時候、在古怪的時候碰觸他。我想知道他對所有事的看法，我用善與惡的問題對他疲勞轟炸，我問他我們英國人和他們德國人是不是分別屬於善惡的兩邊。我試著揭開他的更多外衣，這樣萬一他死了，我手邊就有更多可以緬懷的剩餘物。

在費斯圖貝戰役後，休假未滿的蓋瑞斯被召回。《倫敦時報》刊登的「悼念」名單包括四百個牛津白金漢郡輕步兵團的士兵。我們新婚還不到一個月。

「我沒有要被派去法國，小艾。」

「但之後會的。」

「是有這個可能，但是有一百個新兵需要訓練，否則他們哪裡也不能去，所以我會在考利待一陣子。我離得夠近，可以搭那種新式公車回牛津。我可以跟妳相約吃午餐。遇到我休假的日子，我可以回家。」

「可是我已經習慣了你做的有硬塊的馬鈴薯泥——而且我好像已經忘了怎麼洗碗。」我說，試著故作輕鬆。可是過去幾年我獨自度過太多個夜晚，不會不知道今後我將多麼孤獨。「我該如何自處？」

「醫院在徵求志工，」他說，慶幸他想到解決辦法，「不是所有男孩都是本地人，有些人從來沒有人探望。」

我點點頭，但這不是解決辦法。

蓋瑞斯前往考利營區時，把星星點點的他留下來了。他的平民服裝掛在我們的衣櫃裡，隨時準備好可以換穿。浴室水槽上放著一把梳子，梳齒間仍然卡著幾根頭髮——有黑髮也有粗硬的灰髮。床邊，一本魯珀特．布魯克的詩集翻開來面朝下擱著，書脊折成兩半。我拿起來看蓋瑞斯正在讀哪一首詩。〈死者〉。我又把它放下。

我躲進累牘院。我在想：不知道要過多久，紙卡才會開始提起這場戰爭？

蒂塔寄了斐麗絲．坎貝爾的《前線背後》給我。我把它放在書桌裡，趁所有人都下班後拿出來讀。她筆下的戰爭跟報紙上的戰爭截然不同。

爸爸總是說，是脈絡賦予了意義。

德國士兵用刺刀刺穿比利時女人的寶寶，她寫道，再強暴那些女人，然後割下她們的乳房。

我想到莫瑞博士曾向許多德國學者請教各種英語詞彙的德語詞源，自從戰爭開打，那些學者就保持沉默。或是被動地保持著沉默。那些鑽研語言的紳士會做出這種事嗎？還有，如果德國人做得出這種獸行，法國人或英國人又怎麼會做不出來呢？

斐麗絲．坎貝爾以及像她一樣的女人，負責照料那些比利時女人——還留有一口氣的人。她們坐在卡車後頭抵達，纏在胸部的布條是為了吸血而不是吸乳汁，她們死去的寶寶擱在腳邊。

我把引文抄到一張又一張紙卡上，每一張都歸在「war」這個詞底下，我的手在顫抖。它們為已經整理好、等著變成稿子的紙卡添加了可怖的內容。完成之後，我精疲力盡。我站起來在架上搜尋正確的分類格。我取出已經在裡頭的紙卡翻看。我剛剛寫的紙卡會為「war」的意義帶來新的、可怕的資訊，但我不能把它們加進去。我把原本的紙卡放回分類格，然後走向壁爐。我把斐麗絲．坎貝爾書中的引文丟進去，看著它們成為自身的影子。

我想起「lily」。當時，我以為如果我救回那個詞，我媽媽的一部分就會被記住。我沒有資格抹去「war」對斐麗絲．坎貝爾的意義；它對那些比利時女人的意義。在大肆宣傳的榮耀，以及男人的壕溝與死亡經驗之外，還需要讓人知道女人身上發生了什麼事。我回到書桌前，翻開《前線背後》，重頭來過。我再一次強迫自己用顫抖的筆寫出那些可怕的句子。

如果戰爭能改變男人的本性，它也絕對能改變文字的性質，我心想。可是英語的詞已經有那麼多都排版印刷了，我們已經接近終點了。

「我想它會設法塞進最後幾冊的。」我們在討論時，斯威特曼先生說，「詩人們會確保這一點。他們特別有辦法給事物的意義加上細微差別。」

一九一五年六月五日

我親愛的歐文太太：

我不敢想像會用艾絲玟以外的稱呼叫妳，不過就這一回，我想要用我的筆點出妳成為什麼樣的女人。我對婚姻並沒有多大的信心，不過妳跟蓋瑞斯的結合在每一方面都是天作之合，如果所有婚配都是這樣的良緣，我或許會對這個制度改變看法。

妳可能認為最近這一個月我的筆都荒廢了，我向妳保證並沒有。打從妳結婚起，我每天都想寫信給妳爸爸，告訴他妳的模樣有多美，還有妳跟蓋瑞斯肩並肩站在聖巴拿巴教堂前方，手裡握著鈴蘭捧花，看起來是多麼怡然自得。

我寫信給妳爸爸已經寫了四十年，這是很難停止的習慣。我試過，卻發現一想到他不會給我深思熟慮的回應，我就無法好好思考。我並不羞於承認（我希望這不會在任何方面冒犯了妳）我決定恢復跟哈利通信。妳的婚禮是此一決定的催化劑——除了他，我還能向誰報告那輝煌的日子的種種細節？所以，當我說我想要寫信給妳爸爸時，其實我指的是我已經寫信給他了。他在我腦袋裡並不安靜，艾絲玫。

他會特別喜歡妳決定拋出捧花這件事，雖然妳的女性賓客大部分不是已婚就是確定要成為老處女了。當妳轉身背對那一小群人，我好驚訝。我看到妳抽出一小枝花自己留著，就知道妳準備做什麼了。我希望裝訂廠的女孩們能上前，但是當捧花脫離妳的手，它的目標很明確。莉茲和我一定一臉驚愕——我們倆誰也不敢去接，卻誰也不想讓花掉在地上。我能看出莉茲很猶豫，我只好挺身而出終結她的苦難。我必須承認一時間我有點暈眩（不過沒有後悔）；在回巴斯的一路上，那束花都是我甜蜜的旅伴。

現在我把它做成壓花還給妳，妳可以用妳覺得適合的任何方式保存它。我猜想妳會用它當書籤，而我想最棒的莫過於翻開一本被妳冷落了幾個月、甚至幾年的書，結果那一天的記憶從書裡掉出來。當然，妳也可以選擇用玻璃把它裱起來，掛在結婚照旁邊，但我相信妳的品味不僅如此。

妳的婚禮過後，我不光是用寫信給妳爸爸來打發時間。妳也很清楚，詹姆斯・莫瑞的健康狀況並不好，而我收到的校樣數量多到我不知該如何是好。我很感謝詹姆斯對我的信心，但我有意寫信給金主們，要求他們為我的貢獻多給一點津貼。我的付出與年俱增，而我的名字列在謝詞中並不像以前那樣讓我滿足。貝絲對這件事頗為投入，還幫忙草擬提出要求的信函。但我暫時還不會寄出這封信，在眼前的局勢下，此舉似乎太過功利。我將繼續我的工作，正如我們都必須這麼做。

我不願意就這麼結束這封信，而隻字不提蓋瑞斯即將被調派的事。這是對妳的考驗，我親愛的，一如戰爭考驗著許許多多人。請讓我待在妳身旁。寫信給我，來找我，盡可能重重地倚靠我。保持忙碌——我無法形容對焦慮的腦袋或是孤獨的心靈來說，忙碌的日子能帶來多大的好處。

愛妳的，

蒂塔

莉茲把頭探進累牘院的門。「妳怎麼還在這兒？」她說，「已經七點多了。」

「我只是在確認『twilight』的條目。莫瑞博士希望在月底看到T開頭的詞完成，雖然不可能，但我們努力嘗試。」

「我不覺得那是妳在這裡的原因。」莉茲說。

「莉茲，妳知道我回家後都在做什麼嗎？織毛線。織襪子給士兵們穿。第一雙花了我三個星期，蓋瑞斯試穿以後說實在太緊了，要不了一星期他就會因為生壞疽而被送回家。他說我是故意的。」

「妳是嗎？」

「真好笑。不，我只是痛恨織毛線，而織毛線也痛恨我。現在我已經織了五雙了，好像一雙比一雙還要糟。但我需要做點什麼，否則我會開始擔心蓋瑞斯被派去國外的事。」我說，「我真希望每天晚上我都能累得倒頭就睡，沒有任何想法。」

「妳不會想要這願望成真的，艾西玟。妳還有再考慮當志工的事嗎？」

「有啊，但我不忍心去跟那些傷兵相處。我想像的時候，他們的臉都長得像蓋瑞斯。」

「他們一直都需要女人去捲繃帶之類的，」莉茲說，「而且我聽說有漂亮臉蛋的人陪伴時，那些男人喜歡聊天。如果妳張開耳朵，也許能蒐集到一兩個詞。」

「我會再想想。」我說。

「你跟莉茲聊過了嗎？」我問蓋瑞斯。

他下午休假，從考利回來，我們在瓦爾頓橋邊吃三明治。他迴避我的問題。

「山姆是出版社的人，」他說，「不過他老家在北方，他需要有人去看他。」

「他在出版社都沒有朋友嗎？」

「他有我，但我連陪妳的時間都快不夠了。至於其他人……嗯，他們還在法國。」

還在法國，我心想。是生是死？

「他記得妳，」蓋瑞斯繼續說，「說我是個幸運兒。我說我會問問妳。」

從爸爸那次到現在，雷德克里夫醫院幾乎沒什麼變化，除了病房中住滿年輕人而非老人。他們都是士兵。有些人四肢俱全、幽默感十足；有些人同時喪失了手腳和幽默感。狀況還不錯的人在我經過時微笑挑逗，沒有一個人長得像蓋瑞斯。我鬆了一口氣，不禁為自己一直迴避這個地方感到慚愧。

一位護理師指出山姆位於病房盡頭的床位。我朝它走去時，掃視二十五個年輕男人的資料表。他們的姓名和軍階都用大字寫得清清楚楚的，他們的傷勢則被醫學術語和潔白硬挺的被單給蓋住。這只是一間醫院裡的一間病房。現在牛津郡有十間醫院。

山姆坐在床上，正在吃晚餐。他看起來有點眼熟，不過只是我或許在街上擦身而過幾次的那種程度。我自我介紹，他抬頭對我露出笑容。他的右腿在被單下被抬高了。

「我的腳沒了，」他說，語氣平淡得像在告訴我時間，「跟我見過的事相比根本沒什麼。」

我們都不想談他見過什麼事。他沒有停頓，馬上開始聊起出版社，並關心我們可能共同認識的人的近況。我幾乎不曾關注在紙庫、印刷室、裝訂廠和收發室來來去去的那些穿著圍裙的小夥子，沒辦法告訴他誰還在、誰不在。「我可以告訴妳誰不在了。」他用告訴我他的腳沒了的同樣冷靜語氣說。然後他告訴我他知道的每個陣亡男孩的名字與職務。這串話詳細而單調，他幾乎沒有換氣。但他需要回憶他們，他在說的時候，我想像他們在同一天裡交錯走出的路線，就像一條條絲線共同交織出出版社的不同部分。少了他們，它還怎麼能運作呢？

「那就是全部了。」他說，彷彿剛才列的是備用品或設備的清單，而不是活生生的人。這時他看著我咧嘴一笑。「蓋瑞斯……我是說歐文中尉，說妳喜歡蒐集詞彙。」他注意到我訝異的表情。「我想我有一個大詞典不知道的詞。」

我取出紙卡和鉛筆。

「Bumf。」山姆說。

「你可以造個句子嗎？」我問。

病房對面有人回應：「瞎仔，你知道句子是什麼嗎？」

「他們為什麼叫你瞎仔？」

「因為他在瞎搞步槍的時候射到自己的腳。」山姆隔壁床的男人說，「有些人故意這麼做。」

山姆沒有回應，只是轉頭低聲對我說：「給我幾張傳單；我上廁所需要一些『bumf』。」

我過了一下才醒悟到他是在給我我要的句子。我寫在紙卡上，並附上他的名字。「為什麼是『bumf』？怎麼來的？」我問。

「我大概不應該說出來，歐文太太。」

「叫我艾絲玫就好。還有不用怕冒犯我，山姆。我知道的粗魯詞彙超乎你的想像。」

他微笑說道：「Bum fodder（屁股草料）。總部印了很多傳單，不值得一讀，但拉肚子的時候可是值千金哪。抱歉，夫人。」

「我有一個詞，小姐。」另一個男人大叫。

「還有我。」

「如果妳想聽粗魯的話，」缺了一條手臂的男人說，「來我的床邊坐一會兒。」他用僅剩的手拍拍床沿，然後噘起薄唇作出親吻狀。

負責管理這間病房的摩里修女大步走向我。戲謔聲停止了。

「我可以說一句話嗎，歐文太太。」

「她有很多句話喔，修女，」我那位獨臂追求者說，「檢查一下她的口袋就知道了。」

我把手擱在山姆肩上。「我明天可以再來看你嗎？」

「我很願意，夫人。」

「是艾絲玫，還記得嗎？」

「昨天來了個新患者，」我們離開病房時摩里修女說，「我在想妳能不能陪陪他。我會給妳一籃繃帶讓妳捲，這樣妳的手就有事可做。」

「當然好。」我說，很感激她沒有要我交出口袋裡的東西。

我們經過長長的走廊來到另一間病房。每間病房都很相似：兩排病床，男人像孩子一樣被包在被窩裡。有些人坐起來，幾乎已經準備好回到外頭玩耍；其他人則動也不動地仰躺著。

亞伯特．諾斯羅普大兵坐在床上，不過他空洞的眼神讓我覺得他短時間內哪裡也不會去。

「他們叫你伯特嗎？還是伯弟？」我問他。

「我們叫他伯弟，」摩里修女說，「我們不知道他喜不喜歡這稱呼，因為他不說話。他顯然聽力沒有問題，然而他不知怎麼地無法理解話語的意義——除了一個詞例外。」

「什麼詞？」我問。

摩里修女把手放在伯弟肩上，點點頭向他道別。他只是盯著前方。然後她帶我沿著病房往回走，直到我們走得夠遠，她才回答我的問題。

「那個詞是『轟炸』，」歐文太太。如果他聽到了，他會作出徹底驚恐的反應。根據精神科醫師的說法，這是一種習得反應：一種不尋常的戰爭神經官能症。他經歷了費斯圖貝戰役，但他似乎絲毫都記不起來了。當我們給他看他同袍的照片時，他沒有顯露出認得他們的跡象。即使是他的個人物品似乎也很陌生。他生理上的傷勢相對來說算是輕微；我擔心他受損的心智將耗費更長時間才能痊癒。」她回頭望向伯弟。「如果妳坐在他的床邊時有理由拿出妳的小紙卡，歐文太太，那就值得小小慶祝一番了。」

摩里修女向我道晚安，說她希望隔天下午六點能再見到我。

「對了，」她說，「我們已經叮囑這間病房的所有患者不要講到那個詞，雖說他們本來也不是多想把那個詞掛在嘴邊。如果妳也能避免講到它，我們會很感謝的。」

那一天我沒有在伯弟的床邊待很久。我捲著繃帶，絮絮叨叨地講著我一天的生活。起初，我還會瞥向他的臉，看看他有沒有聽進我說的話。當我發現顯然沒有時，我便肆無忌憚地打量起他的五官。在我看來，他就像個孩子。他臉上的斑點比鬍鬚還多。

我繼續探望山姆以及另外兩個不久後就被送進雷德克里夫的出版社男孩，但伯弟分散了我的注意力。跟伯弟說話時，我能夠進入一個戰爭不存在的氣泡。我多半在講大詞典的事，講各個詞典編纂師以及他們的個人癖好。我描述我躲在分類桌下的童年，以及坐在爸爸膝上藉由紙卡學習認字的快樂。他似乎通通都沒聽進去。

「妳不會是愛上他了吧？」有一天休假返家的蓋瑞斯這麼逗我。

「我要愛上他的什麼？我不知道他對任何事的看法。再說，他才十八歲。」

隨著日子一天天過去，我從累牘院帶書去，唸一些我認為他可能喜歡的段落。我選擇的條件主要是韻律而不是詞彙，不過我總是謹慎地確認每個詞都是良性的。詩似乎能讓他的視線穩定下來，有時候他專注地看著我，我想像其中一些字義或許進入了他的心裡。六月剩下的時間以及一大部分的七月，我都睡得很安穩。

一九一五年七月

到了七月，莫瑞博士幾乎完全不待在累牘院了。蘿絲芙說他感冒一直好不了，但我記憶中他從未讓感冒凌駕於大詞典之上——他一向粗魯而不耐煩地把它驅退，就像他驅退不受歡迎的批評。不過工作持續進行，大詞典人員到主屋裡去找他，稿件來回傳遞。當「Trink至Turndown」完成時，我們依照慣例圍著分類桌喝下午茶來慶祝。莫瑞博士加入我們，我從未見過他如此蒼白和瘦弱。

這是一場安靜的慶祝會。我們聊文字，而不是戰爭，莫瑞博士提出T開頭的詞修改過的完工時間表。它看起來仍然太樂觀了，不過沒有人反駁他。

我們在吃蛋糕時，蘿絲芙湊向我。「《期刊》雜誌下一期要用跨欄照片做大詞典的專題報導，他們安排了要給三位編輯和員工照相。」

「太棒了。」我說。

她望向她父親，他的蛋糕完全沒動。「是很棒，可是攝影師要七月底才會來，我擔心……」她沒能把句子講完。「妳不介意拿我媽的布朗尼相機照一張吧？以防萬一？」

沒有莫瑞博士的大詞典。我把這念頭推到一邊。「這是我的榮幸。」我說。

她把手擱在我膝上，露出悲傷的笑容。「恐怕這表示妳無法入鏡了。」

「我會確保真正的攝影師來的時候我會在場。」我說。

「嗯，當然。我絕對不願意正式報導中漏掉妳。就我記憶所及，妳一直是這計畫的一分子。」

蘿絲芙去主屋拿相機。我使用過它一兩次，替莫瑞一家人在花園中拍照，但她還是再解釋一遍操作原理。等莉茲收拾掉分類桌上的茶具，瑤爾曦讓每個人坐在她覺得恰當的位置。

我們只剩七個人了。莫瑞博士被攙扶著坐進書架前方的椅子，瑤爾曦和蘿絲芙坐在他兩側。馬林先生、斯威特曼先生和尤克尼先生站在後頭。

我隔著鏡頭聚焦在莫瑞博士身上。同一張臉曾經在分類桌底下逮到我，然後共謀般地朝我眨眨眼睛。同一張臉在讀出版委員會的信時表情凝重，或是在看另一位編輯的稿件時表情激動。同一張臉在對爸爸說話時愉快地冒出蘇格蘭口音，在蓋瑞斯送來校樣時不由自主地露出克制的微笑。他坐在畫面中央，大詞典的所有元素都圍繞在他身邊：書本和分冊、紙卡滿溢的分類格、他的女兒和助手。此情此景怎麼可能會改變？

「少了什麼東西。」我說。

我走到莫瑞博士高桌子後頭的書架。那裡有八冊詞典，剩下的空間還能再放四、五冊。在那空著的位置放著我小時候莫瑞博士會戴的學位帽。我拿起它，拍掉上頭的灰塵。我讓流蘇緩緩滑過我的手指，讓我自己在片刻間回憶從前。有一次累牘院只有爸爸和我在的時候，我曾經戴過它。他把它放到我頭上，讓我坐在莫瑞博士的凳子上。他一本正經地問我是否同意他針對「cat」這個詞作的修正。「尚可。」我說，他咧嘴而笑。

「我覺得你應該戴上這個，莫瑞博士。」

他向我道謝，但我幾乎聽不見。

蘿絲芙幫忙他把學位帽戴正，我再次舉起相機。

「準備喔。」我說。

他們都看向我，表情嚴肅。直到時間盡頭，我心想。我眨著眼把淚水憋回去，然後拍了照。

我在為喪禮著裝時，蓋瑞斯把他最後的行李裝進帆布包。他從衣櫃取出大衣，儘管天氣很熱，冬天的腳步還遠得難以想像。

他走過來親吻我的額頭，用拇指刷過我的眼睛下緣，再親吻鹹鹹的兩側眼皮。他先後牽起我的兩隻手，為我扣上上衣的袖口。

我戴上帽子，把髮鬈塞好，然後站在鏡子前。蓋瑞斯從我身後經過走到走廊。他回來時，手裡拿著牙刷和梳子。我從鏡影看到他把它們放進行囊，我在想是否能趁他不注意時把它們拿出來，放回浴室水槽上。

我們準備好了。

我們站在共享了幾乎不滿一個月的床鋪尾端。我們雙唇貼合，我想起我們的初吻——帶著甜味的茶香。這一吻有海洋的滋味。它輕柔、安靜而綿長。我們各自將我們需要它發揮的作用傾注在裡面。這一吻的記憶必須長久支撐著我們。

我一眼望見我們的倒影。我們可能是宣告旅客登上火車的哨音吹響前的任何一對夫妻，但我不會去車站。我無法承受。

蓋瑞斯參加完喪禮就要直接離開了。他繫好帆布袋，把它扛到肩上。我拿起手提包，放了條乾淨手帕進去。我跟著蓋瑞斯走出房間，但在最後一刻回過頭確保沒有遺忘任何東西。魯珀特．布魯克的詩集仍在床邊。我奔回去把它收進手提包，然後匆匆走下樓梯。

在喪禮上，我和蓋瑞斯站在大批哀悼者後方——儘管臨時通知，還是來了至少兩百人。我哭得超出合宜的程度：哭得比莫瑞太太更厲害；哭得比瑤爾曦、蘿絲芙和莫瑞家所有兒女和孫子女加起來都更悲傷。當最後一段話說完，家人們上前，我轉身離開。

蓋瑞斯的手握住我，而我盡可能輕聲地懇求他放開我。

「等一切都結束後，跟莉茲一起走回去吧，」我說，「我跟你在向陽屋會合。」

我穿過柵門時，感到奇異的寂靜。房屋只是構成它的石材而已，它的脈搏和氣息都集中在教堂的墓地了。我這輩子第一次覺得累牘院只是個不持久的物體——一個配不上它崇高使命的舊鐵棚。

我打開廚房門，白日的高溫讓早晨的麵包香氣變得愈發濃郁。它讓我的心回到原本的位置。

我兩階併作一階地爬上樓梯，從莉茲床底下拖出行李箱。我感覺到它的沉重，不禁計算它的年歲。蓋瑞斯的禮物鬆鬆地包起，幾張剪報散放在上頭；對除了我之外的任何人來說，它們是屁股草料，我心想。

我拉扯細繩，包裝紙散開，就像第一次那樣。《女性用詞及其意義》。同樣興奮的心跳加速。可是這次還有悲傷的沉積物。以及恐懼。我更仔細地看我的禮物，搜尋每一頁。我想找到某個可以取代他的梳子、他的大衣、他的詩集的東西。期待有任何東西是不講理的，認為這能造成差別是不理性的。在最後幾個詞後頭，就只有空白的扉頁。

然後，在封底的內側。

此詞典乃是以Baskerville字體印刷。該種字體專為重要且具固有價值之書籍設計，因其明晰及優美的特質而獲選。

蓋瑞斯・歐文

排版者、印刷者、裝訂者

我奔下樓梯到外頭的花園。門開了，累牘院接收了我。我需要的詞已經印出來了，但我想要自己選擇意義。

我在分類格搜尋，找到一個又一個詞。我拿一張乾淨的紙卡來抄寫。

LOVE（愛）

一種激烈的情感。

我把紙卡翻面。

ETERNAL（永恆）

永遠持續，沒有盡頭，超越死亡。

回到莉茲房間，我把紙卡夾在魯珀特．布魯克的詩集中間。

「她會在樓上。」我聽到莉茲在廚房說，「我敢打賭，她的行李箱是打開的，床上和地上都是亂七八糟的詞。」

然後蓋瑞斯沉重的靴子踏上樓梯。

「啊，魯珀特．布魯克。」他看到我手裡的詩集說。

「你把它留在床邊了。」我站起來遞給他，他沒多看一眼就把書放進胸前口袋。

「找到妳要找的東西了嗎？」他問，朝著地上的行李箱點點頭，《女性用詞及其意義》仍在床上，翻到封底那一頁。

我拿起他的禮物緊抱在胸前。「你知道我會接受嗎？」

「我感覺妳愛我，就像我愛妳。但我一直沒把握妳會答應。」他擁住我，充滿詞語的小書夾在我們之間。然後他讓我坐到莉茲床上，並跪在我面前。詞典放在我腿上。「每一頁都有我，小艾，也每一頁都有妳。」他與我手指交纏。「這就是我們，我們離開很久以後，它還會在這裡。」

他走的時候，我聽著他重重的靴聲下樓梯。我數著每一步。他向莉茲道別，然後想必把啜泣的她摟在胸前，因為接下來兩、三分鐘她的聲音模糊一片。接著廚房門開了，我聽到莉茲在呼喊。

「蓋瑞斯，你一定要回家，我不能永遠讓她住在我房間。」

「我答應妳，莉茲。」他喊著回應。

我坐在莉茲的床上，直到我知道火車離站，帶走蓋瑞斯。我怪模怪樣的手指握著他的禮物太久，都僵硬發麻了。我鬆開手指，揉了揉，看看仍然敞開放在莉茲地上的行李箱，然後彎腰把我的詞典放回它由紙卡和信件鋪成的巢裡。

然後我停止動作。這本書花了他一年時間。我則花了更多年時間去蒐集。那麼多女人；她們的詞。她們因為名字被寫下來而喜悅。她們期盼在她們遭到遺忘之後許久，還會有一部分的她們留下來。

我下樓到廚房時，莉茲已經在擺放三明治了。「他們現在應該離開公墓了，」她說，「沒有人會怪妳沒有留下的。」她在圍裙上擦擦手，然後擁抱我。我原本可以在那裡待到永恆那麼久，但我必須去一趟出版社。

哈特先生在印刷室。我猜到了他會避開喪禮後的三明治和聊天；印刷機的咔嗒聲和潤滑油的氣味對他的悲傷來說是種慰藉。隨著戰爭持續進行，他在這裡愈待愈久，蓋瑞斯說。我站在進門處時，明白了原因。他看見我，一時間，他似乎不知道我是誰。等他回過神來，他深吸一口氣，朝我走過來。

「歐文太太。」

「請叫我艾絲玫就好。」

「艾絲玫。」

我們默默地站著。我在想對他來說，在同一個星期失去莫瑞博士和蓋瑞斯代表什麼。也許他也在想這對我來說代表什麼。

我舉起《女性用詞及其意義》。「哈特先生，請不要怪他，但蓋瑞斯為我做了這本書。它們是詞，我蒐集的詞。他把它們排成鉛字，代替買戒指。」我有點畏縮。哈特先生只是盯著我手裡的書。「我希望他有製版，我想印更多本。」

他從我手裡取走書，走到房間邊緣一張小桌子前。他坐下來。印刷機仍持續它們的合唱。

我跟過去站在他身後，看他翻開頁面，用指尖滑過字詞，好像它們是盲人用的點字。

他極其慎重地闔上書本，把手擱在封面上。

「沒有製版，歐文太太。少量印刷的製版成本太高了，更何況只印一本。」

直到此刻之前，我一直感覺到有一股力量，一種我知道能支撐我的明確使命。我朝另外那把椅子伸出手，幾乎來不及坐上去。

「如果排字工人預期會有更動——編輯、修正——他會留著固定住鉛字的印版。妳知道吧，鉛字是活動的，方便調整。」

「蓋瑞斯不會預期要修正什麼的。」我說。

「他以前是……**現在**也是我最好的排字工人。而我們規定要保存印版一段時間。」

這想法讓我們倆都振奮起來。我們一同起身，默默地走到排字間。那裡有一半是空的，不過蓋瑞斯的舊工作檯前有個學徒在作業。哈特先生拉開一個寬抽屜，那裡頭放著仍然在使用的印版。他拉開另一個抽屜，然後是另一個。我不再緊跟著他，開始想像我們空蕩蕩的家。

「在這裡。」

哈特先生蹲在最低的抽屜前，我跟著蹲下去。我們一起用手指滑過鉛字。我閉上眼睛，感覺我怪模怪樣的指尖底下那不同的觸感。

對我來說，文字一向是有形的，卻從不是這種模式。這是蓋瑞斯熟悉的模式，而我突然間好想學會盲讀這種文字。

「也許他預期還會加印。」老大總管說。

也許是吧。

喪禮後兩、三天，我是第一個回到累牘院的。莫瑞博士的學位帽，還在不到兩星期前我替他拍完照後擱的位置。它上頭又已積了灰塵，我不忍心把灰塵拂去。喪禮後，蘿絲芙告訴我那張照片將刊登在九月號的《期刊》雜誌。即使她在喪親之慟中，她還是想到了要為我沒能入鏡而道歉。

但這不是她要告訴我的最壞消息。「我們要搬家了，」她說，她眼中又盈滿淚水，「九月的時候，搬去舊艾許莫林，我們全部。所有東西都要搬過去。」

我呆住了。我站在那兒，彷彿她剛才說的話我一個字都沒聽懂。再過一個月就九月了。「累牘院會怎麼樣？」我終於問道。

她悲傷地聳聳肩。「它會成為一座花園棚屋。」

我走向我的書桌，手指沿著滿架的紙卡滑過，我想起爸爸唸阿拉丁的故事給我聽。當時累牘院就是我的洞穴。可是我跟阿拉丁不一樣，我一點也不想獲得自由。我屬於累牘院；我是它心甘情願的囚犯。我唯一的心願就是為大詞典服務，而我的心願實現了。可是我的服務被收攏在這四壁之間。我跟這個空間有契約關係，就像莉茲和廚房以及她在樓梯頂端的房間一樣關係緊密。

我坐在書桌前，用手臂枕著頭半晌。

一隻手重重地壓在我肩上。我以為是蓋瑞斯而驚醒過來。結果是斯威特曼先生。我剛才累得睡著了。

「艾絲玟，妳怎麼不回家去呢？」他說。

「我不能。」

他一定懂了，因為他點點頭，把一疊紙卡放在我桌上。

「從A到S的新詞，」他說，「需要整理後等增補用詞時出版，不管那是什麼時候的事。」

這是最簡單的工作，但很花時間。「謝謝你，斯威特曼先生。」

「妳不覺得也該是妳改口叫我弗瑞德的時候了嗎？」

「謝謝你，弗瑞德。」

「由妳講出口，聽起來還真奇怪。但我相信我們會習慣的。」他說。「正如同我們得習慣任何改變。」

一九一五年八月十日

我親愛的小艾：

我離家才十天，感覺卻像已一年。牛津像是我曾造訪的異地，而妳像一場夢。可是當我翻開我的魯珀特．布魯克詩集，妳的紙卡掉出來。那些文字、妳的筆跡、熟悉的紙質——它們將日日提醒我，妳是真實的。

我決定隨身攜帶布魯克詩集。如果我受了傷，必須等待擔架，我想要有東西可以讀，想要有妳的文字安定我的心神。不過暫時還沒有發生這種事的機會。我們駐紮在赫布特尼，這是離阿拉斯不遠的一座小農村。上頭跟我們說我們有時間安頓下來，我們整天都在操練以及閒混。有些小夥子把這趟冒險誤以為是度假，因為他們從沒真正度過假，而我花了不少時間向漂亮女孩的母親們道歉。我的法語在進步。

附近有一支印度自行車部隊的基地。妳見過印度人嗎？我沒有。他們兩人一組騎著自行車在村子裡遊走，那頭巾和精緻的八字鬍真是讓人大開眼界。至少，年紀比較大的男人都有八字鬍：跟英國人一樣，也有很多年齡還沒大到長鬍子的印度男孩參軍。聽說他們最小會收到十歲的孩子，但我並沒有見到那麼小的。我只能希望他們離前線愈遠愈好。

昨晚，為了展現同志情誼，我們邀請印度軍官來共進晚餐。他們幾乎沒碰一口食物，酒也喝得很少，但這是一個笑聲不斷、持續到深夜的夜晚。我是那裡資歷最淺的軍官之一，我發現我要學的事還很多。這裡有一整批我沒聽過的詞彙，小艾。大部分都是以某種角度在形容壕溝，也有許多讓梅寶最厲害的詞都自嘆弗如的詞。但我現在隨信贈送給妳的詞是到目前為止我最喜歡的一個。

這張紙卡是用煮飯的食譜改造而成的。有一位印度軍官口袋裡塞著這團紙，在我到處找紙時就給了我。我很興奮，知道妳一定很開心紙的背面寫著印度文。那位軍官的名字叫阿吉特，這個詞的來源也是他告訴我的。他也希望我告訴妳，他的名字的意義是「無敵」——他堅持要我寫在紙卡上。當我告訴他我不知道我的名字有什麼意義，他搖搖頭，說：「這可不好，一個人的名字代表他的命運。」根據這個邏輯，他很適合打仗。

就眼前來說，人生頗為「cushy」（瞧我多快就吸收了新的行話），但我渴望獲得妳的音信，小艾。我聽說明天我們會開始收到郵件，因為陸軍部終於登記了我們的所在位置。我期盼得知妳的生活點滴，以及出版社或累牘院的任何消息，當然還有伯弟。不用擔心細節太無聊：我會讀得津津有味。請代我問候莉茲，並代我探望哈特先生。我會另外寫信給他，但我怕在戰爭結束之前他的憂鬱是不會結束的。妳的陪伴能讓他開心一點。

永遠愛妳的，

蓋瑞斯

CUSHY（舒服的）

源自印度語中的「khush」，意思是「愉悅」（阿吉特・「無敵」・卡特里）。

「不要太習慣你舒服的營房了，中尉；你很快就會待在壕溝裡，屁股以下都泡在泥巴裡。」

——傑拉德・艾因斯渥斯中尉，一九一五年

蓋瑞斯走後這幾週，我想像他以一百種不同的方式死去。我的睡眠極不安穩，醒來時充滿驚懼。所以他的第一封信像一顆定心丸。

「莉茲，有信！」

「誰寄的？國王嗎？」她微笑說道，在桌子邊舒服地坐下，準備聽內容。

「聽起來確實有點像在度假，不是嗎？」我唸完信之後說。

「是啊，而且聽起來他交了個有趣的朋友。」

「是的，無敵先生。對了，這倒提醒了我。」我從信封裡取出紙卡，讀著蓋瑞斯在上頭寫的字。

「這個詞很棒吧？」我說，「我決定盡可能常使用它。」

「妳用到的機會比我多。」

更多信件寄來了，每兩、三天一封，八月就這麼進入九月。莫瑞博士去世後並沒有什麼跡象顯示工作進度變慢了，而由於誰也沒收拾一個箱子或清理一個書架，我心想，也許累牘院能夠保持原狀。當斯威特曼先生（我還是叫不習慣「弗瑞德」）開始給我詞彙來研究，我感覺我的生活恢復了一些平衡。我重新開始去舊艾許莫林和出版社跑腿辦事。哈特先生確實陷入憂鬱狀態，不過蓋瑞斯的期盼落空了，我並沒有辦法讓他開心起來。

週間每天五點，我都直接從累牘院去雷德克里夫醫院。星期六大部分下午我也會待在那兒。幾乎總是會有某張病床上躺著一個曾在出版社工作的男孩。如果他們剛進來，修女們會確保我收到通知，而那男孩就會成為我輪班的班表一部分，不過他們多半並不缺訪客。雷德克里夫離出版社很近，傑里科的女人認領了這間醫院。病房裡充滿母親、姊妹和情人，她們對受傷的陌生人噓寒問暖，就像對待自己苦無機會照顧的親人與情人。在本地男孩住進來時，她們會一擁而上，用餅乾和太妃糖來交換片段的消息，試圖說服自己她們的男孩還活著。

我的晚餐總是跟伯弟一起吃的。

「他還是什麼都不懂。」摩里修女說，「不過有妳在旁邊時他好像會多吃一點。」雷德克里夫給我跟伯弟一樣用托盤裝著的餐點，餐點內容總是貧乏而重複。摩里修女向我道歉，說都怪配給制度，但我不介意：這表示我不用回家煮一人份的晚餐。

「伯弟，」我說，他沒反應，「我今天知道了一個詞，我想你可能會喜歡。」

「他不喜歡『任何』詞，歐文太太。」他的鄰居說。

「我知道，安格斯，但醫生們只用熟悉的詞。這是不熟悉的詞。」

「唔，他怎麼知道它是什麼意思？」

「他不知道，但我會解釋。」

「可是妳得用熟悉的詞去解釋。」

「不見得。」

安格斯笑了。「這可是艱鉅挑戰啊，夫人。」

「唔，如果你繼續偷聽，至少你出院時會懂得更多詞彙。」

「我看我需要的詞我都會了。」他說。

伯弟就像其他人一樣吃著晚餐，在這段期間，我能想像他吃完後像許多人一樣打個飽嗝，然後說：「失禮了，夫人。」可是他吃飽以後，又盯著前方，跟原本一樣沉默。

「Finita。」我說。

伯弟的眼神沒有任何變化。

「那是什麼意思？」安格斯問。

「意思是『吃完了』。」

「這是什麼語言？」

「世界語。」

「從來沒聽過。」

「就某種角度來說，它是虛構的。」我說，「它的本意是要簡單到讓任何人都能學會——它是創造來促進國家之間的和平的。」

「效果如何呢，夫人？」

我露出疲倦的笑容，目光落在安格斯的床尾，被單底下沒有腳。

「不過，」他接著說，「如果它能幫助這位伯弟老弟，或許創造這種語言也不是浪費時間了。」他朝伯弟的托盤點點頭。「如果他不吃了，剩下的可以給我嗎？」

我拿起盤子送過去給安格斯。

「怎麼用世界語說謝謝？」他問。

我口袋裡有一張詞彙表，不過這個詞我會背：「Dankon。」

「唔，dankon，歐文太太。」

「Ne dankinde（不客氣），安格斯。」

莫瑞太太敲門，然後打開累牘院的門。我們各自從座位前抬起頭。

「開始了。」她宣布，然後她帶著鬱鬱寡歡的表情迎進一個男孩，他穿著熟悉的出版社圍裙。他把一個手推車推進來，上頭堆滿壓扁的紙箱。

「出版社提議要幫忙我們搬家，每天下午會派一個男孩推手推車過來。他們會把你們收拾好的紙箱搬去舊艾許莫林。」她看起來還有話要說，卻什麼也沒再說出口。我們看到她環顧房間，望著滿架的分類格、書籍、紙張。這應該是私密的一刻才對。最後她的目光落在莫瑞博士的書桌上，落在放在架上《Q至Sh》旁邊的學位帽上。她轉身離開。

蘿絲芙和瑤爾曦起身跟著她們的母親。「你可以把紙箱留在地上，」蘿絲芙經過推手推車的男孩時對他說，「我相信我們能夠搞懂怎麼把它們組裝起來。」

工作不能中斷，但組裝紙箱成為我們早晨的活動。午餐時間，我們會把舊詞典和暫時用不到的書本和期刊放進紙箱。每天下午三點會有個男孩來把它們載走。

累牘院每天都卸下一點自我。到了九月最後一週，最後一批紙箱已經裝的是每個助手工作所需的相關用具了。氣氛相當肅穆，助手們在最後一天沒有舉行什麼儀式地離開了；累牘院已不剩下什麼可以讓人向它道別。

我還沒準備好離開。我自願留下來，把所有要封存或移送到舊艾許莫林的紙卡裝箱。斯威特曼先生在我旁邊，他是最後一個打包完成的人。他把他的紙箱封好，放在分類桌上等著出版社的男孩來收。然後他過來說再見。

「妳在考慮留下來嗎？」他說，看著我的桌子和裡頭的東西，它們都仍保持原樣。

「也許吧。」我說，「你們大家吵得很；現在你們走了，我可以完成更多工作。」

他嘆口氣，一點開玩笑的興致都沒有了。我站起來擁抱他。

只剩我一個人後，我終於敢看看四周。分類桌堅實而熟悉地立著；分類格仍然塞滿紙卡，但書架已經空了，書桌也都清乾淨了。紙張摩擦聲和筆尖刮著紙的聲音停止了。累牘院已失去它幾乎所有的血肉，而它的骨幹看起來只像個棚子。

接下來兩、三個星期，我就在累牘院和雷德克里夫醫院之間來來回回。

我碰了碰伯弟的手。「Mano。」我說。然後我指著自己的手。「Mano。」

「妳不會想自己一個人做這件事的，艾西玟。」莉茲說。她一定是看見我到了，於是穿過花園來到累牘院。

「妳的事情夠多了。」我說。

「莫瑞太太設法找了個女孩來幫忙幾個星期，我的上午時間都歸妳。」

我親吻莉茲的臉頰，然後我打開累牘院的門。

分類桌上擺滿了空鞋盒。

「Akvo。」我說，伯弟接過那杯水。他的手指很長，當兵造成的繭幾乎已經消失了。繭下面的皮膚很柔細。不是做粗活的人，我心想。也許是個文書人員。

感覺好像喪親者的工作。那些紙卡很熟悉，卻已隱約被遺忘。我不斷停下來去記住它。

我從伯弟的托盤上拿起我的餐點。「Vespermangô（晚餐）。」我說。我喝一口茶：「Teon。」

我把紙卡分成小捆堆在鞋盒旁。如果它們是零散的，莉茲會用細繩把它們捆起來，並排地放進去，直到鞋盒裝滿。然後我會把內容寫在前面，備註「封存」或「舊艾許」。在我看來，這些紙卡尺寸剛剛好放得進去真的很奇妙，好像就連鞋盒也是莫瑞博士設計的。

「他為什麼每次都可以先拿到他的『vespermangô』？」安格斯問。

「他不像有些人一樣會發牢騷。」我說。

莉茲蓋上另一個鞋盒的蓋子，把它放到分類桌的一端。

「完成一半了。」她說。

「Amico。」我指著自己。「Amico。」我指著安格斯。

「妳為何認為我是他的朋友？」安格斯說。

「我看過你用世界語的詞彙跟他說話。我想這就是友誼。」

我把最後幾張紙卡疊在一起，交給莉茲捆起來。分類格已徹底清空了。感覺好像我此刻之前的人生都不見了。

「從校樣被刪去一定就是這種感覺。」我說。

「那是什麼意思？」莉茲問。

「移除，割掉，抹消。」

「這個詞很重要，安格斯。」我說，舉起我的世界語詞彙表，「可是我不知道該怎麼向他定義。」

「什麼詞？」

「Sekura。」

「什麼意思？」

「安全。」

我們默默地坐了一會兒，安格斯支著下巴故作沉思貌，我盯著那個詞，腦中一片空白，伯弟毫無反應地坐在我倆之間。

「抱抱他，夫人。」安格斯說。

「抱抱他？」

「對啊。我想我們大家唯一真正覺得安全的時候，就是媽媽抱著我們的時候。」

分類桌擺滿鞋盒，每個都貼著標籤並裝滿紙卡。

「莫瑞太太正在安排，很快就會把分類格搬去舊艾許莫林了。」我對莉茲說。

「那我們好好把它們擦乾淨，工作就完成了。」

「Sekura。」我邊說邊擁抱伯弟。

我來和走的時候都會抱他，之間也會抱他一兩次，但他總是身體僵硬。這次，我感覺他的身體軟化了。

「伯弟？」我終於退開來並且能看著他眼睛時，我詢問地說，但他眼神沒有變化。

我再度擁抱他。「Sekura。」

他再次軟化，他的頭垂向我胸口。

一九一五年九月

一九一五年九月二十八日，盧斯

我親愛的小艾：

我這星期要給妳的詞是「doolally」，它指的是一個小夥子，他家裡寄給他一捲廁紙，結果他把一整捲都用來裹住眼睛。當他的同袍終於把廁紙扯下來，那可憐的傢伙已經瞎了。大家嘲笑他在假裝，但他真的什麼也看不見。醫生說這叫戰爭神經官能症；他的同袍說這叫「doolally」。我猜這個詞比較容易獲得認同——保有讓人笑一笑的空間。

我開始覺得戰爭造成英語的負荷了，小艾。我遇見的每個人都用新的詞來指稱廁紙，而我還沒聽過哪一個詞沒能精確地傳達它的來源或是使用它的經驗的。然而只存在寥寥幾個詞來表達上千種恐怖。

恐怖。它已經被戰爭用到破舊不堪。這是我們無詞可用時會用的詞。也許有些事情本來就不該被描述——至少，不該由像我這樣的人描述。或許詩人可以將文字巧作安排，創作出那令人坐立難安的恐懼或是沉重的提心吊膽。他們可以讓人仇視泥巴和潮濕的靴子，光是提起這些東西就讓你脈搏加速。詩人或許可以推動這個詞或那個詞，使它們比我們詞典人員所制定的代表更多意義。

我不是詩人，我的愛。與這個經驗的龐大力量相比，我擁有的詞彙顯得多麼蒼白而渺小。我可以告訴妳這裡很悲慘，泥巴變得更泥濘，濕氣變得更潮濕，某個德國士兵吹奏的笛聲比我聽過的任何聲音都更優美而哀傷。但妳不會明白。莫瑞博士的大詞典中沒有一個詞能與這個地方的惡臭相抗衡。我可以將它比擬為炎熱午後的魚市場，鞣皮廠，停屍間，下水道。它是這些地方的綜合體，但重點在於它會鑽進你身體，成為你喉嚨和肚子裡的一股味道和一種痙攣。妳會想像可怕的事物，但事實比妳想像的更糟。然後還有屠殺。妳在《泰晤士報》可以看到。「榮譽榜」。一欄又一欄用Monotype Modern字體印刷的姓名。我無法形容，當香菸的餘火仍在泥地上發光，原本含著香菸的嘴唇卻已被炸飛，我的靈魂是多麼地扭曲而痛苦。那根香菸的火是我點的，小艾，我知道那是他的最後一根菸。這就是我們做事的方法。我們點菸，我們點頭，我們盯住他們的眼睛。然後我們送他們上路。沒有言語交流。

而現在有時間休息了，但我們不能休息。我們的腦袋一刻都不安靜。它會再開始的，所以每個人都在給家裡寫信。我要負責給三個人的妻子和四個人的母親寫信。上頭要我們不要描述戰爭，好像這有可能一樣，不過有些人努力避免。今晚我的任務就是審查這些信，我塗黑了一些詞，有些出自幾乎不識字的男孩之手，有些出自可能會成為詩人的男孩之手，這樣他們的母親才會繼續認為這場戰爭很光榮、很勝利。我很樂意做這項工作，為了他們的母親，但打從一開始我就想到妳，小艾，我想到妳會試著挽救那些男孩說的話，這樣妳才能更了解他們。他們的話語很平凡，卻組織成怪誕的句子。我把每一句都抄下來了，隨附在這封信裡。我沒有修正或縮短，每個句子旁邊都列出原始作者的姓名。除了妳之外，我想不到還有誰更能賦予它們榮譽了。

永遠愛妳的，

蓋瑞斯

附註：阿吉特並不是無敵的。

除了門廳的燈之外，我們的屋子漆黑一片，不過有這盞燈就夠了。我坐在最底下那階樓梯上，把蓋瑞斯的信再讀一遍。然後我讀了他為其他人塗黑並轉抄給我看的句子。幾小時過去了，一股寒意悄悄侵入我體內。我看了看信的日期；已經是五天前了。

我走去向陽屋，躡手躡腳地進入廚房、爬上樓梯。莉茲在打鼾。我盡可能安靜地開門，從她的床尾拿了床罩，然後在地上做了個窩。

到了早上，我被莉茲在房間內輕手輕腳移動的聲音吵醒。她注意到我在看她時，便怪我夜裡怎麼沒叫醒她。我跟她說蓋瑞斯的信件內容，她扶我上床。被窩仍有她的體溫。

「我會開始打掃阿牘，妳睡吧。」她說，像以前一樣把我掖進被窩。

但我睡不著。她走了以後，我彎腰從床下拖出行李箱。《女性用詞及其意義》：他說每一頁都有他。我把它帶到床上，嗅聞皮革，翻開第一頁。我讀了每個詞。這花了他一年時間。

我們在累牘院的工作完成後，我很慶幸還可以去雷德克里夫。也許最後蓋瑞斯會被送回這裡，我朝它走去時心想。他會缺了什麼？一條手臂，一條腿？還是像伯弟一樣，失去心神？

「晚安，夫人。」安格斯說，「『Vespermangô』已經來了又去了，我和伯弟愉快地聊了馬鈴薯。我猜它們是加了『akvo』之後搗成泥的，他默默同意了。」

「我很好，安格斯，謝謝你。」

「唔，妳這話有點沒頭沒腦，我並沒有問候妳好不好，不過我想我就乾脆問候妳一下好了。妳沒事吧？」

「噢，只是累了。」

「唔，病房裡來了個新人，一個大嘴巴。一點都不懂得尊重人。讓護理師都很頭大。我聽到別人叫他獨臂狙擊手，因為他在法國槍法神準，在這裡嘴炮一流。他們說他已經在雷德克里夫待了一陣子了，肯定是另一個病房受不了他。」我循著安格斯的視線望過去。

新來的患者很眼熟，我來醫院的第一天曾見過他。當他看到我在張望，他噘起薄唇做出親吻狀。我不理他，轉頭看伯弟。

「妳還在蒐集詞彙嗎？」是那個獨臂狙擊手，「那個膽小鬼不會給妳任何詞的。一看到有麻煩，他就整個人縮到殼裡。」

「別理他，夫人。」

「好建議，安格斯。」

但冷處理並沒有用。

「我有個詞能讓妳大開眼界。」

有的人很善良，有的人則否。這無關乎他們穿的是哪一國的制服。他喊出的詞確切無疑──它精準而目標明確，一遍又一遍地重複，即使它早已擊中要害。

「**轟炸**。**轟炸**。**轟炸**。**轟炸**。**轟炸**。」

伯弟整個人貼平在床墊上，然後手忙腳亂地爬下床，把我給撞倒在地。他的尖叫聲在四壁間反彈，讓我覺得從四面八方都能聽到。

我趴跪在地，沿著病房望去。在天旋地轉的一瞬間，我以為我們遭受齊柏林飛船的攻擊，而不是單純的惡意。

病房幾乎跟我進來時一樣，但是每個人都轉頭朝著我們的方向。我的椅子掀翻了，伯弟的床則歪了。他縮在床底下，膝蓋收在胸前，雙手摀住耳朵。他全身抖得好像他赤身裸體待在風雪中。他失禁了。

安格斯落在他身後的地板上，我以為他從床上跌下來。他雙腳的位置纏著繃帶。壕溝足病，他說過。他把自己拖到伯弟身邊。「Amico。」他用唱歌般的語氣說，像是在玩捉迷藏的孩子。「Amico，amico。」

尖叫轉為悲慘的哀鳴，伯弟開始前後搖晃身體。我爬向他們，跪在伯弟身邊，用雙臂摟住他搖晃的身體。他瘦小而脆弱——幾乎還未長大。「Sekura。」我在他耳邊說。

我想起過去有許多次，莉茲讓我坐在她腿上，輕輕搖晃我，讓我的煩惱都消失，她的嗓音像是平靜的節拍器。「Sekura，」我說，跟著伯弟一起晃，「Sekura。」

然後安格斯用手臂摟住我們兩個，我感覺他讓我們慢下來。伯弟的哀鳴變成嗡嗚，我低聲重複我的咒語。搖晃完全停止了，伯弟倒在我胸前哭泣。

摩里修女讓我在護理站坐下，端了一杯茶給我。「有很多像伯弟一樣的男孩，」她說，「不是罹患跟他一樣的戰爭神經官能症——我想那很獨特——但有很多人不說話，而醫生說他們完全具備說話能力。」

「他們怎麼樣了呢？」我問。

「有很多人去了南安普敦的納特利醫院，」她說，「他們那裡願意嘗試各種治療方法。奧斯勒醫師認為妳的世界語療法或許有些優點，於是寫信向那邊的同事提起。他知道妳從事大詞典的相關工作，認為妳的特殊專業或許能對他們的語言治療計畫有所貢獻。他希望妳能過去一趟，向那裡的人員談一談妳對伯弟做的事。」

「可是伯弟一個字都沒說，」我說，「沒有任何跡象顯示我做的事有任何效果。」

「這是他第一次只靠話語就平靜下來，而不必動用氯仿，歐文太太。這是個開始。」

我夢到我在法國。蓋瑞斯包著頭巾，伯弟能夠說話。安格斯在搖晃我，說著：「Sekura，sekura。」我往下看，我的雙腳是血淋淋的斷肢。

隔天早晨我到的時候，莉茲已經在累牘院裡，拿濕布擦拭分類格。我聞到醋味。

「賴床了？」她問。

「沒睡好。」

她點點頭。「他們今天早上要搬走分類格。如果妳把妳書桌裡的東西裝箱，他們也可以順便帶走。」

我的書桌。所有東西都還留在裡頭。桌面上甚至還有幾張紙卡和一頁稿子。它感覺就像那種博物館房屋裡的一個房間。我組裝起我的紙箱，開始把東西往裡頭塞。

我的《強生詞典》先放進去，然後是爸爸的書——他稱之為他的「阿牘圖書館」。

我拿起一本陳舊的《一千零一夜》，翻到阿拉丁的故事。回憶襲向我，我把書闔上。我將它放進紙箱。

我清空桌面，掀起桌蓋。裡頭有一本我始終沒讀完的小說。書頁間掉出一張紙卡——一個呆板的詞，大概是副本。我把它夾回書裡，把書放進紙箱。幾枝鉛筆和一枝鋼筆。筆記紙。仍附著丹克渥斯先生短箋的《哈特規則》。它們都進了紙箱。

接著是裝滿紙卡的鞋盒。我的紙卡。蓋瑞斯曾經向莉茲取得，或是偷偷潛入累牘院借用的紙卡。我把它們也放進紙箱。然後我把紙箱的封口折下，塞在另一邊底下固定好。

「我想我們大功告成了，莉茲。」我說。

「幾乎。」她把抹布浸入水桶，擰掉多餘的水。然後她跪在地上擦拭最後一排分類格。「現在我們大功告成了。」她說，往後坐在腳跟上。我拉她站起來。

莉茲把髒水倒到白蠟樹底下的時候，有個稍老的男人和男孩來了。

「都可以搬走了。」我說。

稍老的男人指著離門最近的分類格，男孩彎腰抬起一端。他們同樣身材矮壯，同樣有一頭金髮。我希望在男孩成年之前戰爭就結束了。他們把架子搬到停在車道上的小貨車上。

莉茲帶著畚箕和掃帚回來。

「你正以為已經沒事要做了。」她掃起在分類格後頭累積了幾十年的灰塵和泥土。

男人和他的兒子搬走一個又一個架子，也移除了紙卡曾在這裡的所有證據。

「最後一個了。」男人說，「妳要我再來搬那個紙箱嗎？我想那是要送去舊艾許的？」

那是之後我要去的地方嗎？我心想。原本這不是個問題，現在卻是了。

「暫時先放著吧。」我說。

男孩往前走，男人向後退，不時轉頭確認他不會撞到東西。我跟著他們走出累牘院，看他們把最後一組分類格裝上貨車。他們關上門，坐上車，開出柵門駛上班伯里路。

「看來就這樣了。」我回到屋內時對莉茲說。

「不算是喔。」莉茲仍然跪著，她一手握著畚箕，一手拿著一小疊紙卡。「小心，它們很髒。」她邊說邊遞給我。

這些紙卡是用生鏽的針和蜘蛛網給固定在一起的，我拿到屋外去把它吹乾淨，然後回到分類桌。我把紙卡攤開。總共有七張，每張都是不同的筆跡，寫著來自不同書籍的引文，來自歷史上的不同年代。

「唸出來，」莉茲從她跪著的地方喊道，「看看我有沒有聽過。」

「妳有聽過。」我說。

「唸吧。」

「Bonde mayde，」莉茲掃地的動作停住了，「bound maiden、bondmaiden、bond servant、bond service、bond-maide、bondmaid。」

它們的引文幾乎是親切和善的，但在其中三張紙卡上，爸爸寫下可能的定義：奴隸女孩、受契約束縛的僕人、受契約束縛必須服務到死亡為止的人。

「奴隸女孩」被圈起來。

我想起在分類桌底下主動找上我的首頁紙卡。

莉茲在我身旁坐下。「妳怎麼不高興了？」

「是這些詞的關係。」

莉茲把紙卡挪來挪去，像是在玩拼圖。「妳要留著它們還是交給布萊德利先生？」

「bondmaid」主動找上我——現在已累積兩次了——而我不情願把它交還給大詞典。這是個下流的詞，我心想。對我來說比「cunt」還要冒犯。如果我是編輯，這就使我有權利把它略去嗎？

「它的意思是『奴隸女孩』，莉茲。難道妳從來不會在意嗎？」

她想了一會兒。「我不是奴隸，艾西玫，可是我在心裡忍不住會覺得我是『bondmaid』。」

她的手伸向十字架，我知道她在思考該怎麼用正確的方式說某件事。

當她終於放開十字架時，她面露微笑。「妳總是說一個詞的意義可能因為用的人不同而改變，所以也許『bondmaid』的意思不只是這些紙卡上寫的。從妳小時候起，我對妳來說就是個『bondmaid』，艾西玫，而我每天都很慶幸是這樣。」

我關上累牘院的門，莉茲陪我在暮色中走回天文臺街。我們在廚房桌邊吃了麵包配奶油，當我的眼皮開始下垂，我問她能不能留下。

「妳在我的舊房間大概更舒服一點，」我說，「可是妳介意跟我睡同一間嗎？」

上樓之後，莉茲鑽進毛毯下，蜷起身子靠著我。我告訴她伯弟的事，他的恐懼，還有我的恐懼。

「我覺得現在我稍微能想像他們是什麼感覺了。」我對著黑暗悄聲說。我沒有講蓋瑞斯的名字。我們沒有談他的信。盧斯戰役的謠言在整個牛津已傳得沸沸揚揚。*

我醒來時孤身一人，但聽見莉茲在我們的廚房忙碌的聲音。她在爐灶上煮著粥，她見到我便舀了一些到碗裡，然後加進鮮奶油、蜂蜜和一撮肉桂。我意識到她一定已經去過市場了。

我們在安適的沉默中吃早餐。當我們的碗見底，莉茲烤了吐司並泡茶。她在這廚房裡走動時有種我不具備的自在。我想起我們在石羅普郡的日子。

「看到妳的笑容真好。」她說。

「有妳在這裡真好。」

花園的柵門鉸鍊發出聲響。

「早晨的信件，」我說，「他今天來早了。」我等著信件被推進前門收信口的聲音，結果沒聽到，所以莉茲走去門廳看看外面是不是有人。我跟過去。

* The battle of Loos，一九一五年在法國西線進行的戰事。這是一九一五年英國最大的攻擊，英國首次使用有毒氣體，也是新軍部隊的首次大規模交戰。

「他在做什麼？」我問。

「他拿著……」莉茲猛然伸手摀住嘴巴，她的頭微微搖晃。有人敲門，幾乎輕得聽不見。她朝門跨出一步。

「停。」我聲如蚊鳴。「應該是找我的。」但我動彈不得。

他又敲了一遍。莉茲回頭看我，淚水默默滑下她粗糙的臉頰。她向我伸出手臂，我接受了。

那個男人很老，老到不能打仗，所以他奉令傳遞噩耗。我拿著電報，看著他沿著天文臺街往回走。他側背包的重量壓彎了他的肩膀。

莉茲留下來陪我。她餵我吃飯，替我沐浴，攙著我的手臂走到街道盡頭，然後繞過街區，然後走到聖巴拿巴教堂。她禱告；我做不到。

兩星期後，我堅持返回雷德克里夫醫院。安格斯被送去他家鄉附近的復健中心了，伯弟則被轉院到南安普敦的納特利醫院。這裡還有三個因創傷而不肯說話的男孩，我坐在那裡陪他們，直到修女趕我回家。

收到電報後一個月，來了一個包裹。莉茲把它帶進客廳。

「上面有張字條。」她說，把它從捆住牛皮紙包裹的細繩底下抽出來。

親愛的歐文太太：

請收下這兩本《女性用詞及其意義》以及我的讚美。很抱歉，我無法印更多本，而且裝訂方面也比不上原始版本的標準。妳也知道目前紙張短缺。我自作主張保留了第三本給牛津大學出版社圖書館，如果妳需要查閱，可以在詞典分冊的架上找到。

致上哀悼的，

霍拉斯・哈特

莉茲撥了撥炭火，然後坐在我身旁。我解開蝴蝶結，包裝紙散開來。

「這是好事。」莉茲說。

「什麼是好事？」

「有副本。」她拿起一本翻著，一邊在默數。她在第十五頁停下，找到她自己的名字。

「莉茲・雷斯特。」她說。

「妳記得那是什麼詞嗎？」

「Knackered。」她接著用手指滑過那個詞底下，看著我背誦：「我天亮前就起床，讓大房子裡的每個人在醒來時都能暖和、有東西填飽肚子，然後要等他們都打呼了我才去睡覺。我有半數時間都感覺累死了，像是操勞過度的馬。絕對不是個閒人。」

「太完美了，莉茲。妳怎麼記得那麼清楚？」

「我讓蓋瑞斯唸了三遍給我聽，直到我記住。但這並不完美，我說等他們都打呼時應該用『are』而不是『is』。妳怎麼不把它改成對的？」

「我沒有資格評斷妳說了什麼或妳是怎麼說的，我只想要記錄，或許還有理解。」她點頭。「蓋瑞斯給我看了每一個有我名字的詞，我把它們的位置和內容都記下來了。」

「為什麼有副本是件好事？」我問。

「因為這下它們能出來通風了，」她說，「妳可以給布萊德利先生一本，給博德利圖書館一本。任何寫下來的重要東西，他們都會保存。這是妳說的。每本書，每份手稿，每封某某大人寫給誰誰教授的信。」

「妳覺得這很重要？」幾星期以來我第一次露出微笑。

「是啊。」

莉茲站起身，把她那本《女性用詞》放回我腿上拆開的包裹。她拍拍它，手撫著我的臉頰一會兒，然後到廚房去了。

莉茲跟我一起去博德利圖書館。

自從允許我成為讀者以來，尼可森先生對女性進入他圖書館這件事的態度就有所軟化，但我不太確定他的繼任者態度如何。馬丹先生看著書名頁。「我恐怕不能贊同，歐文太太。」他摘下眼鏡，拿手帕擦拭，彷彿要移除我的名字留下的影像。

「可是為什麼？」

他把眼鏡架回鼻樑上，翻了幾頁。「這是很有趣的計畫，但沒有學術價值。」

「要怎樣才有學術價值？」

「首先，它得是由學者編纂的。除此之外，它還必須符合重要的主題。」

這時是早上十點，學者們穿著或長或短的學位袍輕飄飄地經過——不過比起我第一次站在這張桌子前，這裡的男人變少了，女人變多了。我轉向莉茲坐的位置。那是多年前莫瑞博士為我爭取成為讀者的時候，我坐的那張長椅。她看起來就和當年的我所感覺的一樣侷促不安。我挺直背脊，轉回身面向馬丹先生。

「先生，它確實符合重要的主題。它填補了知識的空缺，而這肯定是學術研究的目的吧。」

他必須微微仰頭才能直視我的眼睛。我感覺莉茲在我後方動了動，看到他瞥了她一眼，然後望回我。

我要待在這裡，直到《女性用詞》獲得接受，我心想。如果我有條鐵鍊，我很樂意把自己鎖在桌子前方的格柵上。

馬丹先生停止翻頁。他漲紅臉，用咳嗽掩飾他的不自在。他剛好瀏覽到第六頁，C開頭的詞。

「一個很老的詞，馬丹先生，在英文中有悠久歷史。喬叟頗愛使用這個詞，然而它並沒有出現在我們的大詞典中。這絕對是個空缺。」

他用手帕抹了抹額頭，環視四周尋找盟友。我也跟著張望。有三個老男人在觀察我們對話，此外還包括愛蓮諾．布萊德利——顯然她是來確認引文的。我對到她眼神時她微笑，點點頭表示鼓勵。我再次面對馬丹先生。

「先生，你並不是知識的仲裁者。你是圖書管理員。」我把《女性用詞》推過他的桌面。「這不是用來給你判斷這些詞重不重要的，而只是讓其他人有機會這麼做。」

莉茲和我手挽著手，沿著班伯里路走去向陽屋。我們進入柵門時，瑤爾曦和蘿絲芙正好要出來。她們輪流擁抱我。

「艾絲玫，我們今天可以在舊艾許莫林見到妳嗎？」瑤爾曦問，她的手輕輕放在我袖子上，「分類格都裝好了，現在唯一缺少的就是妳。目前有一點擠，不過斯威特曼先生在他的桌子那裡為妳騰出一些空間。」

我交替看著這兩個莫瑞家的姊妹，然後看著莉茲。我們曾經是一群孩子。我們會一起變老嗎？

「瑤爾曦、蘿絲芙，妳們可以等一下嗎？我馬上回來。」

我穿過花園。白蠟樹在掉葉子，秋風已經把它們往累牘院的方向颳。我得先清開門口的落葉才能進去。

屋內很冷，除了分類桌以外幾乎什麼都沒有。那捆「bondmaid」紙卡還在莉茲和我留置的地方。我在上次莉茲挪移紙卡的位置坐下來。她不會讀這些紙卡，但她比我更了解這些文字的意義。我在口袋裡摸出一截鉛筆和空白紙卡。

BONDMAID（女奴）

一輩子都被愛、奉獻或義務約束。

「從妳小時候起，我對妳來說就是個女奴，艾西玫，而我每天都很慶幸是這樣。」

——莉茲．雷斯特，一九一五年

我把累牘院的門拉上，聽到關門聲在幾乎空蕩蕩的屋內發出回音。只是一座棚子，我心想，然後走回那三個女人等待的地方。

「這些是要給布萊德利先生的，」我說，把那一捆紙卡交給瑤爾曦，「我們在清理的時候莉茲找到它們，是失蹤的『bondmaid』紙卡。」

一時間，瑤爾曦不確定我在說什麼，然後她緊皺的眉頭變成瞪大的雙眼。「老天。」她說，不敢置信地仔細打量紙卡。

蘿絲芙湊過來看。「當時那真是個神祕事件。」她說。

「不幸的是，首頁紙卡似乎並沒有和它們在一起。」我非常快速地瞥了莉茲一眼，「不過上頭有一些它或許可以如何定義的建議。我們認為，過了這麼久，布萊德利先生應該很高興可以拿到它們。」

「那是一定的。」瑤爾曦說，「但妳怎麼不自己拿給他？」

「我不去舊艾許莫林了，瑤爾曦。南安普敦的納特利醫院提供我一份工作，我想我會接受。」

行李箱立在廚房桌上，莉茲和我坐在它的兩側，各自捧著一杯茶。

「我覺得它應該待在這兒，」我說，「我的住處是暫時的，我也不知道什麼時候會安定下來。」

「妳一定會蒐集更多詞的。」

我啜了一口茶，微笑。「也許不會。我要照顧的是不肯說話的人。」

「但這是妳的『失落詞詞典』呀！」

我想著行李箱裡有什麼東西。「它定義了我，莉茲。要是沒有它，我不會知道我是誰。可是就像爸爸會說的，我已循著各種探詢的道路走過一遍，現在很滿足地說我已擁有足夠的資訊可以寫出精確的條目。」

「妳不是一個詞，艾西玟。」

「對妳來說不是。可是對『她』來說，我就只是一個詞。也許連一個詞都不是。當正確的時機來臨，我要把這個送給『她』。」我伸手過去，握住莉茲擱在胸前的手。「我要『她』知道我是誰，知道『她』有什麼意義。都在這裡頭了。」

我們看著行李箱，它因為頻繁使用而陳舊，像被翻爛的書。

「妳一向是它的保管人，莉茲，從第一個詞開始。請照顧好它，直到我安頓下來。」

我收拾好自己的行李時，蓋瑞斯的帆布包送達了。

我小心翼翼地把裡頭的東西倒在廚房桌上。我織的襪子上還有泥巴；他備用的上衣和長褲上沾著泥土和血跡。是他的血還是別人的血，我不知道。我的信都在，魯珀特·布魯克的詩集也在。我把頁面展開，找到我的紙卡——**愛，永恆**。

我拉開他的刮鬍用具包，清空他的文具盒；我翻出他的每個口袋，在指間搓揉線頭和乾掉的泥巴。我想要他留下的一切都接觸我的皮膚。我攤開我寫給他的信。最舊的信摺痕處已磨損得太厲害，我的文字都快無法辨識了。當我攤開最後一封信，我的信紙間夾著他的信。那筆跡看來倉促而顫抖，但確實是出自蓋瑞斯之手。

一九一五年十月一日，盧斯

我親愛的小艾：

已經三天了。這可能嗎？感覺像更久。日子感覺沒有盡頭。我們本來說要在後方待一天休息，結果又沒有。我們已經累壞了，但我們必須繼續奮戰。我們是在奮戰嗎？我們主要是在送死。

我沒有睡覺。我沒辦法思考了，但我知道我必須寫信給妳，艾。艾。艾。艾。艾。艾。小艾。小艾。艾絲玫。我一直很愛聽莉茲用不標準的發音叫妳的名字，唸起來像艾西玫，我也想學她那樣叫妳，我差一點就喊出口了。但那是她的專利，那是我認識妳之前妳的一切。這就是惹我憐愛的原因嗎？

請原諒我。我多麼想躺下來，把頭擱在妳的肚子上。我想聽妳的心跳。我把頭擱在我的傳令兵胸前，什麼都沒聽見。怎麼會聽見呢？他的腿被炸斷了。他的腿完成了我要求它們辦的所有事，而現在它們不再連接著他的身體。

我失去了七個部下，小艾。對其中一些人來說，這場戰役前幾週是他們人生中最快樂的日子。等他們的血肉從骨頭上脫落之時，其中三人可能已當上父親。

我親愛的小艾，我寫出這些事，是因為妳說妳的想像力能召喚出文字無法貼近的影像，而妳寧可知道真相。我發現寫下未經過濾的文字是種很大的解脫，而這是最近似於我躺在妳胸前哭泣的方式了。我好感激。但妳沒有想像到妳將感到多麼沮喪。我的敘述將滲入妳的夢境，躺在泥地上的將會是我，我的眼珠像玻璃，我身上有一部分被炸掉。每天早晨妳都將害怕著可能發生之事而醒來，而它在白天也將用陰影籠罩妳。

我已耗盡力氣了，小艾。我的耳朵裡嗡嗡作響，我的腦子裡有各種畫面，每當我閉上眼睛就變得更清楚也更怪誕。如果我想睡覺，我就得承受這種折磨。跟妳說這個的我真是個懦夫。

等這場戰役結束，我會撕掉這封信，重寫一封比較能夠入目的文字。但是就此刻而言，我完全按照我所需要的寫出來了，我感覺卸下重擔。當我閉上眼皮，我將被赦免，不用面對最惡劣的刑罰，而迎我入睡的會是妳的影像。

永遠愛妳的，

蓋瑞斯

我摺起信，把我的紙卡夾進去。我翻著布魯克的書，直到找到〈死者〉那一篇。我默讀了前幾行詩。

「都結束了。」我對著空房子說。我讀不下去了。

我用這首詩把我們最後的話語包起來。站起身。上樓進到浴室。我把蓋瑞斯的梳子放回水槽上。我要離開了；這麼做一點道理也沒有。但一切也根本都沒有道理。

我鬆開搭扣，蓋子往後彈開，「失落詞詞典」刻在內側。行李箱已塞得鼓脹，不過還有足夠空間。

最上面是我們的詞典。我翻到書名頁。

《女性用詞及其意義》

艾絲玫・尼克爾編

我把蓋瑞斯的魯珀特・布魯克詩集擺在它旁邊。

我拿起蓋瑞斯抄寫的士兵們的怪異句子。我沒有把它們放進行李箱。他的用意並不是要我把它們鎖起來。

我聽不到廚房有任何聲音，知道莉茲一定在等，她不想催我。但她會擔心時間。往南安普敦的火車中午十二點出發。

我從口袋取出電報，放在《女性用詞》上。這張紙是包肉紙的棕色，跟美麗的綠色書皮一比顯得病懨懨的。前一半的訊息是用打字的：很遺憾通知您……由於訊息內容經常相同，這樣比較有效率。剩下的部分是手寫的。抄寫訊息的電報員在「遺憾」前面加上了「深切地」。

我蓋上行李箱。

第六部　一九二八

Wise — Wyzen

一九二八年十一月

一九二八年八月十五日

親愛的梅根・布魯克斯小姐：

我叫伊蒂絲・湯普森，妳的父母可能提起過我。妳已故的母親莎拉是我最親近的朋友之一，也是少數願意陪我進行她戲稱為我的「歷史漫步／談」的人（她從未說清楚她用「ramble」這個詞指的是古蹟漫步還是史評漫談——她覺得讓我瞎猜很有趣）。當你們一家遠渡重洋去了澳洲，我發現很難找到人取代她的角色，但她的信是我的樂趣來源，她總是分享關於妳、她的花園以及你們當地政治的新消息，三者她都有充分的理由感到自豪。我多麼想念她的機敏和務實的建議。

此封信以及隨附的行李箱，我一併請妳父親轉交給妳，理由稍後馬上會敘明。我想確保能讓妳先作好準備，再來接收這兩者的內容。至於該如何讓妳作好準備，這我不是很確定，但作父親的或許知道，而在所有父親之中，妳父親肯定是最睿智的一個。

這個行李箱屬於我另一個摯友。她名叫艾絲玫・歐文，婚前姓尼克爾。我知道妳一直都知道妳是被收養的，不過或許妳並不清楚所有的細節。我想我要告訴妳的故事會引起妳一些強烈的情緒。很抱歉，但若是永遠閉口不談，我會感到更加悲傷。

我親愛的梅根。二十一年前，艾絲玫給了妳生命，但當時的她沒有條件養育妳。那種情況相當微妙，但妳的母親和父親在妳出生前那幾個月，花了許多時間和艾絲玫相處。在我看來，他們很明顯地對她產生了好感和敬意，正如同我喜歡和尊敬她。當那一刻來臨，妳母親以我辦不到的方式陪在艾絲玫身邊。她待在產房是最自然的一件事了，有一個月的時間，她隨侍在艾絲玫床側，而妳，美麗的孩子，成為她們之間的連繫。

寫出接下來的文字讓我心痛不已，它們的真實將是我應該無法從中復原的哀傷。今年，也就是一九二八年的七月二日，艾絲玫去世了。她才四十六歲。

細節似乎很普通——她在西敏橋被一輛貨車撞上。但是關於艾絲玫的一切都不普通，她是為了《平權法案》通過而去倫敦的，不是為了加入歌頌者和舉旗者，而是為了記錄這對人群邊緣的人有什麼意義。妳知道嗎，這就是她在做的事：她注意到誰在官方紀錄中缺席，並給他們發聲的機會。她在她當地的報紙有一個每週專欄——叫作「失落詞」——每週她都會與不識字的、被遺忘的平凡人聊一聊，以了解一些重大事件對他們來說代表什麼意義。在七月二日那一天，艾絲玫在和西敏橋上一個賣花的女人攀談時，人群把她擠到了馬路上。

我覺得除了她的死之外，我應該多跟妳說一些她的事。我想我們最後一次會面是最好的趣談。

我受邀坐在金匠廳的樓座，金匠廳將舉行一場晚宴，來慶祝《牛津英語詞典》最終版的出版。與我同行的還有蘿絲芙・莫瑞和愛蓮諾・布萊德利，她們都是編輯的女兒，也都把她們的人生奉獻給父親的志業。由於我們性別的關係，我們的出現造成一些騷亂，但即使我們不能跟男人們一同用餐，我們也至少應該獲准觀賞演講，這才說得過去。首相史丹利・鮑德溫的致詞很精采，他感謝了編輯和人員，但他沒有往上方的樓座看一眼。大詞典這艱鉅的事業，我從一八八四年最初幾個詞出版，直到最後幾個詞出版，全程都參與了。有人告訴我，在那個房間裡鮮少有人能宣稱自己維持這麼久的忠誠。蘿絲芙和愛蓮諾也為大詞典奉獻了數十載的人生，艾絲玫也是。

不久之前，她告訴我，她一直是大詞典的女奴。它擁有她，她說。即使在她離開以後，它仍定義著她。然而，即使戴著這些手銬腳鐐，她還是連樓座上的視野都沒得到。

男人們大啖法式鮭魚佐荷蘭醬，甜點是慕斯。他們暢飲一九〇七年的瑪歌堡紅酒。我們拿到了程序進行表，裡頭附有菜單——我相信這是無心的殘忍。

整個活動結束後，我們已經餓壞了，但艾絲玟從南安普敦來跟我們會合，而我們走出金匠廳時，她就帶著一大籃食物在那兒等我們。那天天氣暖和，所以我們搭計程車沿泰晤士河而下，然後坐在一盞路燈下野餐，享受我們自己的慶祝會。「敬大詞典的女性。」艾絲玟說，我們都舉杯。

我本來不知道有這個行李箱，直到喪禮後，她的朋友莉茲·雷斯特提議應該把它寄給妳。她從她的床底下把這破舊的老東西拖出來，解釋我打開它時會發現什麼。那可憐的女孩好悲悽。不過當我向她保證我會盡快把行李箱寄給妳時，她的情緒便緩和下來。行李箱在我的床尾放了一個星期，沒有打開過。當我為艾絲玟流的眼淚乾了，我不需要去探究它的內容物。對我來說，艾絲玟就像一個我心愛的詞，我以某種特定方式理解她，我一點也不想用別的方式去理解她。

這行李箱是妳的了，梅根。妳可以打開它，或是讓它繼續緊閉。不管妳選擇哪一個，請妳知道，如果妳有任何關於艾絲玟的疑問，我都很樂意回答。對了，她叫我蒂塔。我會懷念回應這個名字，也會很開心再次有人用這個名字叫我，如果妳願意寫信的話。

致上我的愛與慰問，

小梅坐在行李箱旁良久，久到室內的光線全都暗去。蒂塔的信擱在它旁邊，讀過一遍又一遍。有一頁因為小梅在盛怒下把它揉成一團而變得皺巴巴。片刻之後，她又把它攤平。

她父親來敲門，輕輕地、試探地敲。他端了茶來，而她拒絕了。他再次敲門，關心她的心理狀態。相當正常，她說，儘管她相當確定這不是事實。當門廳的鐘敲了八響，某種咒語解除了。小梅從她坐了四小時的椅子中站起來，打開一盞燈。她打開客廳門呼喚她的父親。

「爸，我現在想喝茶了。」她說，「配兩片餅乾，如果你不介意的話。」

他把托盤放到她身邊後，往她媽媽最心愛的瓷杯裡倒茶。他加進一片檸檬，親吻她的額頭，然後走出房間。他沒有提晚餐已經冷掉的事。

這個杯子已經有三年沒有被茶水給泡熱了。小梅以她媽媽的方式握著杯子：兩手捧杯，握柄朝前，這麼做是為了避開以正常方式喝茶時會碰到的那個小缺口。這動作模糊了小梅身體的邊緣，她想像自己優雅的手指變成母親肉乎乎的手指，老繭在熱氣下軟化，指甲底下有一點泥土的痕跡。她母親短而粗的腿比小梅修長的四肢更適合這張扶手椅，不過小梅養成坐在這個位置的習慣。儘管這天天氣炎熱，她卻微微發抖，就像她母親從花園進屋來喝茶時常會發抖一樣。

她對這個行李箱會有什麼想法？小梅心想。她會要她打開它還是讓它繼續關著？它放在躺椅上，已經放了一下午。小梅再次望向它，覺得它變得異常熟悉。「照妳自己的步調走。」她媽媽會這麼說。

小梅把茶喝完，輕輕掙脫舊扶手椅。她坐到躺椅上的行李箱旁邊。搭扣毫無阻力、咔嗒一聲打開了，箱蓋向後翻開。

蓋子內側以拙劣的手法刻著「失落詞詞典」。那是孩子的筆跡，小梅突然意識到行李箱裡的東西不僅屬於一個放棄寶寶的女人，也屬於一個想都沒想過有朝一日自己會必須這麼做的女孩。

一封電報，一本封面有《女性用詞及其意義》打凸字樣的皮革裝訂薄書，許多信件，以及零散的小東西——幾張投票權傳單、劇場節目單和剪報。有三張裸女素描，第一張的她望向窗外，隱約可看出她的肚子隆起。第三張的她用雙手和眼神擁抱勢必在蠕動的胎兒。

不過行李箱裡最主要的東西是小張的紙，尺寸不比明信片大。有些釘在一起，有些是散的。有一個鞋盒裝滿這種紙，按照字母順序排列，每個字母之間夾著小卡，就像圖書館的目錄抽屜。每一張紙卡頂端都寫了一個詞，底下則有個句子。有時候會列出書名，但大部分時候只是女人的名字，有時候是男人的名字。

晨曦透過凸窗柔和地灑進來，照暖小梅的臉頰。她突然驚醒。在躺椅上睡了好幾個小時使她腰痠背痛。又是一個大熱天，她心想，行李箱和其內容物有如夢境沉沒。不過《女性用詞》還攤開在她腿上，而她皮膚上淚水濕了又乾的部位感覺緊緊的。在阿得雷德的炎陽下，艾絲玫的詞以它們所有的形式散落在地板上，真實地暴露出來。

小梅開始整理它們。她聚攏蒂塔的信放在一堆，緹爾妲的明信片放在另一堆。投票權傳單和剪報是它們自己的一堆。有一張《無事生非》的節目單和一把票根，跟其他零碎的小東西放在一起，構成綜合類別。

鞋盒裡的紙卡幾乎都是由同一個人所寫。她查詢後，發現它們都是《女性用詞》裡的條目。她沒有動它們，轉向別的紙卡。數量好多，可能超過一百張，每一張都有獨特的筆跡和內容。有些詞很普通，有些詞她聞所未聞。有些引文老到她完全看不懂它在說什麼。但她每一張都讀了。

它們的尺寸大致相同，而且大部分看起來是專為此目的而製作的。不過有些是從手邊的材料裁切而成：有的來自帳本或練習簿；有的來自小說或小冊子，某個詞被圈起來，某個句子被畫上底線。有個詞寫在購物清單背面，想必寄送者已經買到她的三品脫牛奶、一盒蘇打粉、豬油、兩磅麵粉、洋紅以及麥維他消化餅。她是否先烤了個蛋糕，才坐下來抄下這個完美詮釋「beat」其中一種意義的句子？她抄寫的引文出自一份教區禮拜堂時事刊物的婦女版面，日期是一八七四年。她已用不著的購物清單尺寸和形狀剛好。小梅想像一個既不富裕也不貧窮的女人坐在她的廚房桌邊，面前擱著時事刊物，手肘旁有一壺茶，等待蛋糕膨起的時光是她一天中愉快的暫停。然後有個孩子衝進來，鼻腔裡充滿即將到來的美味，在桌邊逗留徘徊，直到吹蠟燭的時刻降臨。

馬路對面的公園傳來一陣歡呼聲，將小梅的意識帶回她自己和艾絲玫身上。板球球棒與球相擊的熟悉聲響，頻繁響起的禮貌鼓掌聲，以及偶爾有人出局激起的騷動，在在提醒她這是個星期六早晨，提醒她她身處於阿得雷德炎熱的夏季，離那些詞和它們的擁護者那又濕又冷的氣候有十萬八千里遠。她感覺僵硬，心亂如麻。她起身望向外頭的球員。這一天和任何星期六沒什麼不同，卻又完全不同。

另一陣歡呼響起，但小梅從窗前轉開身子，走到書架前。那裡擺放著完整的十二冊《牛津英語詞典》。它們擺在較低的架上，讓人能輕易搆得著，不過小梅還小的時候幾乎拿不動。就她記憶所及，她的父母一直都在蒐集這套詞典，最後一本是上星期才收到的。

小梅從書架末端抽出《V至Z》，翻到第一頁。她能聞到它嶄新的氣味，感覺她翻開時書脊的阻力。一九二八年出版。

僅僅幾個月前，它還不存在。僅僅幾個月前，艾絲玫還存在。

小梅走到書架另一端，用手指描畫第一冊《A至B》的金色書名。它的書脊已因經常翻開而變皺，頂端的邊緣被她幼時的手撥弄而受損。這一次，小梅把它從架上取下時很小心。它的重量總是出乎她意料。她拿著它去她母親的扶手椅，把它擱在腿上。然後她翻到書名頁。

《按歷史原則編訂的新英語詞典》

詹姆斯．A．H．莫瑞編

第一冊。A至B

牛津：克萊倫敦出版

一八八八年

四十年前。艾絲玫當時應該才六歲。

小梅拿起「beat」的紙卡，讀那句引文。

「攪拌（beat）到糖充分融合，麵糊顏色變淡。」

她翻著大詞典直到找到那個詞。「beat」有五十九個不同的意義，占據了十個欄位的篇幅。其中有許多都跟暴力有關。她手指沿著欄位往下滑，直到找到符合紙卡的定義。四條引文，跟打蛋有關。她這張紙卡上的引文並沒有被收錄到。

小梅把《A至B》放在行李箱旁的地板上。她打開鞋盒一陣翻找。

LIE-CHILD（私生子女）

「留下私生子女對她和它都沒有好處。我去找奶媽。」

——米德太太，接生婆，一九〇七年

艾絲玫的筆跡已經很熟悉了。小梅取下大詞典的第六冊，找到對應的頁面。「lie-child」完全未收錄，但小梅懂它指的是什麼。她回到第一冊，翻到「bastard」。

在未有婚姻狀態下懷胎並生下的孩子。

非婚生的，未受認可的，未經許可的。

不真實的；偽造的；私生的；受貶低的，攙假的，腐敗的。

小梅用力闔上厚書。她從地板上站起來，但她的腿在發抖。她感覺脆弱，突然覺得對自己陌生。她倒在扶手椅中開始痛哭。「bastard」有兩欄，然而它對她的意義並沒有任何一條引文含納到。

小梅想念她媽媽，想念她所有的語詞和手勢，她知道它們能讓客廳地板這滿地狼藉都理出頭緒。她把臉埋進椅子的布料，嗅聞她媽媽的髮香，熟悉的皮爾斯香皂味，她總是用這種香皂洗頭髮。小梅到現在也仍用它洗頭髮。更深的悲泣。作為女兒的意義就在於此嗎？擁有和母親一樣味道的頭髮？使用同樣的肥皂？或是擁有共同的熱情，共同的挫敗？小梅從來不想像她媽媽一樣跪在泥土上種球莖；她渴望被觀望——不是出於善意，而是出於好奇，想要了解她的思想，並且尊重她的文字。

地板上這亂七八糟的東西就是這個嗎？一顆好奇的心靈的證據？挫敗的碎片？一種去理解和解釋的努力？小梅的渴望是不是與艾絲玟的渴望近似，而這是否就是作為女兒的意義？

等她爸爸敲門時，小梅已停止啜泣。有什麼東西正試著從她的悲傷中破蛹而出——是要讓她的悲傷變得更複雜或更單純，她不得而知。

「小梅，親愛的？」他的態度跟昨晚一樣溫柔，他走進房間的模樣像是賞鳥人士擔心驚飛一隻鷦鷯。

小梅什麼也沒說；她的心思一再地被某個不舒服的念頭絆倒。

「妳要吃早餐嗎？」他問。

「我要一些紙，爸。如果你不介意的話。」

「寫字用的紙？」

「對，媽媽的銅版紙，在她寫字桌裡的淺藍色紙。」她在她爸爸臉上尋找任何抗拒的跡象，不過完全沒有找到。

一九二八年十一月十二日，阿得雷德

我寫下這段文字時非常猶豫。把艾絲玟稱作我的母親感覺是對媽媽的背叛，可是否定她具備這個頭銜？我還是很猶豫。我整夜都在思考詞語的意義，大部分詞語我從未使用過，甚至連聽都沒聽過。我接受了在它們使用的脈絡中，它們確實很重要，而我第一次質疑起我現在坐的位置對面那整列書架上浩繁卷秩的權威性。

「母親」會在那裡頭。當然會，不過我以前從未有過任何動機去查找。直到此刻之前，我都以為任何說英語的人，無論其教育程度如何，都會懂得這個詞的意義，知道如何使用它。知道該把它套用在誰的身上。可是現在，我猶豫了。意義成為相對性的東西。

我想要站起來從架上取下那本詞典，但我擔心我讀到的定義不適用於媽媽。所以我坐著更久一點，讓我對媽媽的記憶抹去所有憂慮。可是這下子，我又擔心「母親」不適用於艾絲玟了。

小梅摺起這張紙，把它加進行李箱。

稍晚，菲利普·布魯克斯在他女兒身邊的小桌子上擺了早餐托盤。一壺茶，裝在小碟子裡的兩片檸檬，四片吐司和新開的一罐柳橙萊姆果醬。這份早餐的分量足夠讓兩個人享用。

「跟我一起吃吧，爸。」她說。

「妳確定嗎？」

「嗯。」

小梅拿起昨晚用過的她媽媽的瓷杯，伸向前讓他加茶。他替她倒茶，再幫自己倒。他在兩人的杯子裡都放了檸檬片。

「有改變任何事嗎？」他問。

「所有事都改變了。」小梅說。

他垂下頭喝茶；他的手微微發抖。小梅看著他的臉，發現他每條肌肉都在用力，試著掩飾他不希望讓她看出來的一種情緒。

「幾乎所有事。」她說。

他抬起頭。

「我對你的感覺並沒有變，爸。我對媽的感覺也沒有變，我記得她的方式也不會變。我想我也許甚至會更愛她一點。此時此刻，我想她想得要命。」

他們在艾絲玫的物品之間默默地坐著，從公園那裡傳來球棒與球相擊那撫慰人心的重複聲響，標記著時間的流逝。

尾聲：一九八九年，阿得雷德

站在講臺後頭的男人清了清喉嚨，但沒有效果；整座禮堂仍像是蜂巢一樣嗡嗡作響。他重新整理了一下講稿，看看錶，從老花眼鏡上緣瞥向聚集的學者。然後他再次清喉嚨，這次更用力一些，而且是對著麥克風。

喧囂止息了；少數幾個落單者找到了座位。講臺後的男人開始說話。

「歡迎蒞臨澳洲詞典編纂學會第十屆年度會議。」他說，單薄的嗓音微微顫抖。然後，在一陣稍嫌太長的停頓後，他接著說下去。

「Naa Manni，」他以微微加重的力道說，目光掃視室內，「這是加爾納族對超過一個人打招呼的方式，而我很高興見到今天有超過一個人來到這裡。」觀眾響起一片微感逗趣的低語聲。「在此稟告來訪我們城市的來賓，或許也包括一些已在此住了一輩子的居民：加爾納族是在這座大禮堂建成之前，甚至早在這個國家有人說英語之前，就以這片土地為家的原住民。我們身在他們的土地上，卻不會說他們的語言。

「今天早晨我使用加爾納語來傳達一個論點。早在一八三〇和一八四〇年代，穆拉威拉伯卡、卡德里特皮納和伊特亞麥特皮納就用過這句招呼語，這三位加爾納族長老更廣為白人殖民者所知的名字是約翰國王、傑克隊長和羅德尼國王。這些原住民與兩個有興趣學習本地語言的德國人坐下來談。德國人寫下他們聽見的內容，並編寫出別人可以理解的意義。他們做的是語言學家和詞典編纂師的工作，儘管他們用的並不是這兩個詞。他們是傳教士，但我們任何一個人都能看出他們對語言的熱情，看出他們渴望記錄和理解說出來的話，不光是為了讓它能恰當地發揮當代傳遞訊息的功能，也是為了讓它能夠保存下來，讓它的歷史脈絡能獲得理解。要不是有他們的勞心勞力，我們的語言世界將缺了加爾納族這一角，也將無法理解在過去什麼事對他們有重要意義，以及在『現在』什麼事對他們有重要意義。現今已經很少有加爾納族人還在說他們的語言了，不過因為它曾被寫下來，而且詞彙的意義留下了紀錄，加爾納族人——以及，容我大膽地提出，像我這樣的白人——是有可能再次使用它的。」他的嗓音提升到興奮的音調，他的額頭在舞臺刺眼的燈光下發亮。他暫停下來喘口氣。

「一八八九年對英語來說是很重要的一年，不過也許可以誠實地說，出了這座禮堂沒幾個人知道。」觀眾席傳來零星笑聲，他抬起頭，顯然很得意。

「今年，《牛津英語詞典》的第二版出版了，距離第一版完成之日已過了六十一年。它結合了第一版的內容以及所有增補用詞，再加上額外的五千個詞彙和字義。這項功業——這項對語言的紀錄——是由詞典編纂師完成的，據我所知其中一些人今天也來到了禮堂內。我們恭賀諸位完成如此偉大的成就。」他鼓掌，觀眾也加入，有些人還吹口哨和歡呼。「請冷靜，各位，我們要維持穩重嚴肅的名聲哪。」更多笑聲。他等著笑聲沉寂，現在他放鬆多了。

「偉大的詹姆斯．莫瑞曾說：『我不是個文學人，我是個科學人，我對處理人類口語歷史的那個人類學分支特別感興趣。』

「詞語定義我們，它們解釋我們，在某些情況下，它們也控制或隔絕我們。可是當說出來的話沒有被記錄下來，會發生什麼事？那會對說出這些話的人產生什麼影響？有一位我們都必須感懷在心的詞典編纂師，就在英語的各大詞典中看出了弦外之音，包括莫瑞博士的《牛津英語詞典》，她就是梅根．布魯克斯教授：阿得雷德大學榮譽教授，澳大拉西亞語文學會主席，並因為語言方面的貢獻而獲頒澳洲國家勛章。

「我就不再贅言，在此邀請梅根．布魯克斯教授上臺，由她來進行開幕致詞。她的演說題目為『失落詞詞典』。」

在掌聲中，一位高而挺拔的女人走上臺。她走近講臺時，把一綹脫出的褪色紅髮塞回耳後。男人伸出手，她和他握手，她布滿紋路的臉綻開笑容。他微微一鞠躬，退開了。

梅根·布魯克斯從外套口袋取出一只白色信封，然後從裡頭小心翼翼地倒出一張脆弱的紙卡，它已因歲月而泛黃。她就只把這張紙卡放到講臺上，用戴著手套的手輕輕撫平。

她望向整座禮堂。這樣的事她已做過上千次了，但這是她的最後一次。她花了一輩子才理解她即將說的話，她知道那很重要。

她的目光聚焦在中央那幾排，她快速掃視個別幾張臉，沒有停留在誰身上。他們多半都是男人，不過女人也不在少數。他們都是頗有一番成就的學者。她能感覺到在這廣大的空間裡開始有股躁動，不過她不予理會，只是自顧自地掃視下一排的人，然後再下一排。她注意到一張張臉開始轉向左右鄰居，竊竊私語。然而，她還是繼續搜尋。

看到從前面算起第三排時，她頓住了。那裡有一個年輕女人，論年齡絕對不超過大學生。她的文字之旅才剛開始，她的臉上有一種令這老女人滿意的好奇心。她微笑。她有開始的理由了。梅根·布魯克斯拾起紙卡。

「Bondmaid，」她說，「有一陣子，這個美麗的、令人困擾的詞屬於我母親。」

作者的話

本書因兩個單純的問題而起：詞彙對男人和女人有不同的意義嗎？如果有的話，我們在定義它們的過程中有沒有可能遺失了什麼？

我這輩子都跟詞彙與詞典有一種愛恨交織的複雜關係。我有拼字障礙，而且經常用錯詞（畢竟「affluent」的發音跟「effluent」非常相近，真的很容易犯錯）。我小時候向身邊的大人尋求幫助時，他們會說「去查詞典」，可是在不懂得拼字的前提下，詞典可能就像天書一樣。儘管我對英語這種語言只能笨拙地使用，我仍喜愛以某種方式寫下文字，用它們創造韻律，或勾勒畫面，或表達情感。我人生中最諷刺的事就是我選擇用文字來探索我的內在與外在世界。

幾年前，一位好友建議我讀賽門．溫契斯特的《天才、瘋子、大字典家》，這是一本非小說，描述了《牛津英語詞典》主編詹姆斯．莫瑞以及其中一位較多產（以及惡名昭彰）的志工威廉．切斯特．麥諾醫師之間的關係。讀這本書的過程非常享受，但我讀完的印象是大詞典主要是由男性所主導的。就我所能蒐集到的資訊，所有編輯都是男性，大部分助手都是男性，大部分志工都是男性，構成詞彙如何使用之證據的文獻、手稿和報導，大部分也是由男性撰寫。就連牛津大學出版委員會——掌控錢包的人——也是男人。

我好奇：這個故事裡的女人在哪裡？她們缺席是否重要？

我花了一點工夫才找到那些女人，當我找到時，發現她們負責的是次要的支援性角色。我找到愛妲．莫瑞，她養育了十一個孩子，並在持家的同時支持丈夫擔任主編。我找到伊蒂絲．湯普森和她的妹妹伊莉莎白．湯普森，她們兩人光是為《A至B》就提供了一萬五千條引文，並持續提供引文以及編輯協助，直到最後一個詞出版。我找到希爾妲、瑤爾曦和蘿絲芙．莫瑞，她們都在累牘院協助父親工作。然後還有愛蓮諾．布萊德利，她在舊艾許莫林跟著她父親的助手團隊工作。此外還有數不清的女人寄詞彙的引文來。最後，有女性所寫的小說、傳記和詩歌被視為某些詞彙使用方法的證據。但就整體而言，它們的數量都遠遠不及男性部分，而從歷史上找尋她們的蹤跡是很困難的。

我決定女性缺席確實很重要。缺乏代表者可能表示第一版的《牛津英語詞典》有所偏頗，獨尊男性的經驗和感情。而且是偏年長的、白種的、維多利亞時代的男人。

我想藉由這本小說試著理解我們定義語言的方式可能如何定義我們。從頭到尾，我都努力營造畫面、傳達情緒，質疑我們對詞彙的理解。我把艾絲玟放在詞彙之間，就能夠想像它們可能對她產生的影響，以及她可能對它們產生的影響。

打從一開始，很重要的一點就是我要把艾絲玟的虛構故事穿插在我們已知的《牛津英語詞典》史實中。我很快就意識到這段歷史也包括英國的女性投票權運動以及第一次世界大戰。就這三者而言，事件的時間軸和大致的細節我都保留了。任何錯誤都是無心之過。

寫這本書最大的挑戰，或許就在於要如實地呈現這段歷史脈絡中的真實人物。對《牛津英語詞典》著迷的人不只有我一人，我貪婪地吞下許多詞典學者和傳記作家的作品。琳達・馬格斯通（Lynda Mugglestone）的著作《無言以對》（*Lost for Words*）給了我信心，使我相信女性的詞彙確實受到與男性詞彙不同的待遇，至少在某些時候是如此。彼得・吉利弗（Peter Gilliver）的書《牛津英語詞典之製作》（*The Making of the Oxford English Dictionary*）為我的故事提供了事實與軼聞，我希望能讓它更具真實性。我有幸二度造訪牛津大學出版社，那裡是《牛津英語詞典》檔案庫的所在地。我在大詞典的校樣中尋找這個詞或那個詞在最後一刻被刪除的證據，而且我也獲准查看紙卡原件，許多仍用二十世紀初的原始細繩捆成一小疊一小疊。我找到「bondmaid」的紙卡：那個美麗的、令人困擾的詞，在這個故事中它就像是一個角色，地位不亞於艾絲玫。可是我沒有看到寫著定義的首頁紙卡——它真的遺失了。當一箱又一箱的紙張讓我感到喘不過氣時，我轉向管理它們的人。貝弗莉．麥柯洛克、彼得．吉利弗和馬丁．茂爾分享了一些故事和洞見，這是唯有對大詞典以及製作大詞典的出版社深深著迷和尊敬的人才說得出來的。我們的對話讓歷史鮮活起來。

《牛津英語詞典》的大部分人員，都可以輕易在歷史紀錄中找到。除了柯瑞恩先生、丹克渥斯先生和一、兩位過場人物，男性編輯和助手都是以真實人物為根據的。當然，我虛構了他們在故事中與其他角色的互動，但我努力捕捉他們的興趣與性格。莫瑞博士在《A至B》的花園派對中致詞的內容，是從該冊前言中逐字節錄過來的。

尼可森先生和馬丹先生是本書描述年代中的博德利圖書館館員。雖然他們的臺詞不多，我希望我捕捉到他們些許的態度。

我盡可能試著描繪蘿絲芙．莫瑞、瑤爾曦．莫瑞和愛蓮諾．布萊德利的性格，但可取得的傳記資訊相當貧乏，我不敢保證她們最親近的家人會同意我所呈現的樣貌。

這本小說裡最重要的真實角色，或許是伊蒂絲．湯普森。她和她的妹妹伊莉莎白是非常投入且極受重視的志工。伊蒂絲從最初的詞典出版直到最後一本，完整參與了大詞典的整個製作。她在大詞典完成僅僅一年後的一九二九年去世。我從《牛津英語詞典》檔案庫裡保存的資料，對她有了初步的認識。看到伊蒂絲所寫並釘在校樣邊緣的註記，感覺真的很特別。她寫給詹姆斯．莫瑞的原始信件展露出智慧、幽默以及善於嘲諷的機敏。當她力圖把某個詞解釋得更清楚時，她習慣畫圖並加上註釋。

我自作主張地把伊蒂絲．湯普森轉變為這個故事中的關鍵角色。就和別的女人一樣，我很難找到關於她的人生的廣泛記述，不過就我確實知道的部分，我都編入這本書裡了。譬如說，她確實寫了一部英格蘭史，而它是廣為流傳的學校課本。她也確實和她的妹妹一起住在巴斯。她寫給詹姆斯．莫瑞那封關於「lip-pencil」的短箋是真的，但其餘的部分純屬虛構。在我來說很重要的是，要言明這個角色背後的女人叫什麼名字，並且要認可她的貢獻。但是為了承認我把她的人生虛構化，艾絲玫給了她「蒂塔」這個暱稱。至於伊莉莎白．湯普森（較為人所知的名字是EP．湯普森），她確實寫了《龍騎兵的妻子》這本書（我的桌上就有一本一九〇七年的原版書呢），但除此之外我找不到任何資料來引導我摸索她的性格。我把她變成一個我願意認識的人，並給了她「貝絲」這個暱稱來承認我作了虛構化的處理。

最後，關於文字。這個故事中提到的所有書籍都是真的，包括《牛津英語詞典》分冊的出版日期、《牛津英語詞典》的條目、被刪除或拒絕收錄的詞彙和引文。艾絲玫蒐集的詞彙是真的，不過引文和說出那些引文的角色都是虛構的。

在本書尾聲，我提到與德國傳教士分享語言的原住民加爾納族長老。我希望在此強調，加爾納名字和詞彙的拼寫並不簡單。在歐洲殖民者到來之後很長一段時間，加爾納語都在等待被使用和被理解。現在這件事發生了，隨著愈多人學習說這種語言，關於拼字、發音和字義的疑問也紛紛出現，成為探討的主題。加爾納華拉卡爾潘提（「創造加爾納語」）是為了協助加爾納地名命名和翻譯而設立的委員會，他們的建議指引了我。他們的工作持續讓加爾納語保有生命力，並為「和解澳洲」作出貢獻。

等到我完成這本小說的第一版草稿時，我已深切體認到第一版的《牛津英語詞典》是有缺陷且有性別偏見的文本。但它也非常卓越，而且換作詹姆斯．莫瑞之外的任何人來編，可能都會有更多缺陷以及更多性別偏見。我漸漸領悟到大詞典在維多利亞時代是一種創新做法，但是自從一八八四年的「A至Ant」開始，每一本分冊的出版都反映了一點小小的進步，能更完整地呈現出所有英語使用者的形貌。

我數度造訪牛津時，與詞典編纂師、檔案管理員和詞典學者談過，男女皆有。令我印象深刻的是，他們對文字以及在他們的歷史中這些文字如何發揮作用，都懷有熱情而著迷的態度。今日，《牛津英語詞典》正在進行大幅度修訂。這次修訂不只會加進最新的詞和意義，也會根據對歷史以及歷史文本更佳的了解，來更新一些詞在過去的使用方式。

大詞典，就像英語本身一樣，是正在進行的作品。

謝詞

ACKNOWLEDGEMENT（致謝、承認）

表達謝意、坦白、承認或供認；聲明、告白。

這只是一個故事。講述這個故事幫助我理解我認為重要的事。它是我編的，但其中充滿事實。我想要向《牛津英語詞典》的男男女女致意——從過去到現在；包括知名的和沒沒無名的。

EDIT（編輯）

將稍早之前的作者所作、原本僅存於手稿中的文字作品出版，給予這世界。

若不是有下列這些人，這本書只會是一個構想。謝謝Affirm Press的所有人這麼努力地把這本書做得這麼美，而且讓它說出它所需要說的話，不多也不少。我要特別感謝Martin Hughes對這個故事有超凡的信心，以及Ruby Ashby-Orr完美的編輯技能。簡單地說，這本書因為有她而變得更好。我也要感謝Kieran Rogers、Grace Breen、Stephanie Bishop-Hall、Cosima McGrath和團隊的其他人。

感謝英國Chatto & Windus出版的Clara Farmer和Charlotte Humphery，還有美國Ballantine Books的Susanna Porter，感謝她們美妙的支持和寶貴的編輯意見。我要感謝Lisa White設計的美麗封面。而且我永遠感激Claire Kelly的鷹眼和對歷史的熱愛。

MENTOR（導師）

經驗豐富且受到信任的諮詢對象。

我一向喜歡和比我睿智的人一同旅行。Toni Jordan，謝謝你在這趟冒險中陪我同行，並讓它成為更豐富也更明確表達的經驗。

ENCOURAGE（鼓勵）

激勵人產生足以從事任何工作的勇氣；使勇敢，使有信心。

在寫作這本書的整個過程中，我很幸運地獲得其他寫作者的鼓勵。我要感謝Suzanne Verrall、Rebekah Clarkson、Neel Mukherjee、Amanda Smyth和Carol Major的洞見和熱情。我也要感謝我在英國The Hurst-Arvon創意寫作村，以及新南威爾斯州卡通巴Varuna國家作家之家共享住處的所有寫作者。我也非常感謝隸屬於Writers SA的作家社群，並十分感謝Sarah Tooth持續的鼓勵。特別感謝Peter Gross的慷慨和適時的建議，也感謝Thomas Keneally和Melissa Ashley願意閱讀手稿並給予豐富的回應。

SUPPORT（支持）

藉由協助、鼓勵或忠誠來強化（某個人或某個社群的）立場；站在其旁，作為後盾。

這個故事穿插在《牛津英語詞典》的早期歷史區段中，我努力忠實呈現那段時期的人和事件。我特別受惠於三個人的慷慨：若是沒有他們，這本書不可能完成。貝弗莉・麥柯洛克（Beverly McCulloch），《牛津英語詞典》的檔案管理員，為我拿來讓這本書有資料可用的所有紙卡、校樣、信件和照片。她也讀了小說手稿，並告訴我哪裡寫錯了。我非常感謝她，任何歷史方面的錯誤都該歸咎於我。彼得・吉利弗（Peter Gilliver），牛津大學出版社的詞典編纂師，提供了我一本後來成為我的聖經的文本。他也慷慨地付出時間，並與我分享美妙的軼事趣聞，讓詞典編纂師的過去除了骨幹之外也有了血肉。馬丁・茂爾博士（Dr Martin Maw），大學出版社的檔案管理員，也提供了關於《牛津英語詞典》排版和印刷過程的文本以及珍貴影片。我非常感謝他花時間跟我分享第一次世界大戰期間的出版社情況，並陪我參觀牛津大學出版社博物館。

我也要感謝下列人士的學術成就、協助或付出的時間：琳達・馬格斯通（Lynda Mugglestone）；*Caught in the Web of Words*作者K.M. Elisabeth Murray；感謝Amanda Capern寫了關於伊蒂絲・湯普森的論文；感謝Katherine Bradley的小書*Women on the March*；感謝牛津歷史中心；感謝南澳州州立圖書館，尤其是Neil Charter、Suzy Russell以及任何把第一版《牛津英語詞典》全套十二冊從賽門圖書室沿著螺旋梯把它們弄下來到閱覽室的人。

我要感謝加爾納華拉卡爾潘提（Kaurna Warra Karrpanthi, KWK）針對加爾納名字和拼法給予建議，也感謝Aunty Lynette分享她的語言和故事。

最後，謝謝我當地的咖啡館Sazón，謝謝你們的供養和打氣。我把兩、三杯咖啡能買到的時間利用到極限，我很感謝你們容許我在一段故事場景所需的時間內，儘管待在角落的座位上苦思。

FELLOWSHIP（夥伴）

因志同道合而團結；跟他人連結或建立關係；產生友誼。

有許多朋友聽我講過這個故事，並給了我講這故事的信心。謝謝你們相信我能做到。Gwenda Jarred、Nicola Williams、Matt Turner、Ali Turner、Arlo Turner、Lisa Harrison、Ali Elder、Suzanne Verrall、Andrea Brydges、Krista Brydges、Anne Beath、Ross Balharrie、Lou-Belle Barrett、Vanessa Iles、Jane Lawson、Rebekah Clarkson、David Washington、Jolie Thomas、Mark Thomas、Margie Sarre、Greg Sarre、Suzie Riley、Christine McCabe、Evan Jones、Anji Hill。

ACCOMMODATE（調適）

適應、符合、適合或調整。

如果帳單付不出來，孩子們餓肚子，那麼寫作也可算是一種因激情而犯的罪。非常感謝Angela Hazebroek和Marcus Rolfe在理解這本書是我的優先事項時，還是給了我一份工作。也謝謝我在URPS的超級棒的同事，你們確保我白天的工作不但可以做得到，而且是有成就感且有意義的。

AID（援助）

在施行作業時藉由此舉來給予協助；任何有幫助的事物，幫助的手段或物質。

我非常感謝二〇一九年南澳大利亞藝術博物館給予我一筆「製作者與呈現者」類別的補助金。我也受惠於二〇一九年國家作家之家Varuna提供的獎學金和兩個校友的駐村名額。有機會平靜地寫作、不愁用餐，而且還可以與其他作家腦力激盪，著實是很優越的福利。

LOVE（愛）

對某一個人的傾向或感覺狀態，會（源自注意到吸引人的特質，或是源自自然關係的本能，或是源自同情）表現為關心該對象的福祉，通常也會因他在場而開心，並渴求他的認可；溫暖的感情，依附關係。

感謝媽和爸，你們在我小時候給了我一本詞典，並堅持要我使用它。謝謝你們培養我的好奇心，也給了我滿足好奇心的工具。感謝我伴侶最棒的媽媽Mary McCune總是樂於聽我的故事發展。謝謝我的妹妹Nicola做了妹妹該做的所有事。

謝謝Aidan和Riley聽我解釋世界，然後挑戰我，讓我重新思考所有事。要是我能把你們寫進詞典，你們會是「love」的一個單純不複雜的變體。

還有Shannon，你對細節的注意與五行打油詩的喜愛改變了一切。沒有一個詞能說明你對我的意義，沒有一條詞典意義能定義我的感受。謝謝你張開雙臂歡迎我的寫作生活進入你的日常生活，並在它需要多一點空間時作出慷慨的調整。這本書就和所有東西一樣，是我們共有的。

RESPECT（尊敬）

以敬意、尊敬或榮譽對待或看待；感覺或表現敬意。

最後，我要承認這本書是在加爾納族和佩拉曼克族的土地上寫出來的。幾千年以來，這些先民的語言透過口語的說故事方式流傳，他們使用的詞語給了大地、文化和信仰意義。儘管許多詞語已隨時間而遺失，有些還是被找到了。它們現在被重新分享。我要向加爾納族和佩拉曼克族的長老們致上敬意，包括過去、現在乃至未來的族人。我要向他們的故事和語言致敬，而且我對失落的意義懷有最深的敬意。

《牛津英語詞典》時間軸

一八五七　倫敦語文學會的「未被收錄詞彙委員會」發起要編寫一本新的英語詞典，來接續一七五五年出版的《強生詞典》（*Dictionary of the English Language*）。

一八七九　詹姆斯．莫瑞被指派為主編。

一八八一　伊蒂絲．湯普森出版了《英格蘭史》（給學校用的有插圖版本）——之後又出版了多種版本，也有因應市場改編的美國版和加拿大版。

一八八四　「A至Ant」出版。這是總數約一百二十五冊分冊中的第一冊。

一八八五　詹姆斯和愛妲．莫瑞從倫敦搬到牛津，在他們家的花園裡搭起一座大型波浪板鐵皮棚屋。這座洋房被稱作向陽屋，棚屋則稱為累牘院。

一八八五　向陽屋外設了一個郵筒柱，表示認可累牘院製造了大量信件。

一八八七　亨利．布萊德利被指派為第二編輯。

一八八八　《A至B》出版。這是原始名稱為《按歷史原則編訂的新英語詞典》全套十二冊的第一冊。

一九〇一　威廉・克雷吉被指派為第三編輯。

一九〇一　布萊德利和克雷吉搬到舊艾許莫林的「詞典室」。

一九〇一　一位民眾來信，「bondmaid」遺漏的事被發現了。

一九一四　查爾斯・安年斯被指派為第四編輯。

一九一五　詹姆斯・莫瑞爵士去世。

一九一五　累牘院的人員和物品都搬移至舊艾許莫林。

一九二八　《V至Z》出版，為第十二冊。

一九二八　一百五十人齊聚在倫敦金匠廳，慶祝《牛津英語詞典》出版，距離最初提出製作概念已過了七十一年。會議主席是首相史丹利・鮑德溫。女性沒有受邀，不過有三位女性獲准坐在樓座看著男人用餐。其中一人是伊蒂絲・湯普森。

一九二九　伊蒂絲・湯普森去世，享壽八十一歲。

一九八九　《牛津英語詞典》第二版出版。

小說中提到的重要歷史事件時間軸

一八九四　南澳州議會通過《憲法修正（成人普選）案》。這項法案賦予所有成年女性（包括原住民女性）投票權和參選議會代表的權利。這是全世界第一個這麼做的議會。

一八九七　全國婦女投票聯盟（National Union of Women's Suffrage Societies, NUWSS）成立，領軍者是米莉森・弗斯。

一九〇一　維多利亞女王駕崩。愛德華七世登基。

一九〇二　新成立的澳洲議會通過《一九〇二年聯邦選舉法》，讓所有成年女性都能在聯邦選舉中投票，或參選聯邦議會公職（除了澳大利亞、非洲、亞洲和太平洋島國的「原住民」之外）。

一九〇三　婦女社會政治聯盟（Women's Social and Political Union, WSPU）成立，領軍者為艾米琳・潘克斯特。

一九〇五　WSPU開始進行激進運動，包括非暴力反抗、破壞財物、縱火和安放爆裂物。

一九〇六　「suffragette」（婦女參政運動者）這個詞被套用在激進的支持婦女參政者身上。

一九〇七　伊莉莎白・佩洛奈特・湯普森出版《龍騎兵的妻子》。

一九〇八　阿得雷德婦女茉麗兒・麥特斯用鐵鍊把她自己拴在下議院婦女旁聽席的格柵上，作為非激進投票權組織婦女自由聯盟（Women's Freedom League, WFL）所策劃的抗議行動的一部分。

一九〇九　瑪莉詠・華勒斯・丹勒普是第一個在被捕後絕食抗議的支持婦女參政者——之後許多人將追隨她的腳步。

一九〇九　夏洛特・馬許、蘿拉・艾因斯渥斯和瑪麗・萊依（婚前姓氏為布朗）在伯明罕的溫森格林監獄被強迫灌食。

一九一三　一月八日，「支持婦女參政者之役」。在牛津的一場支持婦女參政者團體舉行的和平遊行活動遭到反投票權人士破壞。

一九一三　六月三日，牛津船庫付之一炬。四個女人被人目擊逃離現場，其中三人搭乘平底船，一人走陸路。非激進派支持婦女參政者譴責這項行動，並為遭解僱的工人募款。

一九一四 與德國宣戰。

一九一四 六十三個人走出牛津大學出版社去從軍。

一九一四 第一次伊珀爾戰役。

一九一五 費斯圖貝戰役。

一九一五 盧斯戰役。

一九一八 第一次世界大戰結束。

一九一八 英國聯合政府通過人民代表法，賦予所有年滿二十一歲的男性，以及年滿三十歲並達到最低財產要求的女性選舉權。

一九二八 英國保守黨政府通過了《人民代表（同等選舉權）法》，賦予所有年滿二十一歲的女性與男性相等的投票權。

牛津累牘院人員。一九一五年七月十日為《期刊》雜誌拍攝。
後排：亞瑟·馬林、弗瑞德瑞克·斯威特曼、F·A·尤克尼。
前排：瑤爾曦·莫瑞、詹姆斯·莫瑞爵士、蘿絲芙·莫瑞。
照片經牛津大學出版社同意翻印。

國家圖書館出版品預行編目資料

失落詞詞典／琵璞・威廉斯（Pip Williams）著；聞若婷譯. -- 初版. -- 臺北市：商周, 城邦文化出版：英屬蓋曼群島商家庭傳媒股份有限公司城邦分公司發行, 2021.07
面；　公分. --（iFiction；90）

譯自：The Dictionary of Lost Words
ISBN 978-986-0734-54-6（平裝）

887.157　　　　110007599

失落詞詞典

原著書名／The Dictionary of Lost Words
作　　者／琵璞・威廉斯（Pip Williams）
譯　　者／聞若婷
企畫選書／梁燕樵
責任編輯／梁燕樵
版　　權／黃淑敏、劉鎔慈

行銷業務／周佑潔、周丹蘋、賴晏汝
總 編 輯／楊如玉
事業群總經理／黃淑貞
發 行 人／何飛鵬
法律顧問／台英國際商務法律事務所 羅明通律師
出　　版／商周出版
台北市104民生東路二段141號4樓
電話：(02) 25007008　傳真：(02)25007759
E-mail：bwp.service@cite.com.tw
Blog：http://bwp25007008.pixnet.net/blog
發　　行／英屬蓋曼群島商家庭傳媒股份有限公司城邦分公司
台北市中山區民生東路二段141號2樓
書虫客服服務專線：(02)25007718；(02)25007719
服務時間：週一至週五上午09:30-12:00；下午13:30-17:00
24小時傳真專線：(02)25001990；(02)25001991
劃撥帳號：19863813；戶名：書虫股份有限公司
讀者服務信箱：service@readingclub.com.tw
城邦讀書花園：www.cite.com.tw
香港發行所／城邦（香港）出版集團有限公司
香港灣仔駱克道193號東超商業中心1樓
E-mail：hkcite@biznetvigator.com
電話：(852) 25086231　傳真：(852) 25789337
馬新發行所／城邦（馬新）出版集團【Cite (M) Sdn. Bhd.】
41, Jalan Radin Anum, Bandar Baru Sri Petaling,
57000 Kuala Lumpur, Malaysia.
Tel: (603) 90578822　Fax: (603) 90576622
Email: cite@cite.com.my

封面設計／萬勝安
內　　頁／Angel Baby
印　　刷／卡樂彩色製版印刷有限公司

經 銷 商／聯合發行股份有限公司
電話：(02)2917-8022　傳真：(02)2911-0053
地址：新北市231新店區寶橋路235巷6弄6號2樓

■2021年7月初版一刷
■2023年5月9日初版2.9刷
定價560元

Printed in Taiwan
城邦讀書花園
www.cite.com.tw

 ISBN 978-986-0734-54-6

商周出版

廣 告 回 函
北區郵政管理登記證
北臺字第000791號
郵資已付，免貼郵票

104　台北市民生東路二段141號2樓

英屬蓋曼群島商家庭傳媒股份有限公司城邦分公司　收

請沿虛線對摺，謝謝！

商周出版

書號：BL5090　書名：失落詞詞典　編碼：

請於此處用膠水黏貼

商周出版

讀者回函卡

感謝您購買我們出版的書籍！請費心填寫此回函卡，我們將不定期寄上城邦集團最新的出版訊息。

不定期好禮相贈！
立即加入：商周出版
Facebook 粉絲團

姓名：________________________ 性別：□男 □女

生日：西元________年________月________日

地址：________________________

聯絡電話：________________ 傳真：________________

E-mail ：

學歷：□ 1. 小學 □ 2. 國中 □ 3. 高中 □ 4. 大學 □ 5. 研究所以上

職業：□ 1. 學生 □ 2. 軍公教 □ 3. 服務 □ 4. 金融 □ 5. 製造 □ 6. 資訊

□ 7. 傳播 □ 8. 自由業 □ 9. 農漁牧 □ 10. 家管 □ 11. 退休

□ 12. 其他________________

您從何種方式得知本書消息？

□ 1. 書店 □ 2. 網路 □ 3. 報紙 □ 4. 雜誌 □ 5. 廣播 □ 6. 電視

□ 7. 親友推薦 □ 8. 其他________________

您通常以何種方式購書？

□ 1. 書店 □ 2. 網路 □ 3. 傳真訂購 □ 4. 郵局劃撥 □ 5. 其他______

您喜歡閱讀那些類別的書籍？

□ 1. 財經商業 □ 2. 自然科學 □ 3. 歷史 □ 4. 法律 □ 5. 文學

□ 6. 休閒旅遊 □ 7. 小說 □ 8. 人物傳記 □ 9. 生活、勵志 □ 10. 其他

對我們的建議：________________________

____

____

請於此處用膠水黏貼